李渔研究

张成全 著

中国社会科学出版社

图书在版编目（CIP）数据

李渔研究 / 张成全著 . —北京：中国社会科学出版社，2017.7
ISBN 978-7-5161-9496-6

Ⅰ. ①李… Ⅱ. ①张… Ⅲ. ①李渔—文学研究 Ⅳ. ①I206.2

中国版本图书馆 CIP 数据核字（2016）第 308826 号

出 版 人	赵剑英
责任编辑	冯春凤
责任校对	张爱华
责任印制	张雪娇

出　　版	中国社会科学出版社
社　　址	北京鼓楼西大街甲 158 号
邮　　编	100720
网　　址	http：// www.csspw.cn
发 行 部	010 - 84083685
门 市 部	010 - 84029450
经　　销	新华书店及其他书店

印　　刷	北京君升印刷有限公司
装　　订	廊坊市广阳区广增装订厂
版　　次	2017 年 7 月第 1 版
印　　次	2017 年 7 月第 1 次印刷

开　　本	710×1000　1/16
印　　张	19.75
插　　页	2
字　　数	322 千字
定　　价	88.00 元

目　录

序

李剑国

　　李渔是明末清初著名人物，学人予以高度关注自在情理之中。从《读秀》上检索，研究李渔的论著——包括专著、期刊论文、博士硕士论文——着实不少，广及传记、评传、年谱、小说、戏曲、诗文、饮食、园林、家居、医学、养生及哲学、思想等等。张成全博士选定李渔为研究对象而长期注入心血，可谓知难而进，是需要识见、勇气和毅力的。我们常说学术研究贵在创新，发现新材料、新问题是创新，对老问题提出新思路、新见解也是创新。读成全的《李渔研究》，我分明感受到他的新思路和新见解。

　　通过对以往李渔研究的梳理，成全认为不足有三：其一，忽视李渔作为一个独特的文化现象应有的复杂与生动。或者说忽视李渔生命历程和心路历程在不同时期发展演变的实际，往往将之一体化统而论之，大大偏离李渔的真实，违背"知人论世"的研究原则。其二，以猜想代替论证，抓住一点不及其余。其三，满足于李渔现象与当时主流文化表象之间的比附研究，忽视李渔成长具体过程中环境与教养的特殊性。

　　成全认为，在当时的政治环境和思想文化环境中，李渔是个另类人物，是个独特的标本，他的人生信念、态度、经历、事业和文学创作，都具有特殊性，研究李渔就要着眼于他的独特品格，关注他独特的出身、独特的成长环境和教育环境。成全的基本思路是在更久远、更广阔的文化背景中，梳理影响李渔一生的各种主要线索，探讨李渔人生选择、思想演变、创作风格形成等的深层原因。并且通过一些基本事实的考辨，澄清李渔研究中存在的一些模糊认识，尽量客观地描述出一个相对真实的李渔。

　　这个思路很好。文学研究和历史研究一样，最基本的一条就是尽可能还原真实。李渔不同于同时代的一般读书人，他的身份、文化性格是特殊的、复杂的、变化的。他是读书人、文人、作家，又是医家、山人、戏曲班主、书贾。身份的变化转移，有时代变迁和社会价值观的原因，也有个人的原因。面对李渔的复杂性作简单化处理，面对李渔的变化性作凝固化处理都是不恰当的，必须厘清事实，作出合乎情理的解释。

这里我想举出成全书中对李渔弃医从文，走上科举道路的原因和过程的论述为例，了解他的思路和新见之一端。有的论者认为李渔弃医从文的主要原因是李渔有浓厚的仇父倾向——之所以仇父是因没有得到家业继承权，主要论据就是李渔十九岁时父亲病逝后写下的《回煞辩》。成全从医生社会地位低下、科举入仕的梦想、《回煞辩》并非乖张非礼及子女孝亲四个方面加以论述，尤其是着力于对《回煞辩》的分析，力斥所谓李渔仇父说的荒唐。回煞又称丧煞、归煞、出殃等，即亡者会在某日魂返，家人须出避，以免其害，此之谓避煞。这是一种荒谬的迷信习俗，明清许多学者力斥其妄。李渔《回煞辩》秉承这种观点，认为家人避煞是"塞人子念亲之心，开天性倍本之渐，此先王之教所不容也"，批评避煞有违孝道，并非针对乃父，憎恶亡父回煞，相反，李渔倒是个孝子。至于说李渔父亲让其兄李茂继承了家业，于是李渔便与其父亲产生了矛盾，更是子虚乌有之事。成全曾发表论文专门研究回煞（《"回煞"考论》，《武汉大学学报》2006 年第 4 期），这部分的论证，广引博采，长篇大论，是很精彩的笔墨。

对于李渔最终鼎革之后又弃举卖赋糊口，成为一个非士非商、亦士亦商的人物，成全结论是李渔不是出于政治考虑，也不是民族主义情绪的作用，而是基于他的名士意识，对名士、山人生活方式的向往以及聪慧多艺的自负。这一论点我也觉得能够成立，符合李渔的性格、人生观和价值观。

《李渔研究》以下部分是分章讨论李渔的医学与养生学、哲学与文学、政治观念与其他、园林技艺与创作、词与词学理论等。这些论述不是一般的情况介绍，而是从现象发现思想，提升到思维、观念、信仰及文学思想的高度。

首先从李渔医学家世和医学素养出发是颇有识见的，因为任何人家庭环境的影响大抵都是巨大的、深远的。成全认为，李渔个性的形成，人生观、价值观的确立，甚至是文学理论和创作风格，都打上了医商家庭深深的烙印。此章的精辟之处，就我感兴趣的想举出一点，就是论证李渔从早期对医药医理知识的运用，逐渐发展到对传统医学的反思和颐养哲学的构建，其颐养哲学和杨朱学派养生哲学密切相关，他从四个方面论证了这种跨时代的思想关联。但他并未止步于此，进而又论证李渔养生思想与儒家养德原则的差异，从老子贵柔守雌的人生哲学，从所谓"退一步法"、"安乐法"，从"和"的医学哲学观，考辨李渔养生思想的渊源。在此基础上，成全又讨论了李渔的颐养哲学、医学观念和小说创作的关系，具体分析了《十二楼》《肉蒲团》等小说的内容，认为笠翁的小说创作，是其养生哲学的形象图解，目的在于医人医心，从而开创颐养劝惩的小说类型。

李渔一生未仕，不是政治人物。但他处于明清易代的敏感时期，处于王朝政治笼罩舆论的语境，不可能没有自己的政治意识，不可能没有自己的政治态度。但他的政治态度是一个动态过程，成全主要以李渔这时期的诗歌为据，仔细分析了他的变化过程，作出这样的总结：李渔一生的政治态度凡三变：崇祯后期，充满了为忠为孝的儒生情怀和慷慨轻财的豪侠之气；甲申之乱至顺治八年之间，政治态度和倾向极为复杂。有伤时忧民之情怀，有被强制剃发的激愤，有过舍生取义之想法，也有过对时局之无奈。这些都具有明显的情绪化特征，不能转化为一种恒定的政治情结和政治操守。顺治八年之后，李渔成为清朝的顺民，但这并不表明他对清王朝就忠心耿耿。在道义与生存面前，李渔则更多的是考虑后者，他的政治态度呈现出实用多变之特征。因此，李渔的政治倾向在一定程度上背离了儒家操守，显示出市民哲学的特征。从这一结论我们是不是可以说，李渔不是旧王朝的殉葬者，也不是新王朝的拥戴者，他当不了遗民也做不了清臣，支配他思想的是个人利益——生计、事业。在他的价值选择上，自我无疑是第一位的。联系以后李渔的作为，作为一个文人、山人兼商人，他在那个时期的政治态度也只能是这样。

与政治观念的变化不同，李渔的鬼神运命观倒是一以贯之的。成全论证李渔终身是无神论者，不相信鬼神天命。这一结论从李渔笔下文字很容易得出，但李渔何以成为无神论者，就没有现成的答案了。成全认为这与医学文化中医、巫之争有很大关系。李渔出身于医学世家，本人有深厚的医学素养，他一生辟巫甚力，加之他所受到的儒学教育，一起导致他无神论观念的形成。这一解释是有道理的。为此成全详细梳理介绍了医、巫之争，讨论巫、医之别。这里似乎还应当附带说明，医分化于巫是不彻底的，所以在历代的医药著作中不乏巫术成分——读读《千金翼方》《政和证类本草》《本草纲目》等就知道了。而且由于中医以阴阳五行学为理论基础，先天地缺乏科学精神，所以不可避免地保留下巫观念和巫术。

晚明王阳明心学盛行，所以有的学者认为李渔的哲学观点与文学思想受到了晚明心学的深刻影响，举出了二者一些相似点。成全对此不赞同。他也将二者若干论点加以比较分析，认为王学作为那个时代的重要思想潮流，都曾在不知不觉中浸润濡染影响着李渔，不过李渔的哲学观念中虽也特别强调"心"的作用，但李渔"心"之概念并非主要来源于王学，也绝非一个王学所能涵括了的。传统医学中的"以意为医"的思想、孔子"祭如在，祭神如神在"的观念等都可作为李渔"心"之概念的直接来源。李渔之"心"与王学"心"之概念存在着很大的差异。成全对王、李论点的对比分析极富启示性，就是仅就字面上的简单比附而不究事理，只能作出似是而非、牛头不对马嘴的结论，这种方法绝不可取，不是科学态度。

李渔有高度的文化素养，他的园林思想与技艺颇受称道，为研究者所关注。成全研究的着力点首先是将李渔园林生活分为三个时期——这是他善作动态分析的一贯做法，其次是园林建筑的美学思想——推崇创新，崇尚自然，崇俭反奢，再次是园林技艺对创作的影响，即给予他创作较为丰富的灵感与素材，将构建园林的经验与经历融入创作。观点都很允当。

李渔的词作和词学理论，成全也有精到的论述。词侧重于对艳词的分析，因为成全认为艳词尤能反映李渔个人的襟怀、才情以及生活阅历，显露出他的真面目真性情。他还进一步分析了李渔艳词的曲化和戏剧化倾向。而论证李渔在词学理论上的影响、价值和贡献尤为用力。成全认为以往对李渔词学理论的研究，无法凸显李渔词论在词学史的地位。李渔的词学，重视词体特征，区分诗、词、曲的不同，强调词的"意新"、"语新"、"字句之新"，把情、景关系列入词论范畴，如此等等都是李渔词学的精当之处。成全认为，这是李渔擅长理论思维的结果，同时也标志着词学的进一步理性自觉。在词学发展史上，李渔的词学理论具有重要意义。

李渔是戏曲小说大家，历来对李渔的研究，以戏曲、小说为重。成全此书没有专门辟章研究戏曲，对于小说也只是从颐养哲学入手分析若干作品，或融入其他章节。因为成全此书的宗旨就是展现李渔这个人的独特精神面貌，发己之所发，不想重复已有的认识。我认为这样做是很恰当的，否则就是为求全而失去精到，不免成"注水猪肉"。

但令我欣喜的是本书末章对《肉蒲团》和《合锦回文传》著作人的考证。《肉蒲团》多以为李渔作，学者皆取证于作品内容。成全亦用此内证法，从观念、细节、行文风格入手，认为《肉蒲团》与李渔的思想和创作有大面积的吻合。我是搞考证的，讲究以文献为依据，铸成铁案，内证常用作附带佐证。但《肉蒲团》的作者找不到直接或间接的有效证据，也只能求助于内证。令人钦佩的是成全的对比分析非常细致全面，知微察隐，头头是道，使人不能不相信他的考证结论。成全又推断《肉蒲团》的创作时间应该在康熙五年至九年之间，虽乏直接依据，亦堪为一家之言。清嘉庆刊《绣像合锦回文传》题"笠翁先生原本，铁华山人重辑"，是否为李渔作学界有争议，成全的考证也从作品内部寻找答案，通过对唐末历史史实的认定、鬼神观念与信仰、行文特征上与李渔作品的对比，二者形成鲜明的区别。认定与李渔无涉。

纵观《李渔研究》，我觉得成全此书有几个鲜明特色：不图面面俱到，但求有所发明；将明清的大环境与李渔的小环境相结合，将历史回顾与现实审视相结合，将李渔思想行为与作品创作相结合，将文献钩稽与理论阐释相结合；旁征博引，明确事实，不作空泛之论，不发无根之言；论述谨严透彻，行文老道明快。要之，这是一部任力厚重之作，是李渔研究的重要新成果。

成全 2004 年以河南安阳师院中文系副教授的身份考入南开文学院，跟我读博士，专治李渔。2006 年 6 月中国戏剧出版社即出版了他的专著《李渔研究论稿》。2007 年在《李渔研究论稿》基础上完成博士论文《李渔研究》，毕业后回到安阳师院，任文学院教授、院长。前两年调至天津师范大学文学院，跟我过从甚密。毕业以来的十年间他反复修改《李渔研究》，如今《李渔研究》即将出版。对照三稿，仅观其目录即可见修改之功非小，诚可谓"十年磨一剑"。成全请我作序，说实在的，我对李渔素无研究，只看过他的几本书而已，为之作序，也只能姑妄言之。现今成全教授正忙于完成国家项目《明代藩王文学研究》，这又是一个重要题目，且与李渔差别巨大，是对成全才智的新考验。杀青之日，一睹为快，是所愿也。

2016 年 4 月 24 日草毕于钓雪斋

引　言

在明末清初这一特殊的历史时期里，李渔确实是一个特殊而又复杂的存在现象。这不仅仅是指李渔以一人之力涉足多领域的经营与创作，并且都卓有建树，非一般人所能及。而更为重要的是，李渔独特的个性和生活方式，在那个时代绝对是一个另类。研究那个时期士人生活，李渔可以算得上是一个独特的标本。其实当时人已注意到这一点，李渔山阴好友包璿说：

> 繁惟明之中晚，士名噪当时者，前无若李卓吾，后无若陈仲醇。然卓吾之名多由焦公弱侯重，仲醇之名多由董公玄宰重，若吾笠翁，则无待而兴者。即世之推重笠翁也，故不乏弱侯、玄宰若而人，然吾不知谁为弱侯、谁为玄宰矣。①

这表明，李渔士名之噪，虽可与李贽、陈继儒比肩，但绝非像李、陈一样，靠借重于他人成名。李渔的盛名来自于个人砚田笔耒的辛劳，不是人为的奖掖推重，正所谓"无待而兴"。这种"无待"既可理解为与当时上层士夫交游圈的疏远，也可看作是与主流文化和既成的文学状态的疏远。

鼎革之后，李渔的思想与创作在一定程度上疏离于那个时代作为主流的政治文化思潮。在思想上，李渔既没有明代中晚期思想界、学术界与文艺界那种奇崛浪漫而又狂飙突进的激情，也很少有鼎革之际民族主义情绪

---

① 包璿：《李先生一家言全集序》，《李渔全集》第 1 卷，浙江古籍出版社 1991 年版，第 1 页。

引发的深沉悲哀。在思想和创作上，他以颠倒传统、喜新尚异的言论与构思，出之于应世媚俗、游戏神通的喜剧风格。他的作品，庄严与诙谐并存，道德与滑稽同在，以其独特的风格面世，并且行世颇捷、广受欢迎。相对于明末清初的主流文化而言，李渔的出现似乎是个异数，但又无不与这个特定的时代特定的环境息息相关。只不过他所依赖的不主要是士大夫精英文化，而是当时流行于中下层的世俗文化。鼎革之后的李渔游荡于士与民、士与商之间，以其独特的生活方式、标新立异的言论与创作鸣惊当代，却又因其备受诋毁和非议，这种现象本身已在昭示李渔身上复杂的身份特征和不同寻常的个性因素。

然而，在李渔身后，学界对李渔作综合研究的其实很晚。20 世纪 30 年代，孙楷第为亚东版《十二楼》作序《李笠翁与十二楼》，实开李渔生平研究之先端。而在此之前以至于整个有清一代，李渔研究停留在散碎的道德评价以及简单的生平介绍的阶段。从 20 世纪 80 年代末国内兴起李渔研究的热潮到如今，李渔研究有了很大的进展，其人员之多、成果之多有目共睹。总的来看，戏曲和戏曲理论的最多，论文专著数不胜数，小说诗文词的研究也已经起步，在李渔生平事迹的考证方面，取得了长足的发展。论文有赵文卿《李渔生平事迹的新发现》、袁震宇《李渔生平考略》、黄强《李渔移家金陵考》等。专著也较多，往往涉及李渔生平与创作的许多方面，有黄丽贞《李渔研究》、肖荣《李渔评传》、单锦珩《李渔年谱》《李渔交游考》、崔子恩《李渔小说论稿》、黄强《李渔研究》、沈新林《李渔评传》《李渔新论》、郭英德《李渔》、徐保卫《李渔传》、张晓军《李渔创作论稿》、俞为民《李渔评传》、黄果泉《雅俗之间——李渔的文化人格与文学思想研究》等等。在国外，一些汉学家如日本的冈晴夫、伊藤漱平，美国的韩南、埃里克·亨利、德国的马汉茂都有专著或论文问世。时至今日，李渔研究的局面渐趋热闹红火，但存在的问题也不少，概括起来，主要有以下几方面：

其一，忽视李渔作为一个独特的文化现象应有的复杂与生动。或者说忽视李渔生命历程和心路历程在不同时期发展演变的实际，往往将之一体化统而论之，大大偏离李渔的真实，违背"知人论世"的研究原则。这种现象比较普遍，比如对李渔的政治态度，论者往往将鼎革时期李渔的政治态度作为评价的重点，而忽视鼎革之前及顺治八年以后的政治意识，尤其忽视康熙十二年三藩叛乱时李渔的政治表现。其实，李渔的一生经历，大致可分为三个不同的阶段：鼎革之前；顺治初到顺治七八年移居杭州；杭州之后。其政治态度凡三变：在崇祯后期，李渔为诸生，此时正值盛年、血气方刚，所做诗文充满了为忠为孝的儒生情怀和慷慨轻财的豪侠之气；在甲申之乱至顺治七八年之间，是李渔政治态度和情感极为复杂的时期，在逃难和隐居的过程中，李渔的国家意识和民族意识呈现很不稳定的状态，等待观望中的李渔，他的政治取向其实是实用而多变的；顺治七八年移居杭州之后，李渔已经成为清朝的顺民。由于生活之需，他经常周旋于缙绅官员之间，写了不少应酬赠答诗文，这些作品都或多或少地透露出他的政治倾向。三藩之乱时，他的作品有不少反映其反对叛乱、褒扬忠臣、维护清王朝"王土"统一的政治立场。但他并不具有恒定的政治操守和政治情结，他的政治倾向往往具有实用多变性，显示出市民哲学的特征。不仅如此，李渔的商业意识的形成、对传统医学的认识、颐养哲学的形成等都是一个渐进的过程，并非是一成不变的。如果不弄清楚李渔经历与思想变化的事实，不加分析地把李渔鼎革之际的思想意识概而论之，其结论就会出现大的偏失。

其二，以猜想代替论证，抓住一点不及其余。学术研究不排除合理的推论，但推论又必须符合作者及作品的实际。比如，崇祯二年己巳（1629），李渔父亲去世，作《回煞辩》①一文，力辟回煞风俗之谬，倡导孝亲大义之正。李渔的这种反俗之举，有论者认为是出于对父亲的厌憎②，进而作出一个大胆的推想：这种厌憎是李渔因没有得到家业继承权而对父亲产生的怨恨。这种论证纯属无稽之谈，考之史实，对回煞淫俗提出疑问和批判的代不乏人，并非李渔独有，李渔《回煞辩》之观点乃当时士人常论。对回煞淫俗持批判态度的士人，事实上并不都是对其父亲有恶感。所以，《回煞辩》并不能证明李渔憎恶他的父亲。相反，李渔倒是个孝子，一个儒家孝道的忠实信徒和坚定实践者。《回煞辩》所呈现的李渔的态度，对了解李渔早期的思想行为至关重要。只有把李渔放到当时的

①　李渔：《笠翁文集》卷2，《李渔全集》第1卷，浙江古籍出版社1991年版，第120—122页。

②　徐保卫：《李渔——超越父权》，《江苏社会科学》1994年第1期。

具体环境中去，才能更接近其本源的真实。又如，李渔文字中提到过"唐兵三变"和唐代屯田等一些历史史实，与小说《合锦回文传》中提到的史实相似。有人由此认定：《合锦回文传》即是李渔所作。① 这种推论本身缺乏详细深入的鉴别研究，是一种将复杂问题简单化的、表象化了的学术态度。如果把李渔《古今史略》《笠翁论古》所涉及的上述史实与《合锦回文传》所述比对参验，就会发现有许多不吻合的地方。再进一步与《旧唐书》《新唐书》《新五代史》《旧五代史》《资治通鉴》等史书中所述相比对，就可看出二者所参照的史书不同以及知识视野和史学修养上的差距，从而排除李渔作《合锦回文传》的可能性。

其三，满足于李渔现象与当时主流文化表象之间的比附研究，忽视李渔成长具体过程中环境与教养的特殊性。应当承认，一个作家的出现在历史坐标上都有着横向、纵向的关联。明中叶以来的社会政治经济环境、哲学思潮、士人风尚等对李渔的思想观念和生活方式有很大的影响，但李渔和其他晚明清初的著名士人的不同，在于他是"无待而兴"。李渔身上所表现出的委屈顺世的哲学，实用多变的人生态度，体现了较强的社会边缘化特征：在士与民、士与商之间，既无恒产又无恒业，缺乏明确的社会定位。而之所以如此，与他早年的家庭教养与医商背景不无关系。事实上，在李渔的早期作品里，确有比较浓重的玄黄味，医学的影响随处可见。这包括行文多用医药术语、医理医术来叙述、譬喻、构建情节、塑造人物。即使在他的文学观念中，也能找到医养学说的深刻影响。至于李渔的性观念和性道德，作为李渔人生哲学的重要内容，尤与此相关。《闲情偶寄》专列"颐养部"，其独到的防病治病的见解，房室养生的观念，无此教养何以克成？就是李渔鼎革之后的人生选择，也无不受到其特定的人生经历和家庭教养的左右。

鉴于以上的偏失，本书从李渔的一些基本事实入手，选取一些存有争论但又对李渔一生极为关键的问题作比较深入的研究探讨，力求较为详细地客观地描述出李渔思想行为的动态过程，探讨形成这种现象的历史的、社会的、个性的原因。从历史的高度，还原李渔，全方位地去把握李渔，是本书的目的所在。文章将文献考证与事实描述为一体，第一章探讨李渔

---

① 刘兴汉：《〈回文传〉辨疑》，《明清小说研究》1996 年第 1 期。

早期人生选择的几个关键环节中李渔的心理动因；第二章、第三章从文化影响的角度探讨医学修养与养生哲学等对李渔及李渔创作的深刻影响；第四章是李渔思想观念中几个问题的专论；第五章探讨李渔技艺观念与技艺修养对其创作的影响；第六章论及李渔词与词学；第七章是关于《合锦回文传》《肉蒲团》两篇小说作者的考证。

　　李渔给后人留下的不仅是他的作品，也留下许多的困惑与遗憾，他的人品道德、他的生活方式至今仍是人们诟病的主要污点。毋庸讳言，今天对李渔人格的评价的困惑实际上远远超出了李渔研究本身，折射出了当代人在社会转型期在道德伦理上的困境。对于一个曾经发生过的并在历史上产生很大影响的现象，以传统的或是当下的某种概念去匆忙地论定其是非，往往会失之莽撞。在学术界，对李渔道德谴责的论调比比皆是，其实都是一些无关痛痒的非学理评价。人们的是非标准是会随着时代的发展而不断改变的，李渔现象作为一个客观存在，不会因为后人的贬抑而泯没。笔者不对李渔作道德评价，只想从基本材料出发，以实事求是之态度，把李渔放到当时的人文环境与时代背景中，尽量客观地把一些基本事实梳理清楚，描述出来，还李渔一个真实。因为对一个研究者来言，真实就意味着真理。

第一章　李渔生平研究

据敦睦堂《龙门李氏宗谱》① 记载：李渔初名仙侣，字谪凡，号天徒，后改字笠鸿，号笠翁。《宗谱》又尊称其为佳九公。因创作、编刻之故，李渔别号甚多。有伊园主人（《伊园十便》小序）、② 笠道人（《十二楼·闻过楼》第一回）、随庵主人（黄鹤山农《玉搔头》序）、觉世稗官（《十二楼》题署）、觉道人（杜濬《十二楼》序）、湖上笠翁（《闲情偶寄》题署）、新亭樵客（《芥子园画谱》初集《青在堂画学浅说》跋），还有别号回道人、情隐道人、情痴反正道人等。

李渔祖籍浙江兰溪，明万历三十九年辛亥（1611）八月初七日出生雉皋（即今江苏如皋），卒于康熙十九年庚申（1680）正月十三日，年七十岁，葬杭州方家峪九曜山之阳，当时钱塘县令梁允植为其碣题曰"湖上笠翁之墓"。③

李渔鼎革之前的生活情形，由于记载甚少，今人已难知其详。根据李渔诗文记载和其他记述，李渔早年的经历大致有如下点滴：累世学医（《午日王使君问病，兼赐蕲艾、彩胜，赋谢》提到"累世学医"），"髫岁即著神颖之称，于诗赋古文罔不优赡"（黄鹤山农《玉搔头》序），垂

---

① 《龙门李氏宗谱》（以下简称《宗谱》），转引自赵文卿《李渔生平事迹的新发现》，《戏文》1981 年第 4 期。

② 李渔：《伊园十便》小序，《笠翁诗集》卷 3，《李渔全集》第 2 卷，浙江古籍出版社1991 年版，第 310 页。

③ 《宗谱》："万历三十八年庚戌八月初七日降生，公有著作行世，寄寓杭城西湖铁冶岭，康熙十九年庚申正月十三日终。"但渔有七律《庚子举一男，时予五十初度》，庚子为顺治十七年（1600），往前逆推，则渔当生于万历三十九年辛亥（1611），黄强有《李渔生平三考》，举方文《盦山续集·徐杭游草》等外证，证明李渔所言正确。李渔生于万历三十九年辛亥（1611），当无疑义。

髻即于树上刻诗纪年（《闲情偶寄·种植部》），作《续刻梧桐诗》（《笠翁诗集》卷一首篇），十九岁父亲病逝（《回煞辩》），二十五岁在金华应童子试，以五经见拔（《笠翁文集》卷二《春及堂诗跋》），二十七岁为府学生（《宗谱》），二十九岁赴乡试落榜（《耐歌词》《凤凰台上忆吹箫·元日》），三十二岁再应乡试，闻警折返（《笠翁诗集》卷一《应试途中闻警归》）。

由于李渔早年的教育与生活状况关乎他以后的个性定型、观念形成和人生选择，因此，早期生活的探讨对李渔研究尤为关键。然而在当今的李渔研究界，研究者却很少涉及，即使涉及，或语焉不详，或随意揣测，甚为草草。笔者拟就李渔早期生活的几个关键环节作比较详细的考述，以澄清一些目前尚疑而未决的问题。

第一节 李渔的弃医从文

在李渔生平与思想研究中，有一个问题至今令人困惑。李渔在成年之后为什么抛弃了承家业学医的选择，而走上了科举之途？在后来的创作中，何以他很少提及他的医学家世，但又在字里行间显露出他的较为深厚的医学修养？关于李渔早期思想的研究，20 世纪 80 年代以来学者虽有涉及，但作为专文研究，还是很少。徐保卫《李渔——超越父权》是第一篇探讨李渔弃医从文的动机和原因的文章。他的主要观点是：李渔身上有浓厚的仇父倾向，李渔弃医从文与李渔父亲有极大的关系，这甚至成为他以后努力发展并涉足商业的主要原因。他的专著《李渔传》[①] 中形象地描述了李渔身上的这种倾向。

说李渔有仇父倾向，徐文立论的主要依据是李渔的一篇文章《回煞辩》。李渔父亲李如松病逝在崇祯二年己巳（1629）。那年李渔十九岁。事后李渔写下了一篇《回煞辩》。徐文在谈到这一点时特别强调："李渔的举动表示出在内心里他憎恶自己的父亲，尽管他根本不相信人有魂灵，但是他还是不愿意看到任何类似父亲的魂灵形象的事物在他面前出现。"此后他又进一步引申道："我们甚至可以认为，每当他提到母亲时，真正

---

① 徐保卫：《李渔传》第 4 节，百花文艺出版社 2002 年版，第 37—46 页。

盘踞在他脑海中的一定是他的父亲。在潜意识中，他始终把自己当作一个弃儿。李渔认为李如松抛弃了他，因为他没有为他的聪明的次子提供充分发展的天地和契机。他并不那么嫉妒自己的哥哥，因为作出决定的是父亲，李如松并且仅仅是李如松，才是他们家庭里发号施令的人。正是这种无法遏制的愤懑，这种力图证明自己不是一个无能之辈的要求促使李渔加倍地发愤和努力。"①

徐文受弗洛伊德的性心理学启发，结合中国传统礼教的实际，得出李渔具有浓厚的仇父情结，进而引申出："他一生不断创新、开拓，就是为了超越父权。但在超越父权的同时，又继承复制了这一文化。"徐文又拿鲁迅、毛泽东这些现代名人的父子关系作为佐证，证明他的结论的普遍性。这种见解可谓新颖别致，但以李渔生平实际及文字资料考之，徐文的结论只能说是提出了李渔择业动机的一种可能，带有较为浓厚的猜测成分，缺乏充分的材料依据和严密的逻辑推理。

在笔者看来，李渔的弃医从文，与当时的社会风气、医家的社会地位、李渔自身的资禀才质、家族的鼓励支持、作为士子的人生追求都有很大的关系，与李渔的父亲或"仇父情结"没有必然的联系。以下从四方面分别立论：

一 巫医僧道，医生低下的社会地位

李渔出生于一个医学世家，在《午日王使君问病》这首应酬诗中说："累世学医翻善病，终生问舍只为家。"② 李渔文字中提到他家"累世学医"的仅此一例。另据《宗谱》③ 记载：李渔父亲李如松、伯父李如椿皆在如皋业医并经营医药生意。李渔诗文也曾言及，其兄李茂随父在如皋经营医药生意，其侄李献民则承业从医并医术颇精。李渔赠诗曰："吾家犹子在杏林，仁其术兮婆其心"，"囊有奇方足以齐，一般悬在扶危时"。④

从李渔的文字记载中可以看出，李家作为医家，以坐堂诊病、上门应诊为主，兼营医药，李渔小时经常随伯父如椿"游大人之门"，说明李家

---

① 徐保卫：《李渔——超越父权》，《江苏社会科学》1994 年第 1 期。
② 李渔：《笠翁诗集》卷 2，《李渔全集》第 2 卷，浙江古籍出版社 1991 年版，第 156 页。
③ 《龙门李氏宗谱》，转引自赵文卿《李渔生平事迹的新发现》，《戏文》1981 年第 4 期。
④ 李渔：《寿献民侄七十》，《李渔全集》第 2 卷，浙江古籍出版社 1991 年版，第 62 页。

医生经常出门应诊。医生坐堂，并兼卖药，宋元以来谓之"坐堂医"，这种情形由来已久，是中医诊病用药的基本格局。北宋张择端《清明上河图》中的赵太丞家，描绘的就是京城汴梁街市药铺的景象。另《东京梦华录》所载"李生菜小儿药铺"、"仇防御药铺"、"下马刘家药铺"、"山水李家口齿咽喉药"①，都是"坐堂医"的典型格局，李家大抵就是这样的"坐堂医"。

据文献显示，宋代医士享有较高的社会地位。宋代开始设立太医局，掌管医学教育。由于皇帝的重视，太医与其他文武官员公同论等，称翰林医官、保和大夫、保安大夫等。金元时期，医官可升至正二品。在中国历史上，宋元时期的医家地位可谓最高。然而到了明清，医家的地位则大不如从前。明清时期设太医院，但医生品级至多升至正五品，除了受到皇帝和朝臣大官宠信者之外，一般地位都不高。②

明代初期，乡医士出身可直接升太医院使，但这也是明初立国之初的权宜之计，是明代官制的特例。永乐之后，设两京太医院，虽说太医院医生名额较前有所增益，但明清医官多为世袭，太医院所设的医学教习大多为医官子弟。《明史》卷七十四记载：

> 太医院掌医疗之法。凡医术十三科，医官、医生、医士……凡医家子弟，择师而教之，三年、五年一试、再试、三试，乃黜陟之。

这说明，明代太医院医生的选拔对象，主要是医家子弟。选拔注重出身和校验，较科举选士更为复杂和苛刻。作为民间医生，必须经过保荐，方能参加考选，因此能够入选太医院的还是相当的不容易。即使取得了太医院医士的资格，每年还要考评，按照功过考选黜陟之。由此可知，明代太医院医士、医生并不是终身的。明清时期，医者的社会分化已具有明显的三个层次，即以太医院出身的所谓冠带医士、医生，和以"坐堂医"为主的乡医市医，走方郎中为主的游医。前者多有名医，而且数量有限，享有较高的社会地位和较为丰厚的收入，而中者除极少数已列名医之外，

① 孟元老：《东京梦华录》，"潘楼东街巷"，古典文学出版社1957年版，第15页。
② 马伯英：《中国医学文化史》，上海人民出版社1997年版，第13章。

其地位甚低，其后者游医自无论矣。在当时人的眼中，这些医生的地位始终在缙绅子弟之下。《阅世编》载：

> 其非绅士而巾服拟于绅士者，必缙绅子弟也。不然则医士、星士、相士也。其后能文而未入泮雍者，不屑与庶人为伍，故亦间为假借，士流亦优容之。然必诗礼之家，父兄已列衣冠者，方不为世俗所指摘。不然将群起而哗之，便无颜于世人矣。①

《阅世编》反映的是明嘉、万时期的社会生活，在那个时代，礼制崩坏，服制混乱，僭越严重，缙绅子弟服绅士巾服，尚为士流所优容。而医士、星士、相士的子弟，拟于绅士巾服的，必诗礼之家而且父兄已列衣冠者，不然，便"群起而哗之"，为社会所不容。民间医家的地位可见一斑。在同书第三卷，还有一些材料说明了医家的社会地位：

> 予见缙绅家大门外墙门，或六扇，或四扇，或二扇，皆以木为骨，而削竹乳箸者竖编之……皆始于世家，后及于士类，甚且流于医卜胥吏之家，皆用之矣。②

《阅世编》所透露出的信息是：在正统士人世界里，医卜星相受到普遍的蔑视，甚至像穿戴、家居大门这样的生活中的小事情，士人都耻与为伍。医者的地位之低，直与市井小民同列，甚至还要降一等，并被加上了附庸风雅的恶谥。直到顺治末年，这种社会对医生的歧视仍然很流行，《分甘余话》记载：

> 顺治末，社事甚盛，京师衣冠人士辐辏之地，往来投刺无不称社盟者，后杨给事自西（雍建）疏言之，部议有禁，遂止不行。二十年来，京师通谒无不用"年家眷"三字，即医卜星相亦然。有无名子戏为口号曰："也不论医官道官，也不论两广四川，但通名一概年

---

① 叶梦珠：《阅世编》卷8，上海古籍出版社1981年版点校本，第174页。
② 同上书，第82页。

家眷。"亦可一笑也。①

　　明自嘉靖以后，医士、相士、诗人、画客、寒士等纷纷自标山人，造成"山人如云"②、"山人如蚊"③的状况，他们弃置科举，不事治生，混迹城市与山林之间，以医卜诗书等技艺谋生，医往往被用来渔利，变作一种附庸风雅的技艺，受到当时人的鄙弃。清代四库馆臣抨击晚明山人④，也是因为山人之技艺往往博而不精，这也是医人受歧视的又一因素。文献资料显示：顺治以后直到西医已经进入中国的整个清代中后叶，医家的地位与上述各行相类，社会对医家的歧视并没有多大的改变。

　　《见闻杂记》作者李乐对僭越服制、滥戴儒冠的医卜之流甚至充满了愤怒：

　　　　今秀士、医卜滥戴儒冠，动自称曰"贫儒""寒儒"，其鄙人曰"腐儒""愚儒""俗儒"。此等儒正始皇所不屑，坑者何以儒为？⑤

　　李乐是嘉、万时人，他写的就是明代晚期的社会状况和社会意识，秀士、医卜之流的僭越非分，让正统士人忍无可忍，忧心忡忡。人们看不起医士，其蔑视之情流于笔端，是自然而然的事情了。这种乱象从一个侧面反映了明代晚期儒家等级制的倾堕和服制的混乱。而作为统治者的皇帝大臣们又如何看待医流呢？明代曾发生一场耸动朝野的争论，隆庆时曾将古代医圣配祀儒家列圣，引起大臣的不满。侍郎王希烈言：

　　　　三皇继天立极，功在万世，岂止一医？国家既祀于历代帝王庙，

---

① 王世祯：《分甘余话》卷2"年家眷"条，四库全书本。
② 李维桢：《俞羡长集序》，《明文海》卷250，中华书局1987年版，第2612页。
③ 袁宏道：《王以明》，钱伯城《袁宏道集笺校》，上海古籍出版社1981年版，第223页。
④ 《四库全书总目》卷132《续说郛》条云："隆万以后，运趋末造，道学侈谈卓老，务讲禅宗；山人竞述眉公，矫言幽尚。或清谈诞放，学晋宋而不成；或绮语浮华，沿齐梁而加甚。著书既易，人竞操觚，小品日增，卮言叠煽，求其卓然蝉蜕于流俗者十不二三。"又《四库全书总目提要》别集存目七赵宧光《蝶草》亦云："有明中叶以后，山人墨客标榜成风，稍能书画诗文者，下则厕食客之班，上则饰隐居之号，借士大夫以为利，士大夫亦借以为名。"
⑤ 李乐：《见闻杂记》卷6，上海古籍出版社1986年版，第130页。

又祀于文华东室，乃又祀于景惠殿，杂以医师之流，亦渎且亵矣。①

这条材料见于正史，亦多见于当时的文人笔记。② 可见这件事情在朝野的影响之大。一般来说，社会上层的思想应该是那个时期社会的主流思想。王希烈的看法代表着上层儒士对医者的看法，折射出当时社会对此现象的主流意识。尽管从中央到地方，都将医学与阴阳学并设，然只是将它视为小道末技，始终无法与治国平天下之儒学相提并论。医学生的最好前程，不过是入御药房，成为供奉内廷的太医。因此，在儒学科举的笼罩下，医学已黯然失色。医士与江湖术士并列，医术与方术同视，医业医士的社会地位低贱可见一斑。

医业医士何以遭遇如此待遇？原因可能是多方面的，但有两点不可忽视：一是理学观念的影响。明清两代，理学大兴，而理学是看不起这些小道贱术的。朱熹在《论语章句集注·子张篇》中说过："小道，如农圃医卜之属。"理学认为，医道是以治病活人为目的，然活命就是存人欲，而这正对礼教之"天理"形成威胁，所以理学家就以一种轻蔑的态度来看待医道。由此，儒者进一步更认为，行医近利，坏人心术。张履祥《言行见闻录》记程长年语："医不可不知，但不可行，行医即近利，渐熟世法，人品心术遂坏。"③ 吕留良也说："此中最能溺理，坏却人才不少。"④ 对此，章楠愤激地指出："自朱子称医为贱役，世俗忘其为性命所系而轻贱之，唯富贵为重。至于性命既危，而富贵安保？"⑤ 表现出对理学的强烈不满。二是中国传统医学诊病用药以及疗效的不确定性，使人对医学的疗效产生怀疑。古人多有论述，明人谢肇淛言曰：

夫医者，意也。以意取效，岂必视方哉？然需博通物性，妙解脉理而后行之，不则妄而轻试，足以杀人而已。⑥

---

① 余世登：《皇明典故纪闻》卷 18，书目文献出版社 1995 年版，第 1078 页。
② 余世登：《皇明典故纪闻》卷 18，朱国祯：《涌幢小品》卷 19。
③ 张履祥：《言行见闻录》（二），《杨园先生全集》卷 32，道光庚子刊本。
④ 吕留良：《与高旦中书》，《吕晚村先生文集》卷 2，同治八年序刊本。
⑤ 章楠：《医门棒喝·医称小道说》，清道光九年刻本，三古斋石印本。
⑥ 谢肇淛：《五杂俎》卷 5 人部，河北教育出版社 1957 年版，第 109 页。

然而现实的情况是：医有定方，而症无定症，以意为医，能得其意，则足称国手，否则，即为庸医。三是行医成为无聊之徒博取衣食之有效门径。清人徐大椿说："今人学医者，皆无聊之甚，习此业以为衣食之计耳。"① 明时何尝不是如此？正是由于上述原因，导致医者冒滥，夤缘干进的现象时有发生。明代中叶，医生冒滥现象已十分严重，"夤缘干进者多举保，收充日滥"，朝廷也不得不采取措施。嘉靖四十三年（1564），礼部请查太医院冒滥官生，"应除名者四十二人，应除户者一百六十二人"。② 社会上庸医骗取钱财、满利肥身，不但不能救人反而杀人：

> 目今世上的医卜星相，都是专靠这些浮词混话，奉承得人心窝儿十分欢喜，便好资财入手，满利肥身。这是骗人的迷局，都是如此，你我不入他的局骗也就罢了，闹他则甚？③

明清两代的文献中就有很多关于庸医害人的描写，在此不繁征引。

那么，在李渔心目中，医业又有什么样的地位呢？李渔家族虽世代业医，但就现有资料来看，李渔一生并无从医迹象。《闲情偶寄·颐养部》单谈医理，其他作品中也广泛涉猎医学，可见出李渔医学修养之深。他对医理医药的熟悉程度，确非常人所能达到的。如果仅此推断李渔一定要回护医者与医学，崇信传统医学，那就大错特错了。事实上，李渔对传统医学有清醒的认识，他对医士的评价，对医生诊病用药方法的批评，其观点则富有辩证色彩。首先，他认为医之一途，不可废也。

> 然病之不能废医，犹旱之不能废祷。明知雨泽在天，匪求能致，然岂有晏然坐视，听禾苗稼穑之焦枯者乎？自尽其心而已矣。④

---

① 徐大椿：《医学源流论》卷下，见《传世藏书》子部 4，诚成企业有限公司 1996 年版，第 7127 页。

② 《文渊阁四库全书》史部卷 89 "查察冒滥"，台湾商务印书馆 1973 年版。

③ 东隅逸士编：《飞龙全传》第 1 回，华夏出版社 1995 年版，第 4 页。

④ 李渔：《闲情偶寄》"疗病第六"，《李渔全集》第 3 卷，浙江古籍出版社 1991 年版，第 346 页。

其次，李渔并不因为家学背景就盲目抬高医士的地位，和当时社会的习惯看法一样，他仍然认为医属方术之流：

> 酷夏之可畏，前幅虽露其端，然未尽暑毒之什一也。使天只有三时而无夏，则人之死也必稀，巫医僧道之流皆苦饥寒而莫救矣。①

他认为医生的存在是必要的。作为一种职业，他有存在的价值，但和巫僧道同流，地位并不高。李渔并不盲信医学，"延医服药，危道也"。对传统医学的诊病方法和疗效持怀疑态度。他认为传统医学的按脉定方如同占卜射覆，极不可靠。李渔爱妾乔姬病重，李渔为其延医医治：

> 越夏徂秋，稍有倦色，予始知而药之，奈世无良医，一二至者，皆同射覆，非曰寒，即曰疟，即曰中暑，总无辨其为瘵者。②

李渔认为："药性易识，脉理难精。"医生"能悉脉理而所言必中者，今世能有几人哉"？他相信世有良医、名医，但为数太少，大多医生都属于庸医。因此，他经常重复的一句话是"有病不医，如得中医"，其中难免夹带着对良医难求、庸医充斥现状的激愤。

由此可知，李渔何以很少提及他的医学家世。其中主要原因是：明清时期医作为一种职业，与星相卜筮一样，入了方术之流，是被人看不起的低级职业。在士绅云集的交际场合对一个出身低微而又极力想与上层士流接触、跻入上流社会的李渔来说，既讳言自己的身世，又不自觉地流露出自己的家学修养，以炫耀自己的博识广见，是再合适不过了。

二　科举入仕，李渔及其家族的梦想

徐文从弗洛伊德的性心理学理论引出"仇父"概念之后，作出了一个大胆的推论：李渔与他的父亲有矛盾，认为"这一矛盾可能肇端于家

---

① 李渔：《闲情偶寄》"行乐第一"，《李渔全集》第3卷，浙江古籍出版社1991年版，第318页。

② 李渔：《乔复生、王再来二姬合传》，《李渔全集》第1卷，浙江古籍出版社1991年版，第95—97页。

庭财产的主要继承权"。李渔认为他理所当然地有能力成为李家药铺的少掌柜，但李渔的父亲却让其兄李茂继承了家业，于是李渔便与其父亲产生了矛盾。而且，正是由于这种矛盾，李渔才极不情愿地、被动地走上科举入仕的道路。然而，纵观李渔的早期文字，没有发现李渔对其父亲的丝毫的不满情绪，而恰恰相反，种种材料显示，在李渔的成长过程中，他的长辈对李渔的聪慧给予了积极的鼓励与肯定，对李渔将来的科举入仕寄予了热切的希望。李渔的父亲在李渔笔下虽未多提及，但他并不是李渔科举的反对者，李渔和父亲的矛盾事实上属于子虚乌有之事，即使有也不会成为他从业选择的主要动因。

明弘正以后，科举风气如炽，士人社会地位提升，"商而士"的社会现象非常突出。《东州初稿》云："呜呼，士而商弗齿也，商而士斯善之矣。"①大量商贾家庭在科举的诱导下，向士人家庭转型。正如汪道昆所言："夫贾为厚利，儒为名高。夫人毕事儒不效，则驰儒而张贾；既侧身飧其利矣，及为子孙计，宁驰贾而张儒。"②商人家族在经商致富后，大都延名师，开私塾，培育子弟走科举入仕之路。歙商鲍柏庭说："富而教不可缓也，徒积资财何益乎?"③又如《汪氏统宗谱》卷一六八谈到富商汪远说："公贾而儒行者也，其裕父之志，启诸子以儒，精勤心思在焉。"④歙县《泽富王氏宗谱》卷四记载：商人王延宾，"性颖敏，好吟咏，士人多乐与之交，而诗名日起"，有人认为此不利于商，而其母却说："吾家世承商贾，吾子能以诗起家，得从士游幸矣，商之不利何足道哉!"⑤说明商而士已成为那个时期商人的自觉行为。明中叶后，商业繁荣，商籍子弟入学登第，蔚然成风。商人还凭借其资财充裕，斥资助学，修建义学、书院，客观上促进了科举教育的发展繁荣，增大了士人阵营。江浙一带为人文渊薮，出现了士人如林的社会景观。袁宏道《初

---

① 夏良胜：《东州初稿》，《四库全书》集部别集类。

② 汪道昆：《太函集》卷52，《海阳处士金仲翁配戴氏合葬墓志铭》，张海鹏等编《明清徽商资料选编》，黄山书社1985年版，第438页。《续修四库全书》第1346—1348册亦收此书。

③ 歙县：《新馆鲍氏著存堂支谱》卷3，《柏庭鲍公传》，见《明清徽商资料选编》，第143页。

④ 《明清徽商资料选编》，黄山书社1985年版，第439页。

⑤ 同上书，第456—457页。

至绍兴》描述了这个时期浙东的景象："闻说山阴县，今来始一过。船方革履小，士比鲫鱼多。聚集山如市，交光水似罗。家家开老酒，只少唱吴歌。"①

李渔的选择与这一时期的文化环境有一定的关联。少年时期的李渔是在江苏如皋度过的，这时李家家境比较富裕，黄鹤山农《玉搔头》序云李渔"家素绕，其园亭罗绮甲邑内"②，可能有夸饰成分，因为李渔家族在如皋根本无法与冒氏家族相比，所以"甲邑内"之说明显不确。但作为药商世家，他在如皋应该是中上等的富族。同当时的其他富族一样，李渔的长辈自然把"商而士"的重任放到这个资禀聪慧的仙侣（李渔）身上，这在李渔的文字中得到了证明。

伯父如椿是少年李渔确定自己的人生志向和走上科举道路的有力的推动者和支持者。他是李渔在文字中提到过的长辈。李如椿医术精到，李渔对他充满了敬仰之情，从小就经常跟随他"游大人之门"。耳濡目染之间，李渔完成了他的早期的家学教育。应该说，通过这样的途径，和常人相比，李渔扩展了眼界，增长了见识，尤其在医药知识和交际经验方面。这种人生经历对他以后的择业和他性格的形成会起到潜移默化的影响。

但伯父如椿令李渔崇敬的其实尚不在此，他还是个"冠带医生"③，是这个业医家族唯一有名分的、有影响的、最值得骄傲的体面人物。那么，这个冠带医生究竟是个什么身份？有着什么样的社会地位？他对少年李渔有着什么样的影响呢？

明时，冠带医生是指在太医院有称职的医生。明代太医院医生，主要从医官子弟和医家子弟中选拔，大考后分三等，"一等补医士，二等补医生，三等发院习学"，李如椿获得太医院医生的资格，属于比较低级的医职。④ 但在这个乡医家族中，他是最体面的人物，在家族中的影响力应该是很大的。在众多的子侄里面，如椿能够经常带这个仙侣"游大人之

---

① 钱伯诚：《袁宏道集笺校》，上海古籍出版社 1981 年版，第 361 页。
② 黄鹤山农：《玉搔头序》，《笠翁传奇十种（下）》，《李渔全集》第 5 卷，浙江古籍出版社 1991 年版，第 215 页。
③ 《龙门李氏宗谱》，转引自赵文卿《李渔生平事迹的新发现》，《戏文》1981 年第 4 期。
④ 《四库全书》史部，《礼部志稿》卷 89。

门”，其主要原因是李渔的资禀聪颖、机灵可爱、可堪造就。① 另一点可以推定的事实，是李渔的家风良好，家庭比较和睦。李渔有《抢仙、抢汝、抢毓三侄孙小像赞》② 文，谈起他的家族，自豪之情溢于言表，“帝王家风，匹夫能继”。以往兄弟间“鼎足而撑，一家天地”，如今后辈长幼有序，崇尚诗书，“倡此雅俗”，“则为家桢”。由此可知，他们的父辈们有着较为良好的关系。这样伯父如椿才能够经常地带着李渔游走“大人之门”。李渔的资禀才质是他成为这个业医家族最有潜力、最有可能擢第登籍、光宗耀门的后代，因此，就很得李家长辈尤其是如椿的赏识，以至于多少年以后李渔还津津乐道他早年的事情。

李渔自己从小就有明确的入仕理想，并且受到长辈的鼓励和鞭策。他在后来多次提及，《清明日扫先慈墓》云：

> 高冢如山足草莱，松楸虽说几曾栽。三迁有教亲何愧，一命无荣子不才。
>
> 人泪桃花都是血，纸钱心事共成灰。鸡豚未及存时养，此日椎牛亦枉哉。③

这篇诗歌写的是怀念母亲以及对已故母亲的愧疚之情，诗中这位“三迁有教”的孟母型的“先慈”，倾注了极大的热情来培养李渔，但她“一命无荣”，李渔并没有实现其母亲的夙愿，得中举人。李渔这个时期的科举入仕理想，在他的诗词中表现得非常的强烈。崇祯十二年己卯（1639）参加乡试，落榜而归，李渔写了《榜后柬同时下第者》：

> 才亦犹人命不遭，词场还我旧诗豪。……酒少更宜赊痛饮，愤多姑缓读离骚。姓名千古刘蕡在，比拟登科似觉高。

---

① 李渔后来自言其襁褓识字，稍长即能辨别四声，乳发未燥即随伯父登大人之门。黄鹤山农《玉搔头》序中说李渔：“髫岁即著神颖之称，于诗赋古文罔不优赡，每一振笔，漓滟风雨，倏忽千言。”

② 李渔：《笠翁文集》卷2，《李渔全集》第1卷，浙江古籍出版社1991年版，第114页。

③ 《李渔全集》第2卷，浙江古籍出版社1991年版，第158页。

崇祯十三年庚辰（1640）元日作《凤凰台上忆吹箫》：

> 闰人，也添一岁，但神前祝我，早上青云。待花封心急，忘却生辰。听我持杯叹息，屈纤指，不觉眉颦。封侯事，且休提起，共醉斜曛。①

自视才高而命运不济，用刘蕡自比以自慰、慰人。落榜后的牢骚悲愤、抑郁不平之气，活现出一个科举痴狂者的李渔。李渔早年的这种科举情结到老都未能忘怀，《六秩自寿四首》之二云：

> 自知不是济川才，早弃儒冠辟草莱。性亦爱钱诗逐去，才难致忌命招来。
> 忘忧只赖歌三迭，不饮惟耽著数杯。何处可容青白眼，柴荆日日对山开。②

崇祯十二年己卯（1639），李渔首应乡试，落榜。崇祯十五年壬午（1642）又应乡试，闻警折返。自此便息心科场，另寻出路。在这首诗里，李渔道出了他的早弃儒冠的原因：是才与命；而后的贫穷，也是由于才与命。正如白居易所叹息的："不教才展休明代，为罚诗争造化功。"③李渔所抒发的是生不逢时、怀才不遇的低沉喟叹，丝毫看不出他是被逼无奈而走上科举之途的。如果说李渔落榜后苦恼与愤懑还不足以说明李渔对科举的痴狂，而另外的一些作品，则可以看出李渔科举的理想及真正心理动因。《寿献民侄七十》透露出不少李渔的家族信息：

> 桂子兰孙列两旁，少者壮者皆成行。他日鲲鹏齐振羽，不忧笏不满匡床。人间乐事十得九，只少辉煌印如斗。④

---

① 李渔：《耐歌词》，《李渔全集》第 2 卷，浙江古籍出版社 1991 年版，第 477 页。
② 李渔：《笠翁诗集》卷 2，《李渔全集》第 2 卷，浙江古籍出版社 1991 年版，第 185 页。
③ 白居易：《白氏长庆集》卷 24，《答刘和州禹锡》。
④ 李渔：《笠翁诗集》卷 1，《李渔全集》第 2 卷，浙江古籍出版社 1991 年版，第 62 页。

李渔之侄献民年届七十，业在杏林，颇有声名，李渔此时也垂垂老矣。李渔作为长辈为其祝寿，诗中说李家一族虽然人丁兴旺，但尚无以举业成名者。李渔说"人间乐事十得九，只少辉煌印如斗"，说明李家至此尚无一人靠科举入仕者。又据《宗谱》记载：李家祖宗九代，没有一个做官的人。李渔将自己未竟的事业，寄托于后代身上，这既是遗憾，又是期望。因此，渴望通过科举挣得一官半职，来改变作为医商家庭低下的社会地位，将富求贵、光耀门楣，是李渔走上科举之途的主要动机所在。李渔对子侄辈科举的渴望，也是李渔父辈们当年对李渔的渴望，是一种发自内心的追求，没有丝毫的勉强。

这种梦想通过科举来改变低下的社会地位的心理动因，也在李渔以后的诗文中表现出来。李渔有联《凌颖仙医士郎君乡捷》云：

> 岐黄何处辨低昂？但观后裔之昌，即识阴功之大。
> 子嗣谁人堪比拟？莫羡飞腾之捷，皆由酝酿之奇。①

李渔认为医家之兴，只在后裔之昌，然后裔之昌，又只在科举。也就是说，科举是改变医家命运、亢宗耀门的唯一途径。凌医士郎君乡捷，令李渔十分羡慕。李渔还写过许多寿词和祭文，在这些词文中，李渔对衣冠家族的艳羡表露无遗。《季太翁万太夫人双祭文》曰：

> 得令子侍御公首振家声，充满其志而光大其业，继此而联翩鹊起、翱翔云路者，又不一其人。海内数家世之盛者，遂首推延令。乌知其子若孙弹冠而起，正未有艾也。……即今讣音一出，哀动中原，白马素车，充塞道路，延令一城，竟为衣冠丛集之数。②

季氏家族为科举世家，其子孙"联翩鹊起，翱翔云路"，家世之盛，甲于海内。李渔称其"悉是绳武之良才，兴宗之美裔"。这是当时许多科举士子的梦想，也是李渔家族的梦想。而对于与自己遭遇相同的好友亲

---

① 李渔：《笠翁文集》卷4，《李渔全集》第1卷，浙江古籍出版社1991年版，第278页。
② 同上书，第61页。

朋,李渔往往好言慰之,同病相怜之情溢于言表。《赠徐周道文学》曰:
"一生呫哔未登科,撞碎烟楼奈子何。但使后贤能踯躅,何妨前辈略蹉
跎。寿人况有青囊在,娱老行看紫绶多。我若似君荣暮景,华胥梦里亦高
歌。"① 李渔将自己未竟的事业,寄托于后代身上。李渔一直子息艰难,
庚子(1660)得一男,喜出望外,辛丑(1661)又举一男,诞生之际,
适范正、卢远心二观察过访,李渔作诗曰:"全凭此日轩和冕,逗出他年
印与戈。"② 李渔早年在家族长辈的鼓励支持之下,想通过自己的努力,
科举入仕,挣一个"辉煌印如斗",做一个李氏家族的"兴宗之美裔",
但落榜和战乱使他的理想成了泡影,只有寄希望于他的子孙。

三 《回煞辩》并非乖张非礼

徐文说:"《回煞辩》是李渔留下的唯一一篇提及父亲的文章,他一
生创作了数百万字的作品,但是除此之外,李如松的名字消失得无踪无
影,与此形成鲜明对比的是,他不止一次地深情地提到自己的母亲。"他
由此推断李渔内心肯定憎恶他的父亲。于是他除了揣想在家业继承方面的
原因外,他找到的他认为最有力的证据是《回煞辩》一文:"他是用这样
的方式来迎接回煞的:张炬设席于中堂,诵蓼莪之篇,读大小戴之礼,涕
泗达曙,而不闻影响。尽管李渔表白了他的悲泣,不过,高烧蜡烛、洞开
门户和琅琅的书声与丧事的气氛似乎显得很不协调。……他却牺牲了作为
儿子应尽的孝道。他显然忘记了或者丝毫没有顾及自己亲属的感情,没有
想一想他们对他的这种《回煞辩》乖张非礼的行为会产生什么样的看法。
他忘记了至少在表面上,他应对父亲的不幸逝世表示出必要的哀戚,因为
这是孝道所要求的。李渔的举动表示出他内心里憎恶他的父亲,尽管他根
本不相信人有魂灵,但是他还是不愿意看到任何类似父亲的魂灵的形象的
事物在他面前出现。"

徐文对《回煞辩》的解读初看起来似乎合情合理。他的逻辑是:由
于李渔憎恶其父亲,因此便对其父死后之回煞产生逆反排斥心理,于是作

---

① 李渔:《笠翁诗集》卷2,《李渔全集》第2卷,浙江古籍出版社1991年版,第237页。
② 同上书,第172页。

《回煞辩》一文以示报复。这种乖张非礼行为，说明他不遵孝道、仇恨父亲。然而，在这篇辩文里看到，李渔除了对这种陋俗表示怀疑和不满外，最重要的理由是：他认为回煞之日全家回避是"塞人子念亲之心，开天性倍本之渐，此先王之教所不容也"，亦即认为回煞违背了儒家的孝亲大义。逝者既然是自己的骨肉之亲，其魂灵回归应"絮酒击牲待之可也"，这才入情入理，合乎孝道。不然，避亲如仇，只能开"倍本之渐"，是为不孝。于是，李渔涕泗达曙，以待父魂回来，但最终是"不闻影响"。这里，我们找不到李渔对父不孝的丝毫证据。李渔《回煞辩》不但看不出他憎恶父亲，相反，他的理论倒更符合孝亲大义，更显出李渔的尊亲之意。徐文的推理从一己主观概念出发，完全不顾当时社会实际和李渔的心理真实，结论含有太大的猜测臆想成分。

回煞又称避煞、丧煞、归煞、出殃等，是中国传统的丧葬习俗中一个内容。俞文豹《吹剑录外集》云：

> 避煞之说，不知出于何时。按唐太常博士吕才《百忌历》载丧煞损害法，如已日死者雄煞，四十七日回煞，十三四岁女雌煞，出南方第三家，煞白色，男子或姓郑、潘、孙、陈，至二十日及二十九日两次回丧家，故世俗相承，至期必避之。然旅邸死者即日出殡，煞回何处？京城乃倾家出避。东山曰："安有执亲之丧，欲全身远害而扃灵柩于空屋之下，又岂有为人父而害其子者？乃独卧苦块中，终夕帖然。"①

《吹剑录外集》记载唐代已有回煞丧俗。其实，回煞这一风俗出现远在此之前。北齐颜之推曰："偏傍旁之书，死有归杀，子孙逃窜，莫肯在家，画瓦书符，作诸厌胜。……凡如此比，不近有情，乃儒雅之罪人，弹议所当加也。"② 五代至宋避煞之风盛行，徐铉《稽神录》、洪迈《夷坚志》、侯甸《西樵野记》都有记载。由此可知，至迟在南北朝时期，已有避煞风俗存在，而且从此开始对这种陋俗的怀疑和否定之声见之于各种文

---

① 俞文豹：《吹剑录外集》，《四库全书》子部杂家类。
② 颜之推：《颜氏家训·风操篇》，时代文艺出版社 2001 年版，第 183—184 页。

献，从未间断过。

然对此陋俗提出怀疑和驳斥的最强烈最集中的还是在明清时期。明中叶的思想解放运动，使得许多激进的士人对回煞这种陋俗进行反思与批评。吕坤《丧礼翼》说："葬日忌十二相所属，致有子妇不送丧不见榇重，礼者非之。"姚翼《家规通俗编》云："阴阳家以人死年月日之干支，推算死者离魂之日数，以为死后如其日数而魂来复，于是计日用祝巫以招之。世俗丧礼中邪说莫此为甚，然皆习而安之，以为非此即魂无所归，决不可已也。能断然不行者，其惟绝俗之士乎？"顾湄《咫闻录》云："吴俗遭丧，听信术士，以亡者干支推算而计之，有接煞避煞之殊，……予素不信，居先妣丧，独守几筵，从而察之，绝无影响，由是益知其妄。"①清徐时栋《烟屿楼笔记》卷四记载了明张邦奇之父张愷破回煞陋俗的故事：

> 回煞之说，他郡多有之，而吾乡独无。往往见小说家言，载之綦详，且甚验。如云煞神足似鸟爪，以灰布地上试之，无不然者。然何以他郡信验如此，而吾乡独无，遂绝不闻有影响？可知妖由人兴，一切皆然。亲丧固所自尽，知礼之君子，宜有以正风俗矣。明张文定公《邦奇集》云："先大父讳愷，字汝诚，明于幽明之故。鬼怪诞妄之说一无所惑。越俗遭丧，用术士盖棺，必令举家出次于外，谓之避煞（此与他乡回煞之说不同）。否则有鬼物掊击之，或病或死，率有应验。府君治丧，黜之。至今吾乡俗无避煞之扰。孝子慈孙得以致慎终之诚，自府君始也。"②

与李渔同时的周召在《双桥随笔》卷七中，引经据典，进一步深入驳斥回煞之虚妄：

> 李笠翁《一家言》有《辩煞说》一篇，其始以煞为必无，而究

---

① 《四库全书》经部，《读礼通考》卷116"避煞"条注。
② 徐时栋：《烟屿楼笔记》卷4，蘧学斋徐氏校印本，《续修四库全书》第1162卷，第625页。

主于调停，则为筮期陈牲于庭以迓之。此其说与子谓之姑徐徐云尔者
何异？余以为，吾辈论事亦断之以理而已。人死而有煞，此理之必无
者也。何也？凡人与物之在天地间也，得气而生，气盛而壮，气衰而
老，气竭而死。故曰："生，寄也；死，归也。"《本义》曰："魂游
魄降，散而为变，鬼之归也。"《易》曰："原始反终，故知死生之
说。"《记》曰："神气归于天，形魄归于地。"身既归矣，其生也自
无而有，其死也自有而无矣，又何自有神焉？而且分为雌与雄者依于
其人以作祟哉？此等不根之语，皆僧道阴阳家造为题目以赚人。如吾
乡遣煞、关殓、接七、撞七、判斛、奔五方、游十殿之类，无不可
笑，乃习俗相沿，不行者必以为怪。考之于古居丧之制，何尝有此？
而不闻读礼之声，但守狗时之见。往者余居太孺人暨伯氏之丧，亦不
得不踵而行之。盖吾母吾兄而亦不获用吾情矣。卢承庆曰："死生至
理，犹朝有暮，吾死敛以常服，葬勿卜日。"余与儿辈约，凡世族荒
唐之举一概屏绝。此余生平所最恶而沾沾以为独立不惧者，万勿徒畏
人言反使泉下之人为之顿足而张眼。①

　　周召确实是个彻底的无神论者，他以儒家早期经典为依据，证明
"死生至理，犹朝有暮"，生死乃自然现象。所谓避煞之说，"皆僧道阴阳
家造为题目以赚人"，纯为"不根之语"。
　　以上资料说明，避煞之俗在明清时期盛行于吴越，然也有有识之士起
而反之，张慎、顾湄等就以自己的亲身经历证明了回煞之说的妖妄不经。
张氏在为父治丧时将回煞"黜之"，"自此吾乡便无避煞之扰"，并得出
"妖由人兴，一切皆然"的结论。如果按照徐文的逻辑，张文定的父亲、
顾湄之辈定是"乖张非礼"之人，他"丝毫没有顾及自己亲属的感情"，
将回煞之俗罢黜，那他一定是"内心里憎恶他的父亲"，"不愿意看到任
何类似父亲的魂灵的形象的事物在他面前出现"。可这样的推论事实上是
荒唐的。一般说来，丧礼体现子孙对其先辈的感情，李渔的《回煞辩》

---

　　① 周召：《双桥随笔》，《四库全书》子部，《双桥随笔》卷七。《四库总目提要》称："召
字公右，号拙菴，衢州人。康熙初，官陕西凤县知县。是编乃其甲寅、乙卯间值耿精忠构逆，避
兵山中所作。"

如果作为一种个人感情的真实流露，不能排除作者没一丝的憎恶父亲的可能，但这需要充分的旁证来证实。徐文的佐证莫名其妙地与家产联系起来，并且推想李渔因得不到家产而痛恨父亲，尤为匪夷所思。事实上，李渔在《回煞辩》里说得明白，回煞让全家人避开是"塞人子念亲之心，开天性倍本之渐，此先王之教所不容也"，主要针对的是陋俗本身，而不是李渔父亲本人，而徐文却有意无意地避开了这一点。

晚于李渔的著名思想家赵翼在《陔余丛考》对回煞说作了一番考证后，表示了自己的见解：

> 历按诸说，则雄煞、雌煞之说，理或有之。然泥于习俗，至倾家出避，则惑矣。善乎陈东山之论曰："安有执亲之丧，欲全身远害，而扃灵柩于空室之内者？又岂有父母而肯害其子者？"乃独卧苦块中，帖然无事。此可此破俗说也。①

赵翼在论中引陈东山之言作为证据，说明回煞既违背孝亲大义，又不合情理，其结论与李渔的观点不谋而合。我们无法知道赵翼是否读到过李渔的《回煞辩》，是否受到李渔学说的影响，但他的观点为李渔之论作了一个很好的注脚。

在上引的几段材料中，我们可以看到，正统儒士对回煞的怀疑和否定，从回煞丧葬习俗形成之日起就不乏其人，明清时尤多，士人在移风易俗过程中的重要作用由此可见。他们往往出于对亲情的崇拜和维护儒教的纯洁性，排众议，疾虚妄，破愚俗，并以自己的实际行动来证明之。这种对回煞陋俗的反动还直接推动朝廷下令禁止，康熙二十三年，重编《选择通书》，认为避忌诸条，"败俗伤化莫此为甚，而考其所忌之日，又毫无义理。殆术士捏造，中之尤不通者"，最终避煞"奉旨不用，诚可谓万世定论矣"。②乾隆时编《四库全书》，徐乾学为《读礼通考》作序，将避煞神与焚魂衣、招游魂、张乐以醵宾等，皆看作"皆失礼之尤者"。③

---

① 赵翼：《陔余丛考》卷32，河北人民出版社1990年点校版，第555页。
② 《四库全书》子部，《钦定协纪辨方书》卷36，《辩伪》。
③ 《四库全书》经部，《读礼通考》卷38，《丧仪节一》。

在朝野对回煞愚俗的一片讨伐声中，李渔也许可以算得上一个旗手。李渔说，煞不可避，"孝子之于亲之殁，有刻木以肖其形者，有以诗书、栖卷征其手口之遗泽者，皆以亲之不可再见也，今既惠然肯来，将逆之不暇，何避之有？"避之则"塞人子念亲之心，开天性倍本之渐"，正确的态度是"絮酒击牲待之可也"。这些观点正是明清时期士人反对回煞陋俗的普遍看法，这丝毫不能证明生者对死者的憎恶和仇恨，相反都是出于对回煞陋俗的悖情反理的痛恨和对已故亲人者深切的悼念和崇敬，至于提到李渔"张炬设席于中堂，诵蓼莪之篇，读大小戴之礼。涕泗达曙，而不闻影响"，徐文解释是"高烧蜡烛，洞开门户和琅琅的读书声和丧事的气氛显得不协调"，这实在是对原文的误读，是对李渔孝亲感情的歪曲。

四　尊父亲母，子女孝亲的正常模式

综上所述，李渔早年热心举业、醉心科举客观上是当时社会风气必然产物，主观上是李渔家族及李渔要求改变低下社会地位的强烈要求所致。李渔早年的职业选择，在当时并没有超出士子读书求仕的通常路径，并不具有什么特别的意义。但李渔的尝试最终失败了，这给他的心理带来了极大的打击，这种不能跻身上流社会的失落感和自卑感伴随着他的一生。《祝陈大中丞太夫人寿序》云："予贫且贱，贫则不能为礼，贱则不敢为礼。"《默识名山胜概联》云："笠翁曰：予过客也，贫士也。又小人也……忽见一个贫且贱而稍显词翰者经过其地……予何人斯？敢以草野姓名，混处荐绅先生之列？"对一个经常游食于大家贵族的贫士李渔来说，寿词悼文免不了阿谀谄媚，但这些话则并不全是自谦之词。经常周游于缙绅名流之中，李渔感到既贫且贱，比不上人，这都源于其心中深深的家世自卑。读李渔的这些应酬诗文可以深切地了解李渔早年为什么对科举那么的狂热，了解他走上科举入仕之途的初衷。沈新林先生曾有《冒襄与李渔》一文，文中探讨李渔与冒襄的关系，其推论颇合李渔实际。文章说：

> 李渔与冒襄于同年出生于如皋城，两人都有多方面的文艺修养和丰富多彩的爱情生活，而两人的经济地位和政治态度有很大差别，李渔的人生道路带有商业色彩，而冒襄的活动具有政治性质，是分属两

个不同层次的文化人，李渔的文化成就高于冒襄。李、冒有不少共同的友人，但一生未有交往，这与二者的出身、际遇、性格不同有关。①

明中叶以后，科举使越来越多的文人与士人社会名望相结合。文人很重同年之谊，经常举办同年会，诗歌唱酬，扩大交接，组织文社、书社，形成许多文人社团。文社既是文人诗酒风流的场所，又是显示身份地位和参与影响政治生活的重要媒介。科举成功就意味着取得了进入上层社会的入门证。确实，李渔与冒襄同年生于如皋，冒襄是贵胄公子，出生世家，李渔则一介布衣，他们都有共同的朋友，但一生并未交游。这并不是李渔不想交结这位贵公子，而是冒襄根本看不起这位医商家庭出身的同乡李渔，同时冒氏对李渔的个性行为也是深恶痛绝，沈文的推断虽缺乏特别有说服力的直接证据，但与李渔当时的处境甚为符合。

徐文还涉及一个理论问题：即怎样解释李渔身上的恋母倾向？徐文否定了弗罗伊德性动力学说，否定了弗氏恋母情结理论的普遍性，承认弗洛伊德所说的恋母情结的这种乱伦的冲动将遭到来自于"礼教"的抵抗。他认为：它们与其被称为"恋母情结"，不如称之为"仇父情结"更恰当。他说："在这里，儿子与母亲的关系的亲密程度在很大程度上是由儿子和父亲的关系来决定的。或者更准确地说，这种母子之间的情感接近并不是出于他们彼此之间的性本能而导致的相互吸引，而是一种出于反对父权的共同目的而结成的家庭政治关系上的联盟。"他的结论抛弃了弗氏的泛性论的假说，从中国社会的表层结构着眼，认为恋母倾向的形成，源于抵抗以父亲为标志的父权压迫而出现的母子间的一种同盟，于是恋母便被定性为一种仇父的母子同盟。徐文为了证明李渔仇父倾向的合理性，拿出鲁迅、毛泽东的父子关系来证明，表面看来颇具说服力，但是这种模式是否在中国社会中都具有普遍性，则是颇可怀疑的。徐文犯了以偏概全的错误。李渔对此有独特的解释。丁巳春李渔为《今又园诗集》作序，序曰：

---

① 《淮阴师专学报》2003 年第 5 期。

予自白门移家湖上，如入画中，因叹家慈在日，泛湖而乐，曾指岸上居民曰：此辈何修，而获家于此。今全家入画，而吾母不与，正切风木之悲。

李渔思母之心、孝母之情，溢于言表。如果按徐文的理论，李渔思母恋母愈切，则对父亲的仇恨程度愈深。但事实上，李渔的思母恋母，在他看来并非来自于对父亲的仇恨，而源于人类的天性。李渔在这个序中总结到：

夫人宦游四方，咸叹不遑将母。即或偶归，归而复出，至辜倚闾之望者，往往而是。①

李渔描绘出了一幅中国化倚闾盼归图，他认为和母亲的亲近，对母亲的依恋，是人的天性。从人类学的角度看，恋母倾向是原始初民母性崇拜的遗存，在中国的文学传统中，对母性的崇拜和对母亲的歌颂表现得尤为强烈。从《诗经》《楚辞》所奠定的文学传统中，诗人歌颂母亲赞美母性的篇什比比皆是，作品所表现出的强烈的感伤色彩和母体回归倾向显示出中国诗人长于抒情、偏于内敛的特质。对此学者们多有论及，在此不再赘述。

和赞美母亲母性的文学相比，中国文学中，对父亲的赞美的作品则显得明显不足。在父权制度下，父亲过早地被纳入了礼制化的轨道，成为强力与强权的代表。一般来说，他的权利和地位是受到绝对尊重的。李渔在《观音大士持验录序》如是说："尊之如父，亲之如母。"②固然，中国文化中不乏恋母仇父的典型，但对父亲的尊敬并不意味着一定是仇视父亲，恋母也不一定就必然仇父。如果在恋母与仇父之间画等号，这就忽视了中国家庭关系尤其是父子关系的复杂性和多样性。更多的情况是，尊父与恋母并行不悖，因为这是传统礼制所要求的，也是中国式家庭长幼关系的正常形式。

---

① 李渔：《笠翁文集》卷 1，《李渔全集》第 1 卷，浙江古籍出版社 1991 年版，第 39 页。
② 同上书，第 37 页。

因此，从李渔的各种陈述中可以看出，他的父亲李如松既不是一个极端专制的家长，同时，也不是一个平庸得足以让子辈鄙弃的长辈。作为一个药商，他给他的家庭挣得了较多的钱财，使这个李氏家庭成为如皋的富族，使他的子孙过上较为富足的生活。作为一个父亲，他按照传统礼制将家业付与自己的大儿李茂，这并不是他的过失，也不会招来其家族和其次子李渔的反对。他默许或者是支持他的资质聪慧的次子仙侣读书求学，科举入仕，以期改变小商人低下的社会地位，这是那个时代一个父亲的正常选择，同时也得到了这个李氏家族所有长辈的支持。因此，年幼的李渔带着聪慧与自信，带着家族的殷切期望走上了科举道路。他的弃医从文，有着较为明确的动因，并无丝毫勉强的痕迹。李渔身上确实存在恋母倾向，但这是一种存在于中国家庭中的普遍现象，是孝亲大义的具体体现，也可以说是人类母性崇拜、母体回归的一种常态表现。和弗氏哲学不同的是，恋母并不一定与仇父倾向相伴生。《回煞辩》中，李渔痛斥回煞陋俗之非，力倡孝亲大义之正，丝毫不能证明他的心中有仇父倾向。至于父亲将家业继承权给李茂，李渔不满并对此耿耿于怀，更属于子虚乌有的无端猜想。

第二节　李渔的弃举动机

如上节所言，李渔在父母及家族的奖掖鼓励之下，走上了科举之途，梦想通过科举求得一官半职，以光宗耀祖。崇祯八年乙亥（1635），李渔回金华应童子试"独以五经见拔"，浙江提学副使许豸对其大为赞誉，"取试卷灾梨，另为一帙。每按一部，辄以示人曰：'吾于婺州得一五经童子，讵非仅事！'"[1] 这对李渔无疑是一种很大的鼓舞。但后来的现实使李渔很失望。崇祯十二年，首应乡试，铩羽而归；崇祯十五年，二应乡试，闻警折返。此后李渔一生未再赴试，以布衣终老江湖。

鼎革之后，李渔为何弃举不试？这是李渔早期研究中一个无法回避的问题。关于弃举原因，李渔本人并未明言，其他研究者也很少言及，即使

---

[1]　李渔：《春及堂诗跋》，《李渔全集》第 1 卷，浙江古籍出版社 1991 年版，第 134 页。

有言及也很少做深入探讨。袁震宇先生《李渔生平考略》①曾注意到李渔诗作《活虎行》。在他看来，《活虎行》是揭开李渔弃举秘密的一把钥匙。②他说："李渔从中得出启示，应探索一条新的生活之路，而最符合'不为人所习见之事，则一鸣惊人，使天下贵贱老幼以及妇人女子以得见为幸'的，莫过于小说、戏曲。"黄果泉就此认为："关于青年李渔，我们既不能因他后来擅长通俗文学创作，遂谓之是李渔早年的自觉追求；也不能因其后来的山人行径，遂一并抹杀他青年时代的文人志向。"③

确如黄氏所言，入清后，他没有再应举，改以著书、出版、演戏、游食四方为生，这并不意味着李渔青年时期的科举志向值得怀疑。从李渔的著述来看，鼎革之前他对科举功名的追求是较为强烈而真实的，没有勉强为之之嫌。李渔的诗文词记录下了他当时真实的心路历程。明崇祯十二年己卯（1639），到杭州应乡试，落第后李渔有《榜后束同时下第者》诗，诗中李渔以晚唐刘蕡自比，声称自己才不输人，命却比别人差。看着中举者志得意满，李渔自感失落，于是"酒少更宜赊痛饮，愤多姑缓读《离骚》"，只有借酒浇愁、藉《离骚》抒愤。崇祯十三年庚辰（1640），李渔三十岁，作《凤凰台上忆吹箫·元日》，词末尾云："封侯事，且休提起，共醉斜曛。"年届而立却功名未遂，连妻子都为他蹙眉犯愁。李渔只好让她休提封侯事，以酒浇愁，共醉斜曛。此首有叶修卜眉评，评曰："世人驰逐利名，都在三十左右。笠翁当此时已置封侯不道，是何等识量！故有今日之必传。"④言下之意，李渔此时已有倦进取功名之意，非也！评语不无溢美之嫌，但这只是叶修卜多年之后的一种揣测，其真实情形并非如此。庚辰之后，李渔对举业尚耿耿于心、不能忘怀。崇祯十四年辛巳（1641）春，李渔三十一岁，其母过世不久，李渔有诗《夜梦先慈责予荒废举业，醒书自惩》，其中有言："恍惚虽成梦，荒疏却是真。天教临独

① 袁震宇：《李渔生平考略》，《李渔全集》第 12 卷，浙江古籍出版社 1991 年版，第 362—410 页。

② 笔者在沪读书时，亲得袁先生指点不少。先生曾与我论及李渔《活虎行》，认为这是李渔弃举转变的关键，是李渔选择戏剧小说之路的关键，后来，先生还说李渔在此事件中受到的启示当不止这些，涉及李渔人生态度、思想观念等观念转变的问题。

③ 黄果泉：《雅俗之间——李渔的文化人格与文学思想研究》，中国社会科学出版社 2004 年版，第 7 页。

④ 李渔：《耐歌词》，《李渔全集》第 2 卷，浙江古籍出版社 1991 年版，第 477 页。

瘵，砺我不才身。"又有《清明日扫先慈墓》："三迁有教亲何愧，一命无荣子不才。人泪桃花都是血，纸钱心事共成灰。"二诗皆写自己荒废举业、愧对亡母，然自愧之中也包含自励的成分。从上述这些诗词中可以看出，李渔应举的动因，除了自身刻骨铭心的追求外，还可看到李渔的家人特别是母亲、妻子对李渔期望之殷切。毫无疑问，不管此时李渔是否真的荒疏了举业，至少从表面上看，他仍是一个不能忘怀科举功名的士子。

然而，战乱使李渔的科举梦最终破碎。崇祯十五年壬午（1642）秋，他再应乡试，中途闻警折返，有《应试中途闻警归》："正尔思家切，归期天作成。诗书逢丧乱，耕钓俟升平。帆破风无力，船空浪有声。中流徒击楫，何计可澄清？"诗前四句写家园之思及国家前途之忧。后四句写自己生逢乱世，希望像祖逖一样，中流击楫，澄清天下，但可惜空有壮志，无力回天。因为明朝早已丧乱迭生、江河日下、不可收拾。李渔此时对时局的担心并非无据，这时的明王朝确已内忧外患、战事频频，但战火尚未殃及江浙。

据明史载，崇祯十五年壬午（1642），"秋七月己巳，左良玉、虎大威、杨德政、方国安四镇兵溃于朱仙镇。八月庚戌，安庆兵变，杀都指挥徐良宪，官军讨定之"。[①] 十二月李自成再破彝陵、荆门、常润、走湘潭。崇祯十六年八月，张献忠陷长沙。也就是说，崇祯十五年秋冬，明军与李自成的义军的战线主要在当时的湖广、河南、南直隶西北一带。明军也有一些内部兵变，战火尚未烧到浙江。如果有，也是小股流寇或明军溃兵。[②] 又据《浙江通志》记载，崇祯壬午科浙江乡试八月照常举行[③]，取丁澎、张煌言等一百四十五人。如此看来，李渔所谓"警"可能就是流寇与溃兵而已。李渔此次赴试途中闻警折返，应该主要是出于性命安全考虑。在那样一个信息、交通不便的年代，任何传言都可能被无限扩大与扭曲。李渔的折返，也是情理之中的事。在功名与生命面前，李渔选择了后者。性命攸关之时，他的科举执着便迅即淡化。更何况崇祯十二年己卯

---

① 《明史》卷24，本纪第24"庄烈帝"。
② 《明史》卷120"诸王五"。
③ 《阅世编》卷2："旧制：以辰戌丑未年二月八日设科会试。独崇祯十六年癸未，以流寇充斥河南，已停壬午乡试。各省计偕举子道阻难集，改至八月会试。明代因战事停止和推迟科举，此为仅例。"

（1639），李渔乡试返回途中，曾遇盗于萧山虎爪山，险些被害。此次折返主要是因为性命之忧，似不应有什么怀疑。

入清以后，李渔为何不再应举？这恐怕就不是一个简单的问题了。崇祯十七年甲申（1644）三月二十八日，李自成攻陷北京，十九日崇祯帝自缢于煤山，明朝灭亡。五月，南明王朝成立。不久，吴三桂投降，开关迎敌。山海关一战，李自成败绩。十月，皇太极第九子福临入关，定都北京，改元顺治，随即挥戈南下。江浙一带作为明王朝的最后堡垒，反抗最烈，受害也最惨，有"扬州十日"、"嘉定三屠"等。李渔《甲申纪乱》、《避兵行》等诗记载下了那时战乱的一些真实情况。

在崇祯末到顺治初的战乱之时，李渔避兵山中①，后因衣食困乏，曾入金华府通判许檄彩幕中"借箸"②，前后大约两年。顺治三四年间，李渔在乡做"识字农"③，直到顺治七年前后李渔举家迁往杭州。

顺治初，清政府在军事征服的同时，迭开科举，网络人才。顺治元年（1644）十月，诏各直省开科，以二年秋八月举行乡试，三年春二月举行会试。顺治三年丙戌会试，当年秋季，再举乡试。次年丁亥春，再举会试。④ 但江南尚处于战乱烽烟之中，无暇进行科考。李渔这时已回到兰溪乡下，过起了悠闲自得的"识字农"生活。清政府如此频繁地开科取士，而此时李渔的诗文中对此没有任何的记载。李渔再未应举，其实是在一个复杂权衡后而作出的选择，而这种权衡又既与时局之变化密切相连，也与李渔自己人生志趣有关。

顺治初年，李渔对清政权怀有一定的敌意。对于清政权，李渔的态

---

① 李渔：《闲情偶寄·颐养部》："追忆明朝失政以后，大清革命之先，予绝意浮名，不干寸禄，山居避乱，反以无事为荣。夏不谒客，亦无客至，匪止头巾不设，并衫履而废之。或裸处乱荷之中，妻孥觅之不得；或偃卧长松之下，猿鹤过而不知。洗砚石于飞泉，试苕奴以积雪；欲食瓜而瓜生户外，思啖果而果落树头，可谓极人世之奇闻，擅有生之至乐者矣。"

② 李渔：《许青浮像赞》，《笠翁文集》卷1，《李渔全集》第1卷，浙江古籍出版社1991年版，第104页。又《乱后无家暂入许司马幕》也记此事，见《笠翁诗集》卷2，《李渔全集》第2卷，第162页。

③ 《伊山别业成寄同社五首》其五："但作人间识字农，为才何必擅雕龙"，《笠翁诗集》卷2，浙江古籍出版社1991年版，第166页。

④ 叶梦珠：《阅世编》卷2："逮乎本朝顺治丙戌会试，一仍旧典。寻以开创之始，加恩士子。是秋，再举乡试。次年丁亥春，再举会试，又出常格之外。"

度，有一个从敌视、静观到接受的渐变过程。在顺治初期，李渔经常处于避乱的颠簸之中，面对频繁的战乱，李渔伤时忧民，唯一的期望是战乱平息，太平岁月早日来临。如果说此时改朝换代并没有给李渔带来什么道德上的伤痛的话，那么满清入关而出现的"华夷之辨"以及清政府的强令剃发，像大多数汉族文人一样，李渔产生了文化上的排斥感是可以肯定的。这个时期李渔关于剃发的诗作中，就反映出了这种情绪。如顺治三年的五律《丙戌除夜》："髡尽狂奴发，来耕墓上田。屋留兵燹后，身活战场边。几处烽烟熄？谁家骨肉全？借人聊慰已，且过太平年。"七绝《剃发》诗二首。其一云："一束匀成几股分，不施膏沐也氤氲，趁伊尚未成霜雪，好去妆台衬绿云。"其二："晓起初闻茉莉香，指捻几朵缀芬芳。遍寻无复簪花处，一笑揉残委道旁。"顺治四年的五律《丁亥守岁》："著述年来少，应惭没世称。岂无身后句，难向目前誉。骨立已成鹤，头髡已类僧。每逢除夕岁，感慨易为增。"这说明在顺治三四年间，李渔的民族主义情绪是比较强烈的。而在这时，南方汉民族的反清斗争正如火如荼地进行，许多士大夫或以死抗之，或削发为僧，或归隐田园，拒绝应试，拒绝与清朝合作。正是由于这样一种文化上的拒斥，李渔不可能参加清政府的科举。

顺治四年到七年之间，李渔在家乡隐居，而这段时间，满清政府逐渐肃清了残余的南明政权，统治趋于稳定。接下来面临怎样的选择，李渔内心一定做过一番较为复杂的权衡与斗争。其实，尽管李渔诗中乡居生活是那么的美好，但李渔并不乐意以老农终身的。他说："老农不可为，圃事尚堪娱。宁为夫子薄，吾愿学樊须。"① 又《辛卯元日》诗云："又从今日起，追逐少年场。过岁诸逋缓，行春百事忙。易衣游舞榭，借马系垂杨。肯为贫如洗，翻然失去狂。"② 似乎可以说，从辛卯年起，李渔就决心改变自己的乡下隐居生活。而在此之前，他已有结束隐居的打算。虽然，移杭之后，李渔在《十二楼·闻过楼》里把乡居生活描述得那么美好，那不过是时过境迁之后的回忆，并非当时真实心境。事实上，居乡后

---

① 李渔：《治圃》，《笠翁诗集》卷3，《李渔全集》第 2 卷，浙江古籍出版社 1991 年版，第 67 页。

② 同上书，第 88 页。

期，凶荒相继，李渔家庭生活相当困难。"讵意兵燹之后，继以凶荒，八口啼饥，悉书所有而归诸他氏。"① 此时李渔穷途欲哭，急欲寻找一个安身立命的新途径。而这时，许多文人或为功名计，或为稻粱计，纷纷出山应考，这其中也包括李渔好友丁澎。李渔此时想过重捡科举没有？李渔没有说明。袁震宇先生《李渔生平考略》把明朝失政、李自成起义、清兵入关三种因素看作是李渔战乱之后另择生路的主要原因。三种都属政治与军事因素，只可看作是他重新选择的一种背景。万晴川《风流道学》拈出李渔小说《十二楼·闻过楼》顾呆叟之言，"秀才只可做二十年，科场只可进五六次，若到了强仕之年而不能强仕，就该弃了诸生，改从别业，镊须赴考的事我断断不为"，将之作为李渔弃举的一个理由。顺治七年，李渔四十岁，在此年前后，李渔移家杭州，这段经历与顾呆叟经历基本吻合，顾呆叟之言似乎可以成为李渔弃举的一个动因。但笔者认为：虽说顾呆叟自喻成分较大，但李渔此话似不可尽信。像上边提到的《十二楼·闻过楼》描述乡居生活的美好一样，属于时过境迁的回忆，已疏离了当时真实的处境和想法。因此，此言只可看作是李渔后来解释弃举的一个借口，不能当真。除此之外，万晴川认为还有更深层次的原因，就是李渔"无法彻底割舍对朱明王朝的感情，更无法抹去'扬州十日'、'嘉定三屠'留下的血腥味"。② 此言尤需斟酌。李渔对朱明王朝的感情以及对满清王朝的态度远不像万氏所言的那么简单，李渔其实并无多少深挚恒定的政治情结，他的政治倾向具有实用多变性。关于这一点，可参见本论文第四章第一节《李渔的政治态度》一文，笔者有详细的论述。

在笔者看来，名士意识与对名士、山人生活的追求，以及对自己聪慧资禀的自负的混合是导致李渔彻底弃举、走上卖赋糊口道路的直接原因。

明自弘正以来，士大夫中出现了一些名士，如唐寅、祝允明为代表吴中四才子以及后来的康海、何景明、王九思辈。他们恃才傲物，放荡不羁，特立独行，逍遥放浪于名教之外。其声光所及，影响之大，从达官贵人到王侯贵戚，到处逢迎，倾动朝野。中叶之后，文人争相效仿，士风为

---

① 李渔：《卖山券》，《笠翁文集》卷2，《李渔全集》第1卷，浙江古籍出版社1991年版，第129页。

② 万晴川：《风流道学——李渔传》，浙江人民出版社2005年版，第57页。

之不变。四库馆臣对此评价说：

> 隆万以后，运趋末造，道学侈谈卓老，务讲禅宗；山人竞述眉
> 公，矫言幽尚。或清谈诞放，学晋宋而不成；或绮语浮华，沿齐梁而
> 加甚。著书既易，人竞操觚，小品日增，卮言叠煽，求其卓然蝉蜕于
> 流俗者十不二三。①

《四库全书总目提要》别集存目七赵宦光《牒草》亦云："有明中叶
以后，山人墨客标榜成风，稍能书画诗文者，下则厕食客之班，上则饰隐
君之号，借士大夫以为利，士大夫亦借以为名。"这其中，山人作为文人
的一种新的生活方式，其非工非商，不宦不农，不治产业，却享受着士大
夫一样的生活，对士人的吸引力非常大。因而，在明中叶后的士大夫文人
中很有市场，特别是那些在仕途上失意或科场上受挫的士子们。

这些名士、山人们既超逸不群，自由放任，然又不能吸风饮露，遗世
独立，必须有一技以自养，举凡吟诗作画、谈山论水、评鉴古物、园林建
筑甚至是养生、医学、算命、堪舆诸术，皆可作为养生之具。山人们以此
自娱娱人，也可取利自奉，养家侍亲，而此类人江、浙、闽为最盛。② 至
于李渔的名士和山人之身份，当时人就有认同，李渔山阴好友包璿《李
渔一家言全集序》曾将李渔与李贽、陈继儒相比。③ 后人朱琰在《金华诗
录》李渔小传中也袭包璿之意云："明之中晚有李卓吾、陈仲醇名最噪，
得笠翁为三矣。"④ 将李渔列入名士和山人之列。孙楷第《李笠翁与十二
楼》更肯定李渔身上的山人习气。他说：

---

① 《四库全书总目》卷 132，《续说郛》条。

② 王士性：《广志绎》，中华书局 1981 年版，第 80 页。卷 4 云："江、浙、闽三处，人稠
地狭，总之不足以当中原之一省，故身不有技则口不糊，足不出外则技不售。惟江右尤甚，而其
士商工贾，谭天悬河，又人人辩足以济之。又其出也，能不事子母本，徒张空拳以笼百务，虚往
实归，如堪舆、星相、医卜、轮舆、梓匠之类，非有盐商、木客、筐丝、聚宝之业也。"

③ 包璿：《李先生一家言全集序》云："繁惟明之中晚，士名噪当时者，前无若李卓吾，后
无若陈仲醇。然卓吾之名多由焦公弱侯重，仲醇之名多由董公玄宰重，若吾笠翁，则无待而兴
者。即世之推重笠翁也，故不乏弱侯、玄宰若他人，然吾不知谁为弱侯、谁为玄宰矣。"见《李
渔全集》第 1 卷，第 1 页。

④ 《李渔研究资料选辑》，《李渔全集》第 12 卷，浙江古籍出版社 1991 年版，第 313 页。

　　所谓山人者，是借士大夫以为利的。明季山人甚多，最阔气的是陈继儒。清初山人最著名的，就是李渔。这些先生们非工非商，不宦不农，家无恒产而需要和士大夫一样的享受，一身之外，所有皆取之于人，所以，游荡江湖，便是他们的职业。①

　　孙氏此言是针对李渔入杭以后的游食性质而言的，是对李渔后半生的一个概括性的总结。然在入杭之前，名士、山人作为一种文人生活方式，李渔并不陌生。他所要做的，是如何尽快地成名。所以，在入杭之前后，李渔的成名欲特别强烈，他的弃举选择当与此大有关系。

　　有迹象表明，李渔梦想通过一种特殊途径尽快成名，这种梦想并不始于入杭之前后。崇祯十二年己卯（1639）李渔应乡试落榜，十三年元日作《凤凰台上忆吹箫·元日》，年届而立但功名不成，李渔持杯叹息、郁郁寡欢。表明落榜后的李渔，一直处于沉闷黯淡的情绪之中。崇祯十四年辛巳（1641），金华府同知瞿萱儒赠稚虎一头，李渔将之槛归故乡，沿途万民争观，使原本只有半天的路程，却走了三天三夜：

　　　　盖以途间男妇聚观如堵，皆为虎之活者从未经见，必欲一试咆哮，观之不足，复以羔羊、乳彘竞投，观其博食。予苦纠缠，然彼众我寡，势不能拒。且有截予前路，使不得行者。迫携之山居，百里内外之人，无不就观异物，而富贵之家又以阃人不见为恨，走书固索，词极哀恳，咸以先见为荣，不得为辱。噫！一虎之微，只以但见其死，未见其生，遂致倾动一国，宝若凤麟，使人而虎者，炳蔚其文，震作其声，而又不为人所习见之事，则一鸣惊人，使天下贵贱老幼，以及妇人女子，咸以得见为幸，其得志称快又当何如？借物志感，作《活虎行》以自励。②

　　在乡试落榜的阴影之下，这个事件无疑是一针强心剂，让李渔心情很

────────────

　　①　孙楷第：《李笠翁与十二楼》，《李渔全集》第 12 卷，浙江古籍出版社 1991 年版，第 18 页。

　　②　李渔：《笠翁诗集》卷 1，《李渔全集》第 2 卷，浙江古籍出版社 1991 年版，第 44—45 页。

振奋，从中获得了一个重要的启示。"使人而虎者，炳蔚其文，震作其声，而又不为人所习见之事，则一鸣惊人，使天下贵贱老幼，以及妇人女子，咸以得见为幸，其得志称快又当何如？"袁震宇先生将李渔的这种启示与李渔后来决定从事小说戏曲创作联系起来，认为李渔在探索一条新路，而诸种途径中，"莫过于戏曲小说"，并将《丁亥守岁》诗中"著述年来少，应愧没世称。岂无身后句，难向目前誉。"之"身后句"解作小说戏曲，似证据不足、有点牵强。但可以肯定的是，李渔通过这个事件得出：新的出路，必须是"不为人所习见之事"，"使天下贵贱老幼，以及妇人女子，咸以得见为幸"。这样才能一鸣惊人，为世所重。李渔作《活虎行》以自励，说明李渔其实已经有另谋生路的思想准备，此时他急于寻找新的突破点，以达到迅速成名之目的。

这么说来，李渔此时成名意识在他的头脑中占了上风。在李渔看来，丈夫成名不能借重于他人，要靠自己的努力，他的《活虎行》诗说：

> 男儿纷纷向予乞，案头书牍日盈尺。家住深山来远亲，不是知交亦相识。人以为荣我独羞，身不能奇假物奇。纵使凤凰栖我庭，麒麟驺虞产我宅。彼自瑞兮何与吾，丈夫成名当自立。人中有虎忌生翼，炳在文章威在德。扬声四海同其喧，扪舌能使天下寂。

后来的事实证明，李渔确实寻找了一条为士大夫文人所轻视的通俗文学创作的路子——戏曲小说，靠自己的砚田笔末的辛劳来谋生。不仅如此，他在创作内容上追求新颖离奇，"不效美妇一颦，不拾名流一唾"，刻意营求"不为人所习见之事"，令"当世耳目，为之一新"。

李渔后来不依赖他人成名，当时人也注意到了。李渔好友包璿说："然卓吾之名多由焦公弱侯重，仲醇之名多由董公玄宰重，若吾笠翁，则无待而兴者。"说明李渔成名之路的不同一般。在三者当中，李贽以思想成名，笠翁自难望其项背。陈继儒以山人著名，然在人格情趣和影响上，又是李渔所不能比的。即使在谋生方法上，李渔走了一条以技艺成名，以技艺自养的道路，他以戏文小说"卖赋以糊其口"，实属独辟蹊径，为前二者所未有。很多年之后，李渔回忆他奋斗的辛劳，尚不免唏嘘再三：

一艺即可成名，农圃负贩之流，皆能食力。古人以技能自显，见重于当世贤豪，遂致免于贫贱者，实繁有徒，未遑仆数；即今耳目之前，有以博弈声歌、蹴鞠说书等技，遨游缙绅之门，而王公大臣无不接见恐后者。渔自识字知书，操觚染翰，且不具论，即以雕虫小技目之，《闲情偶寄》一书，略征其概，不特工巧犹人，且能自我作古。乃今百技百穷，家无担石，犹向一技自鸣者贷米而炊、质钱以使，是笠翁之技可悯也。①

自己兼擅才技，犹还向一技自鸣者借贷，李渔非常不解。他说："砚田食力倍常人，何事终朝只患贫。"李渔的这段表述至少可以说明两个问题：第一，他认为自己自小识字知书，操觚染翰，身怀百技，对自己的才技有充分的自信。第二，在入杭之前，李渔并没有山人那种靠借重他人成名的企图，他选定"砚田食力"、"卖赋以糊其口"，其实就是希望以技艺成名，以技艺自养，这与其成名之后四处干谒又有所不同。第三，李渔明确提出"卖赋以糊其口"，毫不忌讳地谈论技艺的收益价值，展露出一种鲜明的商人意识。事实证明，在江南战乱甫定、科举重开之时，李渔完全可以像他的好友丁澎一样参加科举，然而他没有这样做，而是义无反顾地走上卖赋糊口、以技艺自养之路。这说明，李渔希望通过技艺一举成名的企图是导致他最终弃举的一个主要原因。

另外，李渔对科举的不自信可能会成为他弃举的又一关键因素。在两次乡试失败之后，李渔是不是真对自己的时文水平产生了不自信呢？对此李渔几乎没有只言片语谈及。只有在六十岁生日，李渔有《六秩自寿四首》（其二）谈及早年弃举的原因，有云："自知不是济川才，早弃儒冠辟草莱。"② 但这是说自己个性不宜作官？还是时文不济？不容易判断。郭英德先生曾作过这样的推测：

他本来可以科举应试，谋取前程的。也许因为不愿应清廷的科

① 李渔：《与陈学山少宰》，《笠翁文集》卷3，《李渔全集》第1卷，浙江古籍出版社1991年版，第165页。
② 李渔：《笠翁诗集》卷2，《李渔全集》第2卷，浙江古籍出版社1991年版，第185页。

举？也许因为曾多次赴考，自知脾性不善时文？也许年近四旬，已然
"不惑"，"悟居官守职之难"，愿意成为"不冠进贤而脱然于宦海浮
沉之累者"？（《闲情偶寄·颐养部》）也许"自耻作吏"，（郭传芳
《慎鸾交序》）情愿自居于"人能恕我为无官"的特殊身份？（卷六
《和诸友称觞悉赋来韵》其三）也许因为杭州人文荟萃，原本就有以
文为生的风习？不管什么原因，李渔在入清以后的确从来没有动过应
试入仕的念头，索性连举业也荒废了，（卷五《夜梦先慈责予荒废举
业，醒书自忏》）却是事实。

十多年前，笔者也曾的一篇文章里拈出《无声戏·第十二回·妻
妾抱琵琶梅香守节》中的马麟如之经历，说明李渔对自己时文水平的不
自信。① 现在看来，这种结论虽不无可能，然仅凭小说之言，而无直接证
据，终难坐实。郭氏所言的其他可能如"居官守职之难"、"宦海浮沉之
累"以及"自耻作吏"诸说法，或是李渔自作揣拟，或为他人标榜，皆
是李渔入杭之后事，又多属应酬之词，绝非李渔真实心曲，不足为据。但
是，从李渔乡试之前的踌躇满志，到铩羽而归后的愤懑与失落，鼎革之后
又绝口不谈应举之事、"从来没有动过应试入仕的念头"等迹象来看，李
渔对自己时文水平产生怀疑似乎也不是没有可能的，然在发现可靠证据之
前，不能轻率地下此结论。

第三节　李渔的商业化选择及原因

人们对李渔的指责，其焦点常常集中于他的人品上，认为他"性龌
龊、善逢迎"、"为士林所不齿"②，而这种结论往往与李渔的商业化追求

---

① 《明清小说研究》1992 年第 3、4 合期。文章认为：马麟如有李渔自己的影子，如"却
说麟如当初自垂髫之年，就入了学，人都以神童目之，道是两榜中物。怎奈他自恃聪明，不肯专
心举业，不但诗词歌赋件件俱能，就是琴棋书画的技艺，星相医卜的术数，没有一般不会。别的
还博而不精，只有岐黄一道，极肯专心致志。"就与李渔的早年经历相仿，其中应有自况的意味。
② 袁于令：《娜如山房说尤》，《李渔全集》第 12 卷，浙江古籍出版社 1991 年版，第 310
页。然王金花、黄强考证，董含《三冈识略》卷四"李笠翁"条才是《娜如山房说尤》中此
段话的出处。见《文学遗产》2006 年第 2 期《董含〈三冈识略〉"李笠翁"条考辨》。

密切相关。确如人们所指出的，在明末清初，李渔是一个亦士亦商的文化
商人。他的商业化追求既与他生活追求有关，也与其特定的家庭背景、历
史背景有关。要想客观地认识李渔，评价李渔，必须弄清楚他的一生商业
经营的事实，并尽量从晚明清初大的历史背景中去认识李渔，解析李渔，
还李渔以真实之面目，而不应从道德人品上一味苛责他。

　　总的来看，李渔一生的经济来源，鼎革之前依靠家庭的商业收入读
书、求学、邀游，经济来源比较单一。易代之后主要依靠自己的所得，这
个时候，他的经济来源呈现三个特点：其一，经济来源的构成比较复杂。
有"卖赋"得来的，有经商得来的，有别人馈赠的，有借贷和打抽丰的。
其二，创作、经商所得与干谒、馈赠所得往往很难区分。其三，他的收入
无论何种形式，都渗透着或多或少的商业成分。李渔一生，其商业活动主
要有三种形式：卖文、经营书铺、组织家乐三个方面，下面分别论述之。

一　卖文糊口

　　李渔的创作活动开始得很早，但商业性的创作则比较晚，是在移居杭
州之后。至于他笔耕开始的具体时间，李渔诗集中有《卖砚》一诗，其
中有"笔耕三十载，墨渍几千年"句。据诗文排序来看，《卖砚》诗应作
于鼎革之际，那时李渔三十多岁。如此，李渔的创作活动则应该很早。又
李渔言曰："襁褓识字，总角成篇，于诗书六艺之文虽未精穷其义，然皆
浅涉一过。"黄鹤山农《玉搔头序》称："笠翁髫岁即著神颖之称，于诗
赋古文词罔不优赡。每一振笔，漓滩风雨，倏忽千言。"说明李渔在幼年
和童年时期就创作诗赋古文，《续刻梧桐诗》自序表明了他少年时即有诗
集的情形：

　　　　此予总角时作。向有髫龄一刻，皆儿时所为，灾于兵火，百无一
　　存。兹记忆数篇，列于简首，以示编年之义。

　　因此，李渔"笔耕三十载"之谓其实是包括了识字断文的幼年、童
年时期，到易代乱起的顺治初，李渔三十四五岁。在这个时期，李渔从入
塾学到成为诸生，后求仕、入幕，遵循了士人"本业治生"的途径。其
砚田笔耒的内容当以八股程文为主，另外还创作诗歌。李渔此时的八股文

创作虽没有留下作品，但从后来的李渔文字来看，八股文的影响是不可低估的。现存李渔早期的诗文多是发抒情志、娱己遣兴之作，其中不乏稚拙天真之处，说明其尚处于模仿学步阶段，没有形成明显的个性特征，故不具任何商业色彩。

李渔少年时期，其家庭经济状况良好。崇祯二年（1629）之前，李渔父母健在、家境宽裕、生活称心。天启七年，李渔有诗《丁卯元日试笔》云："岁朝毕竟异寻常，天惜晴明日爱光。春气甫临开冻水，寒梅旋吐及时香。尊前有酒年方好，眉上无愁昼始长。最喜北堂人照旧，簪花老鬓未添霜。"这年李渔十七岁，生活是如此的无忧无虑。崇祯二年（1629），李渔父亲病逝，家境似乎并没有因此立即中落。崇祯八年乙亥（1635）应童子试，后又入府学，李渔依靠的是其家庭的稳定的供给。这时期的诗文中，除了功名不就的哀叹之外，李渔很少有其他的忧虑。崇祯末顺治初，经过甲寅、乙酉之乱，李渔家境渐贫，不得不入幕借箸。渔有诗《乱后无家暂入许檄彩幕》，真实记录了当时的生活。长期的战乱使李渔携家避难，经常处于惊慌奔波之中，其窘迫之状，在李渔七古《避兵行》中透露出来："八幅裙拖改作囊，朝朝暮暮裹糇粮。只待一声鼙鼓近，全家尽陟山之岗。"由此可知，李渔处于无家可居的流亡之中。这个时期，他文名不高，又身处乱离，不具备卖文的条件，他便经常出卖日用物品以解家困，他的《卖剑》《卖砚》《卖琴》《卖画》诸诗大约都作于此时。①

顺治三年丙戌（1646），李渔回故乡兰溪，避乱隐居，过"识字农"的生活。顺治五年建成伊山别业。李渔此时经济很不乐观，困蹙日渐显露。七律《拟购伊山别业未遂》有"糊口尚愁无宿粒，买山那得有余钱"句，李渔还有《卖山券》一文，谓"兵燹之后，继以凶荒，八口啼饥，悉书所有而归诸他氏"。明言战乱、凶荒、家口是导致他贫穷的主要原因。有人认为，李渔此时经济状况当属不错，因为李渔曾购建伊山别业，没有一定数量的钱何以购得？此说只是以常理而言的，但从李渔的描述来

---

① 李渔《一家言诗词集》五古类中排序有舛误，如《辛卯元日》放《壬午除夕》之前就是明显错置。另《从郡署移寓婺宁庵》《从婺宁庵移寓舟中》应是乱时在金华所作，不可能在壬午之前。

看，伊山别业依山而建，其实是一处简陋的山居别业，并无较大的建筑；又是处于特殊时期——战乱。所以，李渔购伊山别业并不需要花很多的钱。按，李渔此时的状况如上所言，已无余钱。渔《辛卯元日》有"过岁诸逋缓，行春百事忙"句，明说顺治七年移家杭州时，尚有欠债，其卖掉伊山别业仍无法偿还积逋，渔此时的困蹇是毋庸置疑的。

李渔乡居期间的创作主要是诗文，尤以诗居多。诗多写幽隐之趣、山居之乐。此时的李渔无浮名俗欲之累，生活悠闲自得。渔后来在《闲情偶寄》中说："后此则徙居城市，酬应日纷，虽无利欲薰人，亦觉浮名致累。计我一生，得享列仙之福者，仅有三年。"李渔此时的创作，没有任何卖文获利的迹象。

顺治七年庚寅（1650）前后，李渔移居杭州，他选择了"卖赋以糊其口"的谋生手段，其经济状况逐渐好转。作为一个无恒产又无恒业的文人，李渔坦然地以营利为目的从事创作。在杭期间他创作了小说《无声戏》初集二集、小说《十二楼》以及戏曲"笠翁十种曲"中的大部分作品。李渔此时的收入大多是稿酬，创作戏曲和小说，稿成后交由书坊出版，或由当道官员资助出版，有的戏曲被优人捷足者搬演，这些是李渔获取酬金的主要途径。杭州早期，李渔创作由于声名之故，稿酬还不至于太丰，但尚可维持人口不多的家计。

顺治末康熙初，李渔依托翼圣堂书坊编选出版了一些杂著，如《资治新书》《四六初征》等。靠书铺经营获利成为他此时收入的主要来源。康熙元年壬寅（1662），李渔移家金陵，此后李渔交游渐广、声名日盛，除了经营书铺、组建家乐之外，李渔还为坊间提供了一些文稿，这些文稿多是一些杂著。[①] 李渔还为他人写序、赞、祭文、铭等类文章，获赠一些润笔之资，不过这些文字的商业味不重，在这方面的收入大多属于馈赠。

移居金陵之后，李渔通俗文学创作呈收缩之态。但还有一些戏剧创作，《笠翁十种曲》后三种《凤求凰》《慎鸾交》《巧团圆》就是在这个时期完成的。至于小说创作，几乎处于停滞状态。诗、文、词创作居多，

---

① 《笠翁论古》之《笠翁别集序》谓："为坊人固请行世。"《笠翁诗韵》渔自序称："儿辈不肖，为坊人所饵，可否勿询，取而畀之。"《名词选胜》自序谓"坊人固请不已，爰有是刻"。

但其内容以应酬赠答为主。编选杂著出版成了李渔此时的主要工作，这表明李渔的营利意识的增强。因为这些杂著要比传统诗文的市场价值更高，获利更为容易。由此，李渔由一个卖文笔耕的普通文人转变成为一个以出版为主的文化商人。

李渔第一次移居杭州之后，其卖文所得成为他收入的主要来源。卖文的收入在他人来看已颇为丰厚，李渔曾借他人之口说："子有笔胜磁基、砚同负郭，卖文足以糊口。"但移居金陵以后，由于生活渐趋奢华，人口增多，食指日繁，靠砚田食力已远远不能维持。因此，李渔经常抱怨收入太少。"即有可买之文，然今日买文之家，有能奉百金以买《长门》一赋，如陈皇后之于司马相如者乎？"对此，李渔好友尤侗说："若是乎笠翁之才，造物不惟不忌，而且惜其劳、美其报焉。"① 其好友毛先舒不无微词地说："卖赋多金者，相如以后如笠翁者原少。"何以会如此？李渔解释说："仆无八口应有之田，而张口受餐者五倍其数"，"仆无沟浍之纳，而有江河之泻，无怪乎今日之富，无补于明日之贫矣！"②生活讲究，家累太重，导致他经常处贫。

以砚田笔耒谋生，靠卖文糊口，杭州时期的李渔事实上已经偏离传统文人创作的轨道。他的文学创作活动，已经有了明显的营利意识，商业化的倾向十分明显。这主要表现在以下几方面：

1. 创作上的媚俗倾向

在《闲情偶寄·词曲部》中，李渔说："填词之设，专为登场。"旗帜鲜明地提出崇尚通俗、反对案头化的戏曲主张。他十分强调曲文和题材的通俗性。《闲情偶寄·词采第二》提出"贵浅显"、"重机趣"、"戒浮泛"、"忌填塞"四原则，详细论述戏曲的通俗性问题，其中"贵浅显"作为纲要，李渔予以特别强调。他说：

> 曲文之词采，与诗文之词采非但小同，且要判然相反，何也？诗文之词采贵典雅而贱粗俗，宜蕴藉而忌分明。词曲不然，话则本之街

---

① 尤侗：《闲情偶寄序》，《李渔全集》第 3 卷，浙江古籍出版社 1991 年版，第 2 页。

② 李渔：《上都门故人述旧状书》，《笠翁文集》卷 3，《李渔全集》第 1 卷，浙江古籍出版社 1991 年版，第 224 页。

谈巷议，事则取其直说明言。凡读传奇而有令人费解；或初阅小见其佳，深思而后得其意之所在者；便非绝妙好词。

李渔又说："传奇不比文章，文章做与读书人看，故不怪其深；戏文做与读书人与不读书人同看，又与不读书之妇小儿同看，故贵浅不贵深。"曲文要通俗易懂，让一般市民百姓都能看懂，才能真正实现戏曲本身的艺术价值和商业价值。

明代中期以后，世俗化、享乐化成为社会的一种新时尚，通俗文学已形成巨大的消费市场，许多书坊以出版小说和剧本牟利，文学的世俗化也就成为必然的趋势。于是，作为通俗文学主流的小说、戏曲无论在选材内容还是艺术风格上，都自然会迁就市场的需求，与书商的射利需求相适应。

顺应这种趋势，李渔创作通俗化表现出如下明显的特点：

第一，"砚田糊口，原非发愤著书"① ——作品政治倾向的淡化。李渔亲身经历了明末清初的社会动乱，也曾有许多诗文以此作题材，反映那个时代的和个人的苦难。但在杭期间的小说戏曲创作中，却很少能感受这种痛苦和苦难的存在。与他同时的苏州派作家李玉，也曾经亲身经历过明清易代的苦难，和李渔一样，他也是一个沦落江湖、卖赋糊口的职业剧作家。② 二者同样卖文笔耕，以创作戏曲作为谋生之手段，但他们的戏曲在选材、内容却有明显的区别：李玉关注现实、有强烈的政治倾向性。不仅时事剧、历史剧如此，即使风情剧、神佛剧也蕴含着政治的风云。这种对政治的关注，一方面跟明末清初苏州频繁发生的政治斗争有关；另一方面也是作家们社会、历史责任感强的显现，他们忧国忧民，通过创作传奇抒发兴亡之感。而李渔的剧作，看不到易代之际生民苦痛与兴亡之感，即使

---

① 李渔：《与顾硕甫》，《笠翁文集》卷3，《李渔全集》第1卷，浙江古籍出版社1991年版，第179页。

② 吴伟业《北词广正谱序》说李玉"甲申以后，绝意仕进，以十郎之才调，效耆卿之填词"。作《花魁》《捧雪》二十余种戏曲，卖戏文成了李玉主要的经济来源。冯梦龙在《墨憨斋重订永团圆传奇叙》中说李玉："初编《人兽关》盛行，优人每获异稿，竞购新剧。甫属草，便攘以去。"钱谦益《眉山秀题词》也说："元玉言词满天下，每一纸落，鸡林好事者争被管弦，如达夫、昌龄声高当代，酒楼诸妓咸歌其诗。"（李玉《眉山秀》传奇卷首）

如《女陈平计生七出》《奉先楼》这种直接写明末动乱的作品，其动乱的时代背景亦不过是与主人公性格和命运无关的道具而已，其余大多为喜剧风情故事。二者同是卖赋糊口的作家，其创作思想何以如此之大？关键在于他们创作的动机不同。李玉并不把戏曲当作纯粹赚钱的工具，而是"数奇不偶，寄兴声歌"的兴寄之作，作品充满了作者对政治、社会、人生的关注，表现出儒士强烈的社会责任感和道德意识。李渔则说："不肖砚田糊口，原非发愤著书。"他有意逃避敏感的社会问题，淡化作品的政治倾向，以较为浅俗的娱乐去迎合观众、适应市场，很少掺入自己对社会和生活的深刻感受。究其原因，"砚田糊口"的商业化动机在其中起了重要的作用。

第二，"十部传奇九相思"——男女风情成为李渔创作的主要题材。李渔的传奇主要写男女风情，怜才好色成为一贯的主题。如《怜香伴》写范介夫之妻崔笺云主动替丈夫纳才貌俱佳、且身有异香的曹语花为妾；《风筝误》写才子韩世勋与才貌双全的詹淑娟终结秦晋之好；《意中缘》则写董其昌、陈眉公与才女杨云友、林天素的恋爱故事，等等。小说也多是如此。《十卺楼》写"檀郎"怎么把石女变为美女的故事，《萃雅楼》写同性恋者忠于自己配偶的事，《合影楼》写瞿吉人巧计得妻事，诸如此类，不胜枚举。对此，李渔解释说："弟则下里巴人，是其本色，非止调不能高，即使能高，亦优寡和，所谓'多买胭脂绘牡丹'也。"[1] 写男女风情是李渔创作主动的追求，李渔的作品大多都是性爱风情喜剧。

第三，"惟我填词不卖愁，一夫不笑是吾忧"。[2] ——追求喜剧的创作风格。由于"砚田糊口"的需要，李渔比其他作家更重视娱乐的价值。他说："大约弟之诗文杂著，皆属笑资。"[3]《闲情偶寄》中，他提出"戒浮泛"、"重机趣"、"贵显浅"等一系列的主张，并特列"科诨第五"一节，强调科诨的重要地位，以增强喜剧的娱乐性，达到"观场者乐"的目的。其《偶兴》诗也曰：

---

① 李渔：《复尤展成五札》，《笠翁文集》卷3，《李渔全集》第1卷，浙江古籍出版社1991年版，第190页。

② 李渔：《风筝误》下场诗，《李渔全集》第4卷，浙江古籍出版社1991年版，第203页。

③ 李渔：《与韩子蘧》，《笠翁文集》卷3，《李渔全集》第1卷，浙江古籍出版社1991年版，第219页。

> 学仙学吕祖，学佛学弥勒。吕祖游戏仙，弥勒欢喜佛。神仙贵洒
> 落，胡为尚拘执。佛度苦恼人，岂可自忧郁。我非佛非仙，饶有二公
> 癖。尝以欢喜心，幻为游戏笔。著书三十年，于世无损益。但愿世间
> 人，齐登极乐国。纵使难久长，亦且娱朝夕。一刻离苦恼，吾责亦云
> 塞。还期同心人，种萱勿种檗。①

所以，李渔的作品，大都写成喜剧，有时近于闹剧。他一生的主要作品有小说《无声戏》《连城璧》《十二楼》和戏曲《笠翁传奇十种》。除了《比目鱼》等少数几种，李渔的小说和剧作立意都不高，多数流露一种市井庸俗趣味。《慎鸾交》开场曲云："年少填词填到老，好看词多，耐看词偏少。"这是李渔对自己戏剧创作风格的真实概括。在创作上，他调动一切喜剧手段以博人笑声，无论是正面人物、反面人物还是中间人物，无不纳入他的调笑揶揄之中。如《风筝误》传奇，李渔对詹爱娟与戚友先的丑陋愚昧、好色贪淫，詹烈侯的怯内，正面人物韩琦仲的求美心切，作者能以幽默调侃的语言对这些人物以一番戏嘲，使剧本在"逼婚"一折达到了最大的喜剧效果。

2. 制作化的写作倾向

制作化的特征反映了作者生活基础、创作素材和创作需求之间的矛盾。由于创作的急功近利，作家抛弃了社会和文学本身的道义追求，抛弃了创作上严肃审慎的态度，把自己的头脑变作一架可以制作的机器，创作往往呈现出快速高产状态。李渔的多才高产，他自己也承认。《复尤展成先后五札》云：

> 水哉亭诗，如命和上。东村捧心，自矜为美，但不可令西家见
> 耳。使乎猝至而坐待焉，弟无子建之才之美，而有其捷。方之七步，
> 未甚晚也。

李渔有强烈的创作欲望和创作才情，其创作速度之快不仅表现在诗歌

---

① 李渔：《偶兴》，《笠翁诗集》卷1，《李渔全集》第1卷，浙江古籍出版社1991年版，第25页。

创作上，在戏曲创作上也是如此。一个月甚至十几天就结撰出一部剧本。在《与某公》信中，李渔说：

> 此剧上半已完，可先付之优孟。自今日始，又为下场头类。月杪必竣，竣后即行。

一部戏曲前半部已经上演，而后半部尚未成稿。用十余天的时间写出半部剧本，李渔创作速度之快，令人惊叹。处于商业化运行机制下的李渔的剧本创作，是不可能像后来洪昇《长生殿》、孔尚任《桃花扇》那样用十几、二十几年乃至一生的精力去创作的。① 李渔说过："不肖砚田糊口，原非发愤著书。"② 他的创作不是为了自抒其愤，也不是为了表达自己的政治理想，而是一种谋生获利的手段。并且，快节奏创作也令李渔颇为自信与自豪，由此可以展露自己的才具之美。于是，在寓居杭州短短的几年间，他就先后写出《怜香伴》《风筝误》《意中缘》《玉搔头》等传奇以及《无声戏》《十二楼》等小说。其高产令当时人都感到惊讶。《与余澹心五札》之二说到创作时，李渔坦言："大约勇于拈毫者，惟澹心、展成及弟三人而已，余皆行乎其所当行者也。"三人皆文坛名人，也是当时文坛高产作家。李渔承认，他们所作皆非"行乎其所当行者也"，说明"勇于拈毫"已是他们的自觉追求，这其中商业化的因素起着重要作用。

李渔作品虽然缺乏《长生殿》《桃花扇》那样的思想深度，但艺术上颇为引人入胜，很能迎合文人士大夫和市民阶层的口味，因此作品销路好，名气也就越来越大。他的《答陈蕊仙》信就反映了他对自己剧作畅销的自得心态：

> 《风筝误》行笥偶乏，无以应命。此曲浪播人间几二十载，其刻本无地无之。台翁索此为贽，岂欲售白豕于河东耶？

---

① 《长生殿》例言洪昇自谓："盖经十余年，三易稿而始成，予可谓乐此不疲矣"。孔尚任《桃花扇本末》谓其三十七岁就开始构思，但"仅画其轮廓，实未饰其藻采也"。后康熙三十八年，终于写成了《桃花扇》，此时孔尚任五十二岁，从构思到成稿前后用了近二十年时间。

② 李渔：《闲情偶寄·曲部誓词》，《李渔全集》，浙江古籍出版社1991年版，第3卷卷首。

李渔逞才使气的创作个性和追求名利的创作动机的结合使其作品高产而畅销，带来了空前的轰动效应，郭传芳在《慎鸾交序》中说：

> 笠翁为前后八种之不足，再为内外八种以娇之。……予家于燕，十年来，京都人士大噪前后八种。余购而读之，心神飞越，恨不即觌其人。

李渔独树一帜的传奇作品，由于深受百姓喜爱，一时间"天下妇人孺子，无不知有湖上笠翁"。不仅在国内，就连在日本，他的才名也为人们所熟知。日人青木正儿《中国近世戏曲史》中说："十种中，《风筝误》最脍炙人口，近世往往尚见其上演。"又说："笠翁之作，以平易易入于俗，故十种曲之书，遍行坊间，即流入日本者亦多。德川时代之人，苟言及中国戏曲，无有不立举湖上笠翁者。"① 于此可见笠翁剧作的影响。

第一次移居杭州，是李渔人生的一个重要的转折点。从一个传统的儒生到一个靠卖文为生的作家，李渔明显地逸出了传统文人以经术道德立身的轨道。怎样看待李渔的这种人生选择，一直是李渔研究中众说纷纭、而又莫衷一是的焦点问题。在笔者看来，撇开道德因素，李渔选择砚田糊口自食其力，作为一种谋生方式，无可厚非。他的这种选择既与文化传统有关，同时又与当时的社会状态与文人生活方式的熏染有关。

一、砚田笔耕、卖文糊口古已有之，并非始自李渔。"润笔"是文人借笔墨获利的主要途径。② 据传，西汉陈阿娇"奉黄金百斤"，请司马相如写一篇《长门赋》。③ 东汉蔡邕代人作碑文，得金万计。此后，文人卖文屡见不鲜。北齐天统中，中书侍郎李德林为信州刺史袁幸修撰写功德碑，拿到报酬"缣布数百匹"。④ 唐代李邕擅长写碑，"中朝衣冠及天下寺

---

① 青木正儿：《中国近世戏曲史》，作家出版社1958年版，第334页。
② "润笔"典出《隋书·郑译传》。郑为隋开国功臣，后因疏于职守、事母不孝被贬官。文帝念其旧功，擢升为刺史，复爵沛国公，位上柱国。"上顾谓侍臣曰：'郑译与朕同生共死，间关危难，兴言念此，何日忘之！'译因奉觞上寿。上令内史令李德林立作诏书，高颎戏谓译曰：'笔干。'译答曰：'出为方岳，杖策言归，不得一钱，何以润笔。'上大笑。"
③ 王楙：《野客丛书》卷17，上海古籍出版社1991年版，第254页。
④ 《袁聿修传》，《北齐书》卷42，中华书局1986年版，第565页。

观，多资持金帛，往求其文……受纳馈遗，亦至钜万"。① 韩愈的润笔费也很高，"公鼎侯碑，志隧表阡。一字之价，辇金如山"。② 著名书法家柳公权书写碑文，所获润笔"巨万"，因为"当时，公卿大臣家碑板，不得公权手笔者，人以为不孝"。③ 韩愈因撰《平淮西碑》，得绢五百匹。诗人杜牧撰韦丹江西遗爱碑，得到润笔费彩绢三百匹。其他润笔物则各种各样、五花八门。唐代以前文人的润笔大致有两种形式：一是出钱；二是赠物。但这种物质的获得一般不具有商业性质。这是因为：其一，撰文者多是达官名公、文坛巨子。他们并不是以文射利者，而往往是应人之求，代人捉笔的，润笔之多少并不计较，却往往是受者以财相乞，或央人托请的。因此，润笔多为馈赠，带有义气感情的因素。如元稹临终之前，托白居易代撰墓志铭。元稹要给他"价当六七十万"的"谢文之赆"，白再三推辞不掉，遂以之作香山寺的维修之资。④ 司空图为好友王重荣作碑志，其子送数千匹绢作为润笔，图一再拒绝，最后无奈就把这些丝绢"置虞乡市，人得取之，一日尽"。⑤ 其二：所作文章多为碑铭墓志传序等实用文章，纯文学的诗文赋则很少，以纯文学的作品谋利还不多见。

二、就当时情况来看，卖文自活不乏先例，这是明中叶之后文人自养的一条重要途径。明正统年间，文人润笔情况发生了变化。叶盛⑥《水东日记》卷一载："三五年前，翰林名人送行文一首，润笔银二三钱可求。事变后，文价顿高，非五钱一两不敢请，迄今犹然。"说明当时文价渐高，文人卖文足以自养。《槜李诗系》⑦ 卷九载正统时人周鼎卖文致富事：

---

① 《李邕传》，《旧唐书》卷190，中华书局1986年版，第5043页。

② 刘禹锡：《祭韩吏部文》，《刘禹锡集》卷40，上海人民出版社1975年版，第404页。

③ 《柳公权传》，《旧唐书》卷165，中华书局1986年版，第4311—4312页。

④ 白居易《修香山寺记》曰："予与元微之，定交于生死之间。微之将薨，以墓志文见托，既而元氏之老，状其臧获、舆马、绫帛，泊银鞍、玉带之物，价当六七十万，为谢文之赆。予念乎生分，赆不当纳，往反再三，讫不得已，因施兹寺。凡此利益功德，应归微之。"

⑤ 《司空图传》，《新唐书》卷124，中华书局1986年版，第5574页。

⑥ 叶盛（1420—1474），字与中，号蜕庵。昆山千灯人。明正统十年（1445），中进士，历官兵科给事中、都给事中、两广巡抚、吏部左侍郎等职。著有《水东日记》《水东诗文稿》等。

⑦ 沈季友：《槜李诗系》。沈季友（1654—1699），字客子，号南疑，浙江平湖人。康熙二十六年中副榜，由正黄旗教习通过考试授以知县。刊有《南疑集》《槜李诗系》《学古堂诗集》等著作。

寻以淮土民饥，鼎欲奏请赈济，忤当道，罢归。囊橐萧然，卖文为活，吴中墓志谱牒皆出其手，造请填咽，晚年起家为富翁。

明中叶以后，卖文获利者不乏其人。王世贞为人作墓志"不下四五百篇"①，且多有为新安富商之作，所得润笔当不菲。钱谦益"晚年贫甚，专以卖文为活"。一盐使"求文三篇，润笔千金"。（黄宗羲《思旧录》"钱谦益"条）看来，卖文自赡、作文受谢已是天经地义，习以为常。因此，从纯粹的文人行为看，李渔选择卖文谋生实是文人常事，无须指责。

但对于卖文自活一事，古人及当时人的看法其实差距很大，总的来看有这样几种情况：首先，对士大夫上层及名士来说，卖文是雅事，被人看作是恃才傲物、风流自赏、发泄愤世嫉俗情绪的一条途径。卖文者往往借此自赏与自放，并不在乎卖文所得之多少。《明史》卷二百八十八载屠隆罢归：

> 隆归道青浦，父老为敛田千亩，请徙居，隆不许，欢饮三日，谢去。归益纵情诗酒，好宾客，卖文为活，诗文率不经意，一挥数纸。尝戏命两人对案，拈二题，各赋百韵，咄嗟之间，二章并就。又与人对弈，口诵诗文，命人书之，书不逮诵也。

由于此类文人卖文实不是为了射利，多是仕途蹉跎、官场失意情形下所为。他们虽然卖文但骨子里并未抛弃儒士的信念与尊严，没有抛弃文人的道义追求，故而人们多不将他们列入商贾之流。

其次，对于下层文人来说，卖文是养家糊口的无奈之举，其卖文所得之少与卖者对所得异乎寻常的关注，常常被人可怜和看不起。《古欢堂集》卷十一中有诗《柬曹颂嘉舍人》，其首二句云："卖文为活畏人怜，贫鬼生涯缚草船。"②下层文人的卖文所得之少及社会地位之低大抵如此。尤其在明中叶后，山人阶层的出现，使得正统文人更加鄙视卖文糊口的行

---

① 陈继儒：《晚香堂小品》卷24，《志林》，明汤大节校刻本。
② 田雯：《古欢堂集》卷11，见《四库全书》集部别集类。田雯（1636—1704），字纶霞，自号山姜，晚号蒙斋，德州人。康熙三年进士，授中书，历官江苏、贵州巡抚，刑部、户部侍郎等官。著有《蒙斋年谱》四卷、《长河志籍考》等。

为。《杜诗详注》中录杜诗《闻斛斯六官未归》："故人南郡去，去索作碑钱。本卖文为活，翻令室倒悬。荆扉深蔓草，土锉冷疏烟。老罢休无赖，归来省醉眠。"[1] 仇兆鳌注曰：

> 此为斛斯耽酒而讽之也，卖文得金，李北海亦尝为之，若索钱则不雅矣。得钱即饮，饮醉即眠，少年有此亦近无赖，况老寻醉乡，不顾其家，故嘱其早归以为善后之计，朋友相规之义也。

仇氏此言，实道出当时人对卖文的看法。卖文得金，古人已有先例，原无可厚非，然索钱就不雅了，所以，卖文之雅俗之别关键还在于对钱的态度上。顾炎武《日知录》卷十九：

> 《新唐书》韦贯之言裴均子持万缣请撰先铭，答曰："吾宁饿死，岂能为是？"今之卖文为活者可以愧矣。

顾氏此言所指极为明确，指刺晚明文人"谀墓词"中的虚饰矫情的现象。的确，在晚明时期，即使是名人，也难免附膻逐利，滥为谀颂之词，袁中道《新安吴长公墓表》[2] 云：

> 自新安多素封之家，而文藻亦附焉，黄金赟而白璧酬，以乞衮于世之文人。世之文人，征其懿美不得，顾指染而颖且为屈，相与貌之曰："某某能为义侠处士之行者也。"盖予睹太函、弇州诸集所胪列者，私心厌之。故自予操觚有类此者，辄谢绝，不忍以尘吾籍。

袁中道对太函、弇州"私心厌之"，实是因为他们为"黄金赟而白璧酬"而付出了文人的人格的代价。

再次，相对于文人卖文，社会对文人以书画自卖的行为似乎有更多的

---

① 仇兆鳌：《杜诗详注》，《四库全书》集部别集类。
② 袁中道：《珂雪斋集》，上海古籍出版社1989年版钱伯诚笺校本，第772页。

宽容。这一方面，是由于从宫廷到民间对书画古玩的近乎狂热的爱好和收藏；① 另一方面书画是文人表章经训之外的技艺之好，其"亦可以陶冶性灵，简省嗜欲，未必非养身进德之助"。② 和卖文相比，它的商业色彩其实从它产生之初就已经有了。明中叶之后，其身价渐高，甚或"高价厚值，人不能售"。③

李渔移居杭州之后，选择卖文糊口的谋生之路，但他所卖之文既不是碑志墓铭之类的实用文章，也非书画之技艺，而是小说戏曲之通俗文学作品。因此，李渔的选择在很大程度上是传统之异数。既是文学，却不具文学超功利的品质，说是技艺，却又不脱离文学。有意识地纯粹地从事商业化的通俗文学创作，使李渔的创作强化了娱人博笑的娱乐功能，淡化了文学反映现实、弘扬经术道德的社会功能。这既给传统的文坛带来一些新的气象，同时也存在着一些负面因素。另外，李渔非士非商、亦士亦商的身份，很难在当时的社会阶层中找到自己明确的定位，这就给当时人对他的评价带来困难。居杭后期吴梅村有《赠武林李笠翁》诗云：

> 家近西陵住薜萝，十郎才调岁蹉跎。江湖笑傲夸齐赘，云雨荒唐忆楚娥。
>
> 海外九州书志怪，坐中三迭舞回波。前身合是元真子，一笠沧浪自放歌。

---

① 沈德符：《万历野获编·补遗卷四》曰："本朝列圣极重书画，文皇特眷云间二沈度粲兄弟，至直拜学士。"中华书局 1959 年版，第 907 页。陆容《菽园杂记·卷五》曰："京师人家能蓄书画及诸玩器盆景花木之类，辄谓之爱清。盖其治此，大率欲招致朝绅之好事者往来，壮观门户；甚至投人所好，而浸润以行其私，溺于所好者不悟也。"中华书局 1985 年版，第 52 页。

② 于慎行：《谷山笔麈》卷 7，《续修四库全书》第 1128 册，第 762 页。

③ 谢肇淛：《五杂俎》卷 7 人部 3，"今世书画有七厄焉：高价厚值，人不能售，多归权贵，真赝错陈，一厄也；豪门籍没，尽入天府，罩蠹渐尽，永辞人间，二厄也；啖名俗子，好事估客，挥金争买，无复泾渭，三厄也；射利大驵，贵贱懋迁，才有赢息，即转俗手，四厄也；富贵之家，朱门空锁，榻笥凝尘，脉望果腹，五厄也；膏粱纨绔，目不识丁，水火盗贼，恬然不问，六厄也；拙工装潢，面目损失，奸伪临摹，混淆聚讼，七厄也。至于国破家亡，兵燹变故之厄，又不与焉。每读易安居士《金石录》，反覆再三，辄为叹息流涕。彼其夫妇同心赏鉴，而赀力雄赡，足以得之，可谓奇遇矣，而终不能保其所有，况他人乎？"由此可见书画收藏价值之高和社会对书画之爱好。见上海书店 2001 年版，第 137 页。

诗中的十郎即李益。齐赘指淳于髡，乃齐之赘婿。元真子就是张志和，自称烟波钓徒。三人皆有才情，优雅放逸。吴梅村推重李渔的才情，但称扬中不乏贬抑，夸饰中暗含讥刺。作为士界名流，吴梅村充满戏谑的语词中其实寓含有不能认同李渔的低微身份、人生态度甚至是创作风格等方面的成分。

就戏曲而言，明末清初的戏曲创作带有很浓的文人化特征性，戏曲创作是寄情托志的产物，是"挟长技以自见"，"托杯酒以自放"① 的事情，这就导致剧本严重的案头化倾向。这些文人的创作常常并不是为了赚钱，没有商业性的追求。李渔却从不讳言他的商业化的创作目的，他说："不肖砚田糊口，原非发愤著书。"又说："笔耕为业，拟购佳砚代南亩。"② 其题材"率怜才好色者十之六七"。③ 李渔创作题材多写男女风情，风格追求本色当行；这无非是注重市场的需求，以使剧本获得更好的利益而已。李渔自觉地选择通俗文学进行商业化的创作，并以此获利谋生，他也就成为一个真正的通俗文学创作的职业作家，这在当时极具文化意义。当然，李渔并未就此止步，后来的事实证明，他由一个通俗文学的职业作家逐渐转化为一个多方面经营文化产业的文化商人。

二 翼圣堂与芥子园

李渔是清代著名的出版家，主要是因为创立的芥子园书铺，从康熙七年芥子园建成到同治八年，芥子园书铺经营了二百余年④，出过一些精美的图书，在有清一代享有盛誉。

但李渔主持芥子园出版事宜的时间并不长。康熙十六年丁巳（1677）春，李渔举家迁回杭州。这时的李渔卖掉了金陵芥子园以及著述之版刻，《上都门故人述旧状书》曰：

---

① 臧懋循：《元曲选》序，中华书局1989年版，第4页。
② 李渔：《与顾硕甫》，《笠翁文集》卷2，《李渔全集》第1卷，浙江古籍出版社1991年版，第129页。
③ 李渔：《奈何天》序，《李渔全集》第4卷，浙江古籍出版社1991年版，第3页。
④ 迄今知道刊刻时间最晚的书是《新刻天宝图》，刊刻于同治八年，见黄强《李渔研究》，第298页。

况住金陵二十载，逋累满身，在则可缓，去则不容不偿。故临行所费金钱，什百于舟车之数。无论金陵别业属之他人，即生平著述之梨枣与所服之衣，妻妾儿女头上之簪、耳边之珥，凡值数钱一锱者无不以之代子钱，始能挈家而出。

由此看出，李渔移家杭州时，已是逋累满身，他出卖了芥子园和大量版刻，借以偿还宿债，营建新居，维持家用。丁澎《一家言》序中言及李渔建层园时曾"析钟山旧庐而益之"，说明渔拆除了芥子园的部分建筑，芥子园已经易主。① 但种种迹象表明，李渔之婿沈应伯还在经营芥子园书铺。②

资料显示，芥子园书肆确实发行过一些刻印精美的畅销书，但大都是李渔身后之事。③ 李渔在世时以芥子园名义出版的多是信笺一类的东西，而大多数著述都是以与李渔关系密切的"翼圣堂"堂号出版，如《一家言》初集、《李笠翁十种曲》等。黄强谓"李渔既以翼圣堂名芥子园书坊，则翼圣堂刻书也即芥子园所刻书"④，其怀疑翼圣堂书坊就是芥子园书坊。黄果泉认为翼圣堂主人即是李渔。⑤ 上述二说近是，但据笔者看来，翼圣堂确是李渔生前书坊之坊号，芥子园是康熙七年李渔移居金陵后翼圣堂书肆所在地。李渔在金陵时出的两类图书，其文字书籍均以翼圣堂而并不以芥子园命名，图画文笺类出版物才冠以芥子园之名。文字图书真正用芥子园名题的是在李渔移家杭州后。

能够说明翼圣堂与李渔密切关系的是《资治新书》初集（康熙二年刻）前的《征文小启》一文：

名稿远赐，乞邮至金陵翼圣堂书坊。稿送荒斋，必不沉搁，但须

---

① 康熙四十年辛巳（1701），绣水王安节作《芥子园画传合编》序曰："今忽忽历廿余稔，翁既溘逝，芥子园业三易主，而是篇遐迩争购如故。信哉！书从人传，人传而地与俱传。"

② 北京国家图书馆善本室藏《四大奇书第一种》，序后署"康熙岁次己末十有二月李渔笠翁题于吴山之层园"。序中云"予婿沈因伯归自金陵，出声山所评书示予"。由此知李渔在层园时，沈还在经营刻书业。见黄强《李渔研究》，第297页。

③ 《芥子园刻书知见录》，黄强《李渔研究》，第299页。

④ 同上。

⑤ 黄果泉：《雅俗之间》，中国社会科学出版社2004年版，第303页。

封固钤印，庶免漏遗，并索图章贱刺报命，以验收否。前蒙四方君子远贻尺牍，尊稿本坊未收，或为他人误领，或为驿使浮沉，以致开罪名流无从辩白，误之于前，不得不慎于后耳。①

这段引文可注意的有：一、在芥子园建成之前，翼圣堂早已存在。《资治新书》初集有康熙二年癸卯（1663）王仕云、王仕禄二序，二集有康熙六年丁未（1667）周亮工序。那么，二集从征文到出版至少用了四年时间。初集《征文小启》是为二集征文。按此推论，初集应该辑于康熙二年之前的四五年间。初集以翼圣堂名义征稿，则翼圣堂在顺治末已经存在。又文中"前蒙四方君子远贻尺牍"当指顺治十七年辑印《尺牍初征》一书之事。李渔诗有《癸卯元日》有"门开书肆"之语。可以认为，李渔在顺治末年就开肆印书。二、渔以书坊主人自居，书坊堂号为翼圣堂。文中径称翼圣堂为"本坊"，又承以"荒斋"、"贱刺"等谦称。又《资治新书》二集总目序语云："是集分类取材，非但不同于坊刻，即较本堂之初刻，又加倍焉。"由此看来，渔即翼圣堂主人当属无疑。

芥子园建成之后，李渔所印书籍分为两类：文字图书继续以翼圣堂堂号；而书画图章文具之类用芥子园字样梓行。证据有：一、金陵翼圣堂《一家言全集》扉页署"闲芥子园本衙藏版"。二、沈心友《四六初征·凡例》云："芥子园新辑诸书自《尺牍初征》《四六初征》《资治新书》外，尚有《纲鉴汇纂》《明诗类苑》《列朝文选》嗣出。万望四方名彦，尽启秘藏，以光梨枣"。而《四六初征》署"李笠翁先生手辑，金陵翼圣堂梓行"。可见，此时芥子园所辑文字图书，仍以翼圣堂名义出版。从康熙七八年间芥子园建成起直到康熙十六年李渔移居杭州，李渔所出著作均用翼圣堂名号。三、现有资料显示，金陵时期李渔以芥子园名义出过一些笺帖之类的东西。《闲情偶寄·器玩部》"笺简"条云：

已命奚奴逐款制就，售之坊间，得钱付梓人，仍备剞劂之用，是此后生生不已，其新人见闻，快人挥洒之事，正未有艾。……惨淡经营，事难缕述，海内名贤欲得者，倩人向金陵购之。是集内种种新

---

① 李渔：《征文小启》，《李渔全集》第16卷，浙江古籍出版社1991年版，第7页。

式，未能悉走囊中，借此一端，以陈大概。售笺之地即售书之地，凡予生平著作，皆萃于此。有嗜痂之癖者，贸此以去，如偕笠翁而归。千里神交，全赖乎此。只今知已遍天下，岂尽谋面之人哉？（金陵承恩寺中有"芥子园名笺"五字署名者，即其处也。）

　　此处文字所可注意的有二：一、笺简中"韵事笺八种，织锦笺十种"是李渔的新发明，其制版不允许他人仿造，让奚奴自制自售，所得钱以备出版之用，李渔谓之"生生不已"之道。而是集内其他样式，则听任他人仿制。由此可知，李渔视制版有轻重之分，文字图书版权轻易不允许他人翻刻，而笺简之类则可视情况而定。二、"售笺之地即售书之地"。李渔认为，笺与书虽放在一处销售，但二者性质不同，"笺简之制……与书牍之本事无干"，笺并不能算作图书。此时李渔用"芥子园"名笺帖，表明李渔尚未正式用芥子园作书坊号。

　　李渔移家杭州后，芥子园易主，但据《上都门故人述旧状书》所言，李渔之婿沈心友并没有得到乃妇翁的芥子园，但仍在金陵经营刻书业。他所出图书已基本不再沿用翼圣堂坊号。如李渔移居杭州后出的《芥子园图章汇纂》署"湖上笠翁纂辑"，板心有"芥子园"字样。又《芥子园画传》初集由李渔亲编，交芥子园梓行，但出版在李渔身后。沈不再沿用翼圣堂之名，其原因可能有二：一、芥子园名声此时远盛于翼圣堂。芥子园建成以后，李渔声名远播，其芥子园也随之闻名。有《答同席诸子》一文，王安节眉评曰："芥子园主人噪名三十年，诗文尽秘箧中，今始出而面世，即此意也，可谓行如其名。"知李渔此时已有芥子园主人之号。然芥子园之盛名来源于创作、家班、出版、交游等多途，并非仅仅来自出版。选取芥子园作为坊号更具商业价值。二、沈心友虽然搬出了李渔营建的芥子园，但仍用芥子园坊号经营刻书业，是欲继承妇翁之事业，并藉芥子园名声，将其发扬光大之举。沈应该就是芥子园的新坊主。在《芥子园画传》"例言"中沈曾说："是书成后，本坊嗣刻甚多。祈宇内文人，不惜染翰挥毫，藉光梨枣，或寄金陵芥子园甥馆①，或寄武林抱青阁书

---

　　①　《孟子》曰："《礼》谓妻父曰外舅，谓我舅者，吾谓之甥。尧以女妻舜，故谓舜甥"。后因以指甥馆即赘婿的住处或女婿家。

房。"此处提到的"芥子园甥馆",只能用于沈为坊主的书坊,而不可能是另有其主。《单谱》① 说"康熙四十年前后,芥子园出版诸书,当有因伯经营,盖继承妇翁事业,且籍其声名",可谓的论。

李渔从创作走向出版有一个渐次完成的过程,居杭前期的以小说戏曲为主,居杭后期逐渐涉足出版业,小说创作趋于停止,戏曲也逐渐减少。居金陵十数年间,除了有诗文词的创作外,李渔几乎完全转入编著出版的经营。由文学家到出版家,李渔的角色发生了根本的转变,导致其转变的原因主要有以下几条:

1. 明中叶后图书出版业的发展为李渔从事出版提供了可能

明代是图书出版大发展的时期,从中央到地方,从官府到私坊,刻书蔚然成风。就私刻来说,明代前期私刻不多,中后期却异常活跃,出现了一些著名的刻书家,如吴勉学、陈仁锡、胡文焕、毛晋等等。明中叶后,由于经济的发展,印刷术的进步,私人书坊也如雨后春笋般地出现。这些书坊多集中于经济发达的江浙地区,南京、苏州、湖州、杭州都是书坊的集中地,南京刻书业尤为发达。

明初,南京是全国政治、经济、文化的中心,朱元璋下令把南方各地宋元以来的书版全部运到南京国子监,又调集、招募各地的刻工印匠,来南京刻印《元史》《元秘史》《大明律》《明大诰》等要籍。为南京私坊的兴起奠定了基础。明代中叶后,涌现出了许多以营利为目的的书坊。如胡应麟云:

> 吴会、金陵擅名文献,刻本至多,巨帙类书咸荟萃焉。海内商贾所资二方十七,闽中十三,燕、赵勿与也。然自本坊所梓外,他省至者绝寡,虽连楹丽栋,搜其奇秘,百不二三,盖书之所出,而非所聚也。②

谢肇淛也说:"今杭刻不足珍,金陵,吴兴、新安三地剞劂之精,不

---

① 单锦珩:《李渔年谱》,《李渔全集》第 12 卷,浙江古籍出版社 1991 年版,第 1—130 页。

② 胡应麟:《少山室山房笔丛》正集卷 4,"经籍会通四",四库全书本。

下宋板。"南京的书坊甚多，可考者有五十多家，多集中于三山街和太学前①。孔尚任《桃花扇》中，二酉堂坊主、书商蔡益所描述明末南京三山街一带书坊之盛况云："天下书籍之富，无过俺金陵；这金陵书铺之多，无过俺三山街；这三山街书客之大，无过俺蔡益所。"对其书坊"上下充箱盈架，高低列肆连楼"，"既射了贸易诗书之利，又收了流传文字之功"而深感自豪。② 金陵私刻之盛，于此可见一斑。

顺治十八年前后，李渔移家金陵。其缘由李渔谓是"只应拙刻作祟，翻版者多"③，遂决计移家金陵。李渔移家金陵的原因当不止如此。其最主要的动机当与出版有关。明清之际的南京，一如上述所言，已成为全国坊刻出版的中心。在刻工、制版、印刷等各个环节都处于绝对的优势，李渔移居金陵，当与为扩大影响、以出版获利的追求有关。事实上，李渔由杭州时期的卖文向金陵时期出版获利的转变就说明了这一点。

2. 出版所带来的丰厚名利是李渔走上出版道路的主要诱因

由于出版向商业化发展，出版开始与文人的名利结合起来。出版成为文人求名射利、交游逢迎的利器。顺治末至康熙初，李渔开始编《尺牍初征》《资治新书》，广泛收集明清官员特别是在任官员的书信吏牍。李渔此举，收到了一石多鸟的效果。官员借此显扬名声，多愿"忘分下交"。李渔借此结识了当时的许多政界人物、社会名流，提高了自己的地位身份，并从中获利甚丰（包括售书得利和后来游历中官员的赠予）。此后李渔游道日广、声名日盛，都与他编刊此类书籍有直接的关系。④

走上出版经营之路的李渔有着商人精明的一面。作为文人，他知道怎么提高作品的品位，懂得怎么去保持文人的雅韵。而作为商人，他懂得如何去迎合读者的口味，选择编辑适合市场需求的书籍，并努力维护自己的版权。作为一种商业行为，李渔的出版经营主要有以下几个特点：

---

① 在这些书坊中，曾刊刻过戏曲的书坊有积德堂、富春堂、世德堂、继志斋、文林阁、广庆堂、师俭堂、长春堂、凤毛馆、文绣堂、两衡堂、乌衣巷、德聚堂等十三家。见俞为民撰《明代书坊刊刻戏曲考述》，《艺术百家》1997 年第 4 期。

② 孔尚任：《桃花扇·逮社》，人民文学出版社 1959 年版，第 183 页。

③ 李渔：《与赵声伯文学》，《笠翁文集》卷 3，《李渔全集》第 1 卷，浙江古籍出版社 1991 年版，第 167 页。

④ 文人干谒往往以书为媒，李渔《答友》诗中李渔教朋友干谒之道，有云"即云往系神交，未经谋面，盍以尊刻先之，开卷自能倒屣"。

第一，注重评本书的出版。明末出版界流行的评本书，是适应了读书人"求名"的风气而出现的，而精明的商人以此求利。归庄在谈到当时出版状况时说："于是评语取多，不知其赘；议论新奇，不顾害理；搜剔幽隐，抉择琐细。乃有丹黄未毕，而贾人已榜其书名悬之肆中。"① 李渔出版的书籍，特别是自己的作品多邀人作序作评。李渔《与孙宇台》说："弟之十年之内，著述颇丰。四海同人，非序即评，皆有华衮之赐。"每有新作，李渔辄乞序乞评。作于康熙十年辛亥（1671）《与余澹心五札》之三说：

> 新刻又成一册，已送案头，恐亥豕较前更繁，再为痛改一过，落叶虽多，果遇飓风一阵，必使树地皆空，不致愈扫愈有也。新歌润笔，敬闻命矣，止具折简而不定时日者，欲俟评序到手，借此为有挟之求也。

余澹心乃李渔密友，李渔经常托余作评作序。余曾为李渔《笠翁论古》《闲情偶寄》作过序评，李渔诗文集也有余的眉评。其实，为李渔诗文作序作评的又何止余澹心一人，许多当道显宦、士界名流如钱谦益、吴伟业、周亮工等都为李渔作过序评。李渔好友中作评作序最多的是孙宇台、毛稚黄二人。《与孙宇台、毛稚黄二好友》言及《一家言二集》时说：

> 但不经公输之手，难入离娄之目。弟所恃郢人者，宇台及稚黄两人而已。兹特专力送上，乞为痛铲严削，勿顾木之能堪与否。弟非齐宣，即斫而小之，必不怒也。前赐佳评，俱已登之版上，非久即以纸墨从事矣。

明末文人相互间的校阅评品之风很盛，李渔也未能免俗。李渔作品多有他人序评，他也曾为别人作序作评。文人间通过序评宣传推介、相互标榜，能提高作品的声誉，使之获得更高的商业利润。但评序又非无酬之劳，李渔言"新歌润笔，敬闻命矣"，明言当有酬报。即使是好友之间，

---

① 归庄：《书葛家板书记后》，《归庄集》卷 4，上海古籍出版社 1984 年版，第 294 页。

润笔仍断不可少。此时作为出版商的李渔，毫不讳言润笔之利，此举虽然是出版常例，但他毕竟乖离了儒家重义轻利的古训，笠翁商人之面目，于此可见矣。

第二，竭力维护版权，抵制翻版。明末常有山人贾客冒名人作伪，赝作充斥市场。如陈仁锡之文章当时很流行，冒作很多，他不得不在编集征文时声明其事。①又如后世流传的陈眉公杂著十数种，多数并非眉公亲编。而是"延招吴越间穷儒老宿隐约饥寒者，使之寻章摘句，族分部据，刺取其琐言僻事，荟撮成书"。②但奋力维护版权、抵制翻版冒滥之事，李渔用心之殷、用力之勤当前无古人。作为出版者，李渔的版权意识非常的鲜明，《与赵声伯文学》谈及他移家金陵的原因时说：

> 弟之移家秣陵也，只因拙刻作祟，翻板者多，故违安土重迁之戒，以作移民就食之图，不意新刻甫出，吴门贪贾，即萌觊觎之心。幸弟风闻最早，力恳苏松道孙公，出示禁止，始寝其谋。乃吴门之议才熄，而家报倏至，谓杭人翻刻已竣，指日有新书出贸矣。

李渔反盗版主要依靠当道官员的出面禁止，然因利益驱动，盗版翻刻者还是此起彼伏，以至于李渔不得不"东荡西除，南征北讨"，为此在顺治十八年举家移居金陵。在《闲情偶寄》卷四"器玩部·笺简"中公开声言：

> 是集中所载诸新式，听人效而行之；惟笺帖之体裁，则令奚奴自制自售，以代笔耕，不许他人翻梓。已经传札布告，诫之于初矣。倘仍有垄断之豪，或照式刊行，或增减一地，或稍变其形，即以他人之功冒为己有，食其利而抹煞其名者，此即中山狼之流亚也。当随所在之官司而控告焉，伏望主持公道。至于倚富恃强，翻刻湖上笠翁之书者，六合以内，不知凡几。我耕彼食，情何以堪？誓当决一死战，布

---

① 陈仁锡《无梦园集》卷首有澹退处士《征文自引》云："他如游客假序以自媒，贾客伪书而滋蔓，不在此集，其赝明矣。"见《四库禁毁书丛刊》第59册。
② 钱谦益：《列朝诗集小传》丁集下"陈征士继儒"，上海古籍出版社1959年版，第637页。

告当事，即以是集为先声。总之天地生人，各赋以心，即宜各生其智，我未尝塞彼心胸，使之勿生智巧，彼焉能夺吾生计，使不得自食其力哉！

在传统文人眼中，文艺被视为小道杂技，是游戏、消遣、娱乐的工具。作品被翻版不仅不视为侵权，而认为是扬名传誉的好事。李渔极力维护自己的版权，是因为他把砚田笔耕与出版当作自食其力的生计，养家糊口的技艺。然而，在没有版权法的当时，只靠主持公道的"官司"来维持，收效甚微。尽管笠翁屡次声明，甚至表现出强烈的义愤，但始终未能奏效，翻版者仍然很猖獗，李渔对此常常流露出无奈。《与韩子蘧》曰：

> 大约弟之诗文杂著，皆属笑资。以后向坊人购书，但有展阅数行而颐不疾解者，即属赝本。

和翻版作斗争，维护自己的版权利益，在李渔看来是光明正大、理直气壮的事情。他说："觅应得之利，谋有道之生。"[1] 若按儒家重义轻利的人生哲学和价值观念来看，此时的李渔几乎就是一个锱铢必较的商人。但"劳杀笔耕终活我"。李渔终日劳作，付出劳动，市场给予报酬，两者之间实际存在着买与卖的商品关系。因此，李渔的创作与出版事实上就是一种文学艺术产品的生产经营。这种自食其力的生活方式，是李渔诸多谋生方式中收益最大、最具商业味道的行当。故尤侗说："若是乎笠翁之才，造物不惟不忌，而且惜其劳、美其报焉。"[2]

第三，注重书籍的娱乐化。晚明书籍趋向娱乐化，戏曲小说及各种通俗读物很受欢迎。即使是经史一类专门书籍，也无不带上娱乐化倾向。如晚明广受欢迎的《千百年眼》、《史取》、钟惺《史怀》、屠隆《鸿苞》、陈继儒《古文品外录》、李卓吾《藏书》，等等，这些书的出版，都带有清赏清玩、将经史娱乐化倾向。商业化向出版界的渗透，直接导致载籍之滥。吕坤《呻吟语·人情》曰：

---

① 李渔：《闲情偶寄·种植部》，《李渔全集》第3卷，浙江古籍出版社1991年版，第259页。
② 同上。

古今载籍，莫滥于今日。括之有九：有全书，有要书，有赘书，有经世之书，有益人之书，有无用之书，有病道之书，有杂道之书，有败俗之书。《十三经注疏》，《二十一史》，此谓全书；或撮其要领，或类其隽腋，如《四书》《六经集注》《通鉴》之类，此谓要书；当时务，中机宜，用之而物阜民安，功成事济，此谓经世之书；言虽近理，而掇拾陈言，不足以羽翼经史，是谓赘书；医技农卜，养生防患，劝善惩恶，是谓益人之书；无关于天下国家，无益于身心性命，语不根心，言皆应世，而妨当世之务，是谓无用之书；又不如赘佛老庄列，是谓病道之书；迂儒腐说，贤智偏言，是谓杂道之书；淫邪幻诞，机械夸张，是谓败俗之书。有世道之责者，不毅然沙汰而芟锄之，其为世教人心之害也不小。

在吕坤所列的七类书中，那些"无用之书"、"病道之书"、"杂道之书"、"败俗之书"大有市场，出版也愈来愈多，导致泛滥成灾，这都是商业化所带来的结果。其中，吕坤所谓"败俗之书"其实就是小说杂书类书籍。这两类书市场很大，从士大夫到普通百姓，都喜欢这类作品，书商亦以此"射利"。有人将之称为《女通鉴》，① 吕坤则认为"其为世教人心之害也不小"，呼吁"沙汰而芟锄之"，但这只不过是一厢情愿而已。

出于明确的获利目的，为了迎合市场的需要，李渔的创作、编纂、出版无疑也趋向于娱乐化、通俗化。小说、戏曲毋庸言矣，李渔杂著中相当一部分都存在这种倾向。如编《古今史略》，作者声明是为了反对"浮夸繁冗，一事数百其言，读者茫然"的正史之繁琐，而"汰繁夷冗"，以使"行笥出入，箧屐与俱"②，其所谓"史略"正是出于易于阅读、便于携带之目的。又如李渔在陈百峰所辑《女史》基础上编辑而成的《千古奇闻》，也是一部通俗的历史读物，其他著述、出版物也无不如是。李渔曾为自

---

① 原文为："今书坊相传射利之徒伪为小说杂书，南人喜谈如《汉小王光武》《蔡伯喈邕》《杨六使文广》，北人喜谈如《继母大贤》等事甚多。农工商贩，抄写绘画，家畜而人有之。痴騃女妇，尤所酷好，好事者因目为《女通鉴》，有以也。"见叶盛：《水东日记》卷5，中华书局1997年版，第213页。

② 李渔：《古今史略序》，《李渔全集》第9卷，浙江古籍出版社1991年版，第7页。

己定调："弟则下里巴人，是其本色"，"所谓'多买胭脂绘牡丹'也。"①
可见娱乐化、通俗化是李渔一贯的追求。

笠翁出版还注重商业宣传。他很善于为自己的出版物作宣传，宣传的
途径也是多种多样。他交游广泛，所交者多为当道官员和士界名流，他的
这种交游除了为直接拉主顾外，更多的是想借重对方的名望以达到商业性
的宣传效果，更何况有时对方还会主动给予援引、推荐。在小说集目次
里，李渔夹缀"此回有传奇即出"或"此回有传奇嗣出"字样，以示出
版预告；在《闲情偶寄》卷四"器玩部·笺简"中，李渔插入"售笺之
地即售书之地，凡余生平著作，皆萃于此。有嗜痴之癖者，贸此以去，如
偕笠翁而归。千里神交，全赖乎此。只今知己遍天下，岂尽谋面之人哉？
金陵书铺廊坊间有'芥子园名笺'五字者，即其处也"；还以征稿为主要
手段，推介自己各种系列的连续出版物。如《资治新书》，有初集、二
集、三集。初集卷首"征文小启"云："名稿远赐，乞邮致金陵翼圣堂书
坊。稿送荒斋，必不沉搁……。"《尺牍初征》书首有"征尺牍启"称：
"今即以《初征》为媒，见斯集者，谅有同心。倘蒙不鄙，悉为邮寄，则
仆得以竟此鸿愿，岂独《二征》《三征》《四征》而已耶！西湖流寓客李
渔敬启。"《四六初征》封面上也刊有"二集即出，名篇速寄"的征集广
告。如此周到的广告宣传文字，反映出李渔具有出色的经营谋略和明确的
商业意识。

李渔移居金陵，从卖文笔耕转向以出版经营为主，这个转变是渐次
完成的，其中混合着求名与求利的双重动机。因此，在这个时期，李渔
已不是纯粹的文人或出版商。名利场中李渔，其求名求利的动机，与追
求士大夫风雅舒适生活的人生目标其实是互为因果的。就出版来言，笠
翁从事出版固然是出于获利的目的，但借出版媒介李渔找到了接近上流
社会的重要渠道，借组稿编书，李渔与许多当道官员建立的联系，其目
的李渔说得很明白："借初编为驿使，征嗣刻为邮筒，以期海内明公忘
分下交。"借创作、出版、家班媒介混迹公卿名流之列，实是一种名利
双收的捷径。此时的李渔，说他是文人，但他的身上确已沾染了浓重的

---

① 李渔：《复尤展成五札》，《笠翁文集》卷3，《李渔全集》第1卷，浙江古籍出版社
1991年版，第190页。

商人气息。说他是商人，但他始终没有卸掉文人的身份。李渔此时其实是一个非士非商、亦士亦商之人，是一个游移于士与商、士与山人清客之间的文人。

三　家姬与家乐

近年来，学术界关于李渔家乐的研究已经取得了一定进展。袁震宇《李渔生平考略》、单锦珩《李渔年谱》、沈新林《李渔评传》、俞为民《李渔评传》、黄果泉《雅俗之间——李渔的文化人格与文学思想研究》等对此都有或详或略的论述，李渔家乐的一些基本事实已渐渐清晰，其中李渔在资料中已经言明的有：

一、组建时间，在康熙六年（1667）。有《乔复生、王再来二姬合传》①（以下简称《合传》）为证。康熙五年丙午，李渔由都门入秦，道经平阳，纳乔姬，六年初，至兰州又纳王姬。《合传》中引述乔姬的话说：“请以若为生，而我充旦，其余角色，则有诸姊妹在。此后主人撰曲，勿使诸优浪传，秘之门内可也。时诸姬数人，亦皆勇于从事，予有不能自主之势，听其欲为而已！”此主意有乔姬首创，众姬响应，李渔遂听其所为。李渔家乐组成于此年之事实基本可以确立。又，现存李渔资料证明，李渔家乐活动于康熙七年至十二年之间，在康熙五年，李渔由都门入秦之前，无任何资料言及家乐，故李渔家乐的建立时间当在康熙六年（1667）。

二、家班成员。据《合传》可知，李渔家乐组建时其成员至少有四人：康熙五年（1666），李渔结束京师之游，顺道远赴陕甘，至山西平阳府，纳乔姬；李渔由京入秦时“挟姬一人”；兰州所纳之姬王再来；但至兰州之前“地主购其人以待”者，“不止再来一人，再来其翘楚也”。可见，当时组成的这个家乐至少有四人。又，李渔在返程中，有诗《登华岳四首》，其第四序云：“时家姬四人随游，颇娴竹肉，……至溪壑稍平处，铺毡坐饮，使之度曲。”②在康熙七年春节途经彭城，

---

① 李渔：《笠翁文集》卷1，《李渔全集》第1卷，浙江古籍出版社1991年版，第95—101页。

② 同上书，第105页。

李渔令家姬演戏为李申玉祝寿。《李申玉阃君寿联》小序载："阃君生于元旦，是日称觞，即令家姬试演新剧。"这大概是李渔家乐的第一次试演，这时家乐初建，演员不会很多。又黄强《李渔交游补考》① 一文从邓孝威《诗观》拈出顾赤方五首赠李渔诗，总题为"月湖答李渔"其中第三首下有小注"渔携四姬，一姬适病"，此时是康熙十一年壬子（1672），李渔游楚。可见李渔携家班出游，主要演员就是家姬四人，李渔家姬往往是声乐兼擅，故第四首写道："抛下琼箫绣毯红，窥人掩映隔帘拢。亦知宋玉多情甚，难共襄王人梦中。"作为一部家乐，除了主要演员外，还当有一些伴奏乐师和杂勤人员，这些李渔著作中并未述及。然李渔在南京时自称其家"啼饥之口半百，仰屋之嗟一人。"② 当包括书肆和家乐从业人员。如李渔在《闲情偶寄·器玩部》中提到的"奚奴"以及《与魏贞庵相国》中提到的"从事敝斋有年"的江南"剞劂氏刘某"，还有《笠翁文集》卷四中提到的"剞劂氏"、"裱工"。再者，李渔很注重戏剧的合乐问题，《闲情偶寄·演习部》有"锣鼓忌杂"、"吹和宜低"等目。《声容部》有妇女不宜吹笙搦管，闺阁惟宜洞箫之说。李渔家姬虽也不乏声乐兼具之人，但一部只有四人组成的家乐是不可想象的，因此，李渔家乐中四姬当是主要演员，他的家班还应改包括少数的演奏及杂勤人员。

三、李渔家班的解体时间。据《合传》载，康熙十一年壬子（1672），乔姬去世。十二年癸丑，王姬逝世。"癸丑适楚，客于汉阳，病渐加而容不减，非惟不治药饵，……临终数日始僵卧不起"。"甲寅③入都中，诸姬不与，惟再来及黄姓者二人与俱，……临逝，执予手曰：'良缘遂止此乎？'时欲泣无声，且无泪矣。"乔、王二姬的去世使李渔家乐失去了两个台柱子，宣告了李渔家班的解体。赵坦的《保甓斋录》卷三

---

① 《明清小说研究》1996 年第 2 期。

② 李渔：《与余澹心》，《笠翁文集》卷 3，《李渔全集》第 1 卷，浙江古籍出版社 1991 年版，第 216 页。

③ 此处记载有误，应为"癸丑"。《后断肠诗十首》序曰："乔姬既殁之次年，予入都门访友，以王、黄二姬随行。"此年应为康熙十二年癸丑。又《合传》曰："二姬之年皆终于十九，再来少复生一岁，亦后死一年。"因此，王姬应死于乔姬死后一年，即康熙十二年癸丑。

《书李笠翁墓券后》言李渔移居杭州后"客至，弦歌迭奏，殆无虚日"①，是后人的附会，实属无根之游谈。因此，从康熙六年至康熙十二年王姬去世，李渔家乐存在的时间大概六年左右。

在李渔家乐的研究中，李渔组建家乐的动机为何？李渔家乐是否具有商业性？是目前颇有争议的问题，笔者的看法如下：

首先，李渔组建家乐的动机。李渔康熙五年自都门入秦，纳乔姬。其时身边已有一姬相随。按李渔自己解释，"姬患无伴"，故有意求伴，但事实上这并不是李渔的真意。随后，李渔又解释说："地主知余有登徒之好，有先购人以待者"，明言自己纳姬是出于好色之需。另，李渔《闲情偶寄·声容部》说自己买姬置妾"缘虽不偶，兴则颇佳"。又曰："凡人买姬置妾，总为自娱。己所悦者，导之使习；己所不悦，戒令勿为，是真能自娱者也。孔子云：'素富贵，行乎富贵'。人处得为之地，不买一二姬妾自娱，是素富贵而行乎贫贱矣。王道本乎人情，焉用此矫清矫俭者为哉？""故习技之道，不可不与修容、治服并讲也。技艺以翰墨为上，丝竹次之，歌舞又次之，女工则其分内事，不必道也。"下面一段文字是李渔对女子声歌舞才艺的具体要求：

> 昔人教女子以歌舞，非教歌舞，习声容也。欲其声音婉转，则必使之学歌；学歌既成，则随口发声，皆有燕语莺啼之致，不必歌而歌在其中矣。欲其体态轻盈，则必使之学舞；学舞既熟，则回身举步，悉带柳翻花笑之容，不必舞而舞在其中矣。……凡为女子者，即有飞燕之轻盈，夷光之妖媚，舍作乐无所见长。然则一日之中，其为清歌妙舞者有几时哉？若使声容二字，单为歌舞而设，则其教习声容，犹在可疏可密之间。若知歌舞二事，原为声容而设，则其讲究歌舞，有不可苟且塞责者矣。但观歌舞不精，则其贴近主人之身，而为膰雨尤云之事者，其无娇音媚态可知也。

由此可知，李渔对女子歌舞技艺的要求，其实最终目的仍是为了更好地满足自己的声色之好。

---

① 《李渔研究资料选辑》，《李渔全集》第12卷，浙江古籍出版社1991年版，第314页。

明自成祖以后，风流放诞渐渐成为上层士大夫所追求的一种时尚①，他们大都懂琴棋书画，有的还懂填词戏曲，蓄养侍姬，有的蓄有家乐。明中叶后家乐甚多②，其中不乏懂戏曲之"顾曲周郎"。他们蓄养家乐就是为了自娱自乐。如屠隆在担任礼部主事后，"好客益甚，蓄声伎，不耐岑寂"③，阮大铖，"流寓南京，治亭榭，蓄声伎自娱"④。这些家乐中有些戏子女妓多是演员与侍妾兼做，以满足主人的声色之好。李渔家乐得组成也是出于自娱自乐的需要，家乐中的几个重要演员都是家姬为主兼有优人的身份，"檀板接来随按谱，艳装洗去即沤麻"⑤。故《合传》张壶阳尾评曰："情缘奇合，古今不少概见，笠翁以肉帛之年，得尤物于秦、晋之陬，以之充后陈，容或有之。使之谐声律，不惟地非其产，亦且用违其才，何期凤根凑合，如此之奇也。"因此，李渔家乐的组建实与明中叶以来士大夫的这种蓄养家乐与享乐的风气有直接的关系。

除了自娱享乐的动机外，家乐还成了友人间娱乐交际的工具。如梁辰鱼"后游青浦，值屠公为令，以上客礼之，命优人演其剧，每遇佳句，辄浮大白酬之，梁豪饮自快。"⑥李渔出身寒微，他以家乐演出为手段结交上流社会，即以娱人作为媒介，以达到扩大交际的目的。《合传》谓："岁时伏腊，月夕花晨，与予夫妇及儿女诞日，即一樽二簋，亦必奏乐于前；宾之嘉者，友之韵者，亲戚乡邻之不甚迂者，亦未尝秘不使观。"余怀《满江红·同邵村、省斋集笠鸿浮白轩听曲》、方文《三月三日邀孙鲁

---

① 生员习曲，本成祖钦命。永乐十五年（1417），成祖命以南北曲调编诸佛曲名称歌四百余首。勒令各地生员习唱。此后，生员习曲已成必不可少的内容，也不再限于佛曲，甚或是淫词艳曲。于是鼓弄淫曲，搬演戏文，不论是贵游子弟，还是庠序名流，"甘愿与俳优下贱为伍，群饮酣歌，俾昼作夜。"（管志道《从先维俗议》卷五《家宴勿张戏乐》，《太昆先哲遗书》本）生员弃举业文章而流为放癖邪逸，实从此始也。

② 苏州有故相王锡爵、申时行，官绅范长白、许自昌、顾大典、沈璟，常熟有官绅钱岱、徐锡元、董份，杭州有包涵所、王汝谦，无锡有邹迪光，上海有官绅潘允端，宁波有屠隆，绍兴有朱云峡、张岱、祁彪佳，宜兴有吴炳，南京有阮大铖，嘉兴有官绅吴昌时，等等，入清以后如袁于令、尤侗等。

③ 赵景深、张增元编：《方志著录元明清曲家传略》，中华书局1982年版，第8页。

④ 同上书，第139页。

⑤ 李渔：《次韵和娄镜湖使君顾曲二首》，《笠翁诗集》卷2，《李渔全集》第2卷，浙江古籍出版社1991年版，第195页。

⑥ 赵景深、张增元编：《方志著录元明清曲家传略》，中华书局1982年版，第63页。

山侍郎饮李笠翁园即事作歌》都有记载到芥子园观剧事。康熙十年渔有七绝《端阳前五日，尤展成、余澹心、宋澹仙诸子集姑苏寓中观小鬟演剧，澹心首倡八绝，依韵和之》，康熙十一年渔有七绝自题《堵天柱、熊荀叔、熊元献、李仁熟四君子携酒过寓，观笑鬟演剧，元献赠诗四绝，倚韵合之》记与韵友观剧事，又《悔庵年谱》"康熙十年"，尤侗自述曰：

> 金陵李笠翁（渔）至苏，携女乐一部，声色双丽，招予寓斋顾曲相乐也。余与余澹心（怀）赋诗赠之，以当缠头。

李渔通过演剧结识当道官员及文坛韵友，进一步提高了自己的知名度和影响力。但这种交游时间并不长。自康熙七年曾在返家途中"试乐"，至康熙十二年之间，李渔出游粤、闽、苏、楚、燕。其中，游粤时并无家乐同行，康熙十二年游燕，据《合传》称，李渔此次仅携王、黄二姬随行，其家乐似已衰折。① 《合传》说："予数年以来，游燕、适楚、之秦、之晋、之闽，泛江之左右，浙之东西，诸姬悉为从者，未尝一日去身。"此言并不能说明每次出行都有家乐随行。

其次，李渔家乐是否有营利性质？是目前争论较多的问题。从表面看，李渔的家班不具营利性质。向来家乐大多是自娱娱人，例有缠头之赠。小鬟演戏，有缠头之赠，是自然而然的事情，李渔欣然接受，不应认为是商业性行为。但如果这种演出和干谒联系起来，像董含在《三冈识略》中所说："隔帘度曲"，"诱赚重价"。那么，其中就有商业的成分了。说李渔家乐有商业成分并非毫无根据。首先，士大夫家乐一般无须为资财发愁，而李渔属于"贫士"，缺乏足够的财力去维持家乐的生存，这就逼迫李渔不得不携家乐走向江湖。其次，李渔带家乐周游各地，交结缙绅官员，一个主要目的为了打抽丰。康熙九年（1670）游闽，李渔有诗《予携妇女出游，有笑其失计者，诗以解嘲》：

---

①　李渔入京共有三次，即顺治年间、康熙五年、康熙十二年。而从其家班活动于康熙七年至十二年之间。刘廷玑《在园杂志》谓："所至携红牙一部，尽选秦女吴娃，未免放诞风流。昔寓京师，颜其旅馆之额曰'贱者居'，有好事者戏颜其对门曰'良者居'。盖笠翁所题本自谦，而谑者则讥所携也。"则所言当指康熙十二年这次，而此次并没有带家乐至京，刘廷玑此言之真实性颇可怀疑。

尽怪饥驱似饱腾，纷纷儿女共车乘。须知我作浮家客，欲免人呼行脚僧。

岁俭移民常就食，力衰呼侣伴担簦。他时绝粒长途上，纵死还疑拔宅升。

李渔此次"移民"、"就食"确有不得已之处，他携家乐出外献艺是他有意识的行为。而且，李渔家乐所得并不算少。尤侗《闲情偶寄序》说：

家居长干，山楼水阁，药栏花砌，辄引人著胜地。薄游吴市，集名优数辈，度其梨园法曲，红弦翠袖，烛影参差，望者疑为神仙中人。若是乎笠翁之才，造物不惟不忌，而且惜其劳、美其报焉。人生百年，为乐苦不足也，笠翁何以得此于天哉！

不仅如此，杭州以后，他的所有活动大都带有较强的趋利色彩。以卖书为例：李渔往往名曰馈赠，实是要收"馈书仪"的。康熙十四年（1675）游杭州，有《复朱其恭》曰："拙刻之携来者，送尽无遗，未来者，印而未至，故无以报命。"① 另《复柯岸初掌科》中却说："昨有馈书仪十二金，渔往谢而值其不在，只有赘券一纸，伏于砚台之下。"② 所以，这种馈赠之中实含有商业的成分。相比而言，就家乐献艺本身，李渔虽没有什么明码标价，也没有直接地以金钱为媒介的买卖关系，然主人的馈赠，无论是缠头还是金钱的多少，很多是因为演出，与演出有直接的联系。如此，这种献艺就带上了商业色彩。

因此，李渔家乐在建立之初的康熙六年至康熙九年，是纯粹的自娱性的家庭戏班。康熙九年游闽开始，家乐随李渔外出献艺，染上了较浓的商业色彩。随着李渔交游的扩展，家乐逐渐成为李渔交游的一种工具，这时的家乐与著书、卖书一样，也带有营利谋生之目的。但和前两项不同的是：家乐并不像营业性的江湖戏班一样，直接明码标价与金钱挂钩，它只

---

① 李渔：《笠翁文集》卷3，《李渔全集》第1卷，浙江古籍出版社1991年版，第217页。
② 同上书，第205页。

是李渔打抽丰的一种借口与手段。换言之，家乐的商业性是隐蔽在其娱乐性之下的，是李渔不愿言明而实寓其中的。在李渔看来，家乐献艺作为一种以戏交友的方式，其利益的获得，并不仅仅在于目前的收入，而在于更长远的企求。第二次移居杭州之后，李渔贫病之际，向各地好友写信求援，这其中未必没有家乐的功劳。不可否认，康熙九年以后的李渔家乐仍还有大量的娱乐性演出。戏班所得的缠头馈赠，虽说可缓轻家庭的经济负担，但并不是李渔生活的主要来源。随着乔、王二姬的去世，李渔家乐也就自然解体、名存实亡了。

综观李渔一生，他的商业化选择是从顺治七年前后第一次移居杭州开始的，并且终其一生未有改变。移家杭州之前，李渔尚是一个传统的文人。杭州之后的李渔为生计所迫，逐渐走上了"卖赋以糊其口"的道路。他的文学活动，已经有了明显的营利意识，商业化的倾向十分明显。靠创作小说戏曲获利谋生，使李渔偏离传统文人文学创作的轨道。顺治末，李渔开始涉足出版业，以翼圣堂名号出版编著多种，获利颇多。移居金陵之后，又建立芥子园书肆，康熙六年组成自己的家乐。此时的李渔集作家、编辑、出版商、导演、演员、班主于一身，成为一个比较典型的文化商人。

然要把李渔定性为一个文化商人并不完全，因为，李渔是以文人与作家的身份参与文化商业运作的。也就是说，他既未完全抛弃文人的天性，一生从未间断过创作，又不懈地追求文人的生活韵致，同时又涉足文化商业的经营，身上又沾染了一些商人的积习。移居杭州以后的他一直游荡于商与士的边缘，非士非商，亦士亦商。所以，李渔其实是一个士与商边缘化了的人物。在明末清初，这完全是一种新的现象。这种现象导致了人们对其评价上的矛盾与困惑。人格心理学认为："对每一种角色，社会已经规定了它的可接受的行为方式。换句话说，每一个角色都有一个可接受的行为范围，这个范围是文化决定的，如果超越这个范围，就会遭到某种形式的社会压力。"[①] 若按儒家重义轻利的人生哲学、价值观来评判，李渔的商业化行为显然是离经叛道、为士林所不齿。若从商人的社会角色而

---

① ［美］B. R. 郝根汉：《现代人格心理学历史导引》，河北人民出版社 1988 年译本，第 4 页。

论，李渔砚田食力实无可厚非。李渔对自己的自食其力颇感自豪，他说他觅的是"应得之利"，谋的是"有道之生"。李渔以"劳杀笔耕"的辛苦经营：即创作、出版、家乐来谋生。这种方式其实就是一种带有商品化色彩的文学艺术生产，是一种文人参与的文化商业的经营，这便是李渔商业化人格的独特性所在。

第二章 李渔医学家世与医学素养

现代人格心理学十分强调遗传和环境交互作用的重要性。所谓环境因素即指个人所属的特定文化、社会阶层或家族家庭影响下而产生的经验，而特定的文化和教养方式则是社会与人格发展之间的主要媒介，每个人的独特性很大程度上依赖于这种文化。因为，"在相当大的一个范围内，引起我们美感的东西，引我发笑或悲哀的东西，都是由我们的文化决定的"。① 综观李渔一生，笔者认为：作为一个自足的文化形态和教养方式的传统医学②以及医商家庭的生活环境，曾经给李渔的成长和发展以极大的影响。李渔个性的形成，人生观、价值观的确立，甚至是文学理论和创作风格，都打上了医商家庭的深深烙印。

第一节 李渔医学家世和医学素养

一 医学家教与医学修养

没有迹象表明，李渔曾经负囊行医，即使关于自己的医学家世，李渔也很少道及，他只是在七律《午日王使君问病，兼赐蕲艾、彩胜，赋谢》

---

① ［美］B.R.郝根汉:《现代人格心理学历史导引》，河北人民出版社 1988 年版，第 7 页。

② "中医"一词词义古今差异甚大。《汉书·艺文志》引谚曰"有病不治，如得中医"。《全唐文·愈膏肓疾赋》引秦缓答景公曰:"夫上医疗未萌之兆，中医攻有兆之著"。又《黄帝内经·灵枢·根结》有"上工平气，中工乱脉，下工绝气危生，故曰下工不可不慎也"。"上工""中工"之概念等同于后世"上医"、"中医"。可见"中医"乃指中等水平的医术，与现今词义不同。

诗中提到过他家"累世学医"。① 说明其父祖辈以行医为业。另《宗谱》②记载，李渔伯父李如椿为"冠带医生"，李渔父亲李如松、长兄李茂皆在如皋业医并经营医药生意。又据李渔诗文证明，其兄李茂随父在如皋经营医药生意，其侄李献民则承业从医，并且医术颇精。李渔赠诗曰："吾家犹子在杏林，仁其术兮婆其心"，"囊有奇方足以齐，一般悬在扶危时"。③《宗谱》还记载："本族外出商贾者多，故流寓在外者几三分之二"。并将流寓者所在地书其名下。与李渔父子同辈的有二三十人，其中多数"寄寓雉皋"。④ 这些流寓在外的李氏宗族成员多行医或经营医药生意，龙门李氏完全可以称得上是一个医学和医商家族。

在李渔这一支中，作为"冠带医生"李渔伯父，在李氏家族中是个体面的人物。他很喜欢"襁褓识字"的侄子仙侣（即李渔），并经常带他游"大人之门"。但这个"少壮擅古文诗词有才子称"⑤ 的仙侣，并未继承父辈的事业，而擅才自负走上科举之途。伯父如椿的鼓励奖掖与童时的耳濡目染，童年李渔获得了比较丰富的医学医药知识，这在其以后的文字中得到充分的体现。

涉及李渔家世业医的资料仅此而已，我们不得不把注意力转移到他的文字创作中来。李渔的诗文、小说、戏曲以及理论著作中，多有涉及医药医理的文字与论述，显示了李渔深厚的医学修养。从现有资料来看，李渔对医药医理也经历了一个逐步接受和认识深化的过程。

岐黄一道，本李渔祖传家业，他自幼随伯父游门串户，耳濡目染之间，自然受益匪浅。于医道医药，虽谈不上甚精，想必亦知之不少。早期的李渔文字中，留下了一些医药医学味极浓的文字。《问病答》曰：

---

① 诗曰："说来底事可堪嗟，寓在河阳不看花。累世学医翻善病，终生问舍只无家。回生药得三年艾，续命丝来五色霞。从此沉疴应立起，人间那复有弓蛇"。

② 赵文卿：《李渔生平事迹的新发现》，《戏文》1981 年第 4 期。《有关李渔生平事迹的几个问题》，《浙江师院学报》1981 年第 1 期。

③ 李渔：《寿献民侄七十》，《笠翁诗集》卷 1，《李渔全集》第 2 卷，浙江古籍出版社1991 年版，第 62 页。

④ 《龙门李氏宗谱》，转引自赵文卿《李渔生平事迹的新发现》，《戏文》1981 年第 4 期。

⑤ 《光绪兰溪县志》卷 5，嘉庆《兰溪县志》卷 13 文学谓："童时以五经受知学使者，补博士弟子员"。见台湾成文出版有限公司 1966 年版《中国地方志丛书》。

　　偃卧积时日，与病成相知。粱肉等寇仇，药物甘如饴。滓秽日以尽，清虚欲天随。凡人孰无病，所忧在难医。驰逐耗元神，饕餮坏真脾。至性既受蚀，筋骨为之衰。侵淫入膏肓，弓蛇生忧疑。秦和袖国手，扁鹊何能为。即或苟且延，坐肉而行尸。我病在腠理，易笃亦易差。但能节嗜欲，自不致颠危。鬼神能福善，恶则非可私。天苟降之罚，调停安所施。死生一大数，岂为鸡豚移。予为孔子徒，敬神而远之。奥灶两无媚，长谢为君辞。

　　这首诗属李渔的早期诗篇，可以看出李渔早年的医学修养。第一，他认定自己得病的主要原因是"驰逐"与"饕餮"，"但能节嗜欲，自不致颠危"。第二，用医语很多。滓秽、清虚、元神、真脾、膏肓、秦和、扁鹊等等，似不经思索而冲口而出。第三，他相信从医服药的作用，而反对巫医用祈禳之术来治病。

　　不仅如此，李渔涉及医学医药的文字在后来的作品中随处可见。《旅中病疟倩某子觅医，既得其人，吝与不见，诗以让之》曰：

　　　　生死关头学问津，问君却是过来人。怜予巨病同消渴，惠我空言许乞邻。李索王戎惟与和，药搜扁鹊竟无尘。悬知有待终然诺，剑挂坟头一怆神。

　　《灵枢》《素问》《脉诀》《难经》之医典，金石草木之药用，李渔亦靡不有涉。他熟悉医学典故，常用医语作文，"笔下常有黄连、苦参之气"。①

　　康熙十七年戊午（1678）春，李渔病中为镜曲化农（徐冶公）《香草吟》传奇的作序写评。《香草吟》是用医学术语连缀起来的传奇作品，李渔得为观览就大为叹服，其评注也仿其风格，用语常以医药医理出之，显示其深厚的医学素养，在此选取几段：

---

　　① 《妻抱琵琶梅香守节》中马麟如懂医，"一日宗师岁试，不考难经脉诀，出的题目依旧是四书本经，麟如写惯了药方，笔下带些黄连、苦参之气，宗师看了，不觉瞑眩起来，竟把他放在末等"。

病耶？医耶？随腕播弄，尽成异珠奇香，填词至此，神矣！化矣！（《问切》）

玉虚饭即龙脑，假苏香即荆芥，青要子即空青，野丈人即白头翁，丹山魂即雄黄。（《问切》）

游女即五加皮，将离即芍药，怀乡即茴香。（《降香》）

金钗、石解、左蟠龙，皆药名。（《粉草》）

《香草吟》从回目到正文皆用药名医语，或取其谐音别号，李渔注评则逐词释义，不厌其烦。文中此类注释之多，不胜枚举。其实徐氏此剧并非上乘剧作，且有卖弄之嫌，但李渔却如遇知音，对于作者的医学修养和行文才具大为赞赏。《降香》批曰："每句用药名，而丰神秀整，全不落调剂之迹，吾无间焉！"《蜡丸》注曰："第全用药名，工丽如此，尤未易也。还有丸药，又出意表，作者药笼中物哪能取之不竭！"笠翁盛赞其"乃方与药也"，"读未竟而病退十舍"。① 从医学角度，笠翁赞其博学；从文学角度，笠翁称其新奇。"通篇药名，假借于此，独以实作结，小见文心变化，大征佛力慈悲，用入单方，奇绝化绝！"（《合欢》）在李渔看来，《香草吟》是医学与文学结合的好作品，读之有神奇的疗病泄情的功能。

其实，在中国文学传统中，以药入文入诗并非徐氏独创。早在南朝梁时，就出现了药名诗②，敦煌变文《伍子胥变文》中伍子胥与其妻的一段对话，就是用药名连缀起来的。③ 北宋洪皓《集药名次韵》和南宋辛弃疾《定风波·静夜思》以药名入诗入词，明清时期，《西游记》《金瓶梅》《醒世姻缘传》《红楼梦》《女仙外史》等小说中时有此类内容。笠翁虽也屡屡以医语入文，但与徐氏相比，既未病其繁褥，又显其机巧独运，甚少痕迹。《无声戏·女陈平计生七出》中耿二娘为了守节，用巴豆一药捉

---

① 李渔：《香草亭传奇序》，《笠翁文集》卷1，《李渔全集》第1卷，浙江古籍出版社1991年版，第46页。

② 吴曾：《能改斋漫录》卷3，"药名诗不始于唐"，认为药名诗最早出现在南朝之梁。

③ 子胥欲逃往江东，其妻遂作药名诗问曰："妾是伍茄之妇细辛，早仕于梁，就礼未及当归，使妾闲居独活。蓇葖姜芥，泽泻无邻，仰叹槟榔，何时远志！近闻楚王无道，遂发豺狐之心。诛妾家破芒消，屈身苦窗。葳蕤怯弱，石胆难当，夫怕逃人，茱萸得脱……余乃返步当归，芎穷至此。我之羊齿，非是狼牙。桔梗之情，愿知其意。"见王重民等编《敦煌变文集》，人民文学出版社1984年版，第10页。

弄贼头。先"取一粒巴豆捻出油来向牝户周围一擦，即时臃肿"，使贼头之淫不能得逞。后又拿一粒巴豆捻碎搅入饭中，使贼众大泻，"只消粒半巴豆，两日工夫，弄得焦黄精瘦"。再后"讨一服参苓白术散，拿与贼头吃，肚泻止了十分之三"。耿二娘为了守节而弄巧，全因有了这副巴豆药；笠翁行文曲折多姿，也是得益于这副巴豆药。作者对药用药性的熟悉于此可见，故杜于皇评曰："其巧可及也，其缜密不可及也。"

用医药来组织情节对李渔来说是驾轻就熟的事情。在他所构情节的节骨眼上，常出现医学的良药利刀。《移妻换妾鬼神奇》中韩一卿之妾陈氏欲谋害正室杨氏，买一服毒药搅入杨氏饮食之中。杨氏"发了一番狂躁之后，浑身的皮肉一齐绽开。流出了几盆血，那眼睛依旧收了回去，再将养几日，疯皮癫子，依旧变作美貌佳人"。故事中的这服毒药是笠翁用来止醋的良药，又是整篇故事情节转换的契机。其他如瑞郎因怕元阳泻去颜老色衰，便自割性器（《男孟母教合三迁》），施达卿因善施石女变为男（《变女为儿菩萨巧》），都显示出李渔医学之博识，构思之巧妙。至于用医理医药命意造句更为其所擅长。比如他说："女色与人参附子相同，只可长服，不可多服。"（《肉蒲团》）妇人吃醋"譬如药中的饮子，姜只好用三片，枣只好用一枚。若用多了，把药味都夺了去，不但无益而且有损"。（《移妻换妾鬼神奇》）

李渔的医学家教使他获得了比常人更多的医学知识。除了行文之中经常使用传统医学术语外，他甚至非常熟悉药用药理及配伍禁忌。如在《寡妇设计赘新郎·众美齐心夺才子》提到的"四物汤"与"五积散"，以及《无声戏·女陈平计生七出》提到的巴豆药与解药参苓白术散。他还熟悉疾病之症候。如《怀韩国士》其二："书云消渴久，渐觉瘦如柴。斯症颇难医，其人伊可怀。"李渔谓"国士书来知患怯病三月矣。国士貌美而神索，吾向忧之，今果患此，是非偶然"。根据病人的叙述作出了准确的诊断，"斯症颇难医"来自于对消渴症（糖尿病）的治疗效果的熟悉而得出的结论。他非常清楚医药的功效，对那种夸大与不实的宣传，十分的反感。《寿世奇方跋》有言曰：

　　　　览是方者，因其自陈功效，有"髭发转黑"、"筋力疲而复壮"

诸语，微涉荒唐，十信其九，而终伏一线疑根。①

李渔委婉指出《寿世奇方》的虚假宣传，这些不是一般士子所能具备的。笠翁家学之修养，于此可见一斑。

二 对医学现状的认识

从李渔现有资料来看，李渔对医药医学的认识也有一个逐步深化的过程。从《问病答》看来，早期的李渔较多地接受并肯定了传统医学，对其医理、医药及疗效未产生怀疑。但随着人生阅历的增加，自身及妻妾多病的经历，李渔对传统医学逐渐产生了一定程度的怀疑，对医药、医理的认识也开始发生变化。李渔说：

> 予善病一生，老而勿药。百草尽经尝试，几作神农后身，然于大黄解结之外，未见有呼应极灵，若此物之随试随验者也。生平著书立言，无一不由杜撰，其于疗病之法亦然。每患一症，辄自考其致此之由，得其所由，然后治之以方，疗之以药。所谓方者，非方书所载之方，乃触景生情，就事论事之方也；所谓药者，非《本草》必载之药，乃随心所喜，信手拈来之药也。
>
> 药笼应有之物，备载方书；凡天地间一切所有，如草木金石，昆虫鱼鸟，以及人身之便溺，牛马之溲渤，无一或遗，是可谓两者至备之书，百代不刊之典。今试以《本草》一书高悬国门，谓有能增一疗病之物，及正一药性之讹者，予以千金。吾知轩、岐复出，卢、扁再生，亦惟有屏息而退，莫能觊觎者矣。然使不幸而遇笠翁，则千金必为所攫。何也？药不执方，医无定格。同一病也，同一药也，尽有治彼不效，治此忽效者；彼是则此非，彼非则此是，必居一于此矣。又有病是此病，药非此药，万无可用之理，或被庸医误投，或为臧获谬取，食之不死，反以回生者。

从一生多病的用药经历到自撰药方，从怀疑《本草》所载药物的疗

① 李渔：《笠翁文集》卷2，《李渔全集》第1卷，浙江古籍出版社1991年版，第136页。

效到对疾病诊治的辩证思考，李渔的这一番高论至今仍不乏可圈可点之处。李渔的反思并不是什么无根游谈，而是建立在对医理、医药的非同寻常的熟悉和善病一生的深刻体验和观察之上的。

李渔出生于医学世家，却最终对传统医学产生了一定的怀疑。崇祯三年庚午（1630），李渔染病，食杨梅而得愈。李渔说："家人睹此，知医言不验，亦听其食而不禁，病遂以此得痊。由是观之，无病不可医，无物不可当药。"① 康熙十年辛亥（1671）冬，乔姬罹病。"奈楚无良医，一二至者，皆同射覆，非曰寒，即曰疟，即曰中暑，总无辨其瘠者"。② 最后是"医尽药亦穷，疾未纤毫瘳"。③ 康熙十六年丁巳（1677），从正月开始，李渔疾病不断，"药攻不克，几登夜台"。"春初之疾，药用金石贵者，攻之不愈；夏初之疾，药用草木贱者，攻之也不愈。迨后贵贱皆无，药以勿药，不期月而霍然起矣"。从自身疾病之经验以及对他人疾病的观察中，李渔得出结论："古云：'有病不治，常得中医。'予曰：'非特中医，直医国手耳。'"④

经过几乎一生的观察试验，李渔写出了《闲情偶寄》，其中的《颐养部》可谓是他一生医疗养生经验的总结，表明他对传统医学的认识已变得逐渐成熟与完善，李渔对传统医学的弊端及弱点的攻击，归纳起来有如下两点：

一、对各类药典所列药物的药效的怀疑。在疗病的过程中，李渔强调用药的实践性，并不遗余力地向人们推介他的疗病经验。他说："予善病一生，老而勿药。百草尽经尝试，几作神农后身，然于大黄解结之外，未见有呼应极灵，若此物之随试验验者也。"他又认为，多药无功，而适得其害。"以予论之，药味多者不能愈疾，而反能害之"，强调用药的针对性。"如一方十药，治风者有之，治食者有之，治痨伤虚损者亦有之。此

---

① 李渔：《闲情偶寄·颐养部·疗病第六》，《李渔全集》第 3 卷，浙江古籍出版社 1991 年版，第 346 页。

② 李渔：《乔复生、王再来二姬合传》，《李渔全集》第 1 卷，浙江古籍出版社 1991 年版，第 95—100 页。

③ 李渔：《舟中怀诸病妾》，《李渔全集》第 2 卷，浙江古籍出版社 1991 年版，第 20 页。

④ 李渔：《耐病解》，《笠翁文集》卷 2，《李渔全集》第 1 卷，浙江古籍出版社 1991 年版，第 150 页。

合则彼离，彼顺则此逆，合者顺者即使相投，而离者逆者又复于中为祟矣。利害相攻，利卒不能胜害，况其多离少合，有逆无顺者哉？故延医服药，危道也"。笠翁还认为，病人身体与心理所需，皆可入药。《疗病第六》列出七种药："本性酷好之药"、"其人急需之药"、"一心钟爱之药"、"一生未见之药"、"平时契慕之药"、"素常乐为之药"、"生平痛恶之药"。这些药，药典不录，方书不载，李渔自豪地说："创自笠翁，当呼为'笠翁本草'。"

二、庸医按脉诊病，皆同射覆占卜。康熙十年辛亥（1671）冬，乔姬罹病，前来诊断的医生"皆同射覆，非曰寒，即曰疟，即曰中暑，总无辨其瘵者"。李渔非常痛心，深感按脉诊治的不可靠。在《闲情偶寄·颐养部》中，他阐述了自己的看法：

> 最不解者，病人延医，不肯自述病源，而只使医人按脉。药性易识，脉理难精，善用药者时有，能悉脉理而所言必中者，今世能有几人哉！徒使按脉定方，是以性命试医，而观其中用否也。

如此，医人什佰其径，用药愈繁，李渔引用许胤宗言曰："今人不谙脉理，以情度病，多其药物以幸有功，譬之猎人，不知兔之所在，广络原野以冀其获，术亦昧矣。"① 在小说《无声戏》中，李渔借知县之口又对此议论道：

> 近来的医生，哪里知道诊什么脉，不过把望、闻、问、切四个字作了秘方，去撞人的太岁。撞得着，医好几个，撞不着，医死几个，这都是常事。……就是卢医、扁鹊，开手用药之时，少不得也要医死几个，然后试出手段来。从古及今，没有医不死人的国手，只好叫服药之人，委之于命罢了。②

---

① 《新唐书·许胤宗传》，中华书局 1983 年版，第 5800 页。
② 李渔：《连城璧·贞女守贞来异谤 朋侪相谑致奇冤》，《李渔全集》第 8 卷，浙江古籍出版社 1991 年版。

此说虽然不能认为完全是表李渔的看法，但基本符合李渔的医学观念。他认为现今世上，庸医充斥世间，图人钱财，误人性命，即如小说中的那个庸医一样，"他见众人说明阴症，无论是何病体，都作阴症医了。药不对科，自然医死"。因此李渔说："故延医服药，危道也。"

尽管如此，李渔是不是对传统医学失去了起码的信任呢？非也。在庸医充斥的时代，一生多病的李渔，还是希望有良医出现，以疗救疾病、起死回生。然事实上良医难求，庸医误人。乔姬罹病，渔发出感叹"奈楚无良医"。多次被庸医所误，李渔不由激愤地说出："救得命活，即是良医；医得病痊，便称良药。"即使在这种情况下，李渔还是认为病不能废医："然病之不能废医，犹旱之不能废祷。明知雨泽在天，匪求能致，然岂有晏然坐视，听禾苗稼穑之焦枯者乎？自尽其心而已矣。"此话虽说求医是一种心理安慰，然透露出的实是良医难求的无奈。于是，李渔创立自己的"笠翁本草"，意在拯救这种拘执医方、不知变通的时医、庸医充斥的状态，对此他有清醒的认识：

> 我之所师者心，心觉其然，口亦信其然，依傍于世何为乎？究竟予言似创，实非创也，原本于方书之一言："医者，意也。"以意为医，十验八九，但非其人不行。吾愿以拆字射覆者改卜为医，庶几此法可行，而不为一定不移之方书所误耳。

李渔认为："以意为医"乃传统医学之精髓，常常能十验八九，获得好的效果。但他又认为，要做到这种地步还是相当难的，不是人人都能达到的，"非其人不行"。在他看来，"以意为医"只有"明医"可达到。"大将用兵，好似明医用药。医者意也，不但要在自己心上造出方来，还要在病人身上生出药来；即以其人之药，反治其人之病。方才叫作以意为医。"[①] 于是，在《闲情偶寄·颐养部》中李渔开列了自己的医方，就是遵从这个传统，欲为医学界下一针砭，扭转医学界食古不化、抱残守缺以及庸医充斥的状态。从这个角度看，李渔这个出生于医学世家的子弟，对传统医学大胆的怀疑和批判，实是在呼唤一种实践医学的精神，但与现代

---

① 李渔：《玉搔头》第十出，《李渔全集》第 5 卷，浙江古籍出版社 1991 年版，第 250 页。

实验科学的精神本质上并不相同。[1]

但李渔并不是医生，他的颐养哲学抛弃了传统医学烦琐的诊治、用药的程序，而专注于谈医养之理。他曾说过："予系儒生，并非术士。术士所言者术，儒家所凭者理。"又说："有怪此卷以颐养命名，而觅一丹方不得者，予以空疏谢之。又有怪予著《饮馔》一篇，而未及烹饪之法，不知酱用几何，醋用几何，醯椒香辣用几何者。予曰：'果若是，是一庖人而已矣，乌足重哉！'"这一点李渔很自觉。由于自己一生多病的经历，李渔对传统医学、当时医学现状有自己独特的看法。黄强将之定性为"中医怀疑论者"，他说："可以说，面对自身和亲友的医疗实践，李渔终身带着挑剔的眼光，冷静地审视中医药，滋生出一种明朗的批判反省意识。从感性体验到理性认识，李渔总结出中医药的种种弱点与弊病。"[2]这种概括不能说没有道理，李渔对医学医药的反思涉及疗法疗效以及当时的医界现状，他的反思是比较深刻和全面的，但如果说李渔采取完全否定的态度对待传统医学，也不符合实际。《寿世奇方跋》中李渔说：

> 药石之有造于生命，由来尚矣。然同一方书。施与古人则效，而今人服之，验与不验常相半者，其故何欤？以古人信而今人疑也。信则历久不变，疑则功效不速，辄弃而之他……。然吾谓今人之善疑，盖亦为庸医之积习所使，而又不得不疑之势也。何则？彼不肯委疾于他人，而肩之甚毅者，利吾报耳。[3]

让李渔很反感的，一是庸医充斥；二是庸医误人。庸医不肯"委疾他人"，不是为了给病人治病，而是为了"利吾报耳"，致使病人贻误治疗时机。在这篇跋文中，李渔认为"今人之善疑"的原因主要是"庸医之积习所使"。此语道出了他怀疑传统医学的真正原因。换言之，李渔对医界的颇多反感和怀疑，实在是出于对庸医充斥状态的不满，出于自身及

---

① 黄强认为李渔"在呼唤一种实验科学的精神"，是一种似是而非的判断。而现代实验科学和古代的实验观察不一样。现代实验科学的实验是可控实验，是以实现某种可控制的目标为基础的实验，它是用数学的方法，亦即受技术理性的先行支配的实验，这与李渔无涉。

② 黄强：《李渔研究》，浙江古籍出版社 1996 年版，第 168 页。

③ 李渔：《笠翁文集》卷 2，《李渔全集》第 1 卷，浙江古籍出版社 1991 年版，第 135 页。

亲人延医无效的愤懑，并进而对医生的诊断及传统医学的疗效产生一定的怀疑。所以，李渔对传统医学并不是一概否定的。对于医学，李渔充满了期待。在李渔的诗文中，可以看到不少对良医的赞赏，对出现像医和、医缓、扁鹊等这些古代名医的期望以及对《内经》《本草》等医学经典的崇信。在这篇跋文中，李渔将药之功效不速归之于今人对药方的疑惑，得出结论："信则历久不变，疑则功效不速。"所以，李渔并没有彻底地否定传统医学的贡献，他对医学的一些过激言语往往有着特殊的情景。如果仅凭他的某一些言语就武断地下结论，认为李渔对传统医学一概抹倒的态度，就会失之偏颇。

正是由于"累世学医"的家学背景，李渔才会对传统医学如此熟悉，才能够入乎其中而又出乎其外，对传统医学作比较深刻而全面的反思。又由于李渔一生多病的经历，他对庸医充斥的现状的反感才那么强烈，由此，他提出了一些养生却病的经验，在现在看来都并未过时。他所揭出的问题，不仅仅是那个时代传统医学所面临的窘境，也是千百年来传统医学所面临的而且至今未得到圆满解决的问题。

三　医学对李渔之影响

传统医学对李渔的系统观念与辩证思维都产生过重要的影响。老子认为，宇宙万物的生和长是由两个恰好相反而又能得互补的两种因素——阴阳而组成，他说："万物负阴而抱阳冲气以为和。"阴和阳两种因素在整个事物内部必须处于一种对等相衡状态，它才能生长和发展。否则，阴大于阳或阳大于阴都是事物走向死亡和沉寂的根由。传统医学无疑也将其作为病理学基础，并将其进一步系统化。《内经》说："天覆地载，万物悉备，莫贵于人。人以天地之气生，四时之法成。"[①]《灵枢经》曰："人与天地相参也，与日月相应也。"[②] 又，《内经》强调治疗的颠倒性原理，亦即遵循"逆者正治，从者反治"的原则，来增加生命内部所需要的反向动力，以使身体常处于一种"温和"状态。因此，它认为否定性的情绪对人不利。"怒伤肝"、"悲伤心"、"思伤脾"、"忧伤肺"、"恐伤肾"，治

---

① 《黄帝内经·素问》卷8"保命全形论"，《四库全书》子部医家类。
② 《灵枢经》卷12"岁露论第七十九"，《四库全书》子部医家类。

疗要通过适当的手段，为身体输入一种反作用力，使身体内所出现的"太过"与"不及"得到及时的控制。概言之，传统医学以阴阳五行学说为理论基础，来阐述人体内部构造、运行机制，解释疾病起因、发展以及疾病诊治的原则、方法，它把人体看作是一个与天地相合的一个有机的系统。在治疗原则上，强调颠倒性施治原则，这些都表现出突出的系统观念和辩证思维。李渔理论的系统性与辩证色彩，在很大程度上得益于这种影响。比如在房室养生观念上，注重房事与季节的协调，房事与自身体能的关系。如说："然当春行乐，每易过情，必留一线之余春，以度将来之酷夏"，"为欢即欲，视其精力短长，总留一线之余地。能行百里者，至九十而思休；善登浮屠者，至六级而即下"等语，就显示出很强的辩证色彩。李渔言语，常常能够顾及语义、语境的正反因素，考虑到所论的方方面面，使他的理论显得圆转无碍、系统而又颇富有辩证色彩。如"欲体天地至仁之心，不能不蹈造物不仁之迹"。"子仪既拜汾阳王，志愿已足，不复他求，故能极欲穷奢，备享人臣之福；李广则耻不如人，必欲封侯而后已，是以独当单于，卒致失道后期而自刭"，"则为行乐之资，然势不宜多，多则反为累人之具"，"我以为贫，更有贫于我者；我以为贱，更有贱于我者；我以妻子为累，尚有鳏寡孤独之民，求为妻子之累而不能者；我以胼胝为劳，尚有身系狱廷，荒芜田地，求安耕凿之生而不可得者"①，等等，即使在戏曲理论、词学理论等方面，也表现出了这种特点，在此不再一一列举。

传统医学对李渔文学创作的影响不可低估。在这里需要说明的是：虽然李渔文字中总的来看玄黄味道较浓，但其分布却很不平衡，不同阶段、不同题材的作品所涉及医药医理的分量也存在差别，这与他对医学的认识过程以及创作经验、文体特征都有关系。李渔约在顺治七年携家迁往杭州，在此之前，李渔诗中有一些像《问病答》那样涉及医名医理的。杭州时期，小说集《无声戏》《连城璧》均有不少玄黄味重的作品。这些作品既反映出李渔对医学的熟悉，也很难排除李渔对其医学养生博识的炫耀。迁杭之后的诗文以及随后问世的《十二楼》却很难寻到医理医药的

---

① 李渔：《闲情偶寄·颐养部》，《李渔全集》第 3 卷，浙江古籍出版社 1991 年版，第 312页。

味道，在杭期间的戏曲作品也很少谈及医理医药的。顺治十八年（1661）前后，李渔移家金陵，此后的创作主要以诗文为主，间有少量的戏曲和杂著。在这个时期，已很难找到表面玄黄味特重的作品，取而代之的是对其颐养哲学的宣扬。这些现象说明，李渔从早期的对医药医理知识的运用，逐渐发展到对传统医学的反思和颐养哲学的构建上。李渔在《闲情偶寄·颐养部》中系统地阐述了自己对医学和养生学的看法。它的出现证明，李渔对传统医学的认识已上升到了一个新的高度。从简单的医学知识到对医学的深刻反思并建立自己的颐养哲学，李渔经历了一个漫长的过程。这种转变主要依赖于他对医学非同寻常的熟悉以及一生多病的经历。在这个过程中，文体意识的加强也是李渔淡化作品"玄黄味"的主要原因。从《无声戏》《连城璧》到《十二楼》，李渔有意识地淡化了作品中的玄黄味，这与李渔创作虚构意识增强有关。在创作主体的意识中，李渔渐渐走出了以自己人生见识与经验为主的《无声戏》，开始有意识地虚构、精心构建文学的空中楼阁《十二楼》，宣扬自己的颐养哲学和人生理想。另外，李渔不断积累的戏曲创作经验也影响了他的小说创作。因为，戏曲作为一种综合艺术，其语言应该是通俗易懂，而不应该有医药名词充斥而费人咀嚼，李渔深知其弊病。《闲情偶寄》提出"贵浅显"的主张也当包括此类指向，这种风格的追求自然影响到他的《十二楼》的创作。

第二节 李渔颐养思想的形成

明清时期是中国医学、养生学发展繁荣的又一重要时期，养生家们从各自的立场出发构建起不同的养生理论。道家、僧人、医士、文人等纷纷著书立说，推介养生。养生著作迭出，如《卫生集》《养生类要》《遵生八笺》《摄生三要》《养生肤语》① 等等。这些著作虽然冠名养生，实则医、养并举，显示了传统养生学的这一典型特征。从理论上看，诸家虽各

---

① 《卫生集》，明周宏撰。宏始末未详，集中有正德庚辰（1520）宏自序，宏应为正德前后人。李渔《颐养部》提及此书。《养生类要》，明吴正伦撰。正伦，字子叙，号春严子，歙县人，嘉靖中人。《遵生八笺》，明高濂撰。高濂字深父，别号瑞南道人，浙江钱塘人，万历初年在世。李渔《颐养部》，提到此书。《摄生三要》，明袁黄撰。黄字坤仪，号了凡，明万历进士。《养生肤语》，清陈继儒（1558—1639）撰。继儒，字仲醇，号眉公，华亭（今上海松江）人。

有所宗，但总的看来，呈现出三教合一、多种养生思想合流的倾向。作为明末清初的养生家，李渔曾以孔子之徒自居，声称自己是儒家养生理论的崇拜者。他说："养生家授受之方，外藉药石，内凭导引，其藉口颐生而流为放辟邪侈者，则曰比家。三者无论邪正，皆术士之言也。予系儒生，并非术士，术士所言者术，儒家所凭者理。"① 他强调自己的儒生身份，他的养生理论在个别细则上确实遵从了儒家养生原则，但其基本观念则背离了儒家养生道德与观念，而与道家养生思想颇为接近。

《闲情偶寄》之颐养部，是李渔养生思想的核心。颐养部包括行乐、止忧、调饮啜、节色欲、却病、疗病六个部分，包含了医学、养生学的诸多内容。若从养生角度看，《闲情偶寄》之居室、器玩、饮馔、种植诸部，属于文人清赏清玩的内容，皆可视为李渔的颐养环节。然从理论上看，李渔颐养部所列涉及李渔的人生哲学和处世态度的部分，是李渔最为欣赏，也是他颐养哲学中最有价值的内容。

关于李渔养生思想的内容，笔者已有论在前，在此不再作详细描述。此处所关注的是李渔养生思想的形成，着重探讨李渔养生思想的生成与源流、地位与影响。

一　李渔养生观念与杨朱学派养生哲学

从历时的角度看，李渔养生思想和道家的养生哲学存在一定程度的相似，特别是和道家化的杨朱学派②养生哲学有很多的暗合，这使他的养生理论染上了较为浓重的道家色彩。李渔养生思想与杨朱学派养生哲学在养生思想上的一致性主要表现在以下三方面：

1. 杨朱"贵生"哲学与李渔"及时行乐"观念

杨朱学说在战国前期时曾为显学，产生过很大的影响。孟子对此曾作过描述："圣王不作，诸侯放恣，处士横议，杨朱、墨翟之言盈天下，天

① 李渔：《闲情偶记·颐养部·行乐第一》，《李渔全集》第 3 卷，浙江古籍出版社 1991 年版，第 308 页。

② 采用人民出版社 1980 年版侯外庐著《中国思想通史》的说法，将杨朱与《吕氏春秋》中提到的子华子、詹何之流通称之为杨朱学派。杨朱思想后来大多为道家所吸收，具有浓厚的道家色彩。

下不归杨则归墨"。① 战国中期以后，杨学思想被名家、道家和法家所吸收，并逐渐与各家合流，由此杨学遂一蹶不振，自此式微。杨朱之后，后世学者多将《吕氏春秋》中提到的子华子、詹何之流称之为杨朱学派，他们的观点散存在各家著作中，如《孟子》《庄子》《韩非子》《淮南子》《吕氏春秋》以及晋人张湛作注的《列子》②。从这些著作中，我们大致了解了杨朱学派的主要思想及其发生发展。杨朱学派作为一个道家支流，其养生哲学对后世产生了重要的影响。

杨朱的养生哲学最早是在与墨子学说的论战中阐明的，杨朱针对墨子的兼爱、尚贤、右鬼、非命的功利主义的思想，提出自己的见解。他认为墨子伤身害性、谋天下之大利的理想是"损其生以资天下之人"的行为。按今天的理解，杨朱认为墨子过分强调道德主体的构建而忽视个体主体，而道德主体的确立就意味着对个人欲望和身份性的否定，不是"利生"的行为。因此，杨朱提出了"贵生"学说，他说："圣人深虑天下，莫贵于生。"《列子·杨朱》篇中有一篇"贵生"说的解释：

> 杨朱曰："百年寿之大齐；得百年者，千无一焉。设有一者，孩抱以逮昏老，几居其半矣。夜眠之所弭，昼觉之所遗又同居其半矣。痛疾哀苦，亡失忧惧，又几居其半矣。量十数年之中，逌然而自得，亡介焉之虑者，亦亡一时之中尔。则人之生也奚为哉？奚乐哉？为美厚尔，为声色尔。而美厚复不可常厌足，声色不可常玩闻。乃复为刑赏之所禁劝，名法之所进退；遑遑尔竞一时之虚誉，规死后之余荣；偊偊尔慎耳目之观听，惜身意之是非；徒失当年之至乐，不能自肆于一时。重囚累桎，何以异哉？太古之人，知生之暂来，知死之暂往，故从心而动，不违自然所好，当身之娱，非所去也，故不为名所劝。从性而游，不逆万物所好，死后之名，非所取也，故不为刑所及。名誉先后，年命多少，非所量也。"③

---

① 《孟子·滕文公章句下》，《诸子集成》第1卷，长春出版社1999年版，第69页。
② 《列子》的真伪问题目前争论尚大，但一般都把它归入道书，似无疑义。
③ 杨伯峻：《列子集释》，龙门联合书局1958年版，第138页。

杨朱认为：人生在世，得百年之寿者，千无一人。即使能得百寿之福，然痛疾哀苦，亡失忧惧，伴随终身，使人不能快乐。解决的办法只有"贵生"，他说："圣人深虑天下，莫贵于生。"① 在这里，杨朱提出了他的"贵生"思想。综观杨朱思想的文献记载，杨朱"贵生"养生哲学大致可概括为两个层面的意义。第一，全身葆真是人生的最高境界，也是人生追求的终极目标。"全生葆真，不以物累形，杨子之所立也"②，"道之真，以持身；其绪余，以为国家；其土苴，以治天下。由此观之，帝王之功，圣人之余事也，非所以完身养生之道也"③。在杨朱看来，生命高于一切，人生的价值就是全身葆真，完身养生，尽享天年。其余像统治天下、管理国家只是圣人之"绪余"、"土苴"。人间帝王之功，只是圣人的余事，不能算是达到了圣人的境界。第二，心是自己的主宰，从心而动，从性而游。放纵自己的心性，满足自身的欲望，才是贵生的主要手段。贵生就意味着"贵己"。"贵己"是一种人生价值，"贵己"意味着自己是自身的主宰。《吕氏春秋·不二》曰："阳生贵己"。阳生即杨朱。在杨朱看来，贵己是天赋之权利，不能为"刑赏所禁劝，名法之所进退"。只有摆脱物役，不为物累，冲破人为束缚，追求生活的真切自在，才能达到"贵生"的境界。杨朱说"天生人而使有贪有欲"，"口之欲五味，目之欲五色，耳之欲五声，是人之常情"，"虽神农、黄帝，其与桀、纣同"。④这种观点对感官的情欲无条件地加以肯定，从生理与精神的角度确立了作为个体的"我"的独立品格。

李渔养生哲学的基本观点是什么？《闲情偶寄·颐养部》开篇说：

> 伤哉！造物生人一场，为时不满百岁。彼夭折之辈无论矣。姑就永年者道之，即使三万六千日，尽是追欢逐乐，亦非无限时光，终有报罢之时。况此百年之内，有无数忧愁困苦、疾病颠连、名缰利锁、惊涛骇浪阻人燕游，使人徒有百岁之虚名并无一岁二岁享生人应有之福之实际乎？又况此百年之内，日日以死亡相告，谓先我而生者死

---

① 陈奇猷：《吕氏春秋校释》，学林出版社 1984 年版，第 74 页。
② 张双棣：《淮南子校释·氾论训》，北京大学出版社 1997 年版，第 1331 页。
③ 陈奇猷：《吕氏春秋校释》，学林出版社 1984 年版，第 75 页。
④ 陈奇猷：《吕氏春秋校释》，学林出版社 1984 年版，第 84 页。

矣，后我而生者亦死矣，与我同庚比算、互称兄弟者又死矣。噫！死是何物？而可知凶不讳。日令不能无死者惊见于目，而怛闻于耳乎？是千古不仁，未有甚于造物者矣。虽然，殆有说焉。不仁者，仁之至也。知我不能无死，而日以死亡相告，是恐我也。恐我者，欲使及时为乐，当视此辈为前车也。

李渔认为：造物生人一场，为时不满百岁，即使得以永年，亦非无限时光，使人徒有百岁之名而无享乐之实。故造物以死相劝，劝人及时行乐。这段论述与杨朱上述言论何其相似？第一，他强调生命是短促的，人生应及时享乐。这种思想经常出现在他的文字中，他说："人生百年，贵能行乐。"[①] 又有诗曰："人尊桃李贱蒿莱，身后凭谁殉夜台。白骨累累都近草，好花不向墓前开。"[②] 还有《生日口号》："人皆愿百岁，岁多愁亦多。不如听修短，行乐戒蹉跎。"[③] 第二，人生是可贵的，享乐是人的基本权利，是至仁之事。这段论述完全可以看作是李渔版的"贵生"宣言。

在孟孙阳与杨朱的一段关于生死和行乐的对话中，我们又能找到李渔哲学的又一注脚：

> 孟孙阳问杨子曰："人于此，贵生爱身，以蕲不死，可乎？""无不死。""以蕲久生，可乎？"曰："理无久生。非贵之所能存，身非爱之所厚。且久生奚为？五情好恶，古犹今也；四体安危，古犹今也；世事苦乐，古犹今也；变易治乱，古犹今也。既闻之矣，既见之矣，既更之矣，百犹厌其多，况久生之苦也乎？"孟孙阳曰："若然速亡愈于久生，则践锋刃，入汤火，得所志矣。"杨子曰："不然。既生，则废而任之，究其所欲，以俟于死。将死则废而任之，究其所之，以放于尽。无不废，无不任，何遽迟速于其间乎？"[④]

---

① 李渔：《家石庵棠棣芝兰并茂图赞》，《笠翁文集》卷2，《李渔全集》第1卷，浙江古籍出版社1991年版，第119页。

② 李渔：《偶得》，《笠翁诗集》卷3，《李渔全集》第2卷，浙江古籍出版社1991年版，第276页。

③ 同上书，第276页。

④ 《列子·杨朱第七》，杨伯峻，《列子集释》，龙门联合书局1958年版，第145页。

当孟孙阳问及关于贵生爱身可以不死久生的问题时，杨朱断然否定了他的说法，认为贵生养生"理无不死"、"理无久生"。养生的目的并非是求得久生不死。那么，正确的态度是：既生，则要"究其所欲，以俟于死"。将死，则要"究其所之，以放与尽"。这就是说，杨朱不认为有超越生死界限的东西存在，不承认世界的彼岸性。认为人在有生之年，要"废而任之"，尽情行乐，以至与死。如上所引，李渔也从自然与人的关系着眼，来探讨养生对于个体的"人"的重要性。又从生与死的关系来阐述享乐的紧迫性。他说"造物生人一场，为时不满百岁"，承认生死规律的不可逆转性。同时他又不相信未来世界的彼岸性。因此劝人以死为戒、顺应自然、及时行乐。这与《列子·杨朱》所崇尚的上古之人"从心而动，不违自然所好"，"从性而游，不逆万物所好"的养生原则没有太大的区别。李渔毫无讳言人的享乐权利，并把他作为终极的、无条件的、永恒的价值和意义所在。"欲体天地至仁之心，不能不蹈造物不仁之心"，"好色之心人皆同，不分男妇与雌雄"①，这与杨朱《吕氏春秋·情欲》的"天生人而使有贪有欲"，"口之欲五味，目之欲五色，耳之欲五声，是人之常情"，"虽神农、黄帝，其与桀、纣同"，也没有什么不同。

在另一方面，杨朱与李渔都认识到杜情绝欲对人的危害。杨朱将人生分为四类，其中最下一类他谓之"迫生"：

> 所谓迫生者，六欲莫得其宜也，皆获其所甚恶者。服是也，辱是也。辱莫大于不义，故不义，迫生也。而迫生非独不义也，故曰迫生不若死。②

李渔则谓："若杜情而绝欲，是天地皆春而我独秋，焉用此不情之物而作人中灾异乎！"在这个问题上，二者认识是如此的一致。他们对禁欲论者是如此的愤激以至于视若寇仇，可以看出他们对禁欲主义的激烈态度。因此，杨朱与李渔都特别关注个体现世的生存权利与享乐权

① 李渔：《凤求凰》第二出下场诗，《李渔全集》第 4 卷，浙江古籍出版社 1991 年版，第428 页。

② 陈奇猷：《吕氏春秋校释》，学林出版社 1984 年版，第 75 页。

利。他们高举享乐主义的大旗，著书立说，为"我"正名，为"享乐"正名，提倡人本主义的养生伦理，自然要引起轩然大波，为道德主义者所不容。

和其他养生学说相比，杨朱学派与李渔养生哲学又一个共同的特征是漠视人与社会的关系，漠视个人社会道德的修养对养生的重要性，而特别关注人在自然之中的生物性特征问题，并将其哲学导入"行乐第一"享乐主义范畴。为享乐而享乐，把享乐作为人生的终极目标和价值体现。从隋唐至明清的千余年历史中，这种思想在养生家的著述中非常罕见。这在杨朱学派，是确立一种新的人生观与价值观，以与墨子为代表的先秦功利主义学说以及后来的道德主义倾向相对立，具有始创意义。而对明末清初的李渔来言，把享乐主义口号在养生哲学中明确地提出来，既是对杨朱养生哲学的一种呼应，又是把晚明享乐风气带进养生哲学中的一种新的尝试。

2. 杨朱"修节以止欲"与李渔"适欲"

在后人看来，杨朱给人的印象有两点，一是极端的利己主义者；一是主张纵欲，追求肉体的快乐。如上所述，杨朱肯定人的情欲，肯定享乐，是一个典型享乐主义者。但杨朱并非主张一味地纵欲，他的情欲观中也有辩证的因素。

首先，他认为，人的欲望来自于天性，任何人都有。人一旦有了情欲，就要任从冲动，勿壅勿塞。

> 晏平仲问养生于管夷吾。管夷吾曰："肆之而已，勿壅勿阏。"晏平仲曰："其目奈何？"夷吾曰："恣耳之所欲听，恣目之所欲视，恣鼻之所欲抽，恣口之所欲言，恣体之所欲安，恣意之所欲行。"①

其次，他又认为欲望过多，纵情恣性，则会伤生。只有啬精止欲，才能寿长。圣人和得道者，多能修节以止欲，因而能够享受持久的快乐：

> 圣人深虑天下，莫贵于生。夫耳目鼻口，生之役也。耳虽欲声，

---

① 《列子·杨朱第七》，杨伯峻，《列子集释》，龙门联合书局1958年版，第140页。

目虽欲色，鼻虽欲芬香，口虽欲滋味，害于生则止。在四官者不欲，利于生者则弗为。由此观之，耳目鼻口不得擅行，必有所制。譬之若官职，不得擅为，必有所制。此贵生之术也。①

天生人而使有贪有欲。欲有情，情有节。圣人修节以止欲，故不过行其情也。

耳不乐声，目不乐色，口不甘味，与死无择。古人得道者，生以寿长，声色滋味能久乐之，奚故？论早定也。论早定则知早啬，知早啬则精不竭。秋早寒则冬必暖矣，春多雨则夏必旱矣。天地不能两，而况于人类乎？②

对于房室养生，李渔的观点是既反对绝欲，又反对纵欲。他说："行乐之地，首数房中。"③ 男女交媾犹如阴阳造化，江河雨露，不可使绝。若杜情而绝欲，便是不情之物，人中灾异。如上所言，李渔养生中最有价值的是为情欲正名，肯定人的物性特征。他说："京师之内，只有挂长寿扁额的平人，没有起百岁牌坊的内相。"（《肉蒲团·第一回》）另外，李渔认识到，若是不分时间、场合、身体状况而纵欲，便是危道、杀人之道，正确的途径是适欲。不可太疏，亦不可太密，不可不好，亦不可酷好。在《肉蒲团》第一回，李渔说道：

他的药性与人参附子相同，而亦交相为用。只是一件，人参附子虽是大补之物，只宜长服，不宜多服；只可当药，不可当饭。若还不论分两，不拘时度饱吃下去，一般也会伤人。女色的利害与此一般。长服则有阴阳交济之功，多服则有水火相克之敝。当药则有宽中解郁之乐，当饭则有伤筋耗血之忧。世上之人若晓得把女色当药，不可太疏亦不可太密，不可不好亦不可酷好。

他把男女之欲比作人参、附子，把房室之乐比作医药，这种适欲观既

---

① 陈奇猷：《吕氏春秋校释》，学林出版社1984年版，第74页。
② 同上书，第85页。
③ 李渔：《闲情偶寄·颐养部》，《李渔全集》第3卷，浙江古籍出版社1991年版，第338页。

不是出于道德角度，又与后世养生术有明显区别。事实上，适欲是中国房室养生的精华。从《黄帝内经》《抱朴子》到《千金翼方》都提倡"节宣之和"。但宋代以后的古代房室理论，受理学影响，则更趋向于节欲。如《云笈七签》《格致余论》《三元延寿参赞书》《景岳全书》《遵生八笺》《达生篇》，等等。他们往往从"理"或"术"的角度，从阴阳五行、天人相应观念，或从礼教观念和宗教观念出发，为男女交合设置了更多的禁忌，规定天忌、地忌、人忌，等等，有些禁忌用现代眼光来看毫无道理，甚至走入了窒欲、绝欲的死胡同，徒失传统养生之自然特性，这是李渔所不满的。于是，李渔便有了"节色欲第四"。他列举了节欲的六种类型：快乐过情、忧患伤情、饥饱方殷、劳苦初停、新婚乍御、隆冬盛暑，其主要出发点是养精保气，以求常乐。这些原则汲取了古代道家化的杨朱学派和后世医养哲学之精华，摒弃了后世养生家们的术数成分和道德禁忌，其内容与现代养生观念多所吻合。

3. 杨朱"守名而累实"与李渔"知足常乐"

杨朱在谈到三皇五帝历史时，慨叹曰："太古至于今日，年数固不可胜纪。但伏羲以来三十余万岁，贤愚、好丑、成败、是非，无不消灭，但迟速之间耳。矜一时之毁誉，以焦苦其神形，要死后数百年中余名，岂足润枯骨？何生之乐哉？"[①] 他认为，贵为帝王，争一时之毁誉，百年之余名而焦苦劳形，终成枯骨，实无意义，何如生之乐来得实在？在他看来，好名必然戕身害形，使人不能快乐。他也曾拿舜、禹、周、孔四圣与桀、纣对比，得出结论："彼四圣虽美之所归，苦以至终，亦同于死矣。彼二凶虽恶之所归，乐以至终，亦同归于死矣。"在这里，杨朱从他的享乐哲学出发，对桀、纣的纵欲似乎有所肯定，认为桀、纣正因为不贪功利，才能够享生人之至乐，是有价值的。这是帝王的享乐，至于富人穷人的享乐，杨朱也有一段论述：

　　杨朱曰："原宪窭于鲁，子贡殖于卫。原宪之窭损生，子贡之殖累身。""然则窭亦不可，殖亦不可，其可焉在？"曰："可在乐生，

---

① 《列子·杨朱第七》，杨伯峻，《列子集释》，龙门联合书局1958年版，第149页。

可在逸身。故善乐生者不窭，善逸身者不殖。"①

杨朱认为：生民困苦劳顿，不得休息，主要是为寿、名、位、货四者，"守名而累实"，倘不为名利，便不会损生累身，便无是非贤愚的区分，自然可以从心所欲，为乐终身。

李渔养生标举"行乐第一"的主张，他说："兹论养生之法，而以行乐先之。"然而，社会上人有差等。贫富贵贱，享乐之条件与环境也不相同。如何使各阶层的人都能行乐，养生家的李渔开列了一套养生处方，李渔谓之行乐之法。李渔说：

> 此术非他，盖用吾家老子"退一步"法，以不如己者视己，则日见可乐；以胜己者视己，则时见可忧。②

在《闲情偶寄·颐养部》中，他认为汉武帝好大喜功，李广耻不如人，必欲封侯，终至兵败身死，都是不善行乐者，而汉之文、景，唐之郭子仪，则知足常乐，是深得养生之道的人。这正可为杨朱所谓的"守名而累实"作很好注脚，解决的途径是用上述老子的"退一步"法。"故善行乐者必先知足。二疏云：'知足不辱，知止不殆'。不辱不殆，至乐在其中矣。"

这是李渔心理养生的总原则，他还针对不同的情况开列不同的处方：帝王有帝王的行乐之法——思人间艳慕帝王者，求为为片刻而不能，我之至劳，人之所谓至逸也；贵人有贵人的行乐之法——知足；富人有富人的行乐之法——分财消灾；贫贱者有贫贱者的行乐之法——和不如己者相比。总之，行乐的关键是乐天知命，只有知足才能保持心理的平衡，获得经常的快乐，这一养生心理原则是他养生方法中最富特色、也是自己最为看重的养生方法。这种方法历来被人诟病，是因为他的消极主义的人生哲学。确实，李渔要人抛开名利，远离现实，堕入自欺欺人的心理幻影之中，以取得片时的陶醉与快乐。这种养生心得，自然与道家哲学特别是有

---

① 《列子·杨朱第七》，杨伯峻，《列子集释》，龙门联合书局1958年版，第140页。
② 李渔：《闲情偶寄·颐养部》，《李渔全集》第3卷，浙江古籍出版社1991年版。

浓厚道家色彩的杨朱学派的养生哲学息息相通。

4. "信手拈来，无心巧合"

从如上的比较中，我们看到李渔与杨朱学派在养生思想的主要内容上存在着较多的共同点。那么，李渔是通过怎样的途径接受杨朱学派学说的呢？

杨朱学派本身具有浓厚的道家色彩，明清士人当时就有这样的看法。明儒顾清在《策问》中讲道："杨朱学老子也，庄列祖杨朱也。"①认为杨朱就是道家学派中人。清儒崔述在谈到杨朱与各家关系时说："汉人之所谓道德、名、法，即杨氏之分支也。"② 他认为杨朱学说在战国后期被道德、名、法所吸收，但各家从杨朱学说中所吸收的东西性质不一样。从现存的涉及杨朱的著作来看，杨朱养生学说则主要为道家所吸收，所改造。后期的杨朱学说具有道家色彩。20 世纪以来，许多知名学者对杨朱思想进行了深入细致的研究，对其思想归属问题提出过不同的见解。侯外庐先生认为："杨朱学派，始反乎墨，终合乎道。"③ 冯友兰先生认为："杨朱、彭蒙、田骈、慎到、老子、庄子代表道家思想发展的四个阶段。"④ 二者的说法虽有差别，但都认为杨朱与道家有密切的关系。

在李渔的著述中可以发现，李渔对道家情有独钟，对老子学说推崇备至，亲切地称之为"吾家老子"，对老子之"退一步"法尤为崇信。但是如果我们认为李渔照搬了老子的哲学思想，就是大错特错了。虽然李渔对老子学说的崇信非同一般，但他并不是全盘接受老子思想。如"节色欲第四"中说，"老子之学，避世无为之学也，笠翁之学，家居有事之学也"。⑤ 准确地点出了自己的学说与老子之学的实质性差异。李渔承认自

---

① 顾清：《东江家藏稿》，《四库全书》集部别集类。顾清，字士廉，华亭人，弘治癸丑（1493）进士，官翰林院编修。原文为："周道衰，圣人没而诸子作，老聃倡之，庄周列御寇杨朱之徒和之而其说始盛。汉兴文帝喜黄老，曹参汲黯太史谈辈主之，而其说始行。诸子之学不用于衰周之世，而用于文帝之贤君，何欤？杨朱学老子者也，庄列祖杨朱者也。"

② 崔述：《孟子事实录》，《崔东壁遗书》，上海古籍出版社 1983 年版，第 429 页。

③ 侯外庐：《中国思想通史》，人民出版社 1980 年版，第 340 页。

④ 冯友兰：《中国哲学简史》第 6 章，北京大学出版社 1982 年版。冯在谈到《列子》时说："《列子》是道家著作，其中有一篇题为《杨朱》的，按照传统的说法，它代表了杨朱的哲学。"

⑤ 李渔：《闲情偶寄·颐养部》，《李渔全集》第 3 卷，浙江古籍出版社 1991 年版。

己关注的是平常人的世俗生活，而老子那种避世无为、遗世独立的个性与追求他达不到，也不愿去做。其实，这种不同正是早期杨朱学派思想与道家思想本质区别所在。详言之，第一，道家将"道"作为其最高哲学范畴，杨朱及其后学并不讲这种哲学本体论意义上的"道"，而且杨学最大的特征就是缺乏一个宇宙观来作为其伦理观的基础，此点前贤已有论及。①第二，对人的欲望的态度，杨朱首先肯定欲望是人与生俱来的天性，认为没有欲望的人与死无异，但欲望过度，则会伤生，所以提倡节制欲望，并将其控制在适当的程度，即所谓的"圣人必先适欲"，有道者必须"达乎性命之情"②，这是他们理想的境界。然而先秦道家是否定人的欲望，宣扬"少私去欲"，（《道德经·十九章》）将欲与生在绝对意义上对立起来，认为欲是对性命完全有害的东西。主张去欲绝欲，主张"块不失道"，认为人处于无知无欲的状态，形同土块，才是得道者。他们未能处理好欲望与生命的关系，故被时人笑为"死人之理，非生人之道"。（《庄子·天下篇》）因此，杨朱的纵欲与节欲观，在道家的养生观之外，给后代养生思想包括李渔的养生理论灌注了新的营养。

但另一方面，杨朱与道家在重视生命、否定君臣关系、采取与统治者不合作的态度上的相同使得后期杨学如子华子之流，逐渐走上了与道家合流的道路，故《吕氏春秋·重己》曰："凡生之长也，顺之也，使生不顺者，欲也，故圣人必先适欲。"这种观点是早期杨学所没有的。杨朱讲"重生"，是前期杨朱学派的思想，"养生"和"全生"的思想，正是道家的产物。"重生"、"养生"、"全生"是杨朱学派的三个不同的发展阶段，杨朱"贵己"、"重生"的思想只是在第一阶段。《吕氏春秋》中子华子、詹何等杨朱后学所谓"养生"和"全生"，已是处于向道家思想转化的过程之中，具有浓厚的道家色彩。

如上所述，李渔的养生学说具备了杨朱学派思想的主要特征。首先，李渔养生哲学显然无法上升到道家玄妙的"道"的高度，他所谓的"儒家所言者理"之理，充其量是形而下的东西，后人常常讥其浅薄，也在于他没有一个宇宙观作为其伦理学的基础。其次，把人首先理解为生物性

---

① 侯外庐：《中国思想通史》第 10 章，人民出版社 1980 年版。

② 《吕氏春秋·重己》，陈奇猷，《吕氏春秋校释》，学林出版社 1984 年版，第 34 页。

的存在，坚持从人本身去说明人，而不是人为地附加更多虚假与神圣的东西。这也正是杨朱哲学的重要特征。侯外庐在谈到这一点时直言："在今天阐述杨朱学派的理论时，也许会使人产生一种现实的不快感。"但"这一理论的个人主义的思想背后，隐然潜伏着承认感觉体的光辉！"① 在崇尚圣人贤者的中国古代思想界，杨朱的"为我"极易招致曲解，但也无可否认，其中不乏合理性的因素。杨朱哲学之遭遇使我们更容易理解李渔在当时为什么会遭到如此的曲解。因此，从养生学的基本观念来看，李渔养生思想主要的不是接受早期的道家养生思想，而是与杨朱学派或者说是道家化的杨朱学派哲学的思想遥相呼应。

明代中期开始，养生著作往往杂取诸子养生言论特别是道家养生格言的风气很盛。以《遵生八笺》为例，其《清修妙笺论》上下两卷引养生言论三百五十八条，其中诸子言论甚多，涉及杨朱的有《孟子》《庄子》《韩非子》《吕氏春秋》《列子》，等等。李渔受《遵生八笺》的深刻影响，四库馆臣已经注意到了，《四库总目提要》"遵生八笺"条说："书中所载，专以供闲适消遣之用，标目编类亦多涉纤仄，不出明季小品积习，遂为陈继儒、李渔等滥觞。"② 《闲情偶寄》除词曲、声容二部外，其他多仿《遵生八笺》，在内容类别上如此相近，说明《遵生八笺》对李渔的影响之大。又，李渔曾将陈百峰《女史》改辑为《千古奇闻》③，在目录之后他列有参考书目百余种，其中记载杨朱学派言论的《庄子》《淮南子》《吕氏春秋》等书赫然在目，从中可以窥见李渔的阅读面之广以及对古代典籍的熟悉程度。李渔深受杨朱学派养生思想的影响，可以明矣。

第三节　李渔养生思想源流考辨

前文作为一个个案，探讨了李渔养生思想与杨朱哲学之间的关系，但这并不是影响李渔养生思想生成的全部因素。众所周知，中国传统养生学

---

① 侯外庐：《中国思想通史》，人民出版社 1980 年版，第 349 页。
② 《四库总目提要》子部杂家类四。
③ 《李渔全集》第 9 卷，浙江古籍出版社 1991 年版。

是一个极其博杂的知识体系，要想梳理清楚某一养生家养生思想之来源，其难可知矣！概言之，传统养生学涉及的学科主要有四类：一是哲学思想。在我国思想界的发轫之初，先秦诸子的著作诸如《老子》《庄子》《列子》《文子》《周易》《论语》《孟子》《荀子》等，都有关于养生的内容，宋明时期的理学、心学无一不是从人自我的身心立论。二是医学。中国古代的医学著作，从《黄帝内经》开始，历朝历代的众多的医学著作也都有从摄养、心理方面谈治疗的内容。三是养生。秦汉以后，各个朝代都有许多养生专家，也出现了不少养生学著作。四是宗教。古代宗教，也无不从养生角度谈修道和修炼，一部 5485 卷的《正统道藏》和历代高僧的经论，蕴含了大量的心性修养的内容。另外，在历史、文学艺术等许多领域都有关于养生的论述。宋元之前，各家之间的养生思想就相互借鉴、相互融合；宋元以后，形成了一个养生思想合流的趋势。于是，养生几乎涵括了所有知识行当，思想家、医家、道士、佛徒都染上了或多或少的养生家的色彩，养生学成为了中国古代思想的一个最为驳杂的载体，一个陶冶熔炼各种不同思想的坩埚。

但是，养生家作为一个社会人，由于生长环境、家学传承、信仰追求等的不同，其尊崇贬抑、传承因袭各具特点，又不是不可言的。李渔无疑是清初的养生大家，他的养生思想关乎他的个性心理、涉及他的世界观、人生观，更是他理论与创作的灵魂。下面笔者把李渔的养生思想置于历史的纵横坐标上，放到他文字材料的特定语境中，以期进一步梳理它的传承来源，弄清楚它在当时养生界的地位与意义。

一 儒家养德原则在李渔养生哲学中的地位

从现存的李渔的文字看，李渔似乎是一个主张儒释道三教养生思想合流的养生家。康熙十五年丙辰（1676），李渔作《寿张俊升臬宪序》曰：

> 有访延年之术于佛老二氏者，老氏之徒曰："清净无为，寿之本也。"佛氏之徒曰："慈悲好善，寿之源也。"二说互异。其人取决于儒者，儒者曰："皆是也，不闻孔子之言乎：智者动，仁者静，智者乐，仁者寿，清静无为，非静而何？慈悲好善，非仁而何？殊途同归，三教宁有异致哉？"若是，则仁者寿一语已尽千古养生之秘，愚

者不察，动舍中庸而趋隐怪。于是导引丹汞之说，充塞凡民之耳矣。乌知仁者获寿，理所必然？但人生于世求为仁者，亦难矣哉。①

在这篇寿序中，李渔极为精练地概括了儒释道三教养生思想的特点：老氏之清净无为；佛氏之慈悲好善；孔子之仁者静，仁者寿。认为三教殊途同归，没有异致。李渔并称，"仁者寿"乃千古养生秘诀。这一段论述，确是养生家颇为专业的话语。但应该注意的是，在李渔的养生思想体系中，是不是真如他所说的，给"仁者寿"的养生哲学以重要的地位，自己也真诚地信仰仁者高寿的哲学？

在传统养生学理论中，"仁者寿"这个命题属于养德之内容。儒家向来注重养德与养生的关系，《尚书·洪范》提出五福的概念："一曰寿，二曰富，三曰康宁，四月攸好德，五曰考终命。"将德与寿并列，凸显养德的重要性。孔子也十分强调德与寿的关系，《论语·雍也》中孔子说："智者乐水，仁者乐山，智者动，仁者静，智者乐，仁者寿。"至于仁者为何多寿？孔子并没有作更多的阐释，西汉时期董仲舒解释道："仁人所以多寿者，外无贪而内清净，心平和而不失中正，取天地之美以养其身，是其且多且治。"②仁人有高尚的道德修养并取天地之美，是长寿的两个重要因素。但事实上，养德与寿命并非总是存在着一致的关系。德好者未必长寿，颜回的道德修持在孔子看来可谓好矣，但不幸短命而死，另一高弟冉伯牛也染疾而亡，孔子解释说："亡之，命矣夫。"将他们死亡之原因归之天命，他的弟子子夏总结为"死生有命，富贵在天"。如此，孔子德与寿的理论上一致性遇到了麻烦，他便由主动的道德修养转入悲观的宿命论思想歧途之中。董仲舒也认为："寿有短长，养有得失。寿夭也有天命：其自行佚而寿长者，命益之也；其自行端而寿短者。命损之也。"他指出了养有得失，但现实中养与寿并无一定的规律，无奈之下，董只有将之归于天命，又回到了孔子的命定论的樊篱中去。

宋代理学的"天理"、"人欲"之辨，更加突出强调养德的重要性。

① 李渔：《笠翁文集》卷1，《李渔全集》第1卷，浙江古籍出版社1991年版，第54页。
② 《春秋繁露》"循天之道"，上海古籍出版社1998年版，第91页。

程颢曰:"人心莫不有知,惟蔽于人欲,则亡天德也。"① 程颐说:"天下之大害,皆以远本而末胜也。峻宇雕墙,本于宫室;酒池肉林,本于饮食;淫酷残忍,本于刑罚;穷兵黩武,本于征讨。凡人欲之过者,皆本于奉养。其流之远,则为害矣。先王制其本者,天理也;后人流于末者,人欲也。"② 明确提出天理为本,人欲为末,要人养德修身,其后朱熹总结道:"修德之实,在乎去人欲,存天理。"③ 概言之,就是要人去除酒色淫酷之恶欲,回归天理之本真。二程与朱熹,从伦理本位出发,将人的自然情欲赋予恶的属性。

此后,随着理学的大行于世,后世的养生学说多将养德作为养生的首要条件。元人朱震亨作《格致余论》,其中开首《饮食箴》《色欲箴》是两段养生总论,他将养德放在重要位置。他认为,如果纵口味食欲,便"口能致病,亦败尔德"。如纵色欲,将"既丧厥德,此身亦瘁"。他又说:"朱子曰:必使道心常为一身之主,而人心每听命焉,此善处乎火者,人心听命乎道心而又能主之于静,彼五火之动皆中节。"④ "相火"即指人欲,他主张用朱熹的制心术来遏制相火的妄动,"儒者立教曰:'正心'、'收心'、'养心',皆所以防此火于妄也。"把道心作为防病养生的关键。高濂⑤《遵生八笺》卷二《清修妙论笺》曰:"保养之道可以长年,载之简编历历可指:即《易》有《颐卦》,《书》有《无逸》,黄帝有《内经》,《论语》有《乡党》,君子心悟躬行,则养德养生兼得之矣,岂皆外道荒唐说也。"高濂列举儒家的几部经典著作,使之与《黄帝内经》相匹配,说明儒家的养生原则在养生哲学中的突出地位。《遵生八笺》虽持论驳杂,时有佛老之言,然于养心之要,仍遵理学之旨。他说:

> 人若不以理制心,其失无涯。故一念之刻即非仁,一念之贪即非

---

① 《二程遗书》卷 11 "师训",《四库全书》子部儒家类。
② 《近思录》卷 5 "克治",《四库全书》子部儒家类。
③ 《晦庵集》卷 37《与刘共父》,《四库全书》集部别集类。
④ 朱震亨:《格致余论》,江苏科技出版社 1985 年版,第 1—8 页。
⑤ 高濂:《遵生八笺》,巴蜀书社 1984 年版。高濂,字深甫,号瑞南。浙江钱塘(今浙江杭州)人,约生于嘉靖初年,有传奇《玉簪记》《节孝记》《陈情记》《赋归记》《雅尚斋诗草》《遵生八笺》等。

义，一念之慢即非礼，一念之诈即非智，此君子不可一念起差。至大之恶，由一念之不善，而遂至滔天。修德行义，守道养真，当不言而躬行，不露而潜修，外此一听于天，若计较成仙作祖，邀名延誉，则日夕忧思，况未必遂，徒自劳攘，是为不知天命。

《遵生八笺·洗心说》解释养德的具体内容曰："福生于清俭，德生于卑退，道生于安静，命生于和畅，患生于多欲，祸生于多贪，过生于轻慢，罪生于不仁，……尊君王，孝父母，礼贤能，奉有德，别贤愚，恕无识。"[①] 高濂讲仁义礼智，讲庄敬持志，以理制心，仍不脱程朱旧说，如此等等，理学心欲观被医家、养生家反复称引，宋元以后在在有是。

宋明理学主张存理灭欲，把人的自然欲望视作洪水猛兽，认为只有禁绝人欲，才能延年益寿，长命百岁。这种观念影响到医学界养生界，便出现了以养德取代养生，以养德取代防病治病的错误观念。从现代医学养生学观念来看，理学的道德说教，有其合理性的一面。然它忽视人的正常的生理心理需求，有时甚至是灭绝人性的，比如要求妇女守节保贞，为孝亲而残害身体等，这些都走向了养生却病的反面。所以清代学者戴震愤怒地指出："酷吏以法杀人，后儒以理杀人。浸进乎舍法而论理，死矣，更无可救矣！"[②] 明代中期，随着王学左派的崛起，养生界受到思想界反对程朱理学的思潮的影响，一些学者、医家、养生家在著作中已不将养德放在首位。明王文禄《医先》曰：

> 沂阳生曰：养德、养生二而无全学也。矧天地大德曰生，今以养德属儒，曰正道，养生属仙，曰异端，误矣，身亡而德安在哉！故孔子慎疾，曰父母惟疾之忧，教人存仁致中和。孟子曰养气，持志集义，勿忘勿助。是故立教以医世，酌人情而制方。周末文靡则伪，故存仁；战国气暴则戾，故集义。存仁，完心也，志定而气从；集义，

---

① 高濂：《清修妙笺论下》，《遵生八笺》，巴蜀书社1984年版，第75页。
② 戴震：《戴东原集》卷9，《与某书》，镇海张氏光绪十年（1884）重校刊本，《四部备要》收录。

顺心也，气生而志固。致中和也，勿忘助也，疾安由作？故曰养德、养生一也，无二术也。①

在养生与养德的关系上，王文禄明确提出：养生并非异端，它同养德一样是儒家正道。养生是养德的前提，养生养德是不可分开的。他还指出，养德是一个过程，"存仁，完心也，志定而气从；集义，顺心也，气生而志固"，只有合理的养生，疾病才不会发生。王文禄从医学本位出发，把养生作为养德的前提，与程朱理学道德先行的伦理本位相左，王文禄强调养生的重要性，在当时有极强的现实针对性。

另一种情况是，明代中后期的养生家们往往把自己离经叛道的养生思想罩上"德"的光环，使自己的理论至少在外表上符合儒家正统。他们往往从两方面入手来寻求理论上的支持：一是在儒家先圣的言论或者是儒家早期经典的语句中找到自己的理论根据；二是直接以程朱理学包裹自己的理论，但思想的真义却偏离了理学实质。在这方面，李渔就是一个典型，尽管李渔在《寿张俊升枭宪序》中提出三教"同致"的养生思想，认为儒家"仁者寿"一语亦已概括了佛道的养生哲学中的精髓，树立儒家养生思想的主导地位。在《闲情偶寄》中他曾说："予虽不敏，窃附于圣人之徒，不敢为诞妄不经之言以误世。"突出强调自己作为养生家的儒生角色。但他又说："但人生于世求为仁者，亦难矣哉。"认为一般人要做到"仁"是很困难的事情，所以，为了给一般人养生开方便法门，他的养生学说干脆撇开了儒家的养德第一的原则。他的《颐养部》开首标举"行乐第一"的大旗，把行乐作为养生第一要义，可以说已经严重背离了儒家养生的原则。他举例说：

> 康对山构一园亭，其地在北邙山麓，所见无非丘陇。客讯之曰："日对此景，令人何以为乐？"对山曰："日对此景，乃令人不敢不乐。"达哉斯言！予尝以铭座右。兹论养生之法，而以行乐先之；劝人行乐，而以死亡怵之，即祖是意。欲体天地至仁之心，不能不蹈造

---

① 王文禄：《医先》卷 1，第 2 页，《历代中医珍本集成》，上海三联书店 1998 年版。王文禄，字世廉，号沂阳生，明代海盐（今属浙江）人，嘉靖时举人，为明代著名学者。

物不仁之迹。

李渔还有《偶得》一诗曰："人尊桃李贱蒿莱，身后凭谁殉夜台。白骨累累都近草，好花不向墓前开。"① 李渔执着于生之快乐，固然与儒家的现世情怀有关，但他反对禁欲，主张放纵自己的欲望，及时行乐，又不是儒家所主张的。对于理学的禁欲，他曾激愤地批驳说："若使杜情而绝欲，是天地皆春而我独秋，焉用此不情之物，而作人中灾异乎？"其《颐养部》所列六条目：行乐、止忧、节色欲属生理和心理养生的范畴；调饮啜、却病、疗病属医学范畴，着重于防病治病的方法原则。《颐养部》既没有养德的专门条目，也始终没有涉及养生与养德的关系。然而，为了使他的这种解释不乖于经史，合乎于正道，李渔最终还是在儒家早期经典中找到了理论的根据。在《闲情偶寄》中他说：

> "食色，性也。""不知子都之姣者，无目者也。"古之大贤择言而发，其所以不拂人情，而数为是论者，以性所原有，不能强之使无耳。人有美妻美妾而我好之，是谓拂人之性；好之不惟损德，且以杀身。我有美妻美妾而我好之，是还吾性中所有，圣人复起，亦得我心之同然，非失德也。孔子云："素富贵，行乎富贵。"人处得为之地，不买一二姬妾自娱，是素富贵而行乎贫贱矣。王道本乎人情，焉用此矫清矫俭者为哉？

李渔说"王道本乎人情"，似乎与先秦儒家的养生思想合拍，但此言之真正目的无非是要为他的情欲学说正名，为他的享乐哲学张目。李渔养生哲学的特异性，在于他对传统养生说作了自己独特的理解，同样是对三教的养生概括。明龙遵《食色绅言》曰：

> 食色根于所性，淫杀谓之恶业。二者事本粗鄙，而关涉甚大，迹似浅近，而克治为难。儒曰："饮食男女为切要，从古圣贤，自这里做工夫。"释曰："若不断淫及与杀生，出三界者无有是处。"玄曰：

---

① 李渔：《笠翁诗集》卷3，《李渔全集》第2卷，浙江古籍出版社1991年版，第277页。

"病从口入，福从色败，子若戒之，命同天在。"究心三教而不透此
关，未有能得者也。①

当然，龙遵此言，是佛家观照下的戒欲哲学，他所攫取的是儒释道三教
中有关戒欲的言论，其观点与李渔判然有别，甚至走向了李渔的反面。同样
是在从古代哲学中寻找支点，结论之差别却如此之大。其实，明清时期许多
士人都是阳附孔孟而实本二氏的，支撑李渔享乐主义的哲学基础，即是他所
谓的"天地至仁之心"，也就是自然界生死不可逾越的"造物不仁之迹"。或
者说，李渔执着于生之快乐，是因为知道死是不可避免的，这是一种典型的
及时行乐思想。他汲汲于自我的适意快乐，而不关心个人道德的提升，在一
定程度上迎合了晚明士人反理学、重自我、重享乐的社会思潮。

总的来看，李渔养生理论抛弃儒家养德第一的原则。但还需要说明的
是，李渔也讲德，不过这个"德"只是一种伦常之德，即他所说的"也
知好色，但不好桑间之色；亦解钟情，却不钟伦外之情"。② 应该注意的
是，李渔强调道德并非要人做道学，而是服务于享乐目的的，而最终目标
是让房中男女获得心理上的放松，以求得最大的愉悦。《十二楼·鹤归
楼》中李渔将这种妙境谓之"莫愁"："才知道云雨绸缪之事，全要心上
无愁，眼中少泪，方才有妙境出来。世间第一种房术，只有两个字眼，叫
作'莫愁'。"在李渔看来，"或逾墙而赴约，或钻穴而言私"，都使人惊
魂似鼠，风流汗少而恐惧汗多，儿女情长而英雄气短，不得房中之乐，甚
至带来杀身之祸，为害甚惨。③ 因此，李渔常常曲为解释、教人以方。比
如偷人妻妾、嫖妓都是不良行为，然一般人既要纵欲，又要不违道德，如
何达到享乐的目的？李渔开出的药方就是多纳妻妾。但是，一般人多纳妻
妾不可能做到，即使做到，妻妾也总有厌弃之时。于是，李渔退一步说：
一要多想嫖、偷的为害之苦，自然会移情于家室。二要让妻妾巧为修饰，
"时易冠裳，迭更帏座"，"鲜其衣饰，美其供奉"④，使其常看常新，获
得新的审美感觉，自然会得到初始时的快乐。因此，养德并不是为了达到

---

① 陈克炯：《养生四书》，崇文书局 2004 年版，第 98 页。
② 李渔：《慎鸾交》，第二出《送远》。
③ 《肉蒲团》第一回"止淫风借淫事说法 谈色事就色欲开端"。
④ 《闲情偶寄·颐养部》"家庭行乐之法"。

修身养性的崇高目的，而只是获得感官享乐的一个条件，这是李渔养生原则与儒家养生原则最根本的区别。

李渔的哲学，作为说教，是不主张男人嫖妓偷情的，但在生活中，李渔却对此事津津乐道，自己以之为风流。因此，应该注意的是：李渔的养生哲学往往与自身的实践脱钩，生活中所奉行的并不是完全符合他纸上所谈。李渔将享乐哲学强拉硬扯地与儒家之德挂上钩，说明了李渔在刻意谋求其享乐哲学的合道德性，这恰恰显示他的享乐哲学缺乏理论支持的困境。但就儒家"仁者寿"这个命题来看，这并不单单是李渔养生哲学的困惑，而是传统哲学中的一个难解的死结。在早期儒家的养生观中，这种困惑就已经存在。

伦理学和医学是两种不同性质的学科，单纯的道德因素并不能决定人寿之长短。修德者未必长寿，丧德者也未必短寿。当初孔子和董仲舒对此茫然，只得无可奈何地将之解释为"命"，理学家则归之于"气数"，当问及后世之人为何短寿的原因"莫是气否"时。二程的回答是："气便是命也。"① 朱熹说："若在我无以致之，则命之寿夭是合当如此。"又回到孔子董仲舒的"命"的老路上去了。甚至理学家本人对此也颇为怀疑，朱熹说："到无可奈何处始言命。"② 暴露出理学在此问题上的理论困境。李渔出生于医学世家，本人又深通医道。他深知养德并不是长寿的唯一条件。《八十四翁张文吾像赞》后有《又题小册》中，李渔阐明了这个道理：

> 虽日有其德者，必有其年；然尽有贤人，寿难若此。然记二十年前杖于乡，后十年今杖于国，而今复杖于朝矣。继此而耋、而耄、而期颐，且焉知不再益其年而倍蓰？问操何术以至于斯？③

李渔明知养德者未必高寿，然张文吾"种德维桥，收功有梓"，亦得高寿，李渔深为惊奇，所以说出"问操何术以至于斯？"这就是说，张文吾除"德"之外，尚长寿有"术"。一篇赞文，虽不免溢美之词，然道出

---

① 《二程遗书》卷18，《四库全书》子部儒家类。

② 《御制朱子全书·子谓颜渊章》，《四库全书》子部儒家类。

③ 《笠翁文集》卷2，《李渔全集》第1卷，浙江古籍出版社1991年版，第112页。

了李渔对德与寿关系的基本看法——"尽有贤人，寿难若此"。李渔寿文常常以寿许人，《寿张俊升枭宪序》结尾曰：

> 其化讼为无讼，是老氏清净无为也；其使民无生而得生，是佛氏慈悲好善也；其声色不动而能使危者安，乱者治，则孔子所谓仁者静而仁者寿也。合三教而论之，皆无逃于寿域之中矣。以此觞公，或不同于祝嘏浮词，冀得公莞尔一笑曰："是可谓善颂善祷者！"

但在李渔看来，张俊升为官以仁，原与寿无多大关联，但既为寿文，又不得不处处以高寿为赞，希望博寿主一笑，故李渔自称"善颂善祷者"。李渔自认为此文属诔词祝语，而并不是真的相信"仁者寿"的道理。另外，他的另一篇文字为"善颂善祷"作了解释，《论华封人三祝》李渔曰：

> 古之善颂善祷者，皆于祝颂之中寓规讽之意……独华封人以富寿多男为祝，无奈近谀而类今人齿颊乎？曰："不然，彼盖先具规讽之意于中，而故涉谀词而发其问端者也。"

所可注意的是，李渔认为寿文其实是"皆于祝颂之中寓规讽之意"，是一种应酬文字，并不是他养生哲学的真实阐发。因此可以说，儒家的养德第一的学说并没有被李渔纳入他的养生哲学中，缺少了养德这个前提，李渔的养生哲学便与儒家养生思想分道扬镳了。

二　李渔养心说源流考辨

李渔在《闲情偶寄·颐养部·行乐第一》中，阐明了他养生的心理原则。他将之分为六个部分：贵人行乐之法、富人行乐之法、贫贱行乐之法、家庭行乐之法、道途行乐之法、春季行乐之法、夏季行乐之法。其中太半讲养心内容，尤以前两部分为最，黄强谓之实用宽心法。

关于养心，儒家也讲养心，但儒家的养心常指道德本心的涵养。孟子说："养心莫善于寡欲。"① 然他所谓"心"就是指道德本心，对此汉儒

---

① 《孟子·尽心章句下》，《四库全书》子部儒家类。

赵岐注曰："心之所同然者何也？谓理也，义也。"孟子并不否认人的正常欲望，他说："好色，人之所欲，富，人之所欲，贵，人之所欲。"但他认为人之欲望有小体、大体之分。他说："体有贵贱，有大小，无以小害大，无以贱害贵。养其小者为小人，养其大者为大人。……饮食之人，则人贱之矣。"① 在大小即感性欲望与道德理性之间，虽然孟子提倡兼养，但他主张涵养道德之大，节制饮食之小。所以孟子所谓养心实质有遏制个人感性欲望的倾向。成书于西汉时期的《礼记》中的正心诚意之说则强调内心的道德自律，限制人欲以合天理，体现了人欲对立的倾向，开启宋代理学理欲之辨之先河。

然儒家养心学说的另一支，荀子有"心能制欲"的观点，他说：

> 血气刚强，则柔之以调和；知虑渐深，则一之以易良；勇胆猛戾，则辅之以道顺；齐给便利，则节之以动止；狭隘褊小，则廓之以广大；卑湿重迟贪利，则抗之以高志；庸众驽散，则劫之以师友；怠慢僄弃，则照之以祸灾；愚款端悫，则合之以礼乐，通之以思索。凡治气养心之术，莫径由礼，莫要得师，莫神一好。夫是之谓治气养心之术也。②

荀子不主张寡欲，而主张导欲或节欲。他认为，心是一切行为的主宰，心能制欲，他所谓养心，就是要人虚静内守，调节各种邪欲偏嗜，这明显受到道家养生思想的影响，但和道家不同的是，他最终强调的还是节欲制欲，他说："欲虽不可尽，可以近尽也；欲虽不可去，求可节也。"

李渔的养心术也讲节欲，明显不类于儒家的养心术。他强调用心来调整自己的心态，使之常处于一种快乐状态。而这种调整并不指向儒家所说的道德因素，而是一种纯粹的心理解脱，他将之归之于老子之"退一步"法，看来并没有错误，但《老子》中并没有"退一步"这个概念。李渔所指的，实际上是指老子贵柔守雌的人生哲学。

老子说："物壮则老，是为不道，不道早已。"（三十章）"强梁者不

---

① 《孟子·尽心章句下》，《四库全书》子部儒家类。
② 《荀子》卷1，《四库全书》子部儒家类。

得其死。"（三十章）"兵强则灭，木强则折。"（七十六章）他从自然现象和社会现象中，总结出一种规律性的现象。事物的强大，恰恰是促进它早日结束他的生命，因而他说："曲则全，枉则直，窪则盈，弊则新，少则得，多则惑。"（七十八章）又说："天下莫柔弱于水，而攻坚强者莫之能胜。"他认为："上善若水，水善利万物而不争。"（八章）水是柔弱的，但它能冲决一切比它坚强的东西。所以老子说："柔弱胜刚强"、"知其雄，守其雌"、"知其荣，守其辱"、"知其白，守其黑"。（二十八章）老子又说："罪莫大于可欲，祸莫大于不知足，咎莫大于欲得。故知足之足，常足矣。"（《四十六章》）人性贪得无厌，欲望无法填满，此乃违背天道。人性应当知足，这样才不会受到损伤，才是"用天之德"。他教人抱柔守雌，以退为进，反对刚强与进取。

老子的这种人生哲学被李渔全盘接受，并被他用作他养心术的最重要的方法。

> 乐不在外而在心。心以为乐，则是境皆乐，心以为苦，则无境不苦。身为帝王，则当以帝王之境为乐境；身为公卿，则当以公卿之境为乐境。凡我分所当行，推诿不去者，即当摈弃一切悉视为苦，而专以此事为乐。谓我为帝王，日有万几之冗，其心则诚劳矣，然世之艳慕帝王者，求为片刻而不能，我之至劳，人之所谓至逸也。为公卿将相、群辅百僚者，居心亦复如是，则不必于视朝听政、放衙理事、治人事神、反躬修己之外，别寻乐境，即此得为之地，便是行乐之场。一举笔而安天下，一矢口而遂群生，以天下群生之乐为乐，何快如之？若于此外稍得清闲，再享一切应有之福，则人皇可比玉皇，俗吏竟成仙吏，何蓬莱三岛之足羡哉！此术非他，盖用吾家老子"退一步"法。以不如己者视己，则日见可乐；以胜于己者视己，则时觉可忧。

《十二楼·鹤归楼》有这样一段议论：

> 骨肉分离，是人间最惨的事，有何好处，倒以"乐"字加之？要晓得"别离"二字，虽不是乐，但从别离之下，又深入一层，想

到那别无可别、离不能离的苦处，就觉得天涯海角，胜似同堂，枕冷衾寒，反为清福。第十八层地狱之人，羡慕十七层的受用，就像三十二天的活佛，想望着三十三天，总是一种道理。

与不如自己的人比，常常能产生更多的优越感，获得心理的安慰与快乐。他接着举了一例①，说明在同样条件下，富人好的境况却没有快乐，而穷人身处困境却乐在其中，皆因人的心理欲求的不同所致。李渔极力鼓吹"退一步"法，他说："若还世上的苦人都用了这个法子，把地狱认作天堂，逆旅翻为顺境，黄连树下也好弹琴，陋巷之中尽堪行乐，不但容颜不老，须鬓难皤，连那祸患休嘉，也会潜消暗长。"如上所述，老子的这种人生哲学在《闲情偶寄》《鹤归楼》中得到了形象的图解。段玉初和郁子昌两个虽然把功名看得极轻，却偏偏一同巍然高列榜首。在婚姻问题上，段玉初把婚姻看得很淡，却意外得第一佳人绕翠。郁子昌则将婚事看重，仅得第二佳人围珠。在离别这个问题上，郁重生死离别，偏耗得须鬓皓然、妻亡身孤；段有意淡化离别之苦，反而夫妻团圆，妻颜胜初。这种愿望与效果的悖论证明了李渔养生的心理原则。他说："处富贵而不淫，是谓惜福，遇颠危而不怒，是谓安贫"，"祸患未来，应预先惜福"。他又总结道："故善行乐者，必先知足。二疏云：'知足不辱，知止不殆。'不辱不殆，至乐在其中矣。"

老子的这种处世哲学已经深深地融入国人的性格之中，《颜氏家训·止足篇》说："《礼》云：'欲不可纵，志不可满。'宇宙可臻其极，情性不知其穷，唯在少欲知足，为立涯限尔。"又云："天地鬼神之道，皆恶满盈。谦虚冲损，可以免害。人生衣趣以覆寒露，食趣以塞饥乏耳。形骸

---

① 原文为："一显者旅宿邮亭，时方溽暑，帐内多蚊，驱之不出，因忆家居时堂宽似宇，簟冷如冰，又有群姬握扇而挥，不复知其为夏，何遽困厄至此！因怀乐，愈觉心烦，遂致终夕不寐。一亭长露宿阶下，为众蚊所啮，几至露筋，不得已而奔走庭中，俾四体动而弗停，则啮人者无由厕足；乃形则往来仆仆，口则赞叹嚣嚣，一似苦中有乐者。显者不解，呼而讯之，谓：'汝之受困，什佰于我，我以为苦，而汝以为乐，其故维何？'亭长曰：'偶忆某年，为仇家所陷，身系狱中。维时亦当暑月，狱卒防予私逸，每夜拘挛手足，使不得动摇，时蚊蚋之繁，倍于今夕，听其自啮，欲稍稍规避而不能，以视今夕之奔走不息，四体得以自如者，奚啻仙凡人鬼之别乎！以昔较今，是以但见其乐，不知其苦。'显者听之，不觉爽然自失。此即穷人行乐之秘诀也。"李渔《鹤归楼》也讲了一个类似故事，不过二人物变为一富人和一穷人。

之内，尚不得奢靡，己身之外，而欲穷骄泰邪？"①《颜氏家训》融合了前代人的智慧，他单单推重"止足"这一处世原则，足见老子哲学其对后世的深刻影响。黄庭坚《山谷集》卷八《四休居士诗并序》云：

> 太医孙景初，自号四休居士，山谷问其说，四休答曰："麤茶淡饭饱即休，补破遮寒暖即休，三平四满过即休，不贪不妒老即休。"山谷曰："此安乐法也，少欲者不伐之家也，知足者极乐之国也。"

黄山谷将这种知足少欲的方法称为安乐法。宋明时期的两部养生专著，宋代陈直撰著的《寿亲养老新书》卷二、明高濂的《遵生八笺》皆录此故事，说明宋明时期养生家对这种哲学原则的重视程度。后世将这种处世哲学概括为"退一步"法。作为一种人生哲学精妙概括，"退一步"这个概念大量地出现于宋人的著述中，并流行于宋以后士人的言论文字中，成为他们谈论养生处世的一个常用词语和人生哲学的一个重要内容。南宋著名道学家吕本中甚至将道家的这种哲学作为为官者的箴言，他的《官箴》云：

> 不与人争者，常得利多；退一步者，常进百步；取之廉者，得之常过其初；约于今者，必有垂报于后，不可不思也。惟不能少自忍者必败，此实未知利害之分、贤愚之别也。②

《朱子语类》载朱熹答问，特别推崇退一步的人生哲学，他说：

> 周问闻达之别，曰："达是退一步底，闻是近前一步做底。退一步底，卑逊笃实，不求人知，一旦工夫至到，却自然通达。闻是近前一步做，惟恐人不知，故矜张夸大，一时若可喜，其实无足取者。"③

---

① 颜之推：《颜氏家训》，时代文艺出版社 2001 年版，第 183—184 页。
② 《四库全书》史部 12，宋刘清之，《戒子通录》引录此言。
③ 《朱子语类》卷 135，《四库全书》子部儒家类。

当问及子房之学渊源时，他说子房："后来事业则都是黄老了，凡事放退一步，若不得那些清高之意来缘饰遮盖，则其从衡诡谲殆与陈平辈一律耳"。（《朱子语类》卷一百三十五）明言退一步之说乃黄老学说的范畴。他推崇"卑逊笃实，不求人知"的为人态度，这是朱熹哲学常杂佛老的一个明证。其实，宋以后士人放逸洞达、出入佛老者比比皆是。南宋刘过《赠术士》曰：

> 一性圆明俱是佛，四方落魄总成仙。逢人只可少说话，卖术不须多觅钱。退一步行安乐法，道三个好喜欢缘。老夫亦欲挑包去，若要相寻在酒边。[①]

罗大经《鹤林玉露》卷四：

> 龙洲刘改之诗云："退一步行安乐法，道三个好喜欢缘。"真西山喜诵之。或曰："退一步行可也，至于道三个好，乃随俗徇情耳，何足言乎？"余曰："古人直道而行，理之所在，蓦直行将去，仕止久速，莫不皆然。乌有所谓退一步者，自后世贪荣竞进，争一阶半级至于杀人，于是，始以退一步行为安乐法矣。"[②]

宋吕乔年编《丽泽论说集录》卷三曰：

> 鱼在于沼，亦匪克乐，潜虽伏矣，亦孔之照。若鱼在池沼中，自以为乐，不知已在人圈槛中，虽寻得一缝罅安身，亦不逃人所见。譬如时人生在乱世，不可谓祸不及身，既生此世，虽身有远近、位有小大，同此祸患，如何不忧？此所以谓亦匪克乐也，哿矣富人，哀此惸独。幽王之时，大夫以为我虽可忧如此，然在我下者更可忧，我已为侥幸矣。大抵人处忧患时，退一步思量，则可以自解，此乃处忧患之

---

① 刘过：《龙洲集》卷5，上海古籍出版社1978年版，第39页。
② 《四库全书》子部杂家类。

大法。①

元王义山《稼村类稿》曰：

> 元岂好聱张岂乖，世间役役逐尘埃。容心于物为身阱，得意之时
> 即祸媒。退一步思方是足，放三分弱岂真呆。悠然独坐吟窗下，忽见
> 梅花一朵开。②

明代退一步法也是广为流传，许多士人笔记对此有记载。周琦《东
溪日谈录》曰：

> 《道德经》之言是退一步说话，其应于用亦是退一步用事，不先
> 人而施于事，乃后人而用其力，故用力不难而成功易矣。③

明洪应明《菜根谈》二十三曰：

> 争先路窄，退后宽平，争先的径路窄，退后一步，自宽平一步；
> 浓艳的滋味短，清淡一分，自悠长一分。

李乐《见闻杂记》卷十：

> "退一步行安乐法，道三个好喜欢缘。"此二言，不知出自何人
> 之口？夫知进而不知退，知存而不知亡，知得而不知丧。圣人以为动
> 而有悔，则退一步行，是诚安乐法门矣。④

另何良俊《四友斋丛说·卷三十二·尊生》亦记四休安乐法事，其
言曰："欲知四休安乐法，听取山谷老人诗。"

---

① 《四库全书》子部儒家类。
② 王义山：《稼村类稿》卷3，《和陈荣可感兴韵》，《四库全书》集部别集类。
③ 周琦：《东溪日谈录》卷12，《道德经》，《四库全书》子部儒家类。
④ 李乐：《见闻杂记》卷10，上海古籍出版社1986年版，第203页。

概言之，李渔"退一步"法并不是什么新的创造，它是宋以后流行于士大夫文人之间的一个口号，一种养生理念。黄强谓之实用宽心法，其实只是强调其中心理解脱的一面，并没有涵括"退一步"说的所有内容。"退一步"法如四休、黄山谷等人所言，他的意义指向有两种：首先，作为一种处世为官的原则，退一步可以达到全身远害，以退为进之目的。因为"天地鬼神之道，皆恶满盈。谦虚冲损，可以免害"。又如黄山谷所言"少欲者不伐之家也"。倘若利欲熏心、贪荣竞进，便会身败名裂，"容心于物为身眚，得意之时即祸媒"。其次，"退一步"法又是一种心理解脱之法，一种极其有效的快乐方式。"退一步"思量即与不如自己的人相比，自然会获得精神上暂时的胜利，获得心理的愉悦。吕本中谓："大抵人处忧患时，退一步思量，则可以自解，此乃处忧患之大法。"即是如此。所以，黄山谷将孙景初"四休说"概括为安乐法，即涵括其全身远害的"安"的成分，又不忘其心理解脱之"乐"，可为允当矣。由此，"退一步行安乐法，道三个好喜欢缘"就成为名句，流传很广，深得后世认同。

李渔的"退一步"法无疑继承了四休"安乐法"的核心内容，比如《鹤归楼》通过段玉初与郁子昌故事，说明"少欲者不伐"、"知足者极乐"、"退一步者，常进百步"的道理。又如，他强调富人散财，就是基于"财多生累"这样一个原则：

> 财多则思运，不运则生息不繁。然不运则已，一运则经营惨淡，坐起不宁，其累有不可胜言者。财多必善防，不防则为盗贼所有，而且以身殉之。然不防则已，一防则惊魂四绕，风鹤皆兵，其恐惧觳觫之状，有不堪目睹者。且财多必招忌。语云："温饱之家，众怨所归。"以一身而为众射之的，方且忧伤虑死之不暇，尚可与言行乐乎哉？甚矣，财不可多，多之为累，亦至此也。

在李渔看来，分财是解决诸种负累的有效途径。他在多处地方提到华封人劝尧散财、陶朱公屡散屡聚的事例，其用心可谓良苦矣！李渔何以如此苦口婆心地劝说？可能与其常处贫困的生活状态有关，但其理论基点仍然是道家的全身远害学说①，他的论说实际就是古人"退一步"说的具体释例。另一方面，李渔也特别强调"退一步"学说的心理解脱与愉悦享乐功能。这方面例子很多。如说穷人行乐，"我以为贫，更有贫于我者；我以为贱，更有贱于我者；我以妻子为累，尚有鳏寡孤独之民，求为妻子之累而不能者；我以胼胝为劳，尚有身系狱廷，荒芜田地，求安耕凿之生而不可得者。"至于帝王，"日有万几之冗"可谓累矣，"然世之艳慕帝王者，求为片刻而不能，我之至劳，人之所谓至逸也。"所以，李渔所谓"退一步"法如取宋人说法，称之为"安乐法"，是再妥帖不过了。

另外，"退一步"法并不只是李渔的口头上的理论，在生活中，也是李渔求得快乐的一剂良方。《书所闻》②曰：

> 东家笑声喧，西家哭声苦。笑因子媳贤，哭为儿孙赌。输钱致其穷，食缺衣难补。笑者善贸易，肥甘自盈釜。我适居其中，无喜亦无怒。仅有润笔钱，并无卓锥土。大儿难纵博，幼子未商贾。赖此得平安，鼓吹借两部。日聆啼笑声，为之歌且舞。③

东家为商贾，肥甘盈釜，而西家却嗜赌，缺食少衣，于是"东家笑声喧，西家哭声苦"。处于二者中间，李渔认为恰到好处，竟把东西两家

---

① 《增壹阿含经》曰："族姓子恒生此心，欲拥护财货，后犹复为国王所夺，为贼所劫，为水所漂，为火所烧，所藏窖者亦复不克，正使出利亦复不获，居家生恶子。费散财货，万不获一。便怀愁忧苦恼，椎胸唤呼。我本所得财货，今尽忘失，遂成愚惑，心意错乱，是谓欲为大患。缘此欲本，不至无为。"明清流传的佛书中亦有言："积财不善者，自己无分，五家子有份。"（参见朱升《朱枫林集》卷三，《跋静山遏籴歌》，黄山书社 1992 年版，第 47 页）佛家所讲"五家子"指水、火、盗贼、县官与恶子，佛家主张散财，虽也强调其心理内容，然最终归结为积善。而李渔的最终目标是散财消灾，以解除心理负累，求得心理的快乐，此与佛家所言不类。

② 此诗《单谱》并未系年，但可能作于李渔第二次移居杭州之后。证据有二：一、诗前有诗《阿倩沈因伯四十初度，时伴予客苕川，是日初至》，而此诗作于康熙十六年李渔移家杭州之后，《书所闻》当作于此后。二、诗中有句"大儿难纵博，幼子未商贾"，似言其大儿已成年或接近成年，李渔五十岁得第一子，移杭诗此子应为十七岁，所以《书所闻》当作于移家杭州之后。此时，由于入不敷出，李渔生活渐趋困窘，又兼身染沉疴，长期在床，几无生趣可言。

③ 李渔：《笠翁诗集》卷 1，《李渔全集》第 1 卷，浙江古籍出版社 1991 年版，第 36 页。

的嗤笑声当作两班鼓吹而自得其乐,把西家的哭声作为自己的乐资,虽未免不忍,但却是李渔"退一步"法的生动诠释。在身处困境之时,李渔往往作退一步想,心境常处于不上不下、不夷不惠之间,"无喜亦无怒",自能达到"极乐"之境。联系《鹤归楼》中段玉初与郁子昌故事,更能清楚理解李渔提出"退一步"法的现实处境及其真实用意。

然李渔的"退一步"学说仅仅是一种一般人便宜易学的保身享乐的方法,是局限于心理调适层面的安乐法。由于围绕着现世享乐这个人生目的,李渔的学说既不是像朱熹一样追求一种"卑逊笃实,不求人知"的理学人格,也无法如王义山"悠然独坐吟窗下,忽见梅花一朵开"那样,将之上升到精神层次,追求一种宗教非理性的愉悦,而是以自己的经验与知识为媒,为一般人享乐开方便法门,这就确定了李渔养生学说的通俗品格。尽管如此,作为李渔养生学说的核心内容,李渔"退一步"说摒弃了以往养生著作"以其制作新言缀于简首,随集古今名论附而益之"[1] 之驳杂不精、连篇累牍之弊端,而以简明通俗之言出之,并与其享乐主义的总目的浑然一体,系统阐述自己的养生见解,就其系统性与完整性而言,在明清两代,可谓独树一帜。

三 "和"为核心的医学观念

如上所述,对医学现状的不满导致李渔对传统医学的重新审视,《闲情偶寄·颐养部》凝聚了他的认识成果。在养生却病的诸多环节,李渔突出强调"中和"的医学哲学观:

> 病之起也有因,病之伏也有在,绝其因而破其在,只在一字之和。俗云:"家不和,被邻欺。"病有病魔,魔非善物,犹之穿窬之盗,起讼构难之人也。我之家室有备,怨谤不生,则彼无所施其狡猾,一有可乘之隙,则环肆奸欺而祟我矣。然物必先朽而后虫生之,苟能固其根本,荣其枝叶,虫虽多,其奈树何?人身所当和者,有气血、脏腑、脾胃、筋骨之种种,使必逐节调和,则头绪纷然,顾此失

---

① 李渔:《闲情偶寄·四期三戒》,《李渔全集》第 3 卷,浙江古籍出版社 1991 年版,第 1 页。

彼，穷终日之力，不能防一隙之疏。防病而病生，反为病魔窃笑耳。有务本之法，止在善和其心。心和则百体皆和。即有不和，心能居重驭轻，运筹帷幄，而治之以法矣。否则内之不宁，外将奚视？然而和心之法，则难言之。哀不至伤，乐不至淫，怒不至于欲触，忧不至于欲绝。"略带三分拙，兼存一线痴；微聋与暂哑，均是寿身资。"此和心诀也。三复斯言，病其可却。

李渔认为疾病起源于"不和"，"不和"指人身气血、脏腑、脾胃、筋骨之种种的不调和，然归其要还是"心"不和，心和则百体皆和。这是李渔对于疾病的最基本的认识，防病治病的关键在于"和"。

李渔对身体的生理特征和疾病起因的认识并没有超出传统医学的基本理论。《内经》早就认为人的健康和治疗之目标，均在"中和"。《素问·上古天真论》载岐伯言曰："上古之人，其知道者，法于阴阳，和于术数，食饮有节，起居有常，不妄作劳，故能形与神俱，而尽终其天年，度百岁乃去。"[①]《素问·生天通气论》又曰："圣人陈阴阳，筋脉和同，骨髓坚固，气血皆从。如是则内外调和，邪不能害。""凡阴阳之要，阳密乃固，两者不和，若春无秋，若冬无夏，因而和之，是为圣度。故阳强不能密，阴气乃绝。阴平阳秘，精神乃治。阴阳离决，阴气乃绝。"[②] 所以，"血气不和，百病乃变化而生。"（《灵枢·调经论》）中和者为"平人"，"平人者，不病也"。[③]《内经》的这种学说奠定了传统医学的哲学基础，成为后世医学理论解释人体原理及治病方法的不二法门。

《内经》以阴阳学说作为全部理论的基础。以四时阴阳与五行的运行规律来说明人体生理、病理与诊治原则。以"气"解释人体的基本物质构成。《内经》拿天地阴阳五行等概念与人体各部位相类比，无疑是接受了先秦"天地相参"，"人与天地相应"之理论的影响。李渔对此十分熟悉，他的"行乐第一"中所列四季行乐之法就是以此作为理论基础的。如说到"春季行乐之法"时说：

① 《黄帝内经》，河北科技出版社1996年版，第209页。
② 同上书，第220页。
③ 同上书，第282页。

　　人有喜怒哀乐，天有春夏秋冬。春之为令，即天地交欢之候，阴阳肆乐之时也。人心至此，不求畅而自畅，犹父母相亲相爱，则儿女嬉笑自如，睹满堂之欢欣，即欲向隅而泣，泣不出也。然当春行乐，每易过情，必留一线之余春，以度将来之酷夏。盖一岁难过之关，惟有三伏，精神之耗，疾病之生，死亡之至，皆由于此。故俗话云："过得七月半，便是铁罗汉"，非虚语也。思患预防，当在三春行乐之时，不得纵欲过度，而先埋伏病根。

　　尽泄于春，而又不能不泄于夏，虽草木不能不枯，况人身之浮脆者乎？

　　从来行乐之事，人皆选暇于三春，予独息机于九夏。以三春神旺，即使不乐，无损于身；九夏则神耗气索，力难支体，如其不乐，则劳神役形，如火益热，是与性命为仇矣。《月令》以仲冬为闭藏；予谓天地之气闭藏于冬，人身之气当令闭藏于夏。试观隆冬之月，人之精神愈寒愈健，较之暑气铄人，有不可同年而语。凡人苟非民社系身，饥寒迫体，稍堪自逸者，则当以三时行事，一夏养生。

　　李渔的基本观点是：人的精神与天时、季节有着相应相和的关系，要根据季节的变化调整自己的享乐策略，人不能无所顾忌地消耗精神，务使身体保持一定的精、气、神，必留一线之余春，以为将来行乐之需。如果纵欲过度，则会导致阴阳失和，以致埋下病根。关于这一点，李渔在《肉蒲团》中也有精彩论述。[①]《医先》在谈到欲与病之关系时，要求根据季节绝欲，做到"顺天时法阴阳以自固，求子则子寿，养生则生怡"。[②]李渔对享乐与四季、精神与疾病的辩证关系的理解虽说局限于交媾与享乐，但其基本原理却源于传统医学的精神。

　　《内经》在谈到致和的途径时，强调人体健康须有精神之和、阴阳之

---

　　① 《肉蒲团》第一回 "止淫风借淫事说法，谈色事就色欲开端"，李渔谈到女色时说："不但还是养人的物事，他的药性与人参附子相同，而亦交相为用。只是一件，人参附子虽是大补之物，只宜长服，不宜多服。只可当药，不可当饭。若还不论分两，不拘时度饱吃下去，一般也会伤人"。"女色的利害与此一般。长服则有阴阳交济之功，多服则有水火相克之敝。当药则有宽中解郁之乐，当饭则有伤筋耗血之忧。"

　　② 王文禄：《医先》卷1，《历代中医珍本集成》，上海三联书店1998年版，第5页。

和、血气之和。又说："上工平气，中工乱脉，下工绝气危生。"具体的治疗原则，就是"损益"，即老子的"天之道"——"损有余而补不足"。强调治疗要师法自然，平衡阴阳，使身体恢复到平和状态，但更强调个人防病的主动，特别强调人的精神之和，"志阐而少欲，心安而不惧，形劳而不倦，气从以顺，各从其欲，皆得所愿"，才可安享百岁而去。《医先》亦谓："一切病皆生于心，心神安泰，病从何生？"又说："养神之术，去牵引而已。"牵引即欲望，"欲寡则神凝"① 则百病不生。李渔认为："有务本之法，止在善和其心，心和则百体皆和。"这和《内经》以及传统医学的精神是一致的。

毫无疑问，李渔接受了传统医学思想这方面的成果，正是在这一点上，道家思想与传统医学思想合流了。李渔《颐养部》中的却病、疗病，甚至是颐养哲学的全部，尤其是李渔养生哲学的核心——"退一步"法都可纳入"和"的范畴，其最终目标不外乎保持内心之"和"以求摒除现有的焦虑困苦，达到内心快乐之目的。这些既可称之为养生心理学，也可称之为医学心理学。

但应该注意到，这种合流并不是李渔的独创，而是传统医学天生的遗传。《黄帝内经》在思维方式、宇宙观的万物生成论、精气神、养生观等方面都深受先秦道家思想的影响。作为一种自然哲学和生命哲学，《黄帝内经》对人体的研究，对天人关系的研究，对人体身心内外关系的研究，处处都有道家思想深刻的烙印。另外，《内经》在医学理论中，特别强调疾病预防的重要性，"圣人不治已病，治未病，不治已乱，治未乱"②，在这种防重于治的思想指导下，《内经》向人们提供了一套完整的养生方法。如主张形神合一、恬淡虚无等等。李渔在养生哲学中不厌其烦地强调"和"的哲学，也是基于防重于治的医学思想，"病之起也有因，病之伏也有在，绝其因而破其在，只在一字之和。""和"几乎涵盖了李渔人生哲学与养生、享乐哲学的全部。

在讲到填词的方法时，李渔曾有过这样一段话：

---

① 王文禄：《医先》卷 1，《历代中医珍本集成》，上海三联书店 1998 年版，第 5 页。
② 《素问·四气调神大论篇第二》，《黄帝内经》，河北科技出版社 1996 年版，第 214 页。

　　若论填词家宜用之书，则无论经传子史以及诗赋古文，无一不当熟悉。即道家佛氏九流百工之书，下至孩童所习《千字文》《百家姓》无一不在所用之中。至于形之笔端，落于纸上，则宜洗濯殆尽。亦偶有用着成语之处，点出旧事之时，妙在信手拈来，无心巧合，竟似古人寻找，并非我觅古人。此等造诣，非可言传，只宜多购元曲，寝食其中，自能为其所化。①

　　这是李渔创作经验的一席肺腑之言，其思想观念的形成，又何尝不是如此？只有广泛地阅读，读书破万卷，才能有充足的知识积累，才能左右逢源，下笔如有神，达到"寝食其中，为其所化"的地步。李渔为文，往往是杂取种种而为我用。他的观点的形成，是对以往知识的过滤和整合，印象式的发挥加上一定程度的思辨，构成了李渔理论系统的鲜明特色。李渔学识未必很深，但阅读面却非常广泛，这是不争的事实。上述是李渔教人填词的招数，也可以看作李渔理论形成的真实写照。

　　总之，李渔养生思想作为他人生哲学的核心内容，他的来源是多方面的。但从哲学的线索来看，他的理论抛弃了儒家的养德学说，汲取了老庄哲学特别是杨朱学派养生思想的丰富营养，同时也吸收了传统医学养生学的有益成分，建立起了一个以道家化的杨朱学派思想为主、杂取儒道合理成分和后世养生精华的养生学说，这是李渔对古代养生思想的一次革命性的扬弃与整合，明中叶后文人养生好尚、社会的享乐风气都对李渔养生观念的形成产生过一定的影响。

---

　　① 李渔：《闲情偶记·词曲部》"词采第二"，《李渔全集》第3卷，浙江古籍出版社1991年版，第16页。

第三章　李渔颐养哲学与文学

第一节　李渔颐养哲学与小说创作

作为一种成熟的文化体系，传统医学从形而上的哲学到形而下的实际操作可视为一个完整的体系，二者形成了彼此对应的关系。在一般情况下，观念对实际操作具有决定性的意义，但是由于中医属于经验医学，具有较强的实践性和不确定性等特点，加上中医源流的旁逸邪出，方士道术的伪科学色彩，医学末流僵化的诊治方法，使传统医学从它产生的那一天起就受到普遍的怀疑。明清时期，这种怀疑和否定愈来愈严重。由于李渔博通经史，熟谙医道，针对传统医学末流的弊端，他能从较高的层次对传统医学作理论上的全面反省和检讨。《闲情偶寄·颐养部》分为六个部分，包括行乐、止忧、调饮啜、节色欲、却病、疗病。从医学、养生学的角度谈及人在日常生活中的心理调摄和防病治病的原则，正如笔者在第二章所言，李渔的养生哲学其实质也是一种养"心"哲学，他要人无妄无欲、知足守和，作为一种生存哲学和生命伦理，其中也蕴含了作者的人生态度和文艺观念。

那么，李渔颐养哲学究竟对他的人生态度与创作思想有何影响？它的规定性又在哪些方面铸造了李渔创作的独特风格呢？我们把李渔的颐养哲学作为传统医学养生学和李渔创作的中介做一些对比参照，进而发现，上述三方面因素在李渔身上基本上是统一的。他的创作比较完整地体现了带有浓厚医学色彩的李渔的人格风范、思想观念和叙事方式。用颐养哲学来解析李渔的创作，许多互相冲突的矛盾便可以迎刃而解。

韩南曾在他撰写的《中国白话小说史》中评价李渔的创作说："他的作品经常说明一种现实的原则，……李渔当然只相信顺应环境的道德，而不相信绝对道德，他甚至走得更远一点，想把某种开明的利己思想置于自我牺牲的思想之上，作为社会的理想。"①他注意到了李渔的立身处世的原则与传统文人士大夫相去甚远，创作的指导思想也与同时代的作家有明显差异，颇为中肯。其实，所谓的"现实原则"、"顺应环境的道德"、"开明的利己主义"正是李渔生命伦理与养生哲学的组成部分。至于社会理想，李渔没有描绘出一幅人类生存的理想画图。他很清楚地知道，《黄帝内经》所描绘的"恬淡虚无，志闲少欲"的上古淳朴社会已逝而不返，所以他强调的是"现实的原则"、"顺应环境的道德"，即关心人在现实社会中如何"全生葆真"，延年益寿。在他看来，现实社会的"名缰利锁，忧愁困苦，惊风骇浪"，使人不能享受"生人应有之福"，背离了医家养生的原则。因而，对于患有"热昏症"的现实生活中的人的疾患，笠翁投下了多方"清凉饮子"、"清热散"。

《鹤归楼》②的段玉初和郁子昌是笠翁养生哲学形象图解的两个侧面。两人具有许多共同之处：才识兼具，性格相近，都把功名富贵看得极淡。金兵南下，徽宗下诏求贤，段、郁二人迫于时势，勉强出来应举。两个虽然把功名看得极轻，却偏偏一同巍然高列榜首。但在婚姻问题上，二人的态度却有明显不同：段玉初把婚姻看得很淡，却意外得第一佳人绕翠。郁子昌则将婚事看重，仅得第二佳人围珠。后皇帝捻酸吃醋，遣段、郁二人纳贡金邦，郁重生死离别，偏耗得须鬓皓然、妻亡身孤；段有意淡化离别之苦，反而夫妻团圆，妻颜胜初。这种愿望与效果的悖论证明了李渔养生的心理原则："哀不至伤，乐不至淫，怒不至于欲触，忧不至于欲绝。"段玉初与郁子昌相比，更懂得养生之法。他"有起死回生的妙手，旋转乾坤的大力"，因而最终"位至太常，寿逾七十，与绕翠和谐到老"，其诀窍是"他性体安恬，事事存了惜福之心，刻刻怀了凶终之虑"。他说："据我看来，只有惜福安贫四字，可以补救得来"，"处富贵而不淫，是谓惜福，遇颠危而不怒，是谓安贫"，"祸患未来，应预先惜福，祸患一至，就要立意安贫"。具体办法就是老子的"退一步"法，"十分乐事，只好受用七分，还要留下三分，预为离别之计"，即是惜福；至于安贫，"到

---

①　韩南：《中国白话小说史》，浙江古籍出版社1989年版译本。
②　李渔：《十二楼》，人民文学出版社1986年版校点本。

了五分苦处，就要把十分相比，到了七分苦处，就拿十分来相衡"。如此则"地狱认作天堂，逆旅翻为顺境，黄连树下也好弹琴，陋巷中尽堪行乐"。

其实，段氏的行乐秘术正是笠翁在《闲情偶寄·颐养部》中所宣扬的："此术非他，盖用吾家老子'退一步'法，以不如己者视己，则日见可乐，以胜己者视己，则时觉可忧"。但笠翁养生哲学自然没有老子哲学的高度，他的出发点是医学养生学，强调心理上的"知足"，他说："郭子仪论拜汾阳王，志愿已足，不复他求，故能极欲穷奢，备享人臣之福，李广则耻不如人，必欲封侯而后己是以独当单于，卒致失道而自到。"①所以，人只有少私寡欲，才能禄寿双至，而贪嗜之人，必无善终。譬如"红颜薄命"这个宿命论色彩浓重的论题，李渔自然不认为它是冥冥之力的指使，而是"红颜"本身"不知足"所至，他说："那妇人有绝标致的颜色，一定乖巧聪明，心高志大，要想嫁潘安宋玉一般的男子，及至配了愚丑丈夫，自然心志不遂，终日忧煎涕泣，度日如年，不消人去消磨她，她就自己磨自己了。"李渔传与"红颜"的疗病之法：首先要安于"红颜薄命"之境，"若有二三分姿色，还有七八分丈夫可求，若有五六分姿色，就只好三四分的丈夫，万一姿色到了七八分九分十分，又有些聪明才技，就晓得是个薄命之坯，只管打点去嫁第一等、第二等愚丑丈夫。"②因此，嫁与丑陋财主阙不全的三位"红颜"虽不满阙之恶习，但都能息心静虑，不生妄念，三妇共事一夫，皆大欢喜。故杜濬评曰："此书一出可使天下无反目之夫妻，四海绝窥墙之女子，教化之功，不在《周南》《召南》之下，岂可作小说观。"

笠翁的小说创作，是其养生哲学的形象图解。在他的养生哲学里，赞美自然情欲与劝化妇女守节并不存在理解上的困惑和观念上的矛盾。两点是其养生哲学的两个不同侧面，他对小说人物的价值判断，仍然以其养生学为主要出发点。小说中只有懂得养生之道和不懂得养生之道的区别，或者说是善行乐与不善行乐的区别，而并不存在社会阶层和道德品行的差

① 李渔：《闲情偶寄·颐养部》"行乐第一"，《李渔全集》第 3 卷，浙江古籍出版社 1991 年版，第 308 页。

② 李渔：《十二楼·鹤归楼》，《李渔全集》第 9 卷，浙江古籍出版社 1991 年版。

别。故宋徽宗履帝王之尊而对臣下捻酸吃醋，终被掳而死。郁子昌重生离死别、而偏得妻亡身孤。在笠翁看来，他们仍是不得养生之道之人。因此，说李渔在此意在讽刺揭露帝王罪恶，实非至论。在他笔下，宋徽宗和汉武帝一样仅可算得上他刀圭之下一具多贪的病体，而受到作者理智的善意的诊治。于此，我们便可以理解李渔为什么忽而声称要为圣天子粉饰太平，忽而又把帝王写得不那么崇高。忽而宣称情欲至上，忽而又充塞道德说教于作品之中。这些所谓的矛盾在笠翁的养生哲学中化解而变为统一的有机组成部分，他用养生原则来扬弃现实的伦理道德，顺之者是，逆之者非。其拯救世风人道之婆心仁术，历历可见。

劝富人分财，是笠翁为富有阶层开列的养生要方。他说："兹欲劝富人行乐，必先劝之分财。"他认为："财为行乐之资，然势不宜多，多则反为累人之具。""累人"之处在于"财多则思运，不运则生息不繁。然不运则已，一运则经营惨淡、坐起不宁，其累有不可胜言者。财多必善防，不防则为盗贼所有，而且以身殉之。然不防则已，一防则惊魂四绕，风鹤皆兵，其恐惧觳觫之状，有不堪目睹者。且财多招忌，语云'温饱之家，众怨所归'。"① 因而，富人行乐之法即是分财。他在《论古》中激赏华封人三祝帝尧所言"富而使人分之，何事有之。天下有道，与物皆昌；天下无道，修德就闲"，认为此是"药石之论"。② 笠翁此论，自不能与历代农民意识上的平均主义相提并论。他所要做的是在这个贫富悬殊的社会为富人开辟一条安身立命之路。于是，他笔下的富有之人便多是分财得道的高士。《失千金祸因福至》中广东南海财主杨百万放债，一改当铺本少利高的旧规，"论十的是一分，论百的是二分，论千的是三分"。意在扶助贫民。人们称扬他，"说他不是生财，而是行仁政"。《归正楼》以拐骗骤富的贝去戎，在财物盈千累万之后也要散财做点好事。"一来免它作祟，二是借此盖愆，三来也等世上人受我拐骗之福"。以此赎罪盖愆，寻找心理平衡。而《三与楼》中成都富翁唐玉川则鄙吝太过，他只知买田置地贪图生息，不肯起造楼房，置办吃用之物，又不肯施舍于人。

---

① 李渔：《闲情偶寄·颐养部》，《李渔全集》第3卷，浙江古籍出版社1991年版，第333页。

② 李渔：《笠翁别集》卷1，《李渔全集》第1卷，浙江古籍出版社1991年版，第309页。

笠翁认为："存仁终有益，图利必生灾。"唐氏父子因贪吝太过而连人带产抵送于人，即是明证。笠翁劝富人分财在很大程度上是出于养生学的思考。然而，因其一生贫寒，衣食多仰仗富贵之家的馈赠。故而他的分财之论又难免被注入作者的自我色彩。现实中不可能的事情在文学中得以实现，这使他的分财之论不可避免地被人为地加上了因果报应的套数。《变女为儿菩萨巧》中扬州盐商施达卿，一向艰于子息，六十岁生辰，他在梦中得到菩萨启示，遂开始分财行善，通房于是有了身孕。施为儿子将来生计考虑，停止赈济灾民，通房于是产下一石女。施感到失望，适逢灾荒又开仓济民，石女变为男。施得到启示便散尽余资。儿子长大后官至知州，家资万计。笠翁虽将菩萨抬出作为施分财之举的终极审判者，但作者似乎觉得分财与子息之间并无必然联系，分财也并不能积德荫后，因而他劝"世上无嗣的诸公，不必论因果不因果，请多散去些以为容子之地"。可见，笠翁所考虑的重心仍然在于富有者与社会各阶层尤其是贫民之间和谐共存的必要。他认为，在当今社会，分财自是仁举，可以免却诸多物累，又可以得到社会给予的奖誉，使心理常处至乐之境。笠翁此术，可谓对症下药，他暴露出由于畸形经济发展而导致的贫富悬殊以及普遍存在的仇富倾向等社会问题。

笠翁疗疾之药归根结底是一种心理疗法和精神疗法。他认为："人有偏好即有偏恶。偏好者至之，既可已疾。岂偏恶者避之使去、逐之使远，独不可当沉疴之七发乎？"① 君之得臣，父之得子，夫之得妻，朋友相得，痛恶切齿之人，忽而去之，皆可当药。这便是笠翁又一养生奇方。《生我楼》财主尹小楼晚年独子走失，夫妇视若心病。他便悬标叫卖，甘愿卖身与人做父。后招得义子姚继，恰好正是自己的独卵儿子。姚继在乱兵的卖人场上买得一老一少妇人，恰好又是自己的生母和妻子。尹家骨肉团圆，尹小楼夫妇心病顿释。这篇以明末动乱为背景的稗作被作者淡化成一场寻亲游戏，使之失去了足以震撼人心的悲剧力量。作者抛弃了或者说根本无意识地疏离了文学优秀的审美品质，而在养生哲学的牵引下展开了他的功利性图解和形象的说明。《闻过楼》作者虽说："作书之旨不在主而

---

① 李渔：《闲情偶寄·颐养部》"疗病第六"，《李渔全集》第 3 卷，浙江古籍出版社 1991年版，第 346 页。

在客，所以命名之意不属顾而属殷。"但殷太史、县令及诸公得顾呆叟、与顾呆叟得诸公，其旨无别。意在说明"处富贵而不骄，闻忠言而善纳，始终为友，不以疏远易其情、贫老变其志"的朋友相得之情。这是笠翁在那个"居奇射利"社会中心造的幻影。至于《合影楼》珍生之得玉娟、《夏宜楼》瞿吉人得詹娴娴。《谭楚玉戏里传情，刘藐姑曲终死节》中谭楚玉得藐姑，皆是"少年之疾、以色为甚"的具体化。《三与楼》则从另一方面说明了"割仇家之肉以食亲，痼疾未有不起者"的疗病之术。高士虞素臣与财主唐玉川连巷而居，唐鄙吝狡诈，惟欲得虞之新建高楼而为快，虞深以为患，后得侠客设计，告唐窖金藏盗，遭了官司，唐只好将园亭赎回仍归旧主。《萃雅楼》则使李渔的去恶之术具有了一定的社会意义。京师刘、金二人共押娈童权汝修，奸相之子严世蕃必欲得之，遂设计诱阉了权汝修，后世蕃被劾，遭极刑，权至法场，亲睹严氏之死，并将其头颅作溺器，以报凤仇。然而东蕃败于一娈童之手，只是笠翁视域所限而致，故而这一深具社会意义的题材在笠翁笔下大为失色，成为一出平庸的恩怨相报故事。

李渔最感兴趣、也最招人忌的是关于情欲的见解。如上所说李渔深通古代房室养生之学，并又自命放诞风流。整部"颐养"谈及情欲的地方很多。他自己也认为"行乐之地，首数房中"。人的正常欲望不仅是造化赐予人的基本功能，也是调心养性的必备条件。故袁于令说他"纵谈房中、诱赚重价、其行甚秽"。[①] 虽不无谥恶，但也应该说是命中李渔的要害。《肉蒲团》作为李渔的一部色情游戏笔墨，它是李渔养生哲学与文学商业化联姻结下的一个怪胎，它较为完整地抖搂出作为养生家的李渔的知识和情趣，同时也暴露出李渔的养生哲学与禁欲道德在作家心理上的矛盾。

笠翁论性，有一个基本前提，即要为正常的情欲正名。他说："京师之内有挂长寿匾额的平人，没有起百岁牌坊的内相，可见女色二字原与人无损"，"若没有这件东西，只怕头发还早白几年，寿数还略少几岁"。他认为："人生在世朝朝劳苦，事事烦愁，没有一毫受用处，还

---

① 袁于令：《娜如山房说尤》，《李渔全集》第 12 卷，浙江古籍出版社 1991 年版，第 310页。

亏开天辟地的圣人，制一件男女交媾之物与人息息劳苦，解解愁烦，还不是十分憔悴。"① 交媾是养人之道，于人大有补益，这种论调的理论基础是阴阳学说。他在《颐养部》中说阴阳不可相无、犹天地不可使半也，"天苟去地，非止无地、也并无天"。男女交媾是顺天地造化之力，而显涵育陶铸之功，而不应一味地去禁止。具体到人体的生命历程，他认为需视年龄不同分别对待。他说：

> 少年之疾，大半以色为甚，父母不知，谬听医士之言以色为戒，不知色能害人，言其常也。情能愈疾，处其变也。人为情死，而不以情药之，岂人为饥死，而仍戒令勿食，以成首阳之志乎？

因而他声称："凡有少年子女，情窦已开，未经婚嫁至疾，疾而不能速瘥者，惟此一物可以药之。"对于少年情疾，老子常说："不见可欲，使心不乱。"笠翁则说："常见可欲，也使人心不乱。"《颐养部·节色欲第四》中说："终日不见可欲，而遇之一旦，其心十倍于常见可欲之人，不如日在可欲之中与此辈习处，则是司空见惯矣。"可见，笠翁"情"说是主张顺其自然，而不应在少年男女之间设置人为的障碍，因此，他俨然以情医自居，为社会的禁欲病开列一系列的诊方。《合影楼》是要为"天下才子佳人开辟一条相思之路"，《夺锦楼》是要为"世上嫁错的女儿伸一口气"。由于这个主张本身与禁欲主义相悖，因而在一定程度上迎合了晚明的反传统思潮，具有一定的反道学、反禁欲意义。笠翁还认为，人到中年以后，则应适当地节欲。"为欢即欲，视其精力短长，总留一线之余地"。在《节色欲第四》中，他列举六种节欲情形，并说"节之为言，明有度也"，即是说交媾之道，既要顺应四时阴阳的变化，又要避免过度的激情。其实这种惜精爱气的观念在老子的养生哲学中就已经存在，后世房室养生学虽然有种种理论、观点和方法，但在这一点上，无论医、道、儒各家都不敢违背。至于说及年龄的不同阶段，传统的养生学也一般将其分

---

① 《肉蒲团》第一回。《肉蒲团》又名《觉后禅》，坊间题名有《耶蒲缘》《野叟奇语》《钟情录》《循环报》《巧姻缘》《巧奇缘》，等等。六卷二十回，题"情痴反正道人编次，情死还魂社友批评"，别题"情隐先生编次"。刘廷玑《在园杂志》以为作者即清初时李渔，鲁迅、孙楷第等皆从其说，当属无疑，笔者后面有详细考证。

为两个阶段。比如，清人诸人获《坚瓠集》卷四说："女子十五至二十五，补阳和血、美颜色、悦精神、节而行之，能成地仙。二十五至三十五，我施彼爱，虽无惮也无大损耗。四十以上能致疾。"《黄帝内经》也说："年四十而阳气自半、起居衰矣。"

上述房室养生观念，实际上已经奠定了李渔所著《肉蒲团》的基调。《肉蒲团》第一回说女色这种东西"与人参附子相同"，"只宜当药不宜当饭"，"长服则有阴阳交济之功，多服则有水火相克之弊，当药则有宽中解郁之畅，当饭则有伤精耗血之忧"。在这个意义上，作者似乎认为未央生所失在于过度的纵欲。未央生不但在内室宣淫，而且还奸骗他人妻妾，后者则被作者认为有诸多伤害。他说："女色这种东西倒是土产者（作者注：自家妻妾）佳，地道者（作者注：他人佳丽）不惟无益，而且伤人。"他遵从颐养哲学的思维惯性，来分析"地道者"的坏处。"或逾墙而赴约、攒穴而言私，饶他色胆如天，到底惊魂似鼠。虽无谁见，似有人来"，"儿女情长而英雄气短，须眉常为一时冲动而陷不测之渊。立有非常之祸，犹有失节之事，种种为害惨不可当"。因而，他劝人不可舍近求远，拣精择肥，厌凡求异。作者开首这篇节欲理论事实上是李渔颐养哲学中关于情欲养生的主要观点。李渔理论上是这样讲，但进入实质性的创作中来，却又产生了一定程度的偏离。

从内容看，《肉蒲团》第一回所言的房室理论和未央生情场经历在作者观念中也不存在根本的矛盾。只不过前者是人生第二阶段房室养生原则，后者则是第一阶段房室养生原则的具体化。前者是一个深通情场世故的养生家的宣言；后者则是一个才貌俱佳的少年猎色者的情场经历。未央生舍弃玉香，径入奸淫场中，纵欲无度。按照传统叙事文学的惯例，他的归宿无外乎以下三种：或伤精耗血、脱阳暴亡；或有妻妾失贞以明报应不爽；或死后下地狱受折磨。作者抛弃了这三种报应中的生理和心理学层面，而选择了替代性的社会道德层面，让未央生在"淫人妻者，妻亦被人淫"的淫报之中警醒悟道，遁入佛门。不仅如此，还应该看到，笠翁虽然也曾经设置淫报于未央生，但这种淫报几乎背离了作者节欲观中的合理成分。未央生并没有为淫纵而暴亡，这使得作者的节欲宣言与故事本身叙述不能和谐地统一起来，让他的劝惩显得苍白无力。这其中有两种因素在起作用。第一，作者叙述中的果报观与作者真实的果报观存有差距。未央生除才色之外身无他物，他无所依托，却屡屡得手，尽情于色欲场中。他遁入佛门，只可看作是作者权宜的安排。从笠翁生平资料来看，对于禁欲的宗教，他是极为不满的。《肉蒲团》中，作者借未央生之口说："参禅的道理不过是要自悟。本来使身子立在不生不灭之处便是佛了。岂真有天堂可上乎？即使些有风流罪过亦不过玷辱名教而已。岂真有地狱可堕乎？"又借和尚之语说："即使没有天堂，不可不以天堂为向善之阶。即使没有地狱，不可不以地狱为作恶之戒。"（《肉蒲团》第三回）既然没有天堂地狱予人果报，他便起用改造过的佛教象征布袋和尚作为未央生归入善途的点化人。这样，未央生自割男势走入绝欲，便只是道德警醒的结果，而非真有天堂地狱的警醒。在具体的叙述中，未央生是以才貌渔色，男女双方有共同的需求并从中得到快乐，因此，笔下人物淫纵的快感，作者更多的是欣赏玩味，而并无贬抑讥刺之意，这与兰陵笑笑生的态度存有明显的区别。西门庆的淫纵始终伴随着浓重的罪恶，他依仗权势，掠财劫色，无所不用其极。西门庆的淫纵暴亡以及他身后的果报，说明作者既遵守生理之自然规律又具有一定的宗教信仰。而《肉蒲团》的果报安排仅仅可以看作是作者的一种情节惯技，而并无信仰可言。第二，出于求新求异的创作追求。笠翁不愿让未央生脱阳暴死，以重蹈兰陵笑笑生之旧辙，这也正是他喜欢标新立异的风格的体现。总之，《肉蒲团》一方面在开首苦口婆心传授房室节欲理论，流露出了其作为养生家的真面目。另一方面又大写特写房室之技与纵欲之乐，炫耀自己在性知识上的广闻博见，但作者最终抛弃了养生家在房室问题上的严肃态度，小说的正文叙述严重偏离了他在开首所宣扬的养生哲学的初衷，这种创作意图与创作实际皮肉分离的现象使他的小说缺乏了严密的逻辑力量和教化效果，也反映出作者创作上存有媚俗趋时、急功近利的商业化倾向。

第二节　李渔医学与文学观念

李渔颐养哲学是其人生哲学的核心内容，也是李渔文学观念和创作思想形成的重要因素。当我们回过头来重新审视这个在清初有重要影响的文学家时，发现医学养生学对他文学创作的影响是如此的重要和深刻。这种影响既赋予了他独特的文学观念、独特的创作内容、叙事风格和艺术表现方式，这些为当时的文坛带来了一丝新鲜的空气，同时又使他的创作在一定程度上产生了缺陷。

那么医学养生学从哪些方面铸造了李渔创作的特异品格？这首先得从李渔关于文学的见解谈起。李渔说："生平著书立言，无一字不由杜撰，其于疗病之法亦然。"在李渔看来，疗病和创作至少在求新求异方面是共通的。然而他又说："每患一症，辄自考其致此之由，得其所由，然后治之以方，疗之以药。"（《疗病第六》）这就不仅仅是局限于求新求异，而扩展成为一种创作的整体的思维方式与构思习惯，也铸造了李渔创作的经验品格。事实上李渔很少摆脱其颐养哲学的束缚，他把文学与一种实用技艺的类比已经框定了李渔创作的格式格调，他的作品往往以解决问题、传授经验为出发点，当与此有极大的关系。

在对文学功能的理解上，他也未能跳出医养学的拘囿。他认为，创作对作者来说是一副治情理性之药。"予生无他癖，惟好注书，忧籍以消，怒籍以释"。"迨沉疴将起之日，即新编告竣之时"。（《疗病第六》）他甚至将文学创作比作"医王"。《寄怀毛稚黄同学，时卧病已久》曰：

> 久怀吾友病支床，一见随分思转长。不为苦吟身始瘦，反因多药病始霜。
>
> 襟期莫改还吾素，时事难言听彼苍。自有奇文塈七发，肯呼枚乘作医王。[①]

创作可以疗疾治病，奇效立见。阅读和欣赏也有同样的功能。他的词作《昭君怨·病后作》曰：

> 知为吟诗生疢，三日不吟加瘦。诗病仗诗医，代参著。诗与病成知己，引入膏肓不死，越瘦越精神，类松筠。[②]

这种"诗与病成知己"是李渔对文学功能的独特的理解，李渔评注

---

① 李渔：《笠翁文集》卷2，《李渔全集》第2卷，浙江古籍出版社1991年版，第243页。
② 同上书，第399页。

镜曲化农《香草吟》传奇，知其"非书非词，乃方与药也，读未竟而病退十舍"。文学吟咏具有宣泄积愤、治病理情的作用，只有具有医学思维惯性的人才能有此奇思妙想。

另外，李渔还认为创作有益于世道人心。只有"传世之心"，才有"传世之文"。他说："传奇借优人说法，谓善者如此终场，不善者如此结果，使人知所趋避，是药人寿世之方，救苦弭灾之具也。"① 因而他以劝化人心、规正风俗为己任，力戒以笔杀人、以文报怨的文人恶习。在作品中，他不惜现身说法，承担起作"大众慈航"的责任。

老子认为，宇宙万物的生和长是由两个恰好相反而又能得互补的两种因素——阴阳而组成，他说："万物负阴而抱阳冲气以为和。"阴和阳两种因素在整个事物内部必须处于一种对等相衡状态，它才能生长和发展。否则，阴大于阳或阳大于阴都是事物走向死亡和沉寂的根由。传统医学无疑也将其作为病理学基础。《内经》突出强调治疗的颠倒性原则，亦即遵循"逆者正治，从者反治"的原理，来增加生命内部所需要的反向动力，以使身体常处于一种"温和"状态，因此，它认为否定性的情绪对人不利。"怒伤肝"、"悲伤心"、"思伤脾"、"忧伤肺"、"恐伤肾"，治疗要通过适当的手段为身体输入一种反作用力，使身体内所出现的"太过"与"不及"得到及时的控制。《医先》也说："苟能虽喜忘喜不累于喜，虽怒忘怒不累于怒"，做到"慎喜戒怒，气调矣"，则"形气豫全，何伤之有？"② 传统医学的这种教育理念和思维惯性熔铸了李渔与人为善、恬淡冲和、委屈顺世的生活哲学和人品风格，又使得李渔在思想和情感领域摒弃了一个天才文学家所应有的"极端"情感状态。

阴阳学说无疑是李渔思考问题的重要基点。他不迷信鬼神，而肯定以阴阳学说为基础的自然哲学观。具体到人的祸福夭寿，他更多地从生理与自然的关系来考虑。他说："不测之忧，其未发也，必先有兆，现乎蓍龟，动乎四体者，犹未必果验，其必验之兆，不在凶信之频来，而在吉祥之太过，乐极生悲，否伏于泰，此一定不移之数。命薄之人有奇福，便有奇

---

① 李渔：《闲情偶寄·词曲部》，《李渔全集》第 3 卷，浙江古籍出版社 1991 年版，第 5 页。

② 王文禄：《医先》卷 1，《历代中医珍本集成》，上海三联书店 1998 年版，第 5—6 页。

祸。即厚德载福之人，极祥之内，亦必酿出小灾。"（《颐养部·止忧》）因此，他在创作中反复讲"造物忌盈"、"造物忌人"的道理，认为人和事物在某一领域积累至极端状态必然走向它的反面。这种理论虽然有宿命之嫌，但笠翁强调的这种情形是人和事物发展的自然因循过程而致，而不是某种神秘的力量所为。他对当时剧作的怪诞不经深表不满，他说："事涉荒唐，即文人藏拙之具也"，"凡作传世之文者，必先有传世之心，而后鬼神效灵"。他要以"生花妙笔，撰为倒峡之词，使人赞美"。《无声戏·改八字苦尽甘来》中汀州皂隶蒋成，原是旧家子弟，及至蒋成长大，家货早已荡尽，几无立锥之地。又因其心慈本分，在衙门里备受屈辱，屡被刑杖。后遇华阴山人篡改八字，果然命运改辙，否极泰来。改命在笠翁看来并不是"鬼神效灵"，而是人为因素的结果。被改过的八字正好与新上任的刑厅同年同月同时。因受刑厅特别厚遇，蒋成被荐为县主簿，后"官满还乡，宦囊竟以万计"。在笠翁医养哲学中，立心志诚，不求闻达正是养生秘诀之一。故而，像蒋成这样的小人物必然"有奇祸便有奇福"。在传统文学中，小人物翻身也是常用题材，但多将这种小人物的转运看作是鬼神嘉其志诚而效灵的结果（如董永故事、柳毅故事等），而笠翁小说籍故事所表达的是一种建立在人为因素上自然"宿命"观。又《无声戏·变女为男菩萨巧》中，施达卿生女，后变性为男，在李渔看来，这正是其分财有道的结果。《广嗣纪要》所说："有子之道也，若山水之灵，祈祷之应，必有德无欲也"。"否则徼福于冥冥之中，其不为天地厌者几希"。[1] 并把"修德以积其庆"列为广嗣五要之首。这说明，修德与广嗣是传统医学广嗣法的一条重要原则，李渔将其运用到文学创作里来了。但缺少了神灵这个中间环节，两者之间的关系便有因果凑泊之嫌，只有借巧合来过渡，李渔其他作品多有此类情况，因此，人言笠翁之作其弊在于太巧，或许这正是其中一重要原因吧。

　　李渔创作排斥作者激情的介入，行文之中摒弃否定情绪的产生。既然李渔把创作比作疗病，他所选择的每一题材往往在他看来就是一种病体，面对病案作者需要审慎的思考和诊治，并拿出解决的办法来。如此，创作对他来说只是一种"生活处方"式的经验传授，设结解结，皆由这个全

---

[1]　万全：《新刻万氏家传广嗣纪要》卷1，明万历元年刊本。

能的上帝——作者一手主宰，李渔形象地称之为"笠翁本草"。当然，医学家教的背景并不是导致作者形成这种创作风格的唯一条件，但李渔把创作比作疗病，使他的作品显示出很强的经验色彩，这与传统文学又有了区别。这种情形至少可以使我们能够建立起医学与创作之间的这种联系，说明医学对其人生与创作的深刻影响。

自然主义将作者隐蔽在叙述的背后，萨特也曾主张创作要力避作者的"声音"，小说应以"事物、植物、事件的方式存在而不是首先以人的产物的方式存在"。① 在排斥创作激情这一方面，确有点类似笠翁创作。但自然主义追求绝对的客观与真实，要求作者抛开自己的感情与见解，而李渔显然不是这样。他的作品是一种叙述者的非激情的东西，作品中的主人公大都从一个侧面展示出具有养生家面孔的李笠翁的个性与思想，作者有强烈的干预欲望。即使是所写人物的生活背景，也大多是其见闻之内的世界。故韩南说："有必要在作家李渔所采用的角色和李渔其人之间划一等号，他既是生活中的'角色'，又是文学中'角色'"。他甚至认为这两种角色"可以分解为作家李渔和谈话者李渔之间的等式"。② 这个论断虽不免走了极端，但他在作者与作品之间建立的这种联系，还是有比较多的依据。从这个意义上看，李渔远离了传统文学中审美功能的优秀品质。没有幻想，没有仇恨，没有激情。人物恬淡虚无，在有限的时空内，汲汲于寻求本分的快乐。既不遁入虚无，又不脱离现实，悠闲地享受"生人应有之福"，而后禄寿双至、子孙繁衍。对现实的非敌意态度使他在创作理论上和小说人物设计上都显示出对否定性情绪的拒斥和反感。在《词曲部·戒讽刺》中他说："文人之笔，武人之刀，皆杀人之具也"，"笔之杀人较刀之杀人，其快其凶更加百倍"。因而他极力反对在文章中幻设影射现实人物的丑行。并劝诫说："凡作传奇者，先要涤去此种肺肠，务存忠厚之心，勿为残毒之事，以之报恩则可，以之报怨则不可，以之劝善惩恶则可，以之欺善作恶则不可。"有人曾认为李渔小说、传奇中以阙不全影射衍圣公，他便写《曲部誓词》来鸣誓表白。其实在笠翁创作中，几乎不存在反面人物。他一再提倡戒除一切怨刺因素。作文要有"传世之

---

① ［美］布斯：《小说修辞学》，北京大学出版社1987年译本，第21页。
② ［美］韩南：《创追一个自我》，《李渔全集》，浙江古籍出版社1991年版，第277页。

心"，要"种萱勿种檗"。他笔下的所谓"反面"人物多是不懂得养生之道的喜剧角色，作者很少在这些人物身上注入人性中的丑恶因素。在他看来，才、色、情是三位一体的东西，人之优劣取决于人的天之禀赋，而不论其门阀高低和道德品性如何。有才色而又懂得养生之道的绝不会没有善果，即使不具才色的丑陋愚笨之人，步入歧途的拐骗失节之人，只要恬心息欲安守本分，也一样得以善终。阙不全三妻共事一夫，贝去戎浪子回头，舒秀才劝妻失节，曹婉贞主动再醮，都不被李渔认为是恶人恶事，也一样获得功果圆满的结局。

既然如此，李渔创作作为其养生哲学的形象宣传品，他注重的是观念的传达和过程的解析，也同时疏远了与此有关的作者情感因素以及与情感因素有关的社会背景。比如在反映明清之际战乱的作品《生我楼》和《女陈平计生七出》中，战乱在作品中仅仅是作者敷设情节的契机和背景，除此之外，读者很少能感到战乱给人的生活和感情带来的切肤之痛。尹小楼卖身作父可以看作是富有阶层自我游戏；女陈平为贼所掠，不但见不到她的苦痛，反而好像是她在玩着一手熟练的牵线傀儡，对贼头百般戏弄。作者始终与现实保持着一定的距离，把战乱中的悲欢离合化解成为一场普通的生活喜剧。至于写到爱情，他笔下才子佳人要么风流美貌，要么才华出众。双方除了一见钟情之外，便无多少情感内涵。不必情投意合，不必心心相印。未央生一心要娶世上第一女子，后访得铁扉道人之女玉香怀有绝色，便娶以为妻。未央生娶妻原是为淫，更不存在生理感官之外的内容。那个善戏龙阳的许秀芳，他喜欢瑞郎是因其"眼似秋波，腰同细柳，竟是一个绝色妇人"。瞿吉人中了二甲之后，不等选馆，赶回家去求亲，"只为着翠眉红粉一佳人"。此外如屠珍生、吕哉生、谭楚玉，等等，除了获美途径不同外，我们看不出爱情应有的光彩。李渔所关心的是人物遭际的过程，那些动人心弦的人类情愫，则与李渔无缘。因而，文学中的李渔似乎不懂得情感是磨洗文学光辉的利器，缺乏对现实生活和人类情感的终极关怀，他的作品也同时缺乏它应有的感染力。

文学中的李渔无论如何也摆脱不了一副郎中的面目，他的那套话语体系和思维方式始终与传统医学保持着藕断丝连的关系。在《闲情偶寄·颐养部》开首李渔说："有怪此卷以颐养命名，而觅一丹方不得者，予以空疏谢之。"对那些处方式的著作，李渔称之为"庸人之书"，似有轻蔑之意。但在后面，他开出了自己一系列的颐养之方，并自称为"笠翁本草"。因此，尽管李渔抛弃了方书之琐碎，单讲颐养之理，然医学诊病疗病的思维惯性仍然是他思考问题的基本出发点。比如《无声戏·丑郎君偏得艳》开首即讲：

> 单说世上姻缘一事，错配者多，使人不能无恨。这种恨，与别的心事不同。别的心事，可以说得出，医得好，惟有这种心事，叫作哑子愁终身病，是说不出、医不好的。

作者在构思篇章之初，是把姻缘错配当作一种病来诊断的。在他看来，创作等同于疗病，作者要拿出具体的治疗办法和用药处方，而经验和见解就会成为他努力解说的对象。受此影响，李渔创作常常有极强的功利目的。《合影楼》是要"替才子佳人辟出一条相思路来"，《夺锦楼》即要与"世上嫁错的女儿伸一口气"，《归正楼》则是"说一个浪子回头，后来登了道岸，与世界不肖子做个榜样"。诸如此类，李渔是在有明确的目的下开始他的故事讲解的，而最终都会有一个李渔式的"笠翁本草"出笼，使读者、观众获得一种经验层次的满足。于是，李渔小说的行文便分为明显的两个部分。开首多是从自身的经验和见闻出发，拈出一二"病例"，作一篇较长的楔子式的入话议论文字，是要在叙述之初先在胸中酝酿一种套数，即要"揭其病症，考其所由，以求得疗治之法"。然后便依样画葫芦，敷衍出一段故事来印证所言之正确。作者不时插入议论文字，这与早期活本入话简洁形象、故事叙述中较少作者插话议论有着明显的区别。即使是代言性的戏剧作品，也时时能读到李渔的人生经验，李渔式的处理问题的方式。因此，李渔作品作者的介入远远超过了传统话本，作者不时中断叙述插入议论，或借人物之口表达自己的人生经验和知识见解，一篇作品往往传达了李渔的某种或某些观念，正面人物又往往着上了较为浓重的李渔的面孔，这便导致了李渔作品的先天性不足：由于执着于经验传授和观念推介，缺乏充盈的感情投入，缺乏对人物命运的道义关怀；忽视作品环境的构建，忽视人物性格与环境的动态关系；不注重人物个性间的区别，人物形象单调平板；叙事语言和人物语言多是一副李渔的腔调，人物语言的个性化明显不足。这些都与李渔本人的个性有关，而所有这些创作弊端，都与对李渔成长过程构成很大影响的医学家教有着脱不开的联系。

第三节　李渔的劝惩与小说之地位

生活中的李渔可以算得上是一个悲剧性人物，然而，正是这种悲剧造就了李渔文学的喜剧，造就了李渔文学的独特景观。受作者上述处境与心态的影响和制约，李渔的创作，就是他的现实心态的文学表现，显示出强烈的自我色彩。

首先，李渔的劝惩以他的颐养哲学为核心，开创颐养劝惩之先例。

《三言》《二拍》开启文人话本小说教化的传统。他要求小说要建立在"忠孝节义"之上，"不害于风化，不谬于圣贤，不戾于诗书经史"，其后，《型世言》《西湖二集》《醉醒石》等登峰造极，被鲁迅称之为"诰诫连篇，喧而夺主"。

明之中晚期，一方面政治统治相对稳定，社会经济异常繁荣；另一方面，相对平静的表面下又蕴藏着极为复杂的矛盾，王朝危机重重。此时文人们的劝惩，基本属于道德范畴。其内容要么纯粹宣扬儒家道德伦理，要么是将忠奸、善恶、贞淫等观念与因果报应和轮回观念杂糅在一起。劝惩对象有男性，但更多的是女性，要求女性自觉地将自己的行为纳入到"三从四德"的礼教范围内。

明清鼎革之际，民族矛盾、社会矛盾变得极其尖锐，文人的劝惩意识也就变得十分强烈。忠孝节义便成为劝惩的主流。如薇园主人的《清夜钟》"将以鸣忠孝之铎，唤醒奸回；振贤哲之铃，惊回顽薄"；笔炼阁主人撰《五色石》以补"天道之阙"；酌元亭主人的小说命名《照世杯》。他们发出的"救世"、"补天"呐喊，是对家国命运的关注、对现实的忧虑，表现出文人作家以天下为己任的强烈社会责任感，成为这个时期文人劝惩的主流。

李渔身处易代之际，他的小说的劝惩色彩自然也很鲜明，但他的劝惩与同时代人相较，却有着质的不同，既不是纯粹的忠孝节义，也不是传统的因果报应。他开创了一个全新的劝惩类别——即以医学和养生学为核心的、以生存与快乐为内容的劝惩理论。就是李渔在《闲情偶寄》中所命名以"颐养"哲学为核心的劝惩。

李渔虽也说过文学作品"无益于劝惩……亦终不传",甚至说过他的创作"不过借三寸枯管,为圣天子粉饰太平;揭一片婆心,效老道人木铎里巷",但他并没以此作为劝惩的唯一内容。他强调小说的教育功能,但其目的并不是为道德而道德,而是为世人提供能立足于现实,最大限度地摆脱精神痛苦、求得平和快乐的经验。换言之,李渔不从哲学与道德的终极意义上去评判人与社会,而是以一个普通文人或者是养生家的视角去理解、去观照普通人的人生。他奉行的是生活哲学,是一种以颐养观念为基础的让人生存并快乐的哲学。他所关注的重心不是国家和社会,而更多的是作为个体的人的本身。他悬壶济世,为社会各阶层的人开列"处方",在作者看来,就是济世救人的良方。

这种观念的形成,自然与他从小对医学和养生学的熟悉有关。然而在易代之际,以小说医国医人的观念却并非是李渔的独创。在明末清初的文人中,本就流行着一种以小说救国医世的观念。《鸳鸯针》序者独醒道人就明确提出了"医王活国"主张。他说:

> 医王话国,先工针砭,后理汤剂。迨针砭失传,汤剂始得自专为功。然汤剂灌输肺腑,针砭攻刺膏肓。世未有不知膏肓之愈于肺腑也。……道人不惜和盘托出,痛下顶门毒棒。此针非彼针,其救度一也。使世知千针万针,针针相投;一针两针,针针见血。上拔梯缘,下焚数宅,二童子环而向泣,斯世其有瘳乎?

把小说看成是医国的武器,小说家就是医国手,这在当时是一种非常流行的主张。鼎革之变,文人祭起医国的大旗,以小说为武器,为时代把脉诊病。无论是《清夜钟》"将以忠孝之铎,唤醒奸回;振贤哲之铃,惊回顽薄。"① 还是《鸳鸯针》对症下药、"痛下顶门毒棒",都表现作者拯世救国的急切用心。他们劝惩的对象是以士大夫以及以士大夫为主的官僚们。以清官良吏用以劝善,以贪酷叛逆明示惩恶。但是,他们的劝惩基本上属于道德劝惩的范畴,也未跳出善恶报应的窠臼。

---

① 丁锡根:《中国历代小说序跋集》,人民文学出版社 1996 年版,第 809 页。

作为同时代的小说家，李渔的劝惩志不在医国，而重在医人，医人又重在医心。李渔小说所写，都不是古板枯燥的道德说教，而是新鲜活泼的生活哲学。他从人的本体，从实际生活出发，挖掘生命的价值与生活的意义，所涉及的题材多是发生在普通人身边的事，诸如命相、财产、子嗣、妻妾、戒赌、戒嫖、齐家、防嫌以及为人之道、修身之理，等等，他常常道人之所不能道，让人耳目一新。仅举几例。如《丑郎君怕娇偏得艳》写丑陋的阙里侯和三房漂亮妻子之间的滑稽可笑的故事。其立意无非是劝才貌双全的女子，即使嫁个丑陋丈夫，也要认命。并又如《夺锦楼》，为女儿许亲，夫妻各不相让，不得已告上公堂，刑尊设锦标，张告招亲，才子佳人，终成佳配。故事看似才子佳人小说，但李渔所要告诉人们的是一种齐家之法。告诫做父母的要"慎之于始，不变之于终"，以防空惹"讼端"。而且公然说天下有不是的父母。作者目的"单为乱许婚姻，不顾儿女终身者作"。再如《合影楼》中所发的议论："从来的家法，只能痼形，不能痼影。""不痴不聋，难做家翁"等，皆是在教导为家长的如何顺势而为，不要耽误子女青春。这些言论，接地气，合实情，使人乐于接受。其实，这些道理大都来自于他的"心学"，来自于他的颐养哲学。在这个意义上，李渔的劝惩其实已超越了纯粹道德劝惩的局限，化解了一般士子的道德偏执。

可以看出，李渔的劝惩具有鲜明的目的性，是针对性极强的处方式劝惩。他的"入话"和"正话"所叙述的故事只是这种劝惩意图的形象化图释，显示出作者极强的叙事干预意识。于是，我们看到的李渔小说，他的情节、结构、人物都服务于劝惩目标，尽管他会用喜剧惯有的误会巧合，离奇的情节、违反常理的夸张，来增加故事的可读性，但最终目的是推销他的颐养哲学。李渔劝惩的执着本身并不具有什么崇高的道德目的，只是将自己人生经验与自我形象戏剧化、具象化，作者的主观意识的过分介入在一定程度上消解了小说的生动性和感染力。就此而言，他的劝惩和同时代以及前此的小说有了明显的区别，这正是李渔小说最独特之处。

杜濬在《连城璧》第三回评语赞叹李渔"稗官真医国手也"，难免溢美之嫌。事实上，医国是对儒士社会责任的高度肯定，李渔实难相称。儒家赋予儒生很大的社会责任，它讲修身，但指向还是为公，为"治国平天下"。不可否认，李渔在诗文中也表现出一些儒生的色彩，比如对"恢复"的期待和治世的向往，但在小说中却逐渐稀释了儒士的责任，端起医养家面孔，循循善诱，不厌其烦地教人如何治病、疗妒、齐家，如何快乐与长寿。与同时代其他小说家相比，李渔对鼎革时期的家国存亡、华夷之辨、忠孝节义的关注与思考相对弱得多。因此李渔小说的境界并未上升到医国层次，他的小说志不在医国，而在医人，这既是他未食明禄、士品低下的正常视域，也是家庭医养文化的惯性思维。从这个意义上看，李渔这种小说可谓之颐养家小说。

其次，李渔以戏剧为小说，开创了文人系列轻喜剧小说之先河。

鲁迅先生在《中国小说史略》当中所讲："俗文之兴，当由二端，一为娱心，二为劝善。"宋元以后，直到明代中叶，白话小说在思想指向上确实呈现这两个追求，随着小说从勾栏瓦肆到案头阅读，逐步脱离讲唱文学走向文人创作，小说的文人化特征越来越明显，从内容到形式都呈现出异彩纷呈个性化特征。李渔小说基于其明确的商业追求，在娱己与娱人方面，更多地趋向后者，显示出鲜明的娱人特点。他的劝善亦逸出了传统儒士的"理之善"而变为养生家之善，即要做"大众慈航"，为普通民众生活开辟一条新的途径。与同时代的其他作家相比，李渔创作逐渐卸掉了儒士对国家、民族、社会大义的沉重的责任，更加贴近市民大众实际生活，这就使得李渔小说具有不可替代的个性化特色。

李渔首次明确提出小说就是无声戏的概念。他以戏剧为小说，主要体现在结构安排与人物设计上。李渔强调戏剧结构要集中，"只为一人所设"、"只为一事所设"。其剧本也具有结构紧凑的特点：人物不多，重点写一两个人，即如传奇中的生旦；情节也不复杂，集中写一件事。这是戏剧创作与戏剧演出经验给他的启迪。但值得注意的是，由于其娱人的创作动机以及养生劝善的目的，李渔小说既不像沉痛反思儒林悲剧、具有严肃社会责任的讽刺喜剧《儒林外史》，也非集生活笑料于一炉的幽默喜剧《西游记》，而是一种在二者之间，由误会、巧合、夸张等因素编织的生活轻喜剧。其主人公往往都是好人，与现实生活中的人物接近。他们有缺点，但这些缺点说不上丑陋，也有可笑的一面。他们往往也有可悲的一面，但这并不完全是他们的错。人们在嘲笑他们时，往往也会有一种沉重的感觉。这些人物的性格不像喜剧中那样夸张、变形，但与喜剧相比，其讽刺意味更为含蓄。李渔小说不具备传统小说的诗性美和抒情特征，是一种没有崇高道德目的和社会责任感的，以娱人为目的的雅俗共赏的生活轻喜剧。

再次，李渔还是文人系列经验小说之开创者。由于过于执着地推销自己的生活哲学和养生经验，李渔小说充满了自我的色彩，他的作品中的主要人物，多沾染上了生活中的李渔的印痕。由多篇作品系统展现自己的处世哲学和人生经验，这在之前是没有的。如前所言，由于家庭文化和早期经验的模塑，李渔创作排斥极端性情感的介入，既少肯定性情感，亦无否定性情感的掺入，表现为一种超然达观、善于节制的理性，其实这正是李渔性格中应有之物，是从小家庭文化赋予他的一种品格。

最后，李渔小说以新为美，崇尚技巧。李渔是文人小说商业性追求最为赤裸的作家。受到戏剧演出和舞台结构的规范，他的小说往往不是宏大背景下的叙事，而更多的是庭院式的故事结构，但李渔的庭院式结构设计和传统小说里的庭院式结构又有不同。在李渔的结构框架里，已不是传统小说里常见的闺阁和花园。《十二楼》十二个故事，大多出于李渔自己的构思，而不是引用别人素材。楼是整个故事结构的背景，主人公也不再全是才子佳人，小说的描述不再局限于男女之情，诸如夫妇之义、朋友之信、邻里之睦、齐家之理甚至是同性之恋等素材，皆可作为题材。小说以一个连续的时间域，集中描写故事的产生，以及在产生、发展过程中与家庭、社会、文化、传统的冲突和抗争、欢笑和泪水，从而表达出作者的人生经验和审美抉择，作者的刻意求新和匠心独造在此可见一斑。

第四章　李渔政治观念及其他

李渔不以思想擅长，他的学说缺乏哲学家应有的思想深度和思辨能力，但他在养生观念、医学见解、园林美学、性观念与性道德以及文学观念等方面闪现的思想的吉光片羽，构成了一个丰富多彩而又复杂多变的李渔观念世界。在这个世界中，既有刻意张扬的创新，又不乏陈词旧调的重弹，新旧思想被李渔如此奇特地扭结在一起。比如在政治倾向上，鼎革之后的李渔，既有对清政府的抵触与反感，又有近乎肉麻的歌颂。在性观念与性道德上，李渔一方面风流好色，对于男女之事，一生津津乐道，毫不忌讳；另一方面又侈谈风教，以卫道者自居。对于女性，既充分理解女性的性要求，鼓吹男女平等；又宣扬妇女守节，如此矛盾的观念却在李渔身上得到了整合与统一，李渔观念的这种特征在明末清初的文人中颇具特殊性。探究李渔诸种观念的特征及其形成途径，就成为李渔研究中一项至为关键的问题，但本章并不想面面俱到，只就其中几个学界尚未谈到或者尚有争议的论题展开讨论。

第一节　李渔的政治态度

在李渔人生道路中，明末清初的鼎革之变作为那个时期最重要的历史事件，对他的人生选择、政治立场、生活态度甚至是性格构成都产生了深远的影响，勾勒李渔政治态度演变的过程将有助于全面深入地认识李渔。

甲申、乙酉之变，明清之际的文人士大夫都经历了一场心灵的沉重考验。在政治态度上，其爱憎、出处、忠心与背叛都处在激烈的矛盾斗争中。士大夫们或抗争以至于死，或隐居不予合作，或投诚以效忠新朝，或甘心以做顺民。战乱使士大夫殊途异辙，各自走上了不同的人生之路。

　　崇祯十七年（顺治元年）甲申（1644），李自成乱起，李渔刚过而立之年，这时的李渔颇富慷慨任侠之气。丁澎《笠翁诗集序》作于康熙十七年戊午，忆及顺治初的李渔，有言曰："予与李渔交最久，顺治初即识于婺州，谈说时务，欢然无所忤。时李渔年方少壮，为任侠，意气倾其座人。"对此有论者曰："李渔此时的慷慨任侠，或许染有明季士人尚义气、好大言的积习，未必切于世用。"①但应该注意的是，在国家民族存亡之际，这种慷慨任侠之气在青年士大夫中是一种常态表现。李渔此时正值盛年，尚义气、好大言似更多地与时局现状、性格年龄有关，而与晚明习气关系并不紧密。至于是否切于世用，不是我们讨论的范畴。丁澎在婺州初识李渔，他的印象应该大致符合李渔当时的情况，不会有很大的夸饰成分。从李渔现存的早期诗文来看，丁之所言基本准确。

　　目前，研究者已经注意到李渔在国变之际那些慷慨任侠的诗篇，列出的诗篇主要有《吴钩行》《古从军别》《赠侠少年》《乱后无家暂入许司马幕》《婺城乱后感怀》等，以此证明李渔在鼎革之际的政治态度。但事实上，这些诗并不是为同一事件而发，也不是在同一时间段内所作。仔细区别这些诗的产生时间及意义对了解李渔国变前后的政治态度很有价值。先看五古《古从军别》：

　　　　丈夫亦有泪，但不洒儿女。儿女亦有情，独不阻义举。从军非浪游，言雪君父耻。气以理直壮，守为道善死。妾虽巾帼儿，窃听师儒语。人生学何事，忠孝而已矣。二者不可兼，愿言代君子。君行力功名，妾居力甘旨。忠孝自此分，归期勿复拟。

　　细玩诗意，诗中之妾支持丈夫的"义举"，支持丈夫从军"言雪君父耻"。面对突如其来的战争，这位女子首先想到的是师儒的教诲："人生学何事？忠孝而已矣。"支持丈夫为国为君效忠。此诗既为拟作，诗里所言就可能不是确指。但"君父耻"似不能浪言，应该是实有所指。联系当时情况，所指事件有两种可能，一是崇祯后期的明朝接连不断的辽东败绩；二是甲申之乱、崇祯煤山自杀。而前一种可能更大。因为从《一家

---

　　① 黄果泉：《雅俗之间》，中国社会科学出版社2005年版，第110页。

言》的编年次序来看，《古从军别》上承《问病答》，下远接《甲申纪乱》，而《问病答》，单锦珩撰《李渔年谱》① 认为明显作于崇祯十四年辛巳（1641）之前，《古从军别》所作时应该也在此前后，至迟也在甲申之前。《单谱》并未给《古从军别》编年，因为其确未有明确编年的痕迹。这样看来，《古从军别》就极有可能作于崇祯甲申之前。这个时期，李渔为诸生，忙于应举。国家屡遭外侮内乱，朝野不安，作者借此抒发自己甘愿从军，实现忠君报国的志向，当符合其实际情况。李渔诗中张扬为忠为孝的儒家道德理念，充满了慷慨任侠之气。七言律《赠侠少年》创作时间则更早。《单谱》认为应在崇祯十四年之前：

> 生来骨格称头颅，未出须眉已丈夫。九死时拼三尺剑，千金来自一声卢。歌声不屑弹长铗，世事惟堪击唾壶。结客四方知已遍，相逢先问有仇无？

类似的还有七绝《少年行》："睚眦相争过便休，相逢仍上酒家楼。宝刀不肯轻尝试，留报人间二大仇。"这些诗实唐人《少年行》之流亚，抒发少年轻财好侠、睚眦必报的豪爽气概。李渔的《交友箴》曰："譬遇非其主，岂敢自称臣。郑重父母字，不敢呼他人。"表达了谨慎择友、忠孝两全的观念。这些诗从内容及其编年位置来看，应属于李渔的早期诗篇。

《甲申纪乱》之后，李渔尚有写豪侠的诗作，如《赠郭去疑》《胡上舍以金赠我报之以言》《戏赠曹冠五》等诗。然此时的李渔已今非昔比，遭逢丧乱，李渔虽尚有脱不去的游侠情结，但对游侠豪气又有了新的认识。如《赠郭去疑》诗曰："长安贵游侠，尔独持清狂"，"借伪全吾真，庶几两无怨"，"我闻此谠论，不觉心神怡"。在游侠与清狂之间，李渔何以更肯定郭的清狂？其原因是世事变了，"自言今世情，所忌惟冰霜"。另外，国变之后，李渔几近赤贫，诗中多有对那些裘马翩翩的公子和侠士的礼赞，无非他们都慷慨好施、以结贫交而已。如《戏赠曹冠五》：

---

① 单锦珩：《李渔年谱》，《李渔全集》第 12 卷，浙江古籍出版社 1998 年版。

> 絷尔道上马，解尔杖头钱。索饮不辞醉，为尔绕腰缠。尔非公子行，羁马何翩翩。呼卢凭一掷，博取黄金千。长安游侠儿，睥睨目明瞪。结徒思报复。岌岌囊中膻。劝尔弃如土，日偕饮中仙。酒池而肉林，各拥倾城眠。金尽自无虞，忌者争相怜。谈笑而解纷，德予鲁仲连。

可以看出，李渔此时对游侠的关注的兴趣，已不在对君父国家的忠孝上面，而在于游侠的轻财乐施的属性，在于游侠是否能够扶危济困、接济像他这样的贫士。此时作为贫士的李渔，已经渐渐消失了以往的誓"雪君父仇"的豪侠志气，变得极为现实。他要做鲁仲连，为人消难解纷。他劝曹饮酒享乐，弃金如土，散尽财产。如此看来，李渔此时的"散财"主张已渐渐远离了早期豪侠诗中的"轻财仗义"之内容，使人很容易与李渔的贫穷联系起来，这不仅成为他后来颐养哲学中"劝富人分财"主张的先声，而且也是李渔人生哲学中自我色彩的初步显露。李渔此诗虽是戏言，然字里行间仍然掩饰不住当时他的困境和苦衷。

从当初的豪侠义气到后来实际实用，李渔的思想发生了很大的转变。其转折点应该是甲申、乙酉之变，或者说是战乱与弃举的耦合。

崇祯十六年癸未（1643），李渔三十三岁，他准备再度应乡试时，中途闻警折回，作有五律《应试中途闻警归》，其中有句"诗书逢丧乱，耕钓俟升平"、"中流徒击楫，何计可澄清"。李渔认为自己空怀壮志，但无力澄清天下，只有隐居避难以待升平。诗中透露出的悲愤和无奈，仍不乏儒生的治平之情怀。《甲申纪乱》则是直接记述甲申之乱的诗篇。

> 昔见杜甫诗，多纪乱离事。感愤杂悲凄，令人减幽思。穷谓言者过，岂其遂如是。及我遭兵戎，抢攘尽奇致。犹觉杜诗略，十不及三四。请为杜拾遗，再补十之二。有诗不忍尽，恐为仁者忌。初闻鼓鼙喧，避难若尝试。尽日偶然尔，须臾即平治。岂知天未厌，烽火日似炽。贼多请益兵，兵多适增厉。兵去贼复来，贼来兵不至。兵括贼所遗，贼享兵之利。如其吝不与，肝脑悉涂地。纷纷弃家逃，只期少所累。伯道庆无儿，向平憾有嗣。国色委菜佣，黄金归溷厕。入山恐不深，愈深愈多祟。内有绿林豪，外有黄巾辈。表里俱受攻，伤腹更伤

背。又虑官兵入，壶浆多所费。贼心犹易厌，兵志更难遂。乱世遇崔
苻，其道利用讳。可怜山中人，刻刻友魑魅。饥寒死素封，忧愁老童
稚。人生贵逢时，世瑞人即瑞。既为乱世民，蜉蝣即同类。难民徒纷
纷，天道胡可避！

此诗仿杜甫五言诗，记述当时的战乱和自己的感受。作者将官兵与盗
贼、土匪同视，将他们对百姓大众的交相残害刻画得入木三分。诗中充满
了诗人对受难的民众的极其真实深切的悲悯之情。在这场战乱中，李渔不
只是一个观察者、记录者，同时也是受害者，在战乱中东躲西藏、辗转挣
扎，历经饥寒困危，备尝忧患。人们从他的诗篇中，可以清楚地看到伤时
忧民的情怀，故吴修蟾评为："痛愤不堪再读！"

然需要指出的是，"忧国"和"忧民"历来是儒者在战乱时的高尚情
怀，但在具体的个人身上，有时就很难兼顾。杜甫就有着这种执着，"葵
藿倾太阳，物性固难夺"。① 他不管穷达，都要"致君尧舜"、"忧民爱物"
以天下为念，成为令后世景仰的楷模。而李渔态度明显地趋向于后者。在
李渔的心中，对被战争伤害的民众的同情远胜于对君主国家的忧虑。他对
官军无休止的占有与索取颇为气愤，视之与绿林豪、黄巾辈为同类，认为
三者都是戕害人民的盗贼，这里就有着明显的政治取舍。他说："人生贵
逢时，世瑞人即瑞。"这里的"世瑞"只是一个太平盛世的泛泛概念，并
未指向哪个具体的朝代。与杜甫相比，李渔更倾向于"忧民"的一面，
即关注战乱中"蜉蝣即同类"的芸芸众生，体现了儒家思想民本关怀的
一面。《甲申纪乱》里淡化了前期报国从军誓雪君父耻的古道热肠，淡化
了杜甫致君尧舜的政治志向，而以极大的同情给予战乱中的民众。简言
之，就是忧民胜于忧国。

但这并不是说李渔已彻底忘掉了儒生的责任，对君父国家漠不关心。
如果说《甲申纪乱》写的是内乱时李渔的政治态度，那么随之而来的满
清入关而出现的"华夷之辨"则进一步考验着李渔的爱国情感和民族感
情。国变之际李渔对入关的满清政权如何看待？他的政治态度如何？李渔
当时没有留下多少可资征引的言论，后来在诗文中谈到过，但时过境迁，

① 杜甫：《自京赴奉先县咏怀五百字》。

那些言论已不能作为考察李渔当时政治态度的主要依据。如此，李渔当时的诗文就显得非常重要。这时期李渔作七古《避兵行》、五律《乙酉除夕》、七律《乱后无家暂入许司马幕》及《婺城乱后感怀》五言律、七律各一首，五律《丙戌除夜》、七古《婺城行·吊胡中衍中翰》、五律《挽季海涛先生》等。这些诗作无疑是了解李渔当时的状况与心态的最直接和最真实的资料。

顺治二年（1645）乙酉，五月，清兵屠扬州，下江南；六月，清兵入杭州。明各镇溃兵骚扰浙东。同时明总兵方国安与金华总督朱大典有隙，率兵攻金华。这时的浙西，鼙鼓四起，马乱兵荒。李渔率家四处躲避。《避兵行》记录了当时的状况：

> 八幅裙拖改作囊，朝朝暮暮裹糇粮。只待一声鼙鼓近，全家尽陟山之岗。新时戎马不如故，搜山熟识桃源路。始信秦时法网宽，尚有先民容足处。我欲梯云避上天，晴空漠漠迷烽烟。上帝迩来亦好杀，不然见此胡茫然。……下地上天路俱绝，舍身取义心才决。不如坐待千年劫，自凭三尺英雄铁。先刃山妻后刃妾，衔须伏剑名犹烈。伤哉民数厄阳九，天不自持地亦朽。太平岁月渺难期，莫恃中山千日酒。

此诗题下注为："乙酉岁各镇溃兵骚浙东时作。"面对明朝的溃兵的骚扰，李渔携家逃难，东躲西藏，一直处于惊恐焦虑之中。由于这些明朝溃兵和贼寇对这里的地形很熟悉，使得李渔感到"下地上天路俱绝"。于是决心"舍身取义"，"先刃山妻后刃妾，衔须伏剑名犹烈"。这里"舍身取义"之"义"为何物？是在溃兵流寇的骚扰中保一己之清白，而不至于降志辱身，还是对即将来到的清政权的不满所生发的君臣大义呢？答案当然是后者。乙酉之际明朝许多士大夫行为可以作为最直接的诠释。他们舍生取义，或自杀身亡，或全家赴难。所谓"衔须伏剑名犹烈"，正是指此。在外族入侵、国家危亡的时节，士大夫的志节声名才显得非常重要，这也可以从他后来的诗文中找到旁证。顺治三年丙戌（1864）清兵破金华，李渔有《婺城行·吊胡中衍中翰》中有"婺城攻陷西南角，三日人头如雨落"，"轻则鸿毛重泰山，志士谁能不沟壑"，"既喜君能殉国难，复喜君能死知己"。又《挽季海涛先生》云："服官无冷热，大节总宜坚。

师道真堪表，臣心不愧毡。"《乙酉除夕》有"忠魂随处有，乡曲不须儙"之语。这里既有对清兵的暴行愤懑，又有对殉国大节的激赏，这就是李渔"舍身取义"的真实含义。

但李渔并没有这样做，他未食明禄，没有在君臣大义的道德防线的风口浪尖上，没有必要担当志节有亏的罪名。但作为儒生，他并未丢失君臣大义的道德理念。不能殉身为国，只能转而伤时忧民起来。乱后归来，李渔写了一首五言律《婺城乱后感怀》，诗曰："骨中寻故友，灰里认居停。"还有七律《婺城乱后感怀》：

> 荒城极目费长吁，不道重来尚有予。大索旅餐惟麦食，偏租僧舍少蓬居。故交止剩双溪月，幻泡犹存一片墟。有土无民谁播种，孑遗翻为国踌躇。

这些诗里，李渔一直保持着甲申之乱以来的伤时忧民之情怀，对连续不断的战乱的痛恨以及对和平的渴望是如此的强烈。除此之外，"有土无民谁播种，孑遗翻为国踌躇"之叹透露出稍许亡国之恨与故国之思。在这样的时局下，李渔对身家性命的关心远远超出了对明王朝的命运的关心。他最大的是希望战乱早平，过上和平的生活。五律《乙酉除夕》："鼙鼓声方炽，升平且莫歌。天寒烽火热，地少战场多。未卜三春乐，先拼一夜酡。忠魂随处有，乡曲不须儙。"就表现出这样一种期待。

从顺治二年乙酉（1645）到顺治四年丁亥（1647），是李渔民族情感最为复杂激烈的时期，顺治二年五六月，清廷下了剃发令。顺治二年（弘光元年）（1645）六月十五日，清军攻占南京，多尔衮即遣使谕令多铎："各处文武军民尽令剃发，倘有不从，以军法从事。"十五日谕礼部道：

> 向来剃发之制，不即令画一，姑令自便者，欲俟天下大定始行此制耳。今中外一家，君犹父也，民犹子也；父子一体，岂可违异？若不画一，终属二心……自今布告之后，京城内外限旬日，直隶各省地方自部文到日亦限旬日，尽令剃发。遵依者为我国之民，迟疑者同逆

命之寇，必置重罪；若规避惜发，巧辞争辩，决不轻贷。①

剃发令先是在京城实行，后随又扩展至江南，朝野为之震惊，当时的口号是："留头不留发，留发不留头。"剃发令下，江南本来已经归顺的地区又掀起了抗清浪潮。太仓、秀水、昆山、苏州、常熟、吴江、嘉定等广大地区义民纷起，纷纷杀死清军安排的地方官吏，开始了反清复明的抵抗运动。顺治三年六月，清兵破金华，守城总督朱大典自焚。李渔这个时期的诗作中有一些是关于剃发的，如五律《丙戌除夜》：

> 髡尽狂奴发，来耕墓上田。屋留兵燹后，身活战场边。几处烽烟熄？谁家骨肉全？借人聊慰己，且过太平年。

顺治四年，李渔作七绝《剃发》诗二首。其一云：

> 一束匀成几股分，不施膏沐也氤氲。趁伊尚未成霜雪，好去妆台衬绿云。

其二云：

> 晓起初闻茉莉香，指捻几朵缀芬芳。遍寻无复簪花处，一笑揉残委道旁。

五律《丁亥守岁》：

> 著述年来少，应惭没世称。岂无身后句，难向目前誉。骨立已成鹤，头髡已类僧。每逢除夕岁，感慨易为增。

从这些诗中可以看出，在顺治三年六月金华被攻下之前，李渔至迟在顺治二年的除夕已经剃发，当了大清朝的顺民。但此次剃发，李渔实是出

---

① 《清世祖实录》卷17，《清实录》第3册，中华书局1985年版，第151页。

于保全性命的需要，而不是心悦诚服地去接受它。顺治三年之《丙戌除夜》，其中有"髡尽狂奴发，来耕墓上田"之句，表达了对清廷剃发制度的强烈不满。剃发后的第二年的《剃发二首》，则于戏谑与自嘲中显出浓浓的无奈。《丁亥守岁》曰："骨立已成鹤，头髡已类僧。"对剃发的厌弃与憎恨仍很强烈。

顺治四年丁亥（1647），清兵已肃清了浙东福建的残明政权，清朝在江南统治渐趋稳定。此时李渔究竟有没有一点反清情绪呢？这个时期的文字中，李渔除了一些对剃发表示激愤的文字外，尚有一些触及时忌、不敢公开的文字。李渔曾在一些诗中暗示过。前引《丁亥守岁》："著述年来少，应惭没世称。岂无身后句，难向目前誊。"曾暗示他那时有过一些触及时忌的作品。还有《吊书四首》（其三）：

> 心肝尽贮锦囊中，博得咸阳片片红。终夜敲推成梦呓，半生吟弄付飘风。文多骂俗遭天谴，诗岂长城遇火攻。切记从今休落笔，兴来咄咄只书空。

这种"难向目前誊"，"兴来咄咄只书空"表现出的忌讳与无奈，应该是惧怕政治高压的结果，而不是心悦诚服的顺民的做派。联系李渔此时的诗歌所表达的情绪，没有理由认定李渔是在矫情，没有理由否定李渔反清倾向的存在。对明亡清兴，不无遗憾，但有时还似乎透露出一丝对明王朝恢复的期望，《如梦令·慨世》云：

> 逝水滔滔可挽，世事悠悠必返。何故得前知，物极当从势转。不远，不远，眼见冲和气满。

此词具体作于何年尚不清楚，但"逝水"、"世事"云云，指明朝灭亡，当无疑义。李渔从"物极必反"的古代哲学中，预期了明朝的恢复。但时局并非总如他所料。其实，李渔的政治态度呈现出实用多变的特征，而最终的政治取向仍依赖于时局的变化，但随着清王朝统治的进一步稳定，李渔身上的反清倾向渐趋消解了。

需要说明的是，李渔顺治初年的反清倾向并不是仅仅源于王朝的更替，在更深的层次上，还是一种文化上的排斥。王朝更替，对于士大夫来说，其归顺与反抗客观上反映出其道德情操的好坏，然就绝大多数的平民和相当一部分官绅地主来看，改朝换代却很难刺激他们的政治感情。在他们看来，一朝天子一朝臣，谁当皇帝都无所谓。但要改变习俗沿传的汉家衣冠，会使他们产生一种强烈的文化拒斥。在这些国民的意识里，其民族认同感远甚于其对国家的认同感。顺治初年发生的剃发与反剃发的斗争，在表面上看是一场政治斗争，然在更深层次上它实际是一场文化较量。清政府用武力强迫原来的汉族仿效自己而改变原有的服饰衣冠，在汉人看来，这不啻是摧毁其文化，是一种屈服的标识，是一种对人格尊严的侮辱。清初的文人用"髡"或"髡刑"指代清廷的剃发令。这是因为，在中国古代，"髡"即强制剃发是一种刑罚，是对人身体、人格的摧残。如常被人引用的屈大均《长发乞人赞》："哀今之人，谁非刑余，为城旦春，髡也不如。"① 强制剃发确实被看成是一种野蛮的行为，一种对文明的亵渎。另外，对一个文人来说，剃发又是儒者尊严的堕落。孟子曰："身体发肤，受之父母，不得毁伤。"剃发近乎阉割——几乎是一个名节扫地的象征，在某种意义上远甚于身体的死亡。因此，杨廷枢说："杀头事小，剃发事大。"无论官绅还是平民，都不能接受自己在形象上变成野蛮的"夷狄"，在这种保卫汉人传统上，士大夫和平民百姓几乎都表现出惊人的一致性。

李渔剃发诗歌中所透露出的情绪无疑就是这两种情绪的融合。他的反清情绪大多来自于剃发带来的文化和身体上的屈辱，但和明清之际许多士大夫相比，李渔反清倾向并不强烈。李渔剃发诗叙写剃发后的无奈与失落，时而伤感，时而愤怒，但终究属于一种情绪的即时展露，并不能转变为一种恒定的政治态度。明清之际不乏拒绝断发、誓不屈服的士大夫，这些士人在剃发事上表现出激烈的政治情绪，如顾炎武、黄宗羲、王夫之、归庄等遗民。他们或死节，或归隐，或逃僧，不与新朝合作，而更多的士人则迫于饥饿，屈节事清。《不下带编》卷六谈到这一点时说：

① 屈大均：《翁山文外》卷12，清康熙刻本，藏上海图书馆，《续修四库全书》第1412册收录。

仇少宰沧柱尝谓埴曰："少陵之投书京兆，邻于饿死；昌黎之上书宰相，迫于饥饿。两公当时不得已而姑为权宜之计，后世宜量其苦心，不可以宋儒出处，深责唐人也。"少宰此言，两公知己，亦忠厚之旨也。埴按：宋齐丘与人书云："其为诚恳万端，只为饥寒二字。"盖人即品行至高，而饥寒不可忍，古今有同叹耳。①

而李渔本无什么政治情结，又为生存所迫，故一旦时局发生逆转，他的政治态度就可能发生转变。

顺治四年丁亥（1647），李渔三十七岁，回故乡做"识字农"。一直到顺治八年辛卯（1651）。李渔过着避乱隐居的生活。这期间，鲁王政权败走厦门，清朝统治渐趋巩固，明朝已成强弩之末。如果说李渔乡居初期的顺治四年，他尚有一些诗篇表现对剃发的激愤情绪，那么随着时局的稳定，伊山别业的建成，李渔似乎已忘掉了曾有的不满，开始蛰居乡下，倾心品味起田园生活的快乐。此时的李渔写了不少描写伊园和山居之乐的诗文。固然，李渔的这种快乐来自于长期乱离之后难得的宁静以及劫后余生的庆幸，但在这快乐生活的后面，还有静观时局、及时调整自己政治态度和生活状态的一面。后来的事实证明，李渔彻底抛弃了对满清政府的反感，当起了顺民，并且成为一个新朝统治狂热的鼓吹者。

在乡居三年之后，顺治六七年，李渔将伊山别业"悉书所有而归诸他氏"②，移家杭州。虞巍《怜香伴序》有"笠翁携家避地，穷途欲哭。余勉主馆餐"之语，李渔《卖山券》有"兵燹之后，继以凶荒，八口啼饥"之语。可以看出，生存问题确是导致李渔移家杭州的一个重要原因。但是，多年以后，李渔忆及当时的乡居生活，每每生出留恋向往之情。如《闲情偶寄》中说："计我一生，得享列仙之福者，仅有三年。"李渔后来的感受与当时实际状况何以差距如此之大？其中可能的原因是：其一，与城市生活相比，乡居期间简朴疏淡的生活此时更具吸引力。移家杭州之后，李渔"卖赋以糊其口"，以创作来维持其并不简朴的生活，后又经营

---

① 金埴：《不下带编》，《续修四库全书》子部第1262册，第480页。
② 李渔：《卖山券》，《李渔全集》第1卷，浙江古籍出版社1991年版，第128页。

书铺，组建家乐。终其一生，李渔一直奔波于途、惨淡经营、常常处于焦虑困苦之中。时过境迁，乡居三年生活自然隐去的是痛苦，而留下的是舒适美好的回忆。其二，李渔移家杭州，其实也有急于享乐、不肯终老山中的因素存在，而城市繁华生活无疑具有极大的吸引力。《治圃》诗说："老农不可为，圃事尚堪娱。宁为夫子薄，吾愿学樊须。"① 顺治八年元旦，李渔作《辛卯元日》，透露出这种心愿：

> 又从今日始，追逐少年场。过岁诸逋缓，行春百事忙。易衣游舞榭，借马系垂杨。肯为贫如洗，翻然失去狂。

此年，李渔四十一岁，明鲁王被逼走厦门。战乱已平，清朝统治大局已定，隐居乡下的李渔开始出山。此时，他最关注的是怎样找到途径，以过上一种富裕而又体面的生活。因此，所谓"华夷之辨"之民族意识以及"忠君报国"的家国意识在性命和安乐面前显得十分的轻微，政治上的衡量几乎已退出了他的思考领域。于是，他最终选择了操觚染翰、卖文糊口的谋生之路。可以说，像大多数国人一样，李渔此时并不时刻以家国为念，只要生活能够安逸，谁掌政权对他来说并不重要。李渔此时已经默认了清朝的统治，做起了大清的顺民。山居生活固然美好，但远远不能满足他的享乐追求，所以，一旦时局稳定，他就忍不住寂寞而重返城市。明朝遗民们那种由于明朝灭亡而表现出的寂灭感和负罪意识，在李渔的身上很少看到。从顺治八年一直到康熙十二年三藩乱起，李渔涉及政治的文字非常少见。②

康熙十二年癸丑（1672），平西王吴三桂反，三藩之乱开始。李渔此时有诗文记载此事。三藩之乱虽然是清王朝的一次内乱，但它又是一次满汉之间的政治军事斗争。在平静多年之后，三藩的倒戈使当时许多汉族士大夫重又燃起了排满黜异、恢复故明的希望。而在李渔，这些诗文中却找

---

① 李渔：《治圃》，《李渔全集》第1卷，浙江古籍出版社1991年版，第67页。
② 顺治十六年（1660），李渔纂辑《古今史略》告成，其自序云："今日《史略》，然略于古不敢略于今，而尤不敢略于熹、怀二庙。盖以历代有史而明无史，怀帝以前尚有《通纪》可考，而熹庙以后遂无书可读故也。"此举常被认为是李渔怀念明朝的证据。但在笔者看来，李渔此举，既有拾遗补阙的写史惯性，也不能排除其求新求异的商业目的。

不到一点排满情绪。如《督师尚书李邺园先生靖逆凯歌》二十首：[①]

其十二：

> 首级累累动满千，不竿惟向树头悬。旧红未褪新红继，权当花开日日鲜。

其十六：

> 战马归来竹马迎，讴歌声杂凯歌声。金瓯不缺天重造，麟阁何人拟姓名？

其十八：

> 忧国丹心不厌长，我疆虽靖虑他疆。中原尺寸皆王土，肯使神州缺一方？

七律《赠郑辅庵协镇》：

> 将星晦处鲸鲵见，公道浅时理乱分。闲却人间真颇牧，只今谁与靖妖氛。[②]

七律《赠叶修卜使君》：

> 移忠作孝事希闻，彩服承欢赖有君。为念白头成瑞雪，暂抛紫绶作浮云。双凫到处讴歌起，一鹤归来治乱分，不使高堂逢此际，倚门终日虑狂氛。[③]

---

① 李渔：《笠翁诗集》卷3，《李渔全集》第2卷，浙江古籍出版社1991年版，第355—399页。

② 同上书，第226页。

③ 李渔：《笠翁诗集》卷2，《李渔全集》第2卷，浙江古籍出版社1991年版，第228页。

　　从这些诗文中，李渔对三藩之乱所表现出来的态度极为明确，视之为"狂氛"、"妖氛"，褒扬那些平定叛乱而立下军功的将士，承认并维护清王朝"王土"统一。此外，李渔涉及三藩之乱的作品还有《制师尚书李邺园先生靖逆凯歌序》、《祭福建靖难巡海道陈大来先生文》、七古《军兴三异歌为督师李邺园先生作》等。这些作品显示，李渔此时已没有了当初"华夷之辨"所带来的困惑和不满，心悦诚服地做了清王朝的顺民，并且成为清朝统治的狂热拥护者。如《督师尚书李邺园先生靖逆凯歌》是对靖逆战争中立下赫赫军功李将军的赞扬，但其中对其大开杀戮、将叛贼悬首枝头示众的景象的赞赏态度（其十二），使人感到李渔已彻底地站到清廷的立场上了。那些挂在树枝上的头颅都是三藩的汉族士兵和一同起事的普通的民众，他却有近乎残忍的描述："旧红未褪新红继，权当花开日日鲜。"这不能不让人产生怀疑，李渔极端谄媚的颂辞中，其人性扭曲和残忍何至于如此？他早期的那种忧民爱物的情怀究竟哪里去了？其实，李渔的这种政治态度并不是三藩之乱时才有的。康熙十一年壬子（1672），李渔客居汉阳半载，作诗文很多，其中《汉阳树》可见鼎革之际他对李闯、明朝、清朝的态度：

　　　　我读崔灏诗，即思汉阳树。及登黄鹤楼，极目无寻处。寻其所以然，曰斩同明祚。贼兵骚黎首，有足无所措。逃者归山林。死者充冥数。焉得采樵子，供爨给匕箸。……明君死逆闯，国祀同朝露。宫阙既已灾，城廓亦非故。安用登眺资，犹然备诗赋。不如假贼手，尽伐无所顾。兴朝既鼎革，江山若重铸。①

　　此诗借景抒怀，实是李渔对明清易代历史的一个全面的总结。诗中说："明君死逆闯，国祀同朝露。"李闯为贼寇，明朝灭亡于逆闯，是李渔对明清易代基本史实的认定。他还认为，明朝灭亡乃国运使然。"寻其所以然，曰斩同明祚"，清王朝的出现，似乎也是运之使然，"兴朝既鼎革，江山若重铸"。此时李渔虽对明王朝不无留恋，但已没有了顺治初年对满清王朝的排斥感。他承认清王朝的合法地位，承认朝代更替是不可改

---

　　① 李渔：《笠翁诗集》卷2，《李渔全集》第2卷，浙江古籍出版社1991年版，第17页。

变的历史规律。这应该是李渔在经历甲申、乙酉乱后才形成的政治见解和王朝更替史观。这种观念,李渔终其一生未有改变。

然也应该看到,李渔后期的政治观中明显存有一种机会主义的成分,他奉行的是一种以自我为中心的实用主义哲学。比如其《严陵纪事》八首其七:"未能免俗辍耕锄,身隐重教子读书。山水有灵应笑我,老来颜面厚于初。"① 坦露出自己的矛盾心态。但又说:"晋风偷薄,凡为七类者,只知得禄之为荣,不念失身之可耻,当(桓)元受禅之日,蛇行鼠伏于其庭者,不知凡几。"② 嘲笑那些晚节不保、失身于新朝的官吏,但在小说诗文中却又大肆颂扬满清王朝的统治。在现实生活中,他既与明遗民杜濬、毛先舒、陆圻、孙治、胡彦远、沈亮臣、余怀、包璿等遗民交好,又与钱谦益、龚鼎孳、吴伟业、张缙彦等降清的"贰臣"来往。龚鼎孳死后,李渔作诗悼念,诗云:

> 天心爱道君崇儒,不应遽死龚尚书。天下斯文望标的,撤此坛坫胡为乎?虞山捐馆太仓殁,天下斯文丧其七。仅余三分在合肥,奎星犹耀江南北。泰山今日忽焉颓,此道中原多寂寂。公历天衢四十年,不止为民解倒悬。在在少陵开广厦,庇尽寒士无远遭。俸钱不足继以货,日积月累成逋仙。③

龚曾对李渔有援手之恩,诗中对龚的赞许,并非全为溢美之词,也有李渔的真情流露。这些看上去非常矛盾而又荒唐的观念,其实在当时是很有市场的。对于这种现象,陈寅恪先生曾有论述:

> 纵览史乘,凡士大夫阶级之转移升降,往往与道德标准及社会风尚之变迁有关。当其新旧蜕嬗之间际,常呈一纷纭综错之情态,即新道德标准与旧道德标准,新社会风习与旧社会风习并存杂用。各是其

---

① 李渔:《笠翁诗集》卷2,《李渔全集》第2卷,浙江古籍出版社1991年版,第370页。
② 李渔:《论桓玄伪旌隐士》,《笠翁别集》卷1,《李渔全集》第1卷,浙江古籍出版社1991年版,第430页。
③ 李渔:《大宗伯龚芝麓先生挽歌》,《笠翁诗集》卷1,《李渔全集》第2卷,浙江古籍出版社1991年版,第55页。

是，而互非其非也。斯诚亦事实之无可如何者。虽然，值此道德标准社会风习纷乱变易之时，此转移升降之士大夫阶级之人，有贤不肖拙巧之分别，而其贤者拙者，常感受苦痛，终于消灭而后已。其不肖者巧者，则多享受欢乐，往往富贵荣显，身泰名遂。其故何也？由于善利用或不善利用此两种以上不同标准及风习，以应付环境而已。譬如市肆之中，新旧不同之度量衡并存杂用，则其巧作不肖之徒，以长大重之度量衡购入，而以短小轻之度量衡售出。其贤而拙者之所为适与之相反。于是两者得失成败，即决定于是矣。①

　　而李渔则显然属于其所说的"善利用此两种以上不同标准及风习，以应付环境"之人。考察李渔的人生道路可以看出，早期的李渔无疑受到了儒家忠孝节义及侠义意识的影响，当战乱来临之时，他虽然也肯定儒家的大节、抨击战乱、同情百姓，但当战乱危及自己身家性命的时候，李渔则更多的是考虑实际的生存。他对故明政权虽然也有感情，但这种感情并不是始终如一的。此时他将个人的利益置于家国的利益之上，根据自己的切身利益而汲取道德中比较有利的成分，建立自己的实用哲学。因此，李渔的做法在某种程度上背离了传统的儒家道德，他的这种道德实用主义事实上就是一种市民哲学。

　　概言之，李渔的一生的政治态度凡三变：一是明崇祯后期，李渔为诸生，此时正值盛年、血气方刚，所做诗文充满了为忠为孝的儒生情怀和慷慨轻财的豪侠之气。二是甲申之乱至顺治八年之间，是李渔政治态度和情感极为复杂的时期，也是李渔顺应时局的变化、不断调整自己政治立场的时期。对于甲申之乱，李渔表达了自己痛恨战乱、同情百姓、祈望和平的心愿，展现了其伤时忧民的儒家情怀。而随之而来的乙酉之乱，在四处避难的奔波之中，李渔也曾有过舍生取义的想法，但最终都不可能实施。面对清廷的强制剃发的命令，李渔有过激愤，也有过无奈。这时，等待观望中的李渔，他的政治取向其实具有实用多变的特征，这与他的处境与个性有关。三是顺治八年之后，此时李渔已经成为清朝的顺民，由于生活的需要，他经常周旋于达官显贵之间，作了不少赠答应酬之作，这些作品都或

---

① 陈寅恪：《元白诗笺证稿》，上海古籍出版社 1982 年版，第 82 页。

多或少地透露出他的这种政治倾向。尤其是三藩之乱时，他的作品反映了其反对叛乱、褒扬忠臣、维护清王朝"王土"统一的政治倾向。但这并不表明他对清王朝就忠心耿耿，李渔没有恒定的政治情结与道义追求，当战乱危及自己身家性命的时候，李渔则更多的是考虑实际的生存，而非君臣大义。他将个人利益置于家国的利益之上，根据自己的需要调整自己的政治态度。因此，李渔这种实用的政治态度背离了传统的儒家道德，显示出明显的市民哲学的特征。

弃举后的李渔虽然经常混迹于公卿士大夫之中，自称贫士，但事实上他已经逸出士人行列。李渔虽弃士籍，但并未彻底地沉入社会底层。像明末的山人一样，李渔此时实游荡在士、民之间，既是逸士又是游民。不确定的社会身份地位便容易招来评价上的歧义，如此，对李渔的褒贬不一就容易理解了。所以，一味地用士人标准来衡量他的个性行为实为不妥。康熙六年丁未（1667），周亮工为《资治新书》二集作序曰："笠翁虽以高才未遇，无经营天下之责，而读书观理，专以时务人情为符合。"周氏之言可谓允当矣！李渔自弃士籍，自然也就"无经营天下之责"，不用承担士大夫应有的社会责任。社会对此也给以很大的宽容，全祖望说："布衣报国，自有分限，但当就其出处之大者论之，必谓当穷饿而死，不交一人，则持论太过，天下无完节矣！"① 由此，我们就可以理解：对李渔政治态度的实用多变，当时人很少谈及，或者说不把它作为评价的重点，并给予更多的宽容，自然也就不奇怪了。

第二节　李渔的鬼神运命观

如第二章所论，李渔在养生思想上，甚至在生活观念及人生哲学上都受道家哲学的深刻影响，但在鬼神信仰上，却又和道家与道教格格不入，更与佛教无缘，正是在这一点上，李渔表现出了自己的儒生色彩。

一　李渔的鬼神观念

"子不语怪力乱神"（《论语·述而》）是孔子对于鬼神的态度，朱熹

---

① 全祖望：《春及堂文集序》，《全祖望集汇校集注》，上海古籍出版社 2000 年版，第 1220—1221 页。

解释说："怪异、勇力、悖乱之事，非理之正，固圣人所不语。鬼神，造化之迹，虽非不正，然非穷理之至，有未易明者，故亦不轻以语人也。"（《论语集注》）朱熹的解释应该接近于孔子的原意。《论语》中还有其他相关论述，如，"子曰：'未能事人，焉能事鬼？'曰：'敢问死。'曰：'未知生，焉知死？'"（《论语先进》）等。孔子对鬼神采取回避甚至不置可否的态度，至少说明他不信任各种神秘的、超越人正常认知能力等非理性东西。但是，他又说："务民之义，敬鬼神而远之，可谓知矣。"（《雍也》）对于平民百姓的鬼神信仰，他也不反对，并且主张在祭祀仪式上应持虔诚恭敬态度。但他只把它视为一种可以令"百众以畏，万民以服"的教化手段。孔子开创的儒家表现出了重经验、重理性、重人事的现世情怀。这种观念奠定了后世儒家对鬼神问题的基本态度和原则。对此，鲁迅概括说"以修身齐家治国平天下等实用为教，不欲言鬼神"。① 孔子拒绝对来世生活作形上之论，树立了以尘世生活为学问目标的榜样。

从现有的材料来看，李渔从少年时代起就不相信鬼神，而且到老未有改变。他早年患病，有人欲为之祈禳，李渔作诗《问病答》坚决拒绝，诗中有言：

> 鬼神能福善，恶则非可私。天苟降之罚，调停安所施。死生一大数，岂为鸡豚移。余为孔子徒，敬神而远之。奥灶两无媚，长谢为君辞。

在这首诗里，李渔承认"余为孔子徒，敬神而远之"，但其态度似乎较孔子更为彻底。孔子对鬼神之事避而不谈，李渔却认为"天"与"鬼神"都是虚无的，他们没有意志，不能左右人类。他认为：人如果相信其存在，人类对疾病的诊治调停将都无效果。因此，在疾病面前，李渔"奥灶两无媚"，放弃了乞灵于鬼神的祈禳，决不向鬼神低头，坚持了自己的无神论信念。

在李渔的诗文集中，那些述及亲人去世的文字，集中地凸显了李渔的无神论观念。这类文字主要有两处：一是崇祯二年己巳（1629）的父亲

---

① 鲁迅：《中国小说史略》，上海古籍出版社 2003 年版，第 10 页。

病逝；二是康熙十一年壬子（1672）乔姬病逝，康熙十二年癸丑（1673）的王姬病逝。李渔父亲病逝，李渔作《回煞辩》。《回煞辩》开首就申明自己的无神论观念。① 他认为殷俗尚鬼，后世士大夫欲神生死之事故设回煞之说，愚民便信以为实。李渔将信奉回煞说的人称之为"愚民"，其无神论的立场很鲜明。在文中，李渔又就鬼魂与煞神之有无与"日者"作激烈的论辩。他说："余生平最恶闻影响之谈，于妖邪惑众之事，必辟之是力。"父亲丧事中，日者提出请全家徙宅避煞，李渔说：

> 予曰："余惑是久矣，请与子辨之。煞果有乎?"曰："有，有雌煞有雄煞。人死则二煞与魂相依，若罔两与影之不相脱也。""有则果回乎?"曰："焉有人死而煞不回者?"予曰："此余所以惑也。夫无煞则不必避，使诚有煞，则又不当避。孝子于亲之殁，有刻木以肖其形者，又于诗书、杯棬征其口之遗泽者，皆以亲之不可再见者也，今既惠然肯来，将逆之不暇，何避之有?"

在李渔看来，煞神之说让他"惑滋甚!"他说："吾闻光明正直之谓神，慈善岂弟之谓神，未闻不依德著而枭恶是闻之得为神者也。"神必须具有高尚的德行，才可以称之为神，否则就是妖邪。躲避煞神是"塞人子念亲之心，开天下倍本之渐，此先王之教所不容也"。在这里，李渔用来批驳日者回煞言论的武器还是"先王之教"，而"光明正直"、"慈善岂弟"正是中国本土宗教特别是儒家对于神的品格的共同认识。李渔认为，离开了这些人性化品格的神根本就不存在，所谓煞神为"妖邪惑众之事，必辟之是力"。至于鬼魂，李渔同样认为纯属乌有之事。《回煞辩》记载，李渔是夕，张炬设席以候父魂归来，但"涕泗达曙，未闻影响"，可见鬼魂之说之虚妄。然对鬼魂之事言之甚详的还是有关乔、王二姬去世的文字中。康熙十一年、十二年，乔、王二姬先后病逝，李渔作《乔复生、王再来二姬合传》，其中写道：

---

① 原文为："回煞之说，不知昉于何时。大抵殷俗尚鬼，其时士大夫欲神生死之事故设为是说，愚民信以为实，遂蔓延至今，未可之也。"

乔、王二姬，生前无名，皆呼曰"姊"，乔晋人，即呼"晋姊"；王，兰州人，即名"兰姊"。既曰无名，则何以有"复生"、"再来"之号？曰："死后追忆，不忍呼其小字，故是为称，一则冀其复生，一则喜其再来，皆不忍死之词，犹宋玉之作《招魂》，明知魂不可招，招以自鸣其哀耳。"①

乔、王为李渔爱姬，李渔明知其死不能复生，亡魂不可招致，但还是命之曰"复生"、"再来"之号，实以"自鸣其哀耳"。不仅如此，李渔还对福善祸淫的天道提出强烈的谴责。乔姬死后，李渔作《后断肠诗十首》其五题下小注云：

诸姬之中，有妒而败类者一人。自乔姬亡后，予即怒而遣之，去稗正以存苗也。岂料终归于此！噫！妒而去者未必云亡，贤而在者翻登鬼箓，福善祸淫将安在哉？②

乔、王二姬，李渔爱之甚深，甚至想象二姬在阴间生活状况。李渔为好友毛稚黄亡妾作的《朱静子传》，结尾李渔竟设想静子与二姬在"泉台"，"莫逆于心"的生活情景：

静子有灵，必觏我二姬于泉台，烦以一言慰之曰："汝侍衽席六七年乃亡，其非素臣也明矣；我目犹可瞑，汝复何谦于中哉？吾知其必相视而昵，莫逆于心也。"③

静子会二姬于泉台，实出于想象，亦可视为"明知魂不可招，招以自鸣其哀耳"之技也。

生活中的李渔是无神论者，但他的作品却多次出现鬼神的影子。他经常用鬼神托梦或类似情节构思谋篇。在作品中，李渔究竟怎么看待鬼神与

---

① 李渔：《笠翁文集》卷2，《李渔全集》第1卷，浙江古籍出版社1991年版，第95页。
② 李渔：《朱静子传》，《李渔全集》第1卷，浙江古籍出版社1991年版，第104页。
③ 李渔：《笠翁诗集》卷2，《李渔全集》第2卷，浙江古籍出版社1991年版，第218页。

梦的关系呢?《无声戏》第九回"变女为儿菩萨巧",叙述扬州盐户施达卿生女变为儿子之事。在故事开头李渔有一段自己对梦的解析:

> 话说世上人做梦一事,其理甚不可解,为什么好好地睡了去,就会见张见李,与他说起话、做起事来?那做张做李的人,若说不是鬼神,渺渺茫茫之中,那里生出这许多形象?若说果是鬼神,那梦却尽有不验的,为什么鬼神这等没正经,等人睡去就来缠扰?或是醉人以酒,或是迷人以色,或是诱人以财,或是动人以气,不但睡时搅人的精神,还到醒时费人的思索,究竟一些效验也没有,这是什么缘故?要晓得鬼神原不骗人,是人自己骗自己。梦中的人,也有是鬼神变来的,也有是自己魂魄变来的。若是鬼神变来的,善则报之以吉,恶则报之以凶。或者凶反报之以吉,要转他为恶之心;吉反报之以凶,要励他为善之志。这样的梦,后来自然会应了。若是自己魂魄变来的,他就不论你事之邪正,理之是非,一味只要阿其所好。你若所好在酒,他就变作刘伶、杜康,携酒来与你吃;你若所好在色,他就变作西施、毛嫱,献色来与你淫;你若所重在财,他就变作陶朱、猗顿,送银子来与你用;你若所重在气,他就变作孟贲、乌获,拿力气来与你争。这叫作日之所思,夜之所梦,自己骗自己的,后来哪里会应?

在这段论述里,李渔将梦境的诱因分为两类:一是"鬼神变来的";一是"魂魄变来的",在李渔看来,"魂魄变来的"梦往往一味地投人所好,李渔称之为"日之所思,夜之所梦",是心理在作怪,或者正如弗洛伊德所说的是一种白日梦,一种潜意识里的心理补偿,这类梦与鬼神无缘,是完全不会应验的;而"鬼神变来的"梦,善恶之报,往往应验。李渔这样说似乎是相信鬼神入梦的事实。但鬼神入梦之事,李渔自己又认为它并不存在,他说:"鬼神原不骗人,是人自己骗自己。"这类梦仍是个人的心理造影,是通过梦获得的一种虚幻的满足。类似的解释在其他几篇作品里也可见到,如《拂云楼》说:

> 鬼神祸福之事,从来是提起不得的;一经提起,不必在暗处寻鬼神,明中观祸福,就在本人心上生出鬼神祸福来。一举一动,一步一

趋，无非是可疑可怪之事。韦小姐未嫁以前，已为先入之言所感，到了这一日，又被许多恶话触动了疑根，做女儿的人有多少胆量？少不得要怕神怕鬼起来。又有古语二句道得好：日之所思，夜之所梦。

李渔说："善者敬神，恶者畏鬼，究竟都非异物，须知鬼神出在自己心头。"①"精神所聚之处，泥土草木皆能效灵，从来拜神拜佛都是自拜其心，不是真有神仙，真有菩萨也。"（《十二楼·夏宜楼》）所以，鬼神入梦在李渔看来完全是心理作用所致，即使偶有应验，也属巧合，与鬼神没有关系。然李渔为何常在作品中设置鬼神的情节呢？从李渔的创作来看，那纯粹是李渔惯用的一种情节技巧。《无声戏·鬼输钱活人还赌债》中出现了阴间、阳间两个世界，作品中写王竺生在王小山的引诱下输掉了田庄，其亡父王继轩鬼魂现身复仇。作者并不是在记述一个真实的死鬼复仇的故事，而是借此来说明"赌博之事，是极不好的"的道理：

> 世上的钱财，定有着落不在这边，就在那边。你道两边都不得，难道被鬼摄去了不成？看官，自古道："鹬蚌相争，渔翁得利。那两家赌到后来，你不肯歇，我不肯休，弄来弄去，少不得都归到头家手里。所以赌博场上，输的讨愁烦，赢的空欢喜，看的陪工夫，刚刚只有头家得利。"

鬼神既不会入人梦境，给人预言吉凶，也不会出入幽冥，福善祸淫。由此看来，李渔确实是个无神论者，他不相信鬼神的存在，更不会相信鬼会赌钱之事。涉及鬼神的情节往往是他的一种情节技巧，不属自我的信仰问题。

二　李渔的运命观

李渔不是哲学家，和儒家的天命、运命哲学相比，李渔的天命、运命观显然没有从更深的理论层次上去探讨人与天、人与自然的复杂而玄妙的

---

① 李渔：《五显灵庙题联》，《笠翁文集》卷4，《李渔全集》第1卷，浙江古籍出版社1991年版，第300页。

关系。他主要关注发生在自己身边的事情，也有对历史事件与历史现象的思考，并通过自己的观察和体验，在诗文中阐述了自己对天命、运命的独特理解，因而，他的天命、运命学说便带有浓厚的经验色彩。

在孔子那里，"天"具有两个层次的意义。一是有主宰之天，"天命"是具有最高意志的权威。《论语·八佾》中说："获罪于天，无所祷乎。"《论语·先进》中又说："天丧予！天丧予！"《论语·宪问》："不怨天，不尤人，下学上达，知我者其天乎。"在《论语·子罕》中孔子又发誓说："吾欺谁，欺天乎？"而在《论语·宪问》"道之将行也与，命也；道之将废也与，命也。"他把尽了努力而又无法达到的目标的失败原因归之于"天"。此处"天"则是指天命，即天的命令或天意。"天"是一股神秘的无法言喻的力量，是一种"个人所不能控制的力量"。①

二是运命之天。《论语·公冶长》："夫子之言性与天道，不可得而闻也。"《论语·子罕》："子罕言利，与命，与仁。"但孔子相信自己在五十岁之后已经"知天命"。《论语·为政》："子曰：'吾十有五而志于学，三十而立，四十而不惑，五十而知天命，六十而耳顺，七十而从心所欲，不踰矩。'"孔子此处之"天"就是指运命，运命不同于天命，天命是有意志、有目的的，而运命是没有明显的意志与目的。运命之于人，就是死生、穷达。运命之于社会国家，就是分与合，治与乱。孔子五十岁而知天命，就是说他已经能够把握自己的命运了，后世儒家发展了孔子的这个观点，《荀子·宥坐》："遇不遇者，时也。死生者，命也。今有其人不遇其时，虽贤其能行乎？苟遇其时，何难之有？"《韩诗外传》卷七："不遇时者众矣，岂独丘哉！贤不肖者材也，遇不遇者时也。今无有时，贤安所用哉？"王充说："然而祸福之至，时也；死生之到，命也。人命悬于天，吉凶存于时。命穷，操行善，天不能续。命长，操行恶，天不能夺。"② 魏明帝时李康著有《运命论》③ 曰："夫治乱，运也；穷达，命也；贵贱，时也。"这里的运、命、时其实都一样是指运命。在儒家看来，人通过自身的品德修养的努力，就能够知时而主动把握自己的运命。

---

① 冯友兰：《中国哲学史新编》，人民出版社 2004 年版，第 176 页。

② 王充：《辨祟篇》，《论衡》卷 24，上海古籍出版社 1990 年版，第 234 页。

③ 李康：《运命论》，《文选》卷 53。李善注引《集林》："李康，字萧远，中山人也。性介立，不能和俗。著《游山九吟》，魏明帝异其文，遂起家为寻阳长。政有美绩，病卒。"

李渔是怎样看待"天"、"命"呢？在李渔的文字中，经常出现"天"、"上帝"、"天公"等词汇。如"我欲梯云避上天，晴空漠漠迷烽烟，上帝迩来亦好杀，不然见此胡茫然？"（《避兵行》）"天心爱道君崇儒，不应遽死龚尚书。"（《大宗伯龚芝麓先生挽歌》）"天网自来密，灾侵未许逋。"（《内子病》）"一朝遇斩伐，似为天所怒。明君死逆闯，国祀同朝露。"（《汉阳树》）"天公局法乱如麻，十对夫妻九配差。"（《丑郎君怕娇偏得艳》）李渔是不是把"天"和"天命"理解为一种神秘的东西，一种人力无法控制的力量呢？答案是否定的。请看李渔论古文《论宋太祖之得天下》：

> 笠翁曰："以匹夫之得天下、人臣受禅代，而曰我无是意，不得已而为天命所归者，此皆孔子所谓舍曰欲之，而必为之辞者也。即汤、武得天下于穷暴极虐之桀、纣，后之君子虽代为之辨，言其无利于天下之心，而设身处地以筹之，犹若未必尽然者。况三代以后之天下，失之者未必皆桀、纣，而得之者未必皆汤、武乎？达人读史，每与此等去处，只该存而不论。若定曰天命为是，人力为非，则所谓符谶休征，如宋太祖之赤光异香、紫云黑龙诸奇瑞，不过当世偶传，欲神其事者遂笔之史书，而后人实未之见，不敢执影响之说尚论古人。若曰人力为有，天命为无，则天下有勇力智谋者多矣，挟其所能尽足以取天下，何若是乎天子之少，而谋臣勇士之多也？由此观之，无论汉高祖、唐太宗、宋太祖之得天下属之天命，即始皇之代秦、王莽之代汉，亦以冥冥赫赫之间亦有若或使之者，非可尽言人力也。欲存其实，但置之弗论而已矣。凡读书而及天地鬼神之事，皆当以梦境视之。梦可做，不可说。知说梦者为何人，则知言天地鬼神者为何如人矣。"①

这是李渔的一篇完整阐述天命鬼神的文章。概其要有二：一、朝代更替皆由人力而非天命。皆说我无是意，而天命归之，在李渔看来，"此皆孔子所谓舍曰欲之。而必为之辞者也"。史书中记载的帝王异事皆属"偶

---

① 李渔：《笠翁别集》卷2，《李渔全集》第1卷，浙江古籍出版社1991年版，第486页。

传"，"后人实未之见"，是史家为"欲神其事遂笔之史书"。二、读书人读及天地鬼神之事，皆当以梦境视之。由此可知，李渔常把鬼神之事喻之为痴人说梦，说明他根本不相信天命鬼神之事。故王北山评中附和曰："异香、紫云皆史臣粉藻之词，既不必信，亦不足重也。"①

又李渔诗《月蚀》诗一首，诗曰：

> 天能主祸福，予夺在几先。乃逢日月蚀，忽自丧其权。求救反于人，鼙鼓何喧阗。救者非士庶，皆属进贤冠。苟非扼权要，由尔为圣贤。鬼神莫之惧，天心耻乞怜。赖此衣冠护，始不终危颠。当权贵如此，明然幽亦然。上帝犹藉力，何况居人间。天灾尚可回，况乃民之艰。愚民不畏法，俾作如是观。邪能蚀日月，闻救心亦寒。人邪若稍杀，请勿弁髦官。月蚀非喜蚀，蚀与凡民看。②

对古代人而言，日食和月食是十分可怕的。天上的太阳或月亮突然间不见，被认为是被龙或其他妖邪之物吞食了。此时，天失去了它的掌控日月之明的权力，这对天来说是极大的灾变，对人间也是不祥之兆。人们便以敲击物体、朝天射箭、用物或人祭祀等方式来救天。《月蚀》记录的就是李渔当时的一次月蚀事件的感想。诗中，李渔由天灾想到人祸，由官员想到平民，其对官员们救天的愚昧行为的批评、对人间灾异的关注与对苍生的哀悯，表现出强烈的儒家民本意识，我们也可从中寻绎出李渔关于"天"的含义。在孔子看来，天有意志，具有绝对的权力，人只有顺天而行，人间才不会出现灾变。对此李渔十分怀疑，他说："天能主祸福，予夺在几先。乃逢日月蚀，忽自丧其权。求救反于人，鼙鼓何喧阗。"虽然"从来人有难，救治必呼天"，但从这个事件来看，天尚自顾不暇，需要人间来救护，哪有力量来拯救人间呢？所以，他奉劝那些头戴进贤冠的官吏们，多关注一些"民之艰"。如果他们能像救天一样的热情去救治百姓，"人邪"就能得到一定的控制，如此这些官员们就应该受到人们的尊

---

① 李渔：《笠翁别集》卷2，《李渔全集》第1卷，浙江古籍出版社1991年版，第484—485页。

② 同上书，第38页。

敬。在此，李渔对天的权力与意志的怀疑，事实上就是对天的否定。

李渔对"运命"的理解，与他的"天"的观念密切相关。他不相信鬼神上帝能支配人的命运，不相信独立于人的感觉世界之外的任何力量。李渔不相信"数"能支配人的命运。《汉书·李广传》载："大将军（卫青）阴受上（武帝）指，以为李广数奇，毋令当单于，恐不得所欲。"对此李渔作《论李广数奇》一文，对李广的悲剧做了深刻的剖析。他指出："广之死，非死于数，乃死于武帝诫青之一言。"在李渔看来，武帝阴诫卫青之一言实出于个人私心：

> 笠翁曰："前人皆以不侯故，占李广数奇。以予观之，盖武帝谬执数奇之见，谓此薄命汉不足当吾封耳。不然，岂广威行塞外，能得飞将军之号于匈奴，不能得封侯之赏于本国乎？若是，则天子爵人于朝，皆当令术士退其五行，可则予之，否则夺之，而才德勋道，皆可置之不论矣。后世之帝王，亦有薄福之人不可与其功名，必相奇魁梧雄伟而后用之者，然择而后用，非用而后择。择将用此法，吾犹虑其'以貌取人，失之子羽'，矧下于此者乎？甚矣，武帝之言，不可谓训后世矣。"①

李渔认为，"数奇"乃武帝之借口，因为帝王有造化之权，即使李广数奇，帝王亦能"优诏奖之、威权授之"，不当"未经发轫，先以数奇二字，夺英雄之气而惑将士之心"。由此看来，李渔认为李广之死不在"数"，而在武帝之私心。对于术士之"数"李渔表现出无比的憎恶，对皇帝信仰术数表现了无比的愤慨，直言"武帝之言，不可谓训后世矣"，李渔对术数的反感于此可见矣。

概言之，李渔所谓运命，一是指机遇的有无，即儒家所讲的"时"。他说："花之种类不一，而其盛也各以时，时即运也。"② 这里"时"指天时，花儿应时而开放。而作为人，"时"就是机遇，机遇就是命，遇不

---

① 李渔：《笠翁别集》卷1，《李渔全集》第1卷，浙江古籍出版社1991年版，第360页。

② 李渔：《名词选胜》序，《笠翁文集》卷1，《李渔全集》第1卷，浙江古籍出版社1991年版，第34页。

遇判然有别。比如太公遇文王，古人认为是天命所致，是周朝将兴之兆，李渔则不这样认为。《张敬之网渔图赞》曰："太公居北海，钓隐安贫穷；苟不遇西伯，将以渔夫终。时至而命随，变化如鱼龙。"①"时至而命随"，是说机遇是命运的前提条件，太公若不是遇上文王，终老也只是一渔翁而已。又如《无声戏》第三回《改八字苦尽甘来》，小说叙命与八字的关系。福建汀州府理刑厅皂隶蒋成，因改八字命运改变。将成原为一贫穷皂隶，再加上自己老实安分，常常摊上一些苦差事，还时不时受刑厅责罚。后碰上华阳先生，给他改了八字。谁知所改八字正与现任刑厅八字相合。受刑厅提拔，蒋成后来命运亨通，发财做官，宦囊竟以万计。在这个故事中，那个华阳先生改变了蒋成的命运，他为蒋成改了八字，但这并不是他真能改八字，而是有其他原因，正如他自己所说的："那是我见你啼哭不过，假设此法，宽慰你的，哪有当真改得的道理？"如此看来，使蒋成命运改变的并不是这个八字，而是恰巧凑上了刑厅八字的这个机缘，才使刑厅发怜悯之心，着意提携他。对此李渔议论道：

> 看官，要晓得蒋成的命原是不好的，只为他在衙门中做了许多好事，感动天心，所以神差鬼使，教那华阳山人替他改了八字，凑着这段机缘。这就是《孟子》上"修身所以立命"的道理。究竟这个八字不是人改，还是天改的。又有一说，不是蒋成自己做好事，怎能够感动天心？就说这个八字不是天改，竟是人改的也可。

虽然李渔抬出"命"与"天心"这些概念，但他并不是真的相信其神秘力量的存在。他认为蒋成命运改变，主要是自己做好事，感动了天心，才可能"凑着这段机缘"，符合《孟子》"修身所以立命"的道理。所以，他最后说："就说这个八字不是天改，竟是人改的也可。"正如上面所说的"时至而命随"。李渔认为，人只要修身以待，命好与不好就看机遇了，一旦机缘凑巧，就会"变化如鱼龙"。否则，则终身落魄，一生处困。这其中，并没有什么超自然力量在起作用。

另一种是心理作用影响的结果。李渔认为：世俗中所谓的"命"并

---

① 李渔：《笠翁文集》卷 2，《李渔全集》第 1 卷，浙江古籍出版社 1991 年版，第 112 页。

不是先天就决定了的东西，它与人们的心理预期、心理定式有直接关系。
当现实满足了人的心理期待，就会认为是命旺时顺，而当现实与人的心理
期待差距甚大，便被认为是命薄缘悭。比如，在谈到"红颜薄命"这种
现象时，李渔说：

> 那妇人有了绝标致的颜色，一定乖巧聪明，心高志大，要想嫁潘
> 安、宋玉一般的男子。及至配了个愚丑丈夫，自然心志不遂，终日忧
> 煎涕泣，度日如年。不消人去磨她，她自己会磨自己了。（《无声戏》
> 第一回《丑郎君怕娇偏得艳》）

在李渔看来，红颜多心高志大，凭自己的乖巧聪明，立志要嫁潘安、
宋玉一般的男子。但常常不能如愿。"哪里还有好丈夫到她嫁，好福分到
她享？"最终导致"终日忧煎涕泣，度日如年"，自然就是个薄命之胚了。
"红颜薄命"实是由于心理预期不能实现所致，而这些"红颜"并不是生
来就薄命。又如关于乌鹊吉凶的民俗信仰，李渔说：

> 夫鹊不果吉，乌不果凶，世人亦屡验之，无如喜怒之怀，有触即
> 发，若有恩怨积于心中者。此何以故？曰："以毁誉之入人深也。"
> 誉鹊者众，故有闻即喜，毁乌者繁，斯无遭不怒。吾闻休咎不在物在
> 人，善者得灾异鲜凶，不善遇麟凤非瑞。[1]

李渔认为："鹊不果吉，乌不果凶"，世俗中誉鹊毁乌，完全是乌鹊
"毁誉之入人深也"。换句话说，对乌鹊的毁誉是由于人们长期形成的心
理定式所致，并不是它本身有什么超常的法力，能够预示吉凶。于是，李
渔肯定地说："休咎不在物在人，善者得灾异鲜凶，不善遇麟凤非瑞。"
这个例子再次说明，李渔对诸如天命鬼神等超自然的东西等都采取否定的
态度，确实是一个较为彻底的无神论者。

---

[1]　李渔：《乌鹊吉凶辩》，《笠翁文集》卷1，《李渔全集》第1卷，浙江古籍出版社1991
年版，第112页。

三 李渔无神论的形成

李渔无神论观念的形成，儒家的影响自然是最直接也最重要的了。人们可以找出许多的理由，来勾勒他的形成线索，比如儒家经典、晚明思潮，还有当时那些著名思想家等，然在笔者看来，李渔无神论观念的形成，其最关键的还在他的少年时期。换言之，少年时期的生存环境、家庭教养、自我闻见和经验常常对一个人世界观、人生观的形成起决定性的作用，"累世学医"的特殊家庭背景造就了少年李渔的无神论观念。

古代巫医不分，医生大多是从巫师分化出来的，当巫医蜕变为真正的医生，医学便成为一个独立的学科，医与巫便分道扬镳，并且成为势不两立、水火不容的两种力量。扁鹊是中国最早的专职医生。《史记·扁鹊仓公列传》记载了扁鹊"六不治"① 的言论，其中之一说："信巫不信医，六不治也。"意思是说，病者如果相信巫医，那么此病就像前五种情况一样，在"不治"之列。扁鹊的"六不治"言论反映出当时医与巫的对立，也确立了后世医家的行医原则。自此，医家与巫者的对立斗争一直存在于中国社会之中，至今犹然。至于医与巫对立斗争的实际情形，元揭傒斯有一段详细的描写。他的《文安集》卷八《赠医氏汤伯高序》曰：

> 楚俗信巫不信医，自三代以来为然，今为甚，凡疾不计久近浅深，药一入口，不效即屏去，至于巫，反复十数不效，不悔且引咎痛自责，殚其财，竭其力，卒不效且死，乃交责之曰："是医之误，而用巫之晚也。"终不一语加咎巫，故功恒归于巫，败恒归于医，效不效巫恒受上赏，而医辄后焉。故医之稍欲急于利、信于人，又必假邪魅之候以为容，虽上智鲜不惑。甚而沅、湘之间，用人以祭非鬼求利益，被重刑厚罚而不怨悔，而巫之祸盘错深固不解矣。医之道既久，不胜于巫，虽有良医，且不得施其用，以成其名，而学者曰：以怠故。或旷数郡求一良医不可致，乌乎其先王之道不明欤？何巫之祸至

---

① 故病有六不治：骄恣不论于理，一不治也；轻身重财，二不治也；衣食不能适，三不治也；阴阳并藏气不定，四不治也；形羸不能服药，五不治也；信巫不信医，六不治也。有此一者，则重难治也。见《史记》卷150。

此也？人之得终其天年，不其幸钦？①

此段文字写楚地巫风盛行，医、巫之间的纷争往往以巫得胜告终，作者对此充满了不解与愤懑。虽说作者描述的是元时楚地的情形，但实在是古代中国医界的一个缩影，只不过"巫之祸"程度不同而已。元方回②撰《桐江续集》卷十一记载当时桐江的情形：

> 钟动市声绝，夜禁严鞭笞。独许浮屠氏，铙呗㳠（原阙四字）有病死，信巫不信医。既死又信佛，佛事殊不赀。儿女数欢戏，顿失哭泣悲。一家不若是，里巷讪笑之。高堂十七篇，岂不存丧仪。世事无一古，儒业偏独衰。

桐江并不属于楚地，然巫风之盛，似与楚地相差无几。明清时期的情况亦无多大变化，元末明初陶宗仪《说郛》记载："南人信巫，有疫疠不召医，惟命巫使行咒禁。"③ 明末清初人喻昌是江西人，他在《医门法律》④中说到当时患者求医的弊端，指出病有"六失"，他还引用《史记》扁鹊"六不治"言论，并指出"今时病家，此其通弊矣"。可见巫、医之争并非一时一地所有，是医学独立之后古代社会存在的普遍现象。

众所周知，信仰与尊崇的不同是医与巫的对立的根本原因，二者在发病原因、治病原理、施治原则上本不相容，又兼名誉和利益的直接冲突，医与巫的冲突在所难免。上引《文安集》卷八《赠医氏汤伯高序》中曾谈到其乡名医徐若虚的行医经历，提供了一个巫、医不容的实例："其治以脉不以证，无富贵贫贱，不责其报，信而治，无不效；其不治，必先知之。惟一用巫，乃去不顾，自是吾里之巫稍不得专其巧矣。"徐为人治病不求利不为名，然"惟一用巫，乃去不顾"。如果说徐氏对巫医的反感偏

---

① 《四库全书》集部别集类。

② 方回（1227—1305），字万里，别号虚谷。徽州歙县（今属安徽）人。南宋理宗时登第，有《瀛奎律髓》等，《四库全书》集部《桐江续集》。

③ 陶宗仪：《说郛》卷25，中国书店1986年版第6卷，第6—7页。

④ 喻昌（1585—1664），字嘉言，号西昌老人，江西新建（今江西南昌）人。见《四库全书》子部"医门法律卷二"。

重于信仰与尊崇的不同，那么，名誉和利益则是巫、医之争最为常见的一原因。上文说巫、医受赏不均，"故医之稍欲急于利信于人，又必假邪魅之候以为容，虽上智鲜不惑。"又说："医之道既久，不胜于巫，虽有良医，且不得施其用，以成其名。"名利攸关，医、巫之争也不能免俗。

传统医学以古代自然哲学来解释病因、病理及施治原则，而巫则乞灵于鬼神。巫医延治、贻误治疗时机，往往给病家带来终生遗憾，甚至致人死亡。所以医者对巫痛嫉之，称之为"巫之祸"、"巫蛊"，等等。

李渔从小就生长在一个"累世学医"的家庭，关于医、巫之争的事，必定是其长辈间的经常话题，耳闻目睹之下，早期李渔逐渐形成了他的鬼神观，故其一生对巫辟之甚力。前引《回煞辩》一文自勿论矣，见诸文字的尚多。如《东安塞神记》对新城民祭土谷寺神"刘十三相公"颇为不满，短短一篇散文中，连续发出两次质问，矛头直指"刘十三相公"："夫赛神以祈土谷，今谷先以赛神祲，吾不知刘十三相公者此时安乎？芒背乎？""嗟乎，细民拮据终岁，被食而外，能余几钱？今赛神一昼夜，自设祭、演剧以致种种火焰之费，亦甚不赀，吾又不知刘十三相公者当如何土谷斯民，而始不芒背也。"对此，范文白评曰："世人专以事鬼，略与事人，得笠翁先生此记，巫风自此寝矣。"钱牧斋也说："有心当世者莫不忧之，笠翁借题示儆，大有远见，不独以文词见好。"又《问病答》是李渔早期诗歌，诗题下自注："有欲为余祈禳者，故述此以答。"言明此诗就是直接针对巫医而发，诗中"天苟降之罚，调停安所施"一语，表明了医、巫的对立性质，是典型的医家语。李渔说："予为孔子徒，敬神而远之。"然孔子对鬼神敬而远之，有时却对巫、医一定程度的肯定。①李渔则"奥灶两无媚"，态度之坚定，似超出孔子之上，钱牧斋评曰："儒者天性语，不特从学问中来。"道出了李渔此诗的关键所在，即这种议论不是书本上学来的，而是天性中早有的。如果不是早年的环境熏陶，又可作何解释？

还需要特别指出的有两点：其一，从一般意义上看，一个人的成长历

①《论语》载："子曰：'南人有言曰，人而无恒不可以作巫、医，善夫！'"朱熹注曰："南人，南国之人。恒常，久也。巫所以交鬼神，医所以寄死生，故虽贱役而尤不可以无常，孔子称其言而善之。"见朱熹《论语集注》，《四库全书》经部四书类。

程中，家庭教育对其观念的形成是十分重要的。但在世界观上，一个特定家庭并不总是产生与其长辈相似或相同的后代，一些后代离经叛道，被人视为逆子，而这往往是外部环境影响的结果。我所强调的李渔的家教的影响，并不属于此类。其二，在天命鬼神观念上，儒、医相通。宋以前虽也不乏以医学、方术、法术相兼的医生，如道林中名医葛洪、陶弘景、孙思邈等，但以方术治病对主流医学影响甚小，正统士夫，往往目之为妖妄。① 至宋，由于统治者的重视与提倡，儒医成为医家的最高称誉，范仲淹的"不为良相，则为良医"（吴曾《能改斋漫录》）一语鼓舞振作之功甚多。儒而知医，儒而兼医，成为士人追求的目标。后世名医如李时珍、张元素、刘完素、葛应雷及葛乾孙父子、喻昌等，都是弃儒从医并且有杰出贡献的医生。儒医在观念道德上自然也不出儒学的范畴。因此，就李渔的无神论观念来说，他的家庭所持有、与其后来所受到的教育，与当时作为统治地位的儒学思想是合拍的，而这也是李渔一生所坚持和追求的。如此，李渔成年后的鬼神观念与其早期并无多大改变，其家学的影响程度不可低估。其三，也许有人会说：作为当代的重要思潮，晚明心学的思想解放运动对李渔无神论观念以关键的影响。但这事实上只是个浮泛的推论而已。王学的产生主要是针对程朱理学对人思想的禁锢而言的，对传统的佛道鬼神信仰并没有多大的触动。相反，由于理学的被削弱，思想的多元化，鬼神信仰又进一步地泛滥开来。明显的事实是：王阳明及其后学者并不乏有神论者，李贽、汤显祖、袁宏道辈都信鬼神，晚明著名文人顾起元、张瀚、屠隆、沈德符、陈继儒辈也多数有鬼神信仰。② 如此说来，心学的影响与个人的鬼神信仰并没有多大的关系，说李渔的无神论信仰受到

① 马伯英：《儒家文化与医学》，《中国医学文化史》，上海人民出版社 1994 年版，第 12 章。

② 这些有神论者为了确立自己的信仰，常常拿儒者作为批驳的对象。《袁宏道集》"记异"条记一死妇现身事，结尾袁宏道曰："乃知古今怪事，亦有同者，天下事安可尽与儒者道哉？"张瀚《松窗梦语》"异闻纪"条云："尝闻生死鬼神之说，儒者以为子所不语，恐滋惑也。不曰原始之生，要终之死，故知死生之说；游魂为神，归魂为变，故知鬼神之情状乎？太史公曰：'人之所生者神，所托者形，形神不离则生，形神相离则死。'盖神附于气而寄于形，故无时离气而有时离形。气有阴阳，而鬼神判焉。孰谓虚无幻妄，不可窥测哉！乃知鬼神之说，亦自然之符。因纪所闻以辨惑。"其他文人的鬼神信仰，可参见李贽有《鬼神论》（见《焚书》卷 3《杂述》），顾起元《客座赘语》、沈德符《万历野获编》、屠隆《冥寥子游》，等等。

哪家的影响其实很难成立。

但有一事令笔者甚为困惑，那就是"改榻"事件。因早年艰嗣，李渔结婚多年，仍未生男。俗语说："无官一身轻，有子万事足。"李渔也未能免俗。他非常重视子嗣之事。① 在顺治四年丁亥（1647），李渔三十七岁时，他听信堪舆家言，改设两榻，为此李渔写下五律《内子与侧室并不宜男，因信堪舆家言改设二榻，榻成索诗》。康熙十一年壬子（1672），李渔六十二岁，此年他在汉阳有七律《郑季房为阃君、如君新设二榻，并祝宜男，诸同人各拟赋诗，属予首倡，遂成八首，为荀氏八龙之兆》，其六曰："当年我亦愁艰嗣，一改牙床子便生。"题下小注云："予向因艰嗣，亦改设二榻，后遂宜男。有诗二首，载五言律中。"② 《单谱》认为改榻之事应在顺治四年丁亥（1647），③ 而李渔生子在顺治十七年庚子（1660）。从题下小注看，笠翁五律、七律所言改榻之事即是一事。如果《单谱》所言是真，李渔从改榻到生子中间也有十三年时间，并不是"一改牙床子便生"。不过，在李渔看来，宜男与改榻有直接的关系。但事后李渔对改榻并没有什么直接评价。李渔在伊园时期曾有"贫居不信堪舆改，依旧门前着好峰"④ 之句，说明他并不相信堪舆术，而此诗正作于李渔改榻前后。从李渔五十岁以后的创作资料看，改榻事件没有改变李渔原有的信仰。但堪舆是占候卜筮的一种，与"日者"同属方术者流。一向不信鬼神的李渔，竟也不由自主地听信了堪舆家言而改榻，而此后瓜瓞绵绵，生子不断。⑤ 那么，怎么理解改榻事件呢？李渔心中，改榻是一种玄秘的安排？还是一种纯粹的生理与生殖自然现象？抑或是一种

---

① 他说："话说子嗣一节，是人生一桩大事，祖宗血食要他绵；自己终身要他养；一生挣来的家业要他承守。"见《连城璧》《重义奔丧奴仆好，贪财殒命子孙愚》。

② 李渔：《笠翁诗集》卷3，《李渔全集》第1卷，浙江古籍出版社1991年版，第340页。

③ 单锦珩：《李渔年谱》，《李渔全集》第12卷，浙江古籍出版社1991年版，第19页。

④ 李渔：《伊山别业成，寄同社五首》其五，《笠翁诗集》卷2，《李渔全集》第1卷，浙江古籍出版社1991年版，第166页。

⑤ 万晴川《风流道学》谈到李渔改名、改榻二事，引沈新林《李渔评传》，得出结论：李渔改名与生殖崇拜有关，改名"渔"与渔人多子的现象有关；又说："李渔改名后数年，连举数子，这件事对他影响很大，李渔后来转而相信迷信，与此不无关系。"二结论似为不妥。李渔后来常讲"命"与"天命"，如上所论，并不出李渔运命观的范畴，似不能看成是迷信。改名为"渔"被认为是一种生殖崇拜，单举《耐歌词》中《渔家傲·本题》，解释似牵强，证据也不充分。

偶然的巧合？一种"善颂善祷"的托词？或者仅仅是一种有意的炫耀？这些我们不可得知，故暂付阙如，以待来者。

第三节　王阳明"心"学与李渔"心"之观念之关系

关于李渔哲学与晚明心学的关系，黄强《李渔的哲学观点与文学思想探源》一文作了专门的探讨。他的基本观点是：李渔的反传统思想，他的有感即鸣、自成一家的独特风貌，他的反对模仿、力主创新的强烈意识，都受到了晚明心学的深刻影响。李渔小说戏剧理论及其创作实践，是公安派文学新运动的延伸与发展。黄强就此作了梳理，举出了一些李渔哲学与文学与晚明王学的相似点，以证明其中的影响关系。但王学究竟从哪些方面给李渔以营养？李渔对王学的真正态度如何？其情形恐怕就没有那么简单，简单的类比往往会失之偏颇。

李渔极为推崇王阳明，对王学也是很熟悉，这一点毫无疑问。黄强曾举出两例：《玉搔头》传奇塑造了王阳明的形象；《资治新书》选王阳明案牍二十八篇。但李渔不是哲学家，就现有的文字材料看，他从来没有从理论上探讨过良知说的优劣，也没有对"良知"说有过正面的评价。黄文举出了一些例证以证明王学对李渔的影响，但在笔者看来，这些证据都不足以支持他的观点，李渔"心"之概念与王阳明"心"学也没有直接的关系。下文笔者将一一予以考辨，以澄清历来这个问题上的模糊认识。

一　"乐不在外而在心"

这是李渔养生说的基本观点，此言若孤立地看，与王阳明"心外无物，心外无事，心外无理，心外无义，心外无善"，"虚灵不昧，众理具而万事出。心外无理，心外无事"诸言似出一辙。然就全篇来言，李渔所谓"心"与王阳明之"心"在内涵与外延上不完全是一个概念。先看李渔是怎么讲的：

> 人间至乐之境，惟帝王得以有之；下此则公卿将相，以及群辅百僚，皆可以行乐之人也。曰：不然。乐不在外而在心。心以为乐，则是境皆乐，心以为苦，则无境不苦。身为帝王，则当以帝王之境为乐

境；身为公卿，则当以公卿之境为乐境。凡我分所当行，推诿不去者，即当摒弃一切悉视为苦，而专以此事为乐。（《闲情偶寄·颐养部》）

李渔强调心理调整对快乐的重要性，主要是针对那些贵人，诸如帝王公卿将相以及群辅百僚行乐而言的。他说这些人"有万几在念，百务萦心，一日之内，除视朝听政、放衙理事、治人事神、反躬修己之外，其为行乐之时有几？"故行乐的途径只有一条，"故善行乐者，必先知足"，这样就可以"不辱不殆，至乐在其中矣"。不仅如此，李渔还认为：无论富人还是穷人，顺境和逆境之人，其行乐也只此一法，别无他途。李渔将这种心理调整统归于道家"退一步"法。关于道家哲学对他的深刻影响，笔者前已有专文作了详细的辨析，此不具论。

虽然李渔将快乐的取得归之于"心"的作用，但这"心"与王阳明之"良知"之"心"却无多少关系。在王阳明看来，"心"即"良知"，心与良知浑然一体。他说："心者身之主也，而心之虚灵明觉，即所谓本然之良知也。其虚灵明觉之良知，应感而动者谓之意；有知而后有意，无知则无意矣。"那么，"乐"又是什么呢？王阳明说：

> "乐"是心之本体，虽不同于七情之乐，而亦不外于七情之乐。虽则圣贤别有真乐，而亦常人之所同有。但常人有之而不自知，反自求许多忧苦，自加迷弃。虽在忧苦迷弃之中，而此乐又未尝不存。但一念开明，反身而诚，则即此而在矣。每与原静论，无非此意。而原静尚有何道可得之问，是犹未免于"骑驴觅驴"之蔽也。①

在王阳明看来，圣贤所谓真乐其实与常人没有什么不同，只不过他能"一念开明，反身而诚"，常保原初之良知，或者说是本我之心，不被外物所拘蔽，故能达到"真乐"。而常人往往不能，其主要原因是被外在的识见所拘蔽，不能发见自身之良知，并且身处忧苦迷弃之中而不自醒，结果未免落于"骑驴觅驴"之窘境。王阳明认为：乐是心之本体，是人性

---

① 王守仁：《王阳明集》卷2，上海古籍出版社1992年版，第61页。

中原本就有的东西，人若能"反身而诚"，达到"无视无听，无私无作，淡然平怀"（《王阳明全集》卷三《传习录》下）之境界，亦即达到无善无恶的"良知"境界，即最大的快乐。由此，"良知"就不能于身外得之。但李渔所谓快乐，并非人性中本有良知之快乐，它的获得是一种外在观念强迫的结果。强迫自己在心理和精神上多想不如自己的人与事，退一步以求得短暂的精神胜利，获得内心的愉悦，这其实是人性的一种消极表现。在功能上，"良知"说是对人的天性的一种解放，"退一步"法则以逃避态度应世，反而约束和禁锢了人的自然欲望。李渔心之乐纯粹来自于道家的智慧，而阳明心学则杂儒、佛、老、庄于一体①，二者异轨异辙。

作为一个概念，阳明之"心"是属于哲学范畴的，具有哲学本体意义。王阳明继承了陆九渊的心学思想，扬弃了朱熹以"理"为形而上，以外在必然性（理）宰制主体（心）的绝对理念论，将形而上的"天理"内化为主体性的"人心"，建立起了以"心"为本，以"心即理"为第一原理的心性主体论。而李渔之"心"则更多地具有一般心理学的意义，是一种纯感觉、纯经验、纯情感的概念。李渔不是哲学家，自己也未以哲学家自居，他仅仅满足于一般心理学意义的探讨。至于"乐不在外而在心"一语所言事理，也并非王学所独创。王学认为圣人别有真乐，即"良知"之乐、"心"之乐，与李渔所言表面上并无多大差别，然在阳明看来，它不外于七情之乐，又不同于七情之乐。于此可知，王阳明"心"之乐既有"心"之"理"的愉悦，也有一般的七情之乐。李渔所谓"心"之乐并没有王学那么抽象，而仅仅局限于一般心理学意义上的"七情之乐"。类似的说法古人尽有。如白居易诗云："富贵亦有苦，苦在心危忧。贫贱亦有乐，乐在心自由。"（《白氏长庆集·咏意》）明吕柟曰："由是观之，可见乐在心不在器也。"孔子曰："乐云乐云，钟鼓云乎哉！

---

① 王阳明自认统合三教之迹。《年谱》载嘉靖二年（1523）十一月阳明渡钱塘江至萧山，张元冲在舟中问二氏，阳明云："二氏之用皆我用。即吾尽性至命中完养此身谓之仙；即吾尽性至命中不染世累谓之佛；而后世儒者不见圣学之全，故与二氏成二见耳。譬之厅堂三间，共为一厅。儒者不及皆吾所用，见佛氏则割左边一间与之，见老氏则割右边一间与之，而己则自处中间，皆举一而废百也。圣人与天地民物同体，儒、佛、老、庄皆吾之用，是之谓大道。"（《王阳明全集》卷35，《年谱三》）阳明此言，似无可辨，然后世学者多不以为然，认为其受佛家影响很大。如柳存仁《王阳明与佛道二教》说："'圣人与天地民物同体'之言，北宋儒家已言及，愚以为不无受佛家影响者"。其影响："不止道家，即禅门阳明固亦受其影响者也。"

求真乐当求之心，不当求之器也。"（《泾野子内篇》卷二十四《太学语》）孔子虽然是在谈音乐，然所述事理又何其相仿？又《金史》卷六十三载海陵王劝其母皇太后大氏勿嗜酒，他说："儿为天子，固可乐，若圣体不和，则子心不安，其乐安在？至乐在心不在酒也。"① 可见此乃古代常见语，并非李渔独创。李渔之"乐"并未上承王学之"真乐"，也未超出一般"七情之乐"的范畴。因此，说此言受王阳明"心"学之深刻影响，实难成立。

二 "我之所师者心，心觉其然，口亦信其然，依傍于世何为乎？"

这是李渔在《闲情偶寄·颐养部》中的一句话，黄强引用此言意在证明李渔心学与王学的一致性。王阳明的这段话说："学贵得之于心，求之于心而非也，虽其言出于孔子，不敢以为是也，而况其未及孔子者乎？求之于心而是也，虽其言之出于庸常，不敢以为非也，而况其出于孔子者乎？"② 黄强认为：王学将人视为天地间至高无上的主宰，与李渔在《闲情偶寄》中"彼之所师者人，人言如是，彼言亦如是……"一段话属同一思想体系。在笔者看来，这种类比虽不能说没有道理，却是一种把复杂问题简单化的做法。

在《闲情偶寄·疗病第六》中，李渔对《本草》所载药物之疗效产生了怀疑。他说：

> 虽然，彼所载者，物性之常；我所言者，事理之变。彼之所师者人，人言如是，彼言亦如是，求其不谬则幸矣；我之所师者心，心觉其然，口亦信其然，依傍于世何为乎？究竟予言似创，实非创也，原本于方书之一言："医者，意也。"以意为医，十验八九，但非其人不行。

《本草》所载药方在实际运用中，常常是药效不定："同一病也，同一药也，尽有治彼不效，治此忽效者。"也有《本草》不载之事物，既非

---

① 《金史·列传第一·后妃上》。

② 王守仁：《答罗整庵少宰书》，《王阳明集》，上海古籍出版社1992年版，第65页。

药饵，又异刀圭，却能取得奇效。因而李渔得出结论："救得命活，即是良医；医得病痊，便称良药。"李渔一生多病，曾经有过一些类似的经历①，常慨叹世无良医、庸医误人，所以李渔在此激愤地说："我之所师者心，心觉其然，口亦信其然，依傍于世何为乎？"对于这句话的来源，他明确指出：此言似创而实非创也，原本于方书之一言："医者，意也。"

"医者，意也。"一语最早见于《后汉书·郭玉传》，后来就成为是流行于唐以后中国医学界的一句名言。关于它的意义，各家的解释虽有细微的差别，但总的来看，它强调医生治疗过程中要审气运、察人情、以意变通，灵活运用，既有知识上的融合贯通，又有治疗中的知权知变。如唐王焘《外台秘要方》云："凡服药散酒丸等，但所服者众，蒙效者寡。或五藏证候不同，七情有所乖舛，分两参差冷热有异，故陶隐居云：'医者，意也。'②古之所谓良医，盖以其意量而得其节，是知疗病者皆意出当时，不可以旧方医疗。"明周王朱橚《普济方》："孙真人云：'医者意也'，随时增损，物无定方，真言哉！"③古人以为，以意为医只可良医为之，庸医则为害巨大。对此，明蒋冕《太学生丘君行状》有精辟概括："其意盖病世医外方书古法，而惟以'医者，意也'之说，借口肆意妄为，以冀其一中，故其言曰：公输不外规矩而巧，师旷不外六律而聪，医之道亦然。盖必先明于法而后可以言意，意生于法而亦不外于法，舍法而言意则荡，舍意而言法则拘，虽不中亦不远，荡则无所不至，故与其失之荡也。"④

李渔对庸医随意用药颇反感。他曾引《新唐书·许胤宗传》中的一句话："古之上医，病与脉值，惟用一物攻之。今人不谙脉理，以情度病，多其药物以幸有功，譬之猎人，不知兔之所在，广络原野以冀其获，

---

① 崇祯三年庚午，李渔染时疫，违医嘱食杨梅得愈。不由感叹："碌碌巫咸，彼乌知此？"见《闲情偶寄·颐养部》。康熙十六年丁巳，李渔又染时疫，药用贵贱，攻之不愈。"迨后贵贱皆无，药以勿药，不期月而霍然起矣。"见《耐药解》，《一家言全集》卷2。
② 《外台秘要方》卷18，《四库全书·子部·医家类》。
③ 《普济方》卷240，《四库全书》子部医家类。
④ 黄宗羲：《明文海》卷433，《四库全书》集部八。

术亦昧矣。"① 说明多药无功，反能害人。但为何又举起"医者，意也"
这面旗帜，似乎矛盾的理论使得他必须进一步给以清晰的界定，于是他补
充说："以意为医，十验八九，但非其人不行。"这实际是古人"医者，
意也"理论的复述：以意为医者必须具有较高的医学水平，即"必先明
于法而后可以言意"，否则就失之于荡。

李渔实际上是把自己虚置为一个良医来谈医学，但又不免于一个庸医
受害者的激愤。"吾愿以拆字射覆者改卜为医，庶几此法可行，而不为一
定不移之方书所误耳。"李渔结尾这句话却否定了他的上述"但非其人不
行"的界定，虽然可以看作是深受庸医之害的愤激之语，但却使他的理
论走向了另一个极端，导致前后论述产生了矛盾。理论上的这种随意性与
矛盾，是李渔所有理论中一个常见的现象。

李渔承认自己的这个观点来源于古医书上的一句话，来自于历代医家
口耳相传的"医者，意也"这句经典医语。由此，古代医学强调"病不
执方"、"以意变通"的宗旨至少可以说是李渔生成上述观点的主要参照
物，李渔对"医者，意也"的阐述基本体现出古人在这个问题上的精神。
这就使我们有理由相信，李渔的这个观点主要不是源于王学，而是来自于
古代医学。但李渔用"心"代替"意"以及理论上的前后抵触又使我们
相信，他的这些观念的生成，并不仅仅是一种简单的、单线的承接关系，
他在一定程度上掺入的王学的语汇与观念，是在王学流行的时代语境中，
借用流行语汇来表述自己的观念，留下了一些时代的印迹。

三 "从来拜神拜佛都是自拜其心"

这句话出自李渔《十二楼·夏宜楼》。原文为：

> 娴娴待他说完之后，诧异了一番，就说："这些情节虽是人谋，
> 也原有几分天意，不要十分说假了。"明日起来，就把这件法宝供
> 在夏宜楼，做了家堂香火，夫妻二人不时礼拜。后来凡有疑事，就

---

① 古人引文，往往述其大意，与原文多不相符。此段原文为："古之上医，病与脉值，惟
用一物攻之，气纯而愈远。今人不善于脉，以情度病，多其物以幸有功，譬猎不知兔，广络原野
冀一人获之，术亦疏矣。"见中华书局版《新唐书》卷204，第5800页。

去卜问他，取来一照，就觉得眼目之前定有些奇奇怪怪，所见之物就当了一首签诗，做出事来无不奇验。可见精神所聚之处，泥土草木皆能效灵。从来拜神拜佛都是自拜其心，不是真有神仙、真有菩萨也。

黄强认为，它与王阳明"鬼神没有我的灵明，谁去辨他吉凶灾祥"相似，从而作为李渔服膺王阳明的又一证据。而王阳明原文为：

> 先生曰："你看这个天地中间，什么是天地的心？"对曰："尝闻人是天地的心。"曰："人又什么教做心？"对曰："只是一个灵明。""可知充天塞地中间，只有这个灵明，人只为形体自间隔了。我的灵明，便是天地鬼神的主宰。天没有我的灵明，谁去仰他高？地没有我的灵明，谁去俯他深？鬼神没有我的灵明，谁去辨他吉凶灾祥？天地鬼神万物离去我的灵明，便没有天地鬼神万物了。我的灵明离却天地鬼神万物，亦没有我的灵明。如此，便是一气流通的，如何与他间隔得！"又问："天地鬼神万物，千古见在，何没了我的灵明，便俱无了？"曰："今看死的人，他这些精灵游散了，他的天地万物尚在何处？"

王阳明认为：世间万物以及天地鬼神皆因我的"灵明"而存在，舍却"灵明"则一切归于乌有。而"灵明"就是"心"，心所感觉到的便是实在的。人死，精灵游散，天地鬼神就不复存在。人是一个感知的主体，客体是因我的心而存在，这就是王阳明的唯心论，其中包含了李渔所谓"拜神拜佛都是自拜其心"的无神论内容。然从纵向的角度看，李渔此"心"并不能上升到王学"灵明"的哲学高度，作为一般心理学意义之"心"，那不过是儒家和无神论者的通常用语。

孔子非常重视鬼神祭祀之事，他说："祭如在，祭神如神在。"在孔子看来，人事近，天道远，慎重祭祀也无非尽人心而已。王充进一步说，祭鬼是"推生事死，推人事鬼"的一种形式：

> 实者，百祀无鬼，死人无知。百祀报功，示不忘德。死如事生，

示不背亡。祭之无福，不祭无祸。祭与不祭，尚无祸福，况日之吉凶，何能损益?①

王充认为：祭祀无关祸福吉凶，祭祀无非是生人"示不忘德"、"示不背亡"，是生人孝德之意和趋利避祸之心的一种寄托。李渔"从来拜神拜佛都是自拜其心"即是此意。李渔还说过类似的话："善者敬神，恶者畏鬼，究竟都非异物，须知鬼神出在自己心头。"②"鬼神原不骗人，是人自己骗自己。"③"鬼神祸福之事，从来是提起不得的；一经提起，不必在暗处寻鬼神，明中观祸福，就在本人心上生出鬼神祸福来。一举一动，一步一趋，无非是可疑可怪之事。"④ 概言之，李渔认为鬼神乃是人的心理需求所致，是一种心造的幻影。鬼神不可恃，求神不如求己。如此看来，李渔继承了古代无神论者的战斗精神，一生从未放弃过对鬼神迷信的批判与抨击。因此，"从来拜神拜佛都是自拜其心"的无神论观念并非仅仅源于王学，其中"从来"所标明的时间跨度也说明其与王学之"灵明"没有直接的顺承关系。

四 "偏喜予夺前人，曲直往事，其所议论，大约合于宋人者少，而相为犄角者众"

虽然李渔几个主要观点并不是主要来自王学，但这并不意味着他与王学完全隔膜，王学作为那个时代的重要思想潮流，都曾给李渔以影响。不过他不是以一种亦步亦趋的教条出现的，而是作为一种时代精神，在不知不觉中浸润濡染着李渔，影响着李渔。李渔身上的那一股不拾人牙慧、喜欢标新立异的个性，那种不迷信鬼神、不迷信正史、不盲目崇拜圣经贤传的独立精神，都可使人感受到晚明哲学思潮之脉搏以及当时社会风气之余息，而这都与王学特别是王学左派李贽、何心隐、颜均诸辈开辟的狂狷风气相关联。

---

① 王充：《讥日篇》，《论衡》卷24，上海古籍出版社1990年版，第229页。
② 李渔：《五显灵庙》，《笠翁文集》卷4，《李渔全集》第1卷，浙江古籍出版社1991年版，第300页。
③ 李渔：《无声戏·变女为儿菩萨巧》，《李渔全集》第8卷，浙江古籍出版社1991年版。
④ 李渔：《十二楼·拂云楼》，《李渔全集》第9卷，浙江古籍出版社1991年版。

最明显的例子是，李渔的论古文无论在形式上还是在精神上都直承了李贽《藏书》《读古》的风格。袁中道《李温陵传》在谈到李贽之《藏书》时说：

> 盖公于诵读之暇，尤爱读史，于古人作用之妙，大有所窥。以为世道安危治乱之机，捷于呼吸，微于缕黍。世之小人既侥幸丧人之国，而世之君子理障太多，名心太重，护惜太甚，为格套局面所拘，不知古人清净无为、行所无事之旨，与藏身忍垢、委曲周旋之用。使君子不能以用小人，而小人得以制君子。故往往明而不晦，激而不平，以至于乱。而世儒观古人之迹，又概绳以一切之法，不能虚心平气，求短于长，见瑕于瑜，好不知恶，恶不知美。至于今，接响传声，其观场逐队之见，已入人之骨髓而不可破。于是上下数千年之间，别出手眼，凡古所称为大君子者，有时攻其所短；而所称为小人不足齿者，有时不没其所长。其意大抵在于黜虚文，求实用；舍皮毛，见神骨；去浮理，揣人情。即矫枉之过。不无偏有重轻，而舍其批驳谴笑之语，细心读之，其破的中窾之处，大有补于世道人心。而人遂以为得罪于名教，比之毁圣叛道，则已过矣。①

李贽对待历史的态度，传文的概括是精当的，即"黜虚文，求实用；舍皮毛，见神骨；去浮理，揣人情。"主张读史论史者要摒除后来的名心与理障，以原初之童心去拨开蒙盖在历史中的虚文浮理，窥见其符合人情物理之真义，只有这样才能有补于世道人心。在当时，李贽这种看法被认为是毁圣叛道，有罪于名教。然应该看到，李贽表面上的非儒诋孔，其实主要是出于对伪道学的不满，其旨归仍是维护道学的纯洁性。作为明中晚期的著名思想家，他的思想和品格对社会产生了巨大的影响。然在李渔的文字中，最能体现这种影响的，还是他的论古文章。在《笠翁别集·弁言》中，李渔发表了与《李温陵传》相似的观点。他说：

---

① 袁中道：《袁中道集》卷17，《传世藏书》集部别集9，诚成企业集团有限公司1996年版，第196页。

信史犹可言也，其信论史之人，犹过于信作史者。论史者谁？宋儒是也。彼以为是，群然许之；彼以为非，设有稍加恕词者，则群起而攻其谬矣。其何以故？盖宋儒非他，皆工于信史者也。彼信而我信之，犹矮人笑长人之笑，长人又笑场上之笑耳。乌知信以传信者之为讹以传讹乎？犹人伤食反恶食，甘苦咸淡，自莫能辨，反不若枵腹者之善尝五味也。

李渔这种对历史的怀疑态度与李贽的思想可谓一脉相承，他直接地说："予独谓二十一史，大半皆传疑之书也。"李渔反对对圣贤的崇拜，认为圣人与一般人并无多大的区别。他说："圣贤不无过，至愚也有慧。"[1] 他还说："天下之名理无穷，圣贤之论述有限，若定要从圣贤口中说出，方是明理，须得生几千百个圣贤，将天下万事皆评论一过，使后世说话者如蒙童背书、梨园演剧，一字不差，始无可议之人矣，然有是理乎？"[2] 李渔接着说："凡此者皆读书太繁，书为祟于腹中，而聪明反为所障。"他所谓的"聪明"可以看作李贽"童心"之翻版，其中不难体味到时代赋予他的新鲜气息。

李渔同他的前辈李贽一样，对宋儒论史之失和"世儒"对宋儒的盲信非常不满。他说："彼信而我信之，犹矮人笑长人之笑，长人又笑场上之笑耳，乌知信以传信者之为讹以传讹乎？"对于明中叶后理学界的这种状态，李贽也做过类似的比喻："至于今，接响传声，其观场逐队之见，已入人之骨髓而不可破。"二者真可谓是"接响传声"，腔调惊人的一致。又李渔与李贽一样，好发疑古之论，好作翻案文章。其初衷正如他所说："古人已死，随后人贬驳而不能辩，要当有以服心，凡吾所言，皆求所以服其心也。"李渔"曲直往事"往往是这样，其"求所以服其心也"就是要求读史之人像"枵腹者之善尝五味"一样，摒弃外在识见的蒙蔽，以"心"即人情物理去揣测历史事件和评价历史人物，即余澹心在眉评中所

---

① 李渔：《读史志愤》，《笠翁诗集》卷1，见《李渔全集》第1卷，浙江古籍出版社1991年版，第18页。

② 李渔：《论唐太宗以弓矢、建屋喻治道》，《笠翁别集》卷2，《李渔全集》第1卷，浙江古籍出版社1991年版，第442—443页。

说："运用之妙，存乎一心。"① 这与李贽"黜虚文，求实用；舍皮毛，见神骨；去浮理，揣人情"的论史思想是一致的。如此看来，李渔在论古文中所表现出的这种非圣蔑理的态度确实与王学左派尤其是李贽的思想有直接的继承关系。

尽管李渔在理论上宣称："大约合于宋人者少，而相为犄角者众。"声言他对程朱之史论之否定多于肯定，然事实上李渔并非一味地与程朱作对。遍览李渔论古文，肯定宋儒言论的倒多于否定的。比如《论纲目书张良博浪之击与荆轲聂政之事之一褒一贬》基本认同《纲目》对张良、荆轲聂政之褒贬。《论黄宪比颜子》尤为信服朱晦庵对黄宪的评论。《论周勃左袒之问》又服膺于程子之议论。程子谓："当时太尉已得北军，士卒惟旧将是听，非惟不当问，亦不必问也。"李渔进一步发论："以予观之，此必太尉与诸将定计于先，约以左袒为号，故于临时发令，以齐士卒之心耳。"他认为周勃左袒之问实是定计于先，无非是"齐士卒之心"的一种手段。此议与程论并未相左，不过是在程论基础上的进一步引申。对此王邻哉赞赏有加："汉高知勃于吕后未篡之先，笠翁知勃于群喙交攻之后，千古上下，目光如炬者，两人而已。"此语未免夸饰，然李渔之论常常能发幽抉微，阐发先儒（也包括宋儒）议论文字背后的意义，时有惊人之论、新异之语，李渔论古文的新异处大概如此。

平心而论，李渔论古虽然理论上和形式上师承李贽《藏书》《焚书》，然在对待宋儒的实际态度上，与王学左派有明显的差异。李渔远没有李贽那样的愤激与恣狂。李贽非圣反理，痛诋宋儒，其狂放激进，汪洋恣肆，溢于言表，不加掩饰。如《焚书·卷五》"王半山"条：

> 盖朱亥于公子相知不深，又直侯生功成名立之际，遂以死送之耳。虽以死送公子，实以死送朱亥也。丑哉宋儒之见，彼岂知英雄之心乎！盖古人贵成事，必杀身以成之；舍不得身，成不得事矣。

李渔则多以"先儒"之言立论，间或也事涉程朱，然多顺势揣测之

---

① 李渔：《论韩信兵法》眉评，《笠翁别集》卷1，《李渔全集》第1卷，浙江古籍出版社1991年版，第340页。

辞，很少有反论。究其原因，李渔并不像李贽那样以维护真道统、反对假道学而自任，以廓清士风、道风为使命。王仕云序谓李渔的论断"可以持国是，可以正人心"，只可看作是一种溢美之词。李渔的疑古之论不乏聪明纤巧之见，然总的看来并没有明确的道德皈依和政治目的，他的所谓"偏喜予夺前人，曲直往事"已失去了晚明王学左派那种狂飙突进的激情，他的标新立异很难排除功利性的动机。这其中除了李渔的个性因素外，与他以名求利的商业追求有密切关系。

诚如笔者所论述的，李渔与晚明心学的关系并不是那么简单而直接。李渔用"心"所表述的并不等同于王学"心"之概念，与李贽"童心"也存有一定距离。李渔"心"之概念在很大程度上取自于古代哲学、医学等典籍中的经典用语。在李渔那里，"心"可与"意"通，是一般心理学概念而非哲学概念。在心学语汇流行的晚明清初，李渔借"心"所表达的是一种形而下的生活智慧，而非哲学思辨内容。它的形成大约主要来自于以医学为核心的家庭教育，来自于一般的口头用语。明乎此，我们可以断言，李渔并不是阳明心学亦步亦趋的传承者。即使在论古文中，李渔貌似诋宋反理，师承李贽《藏书》《焚书》之风格，然在思想与精神上却与李贽相差甚远。李渔在论古文中的好异求新，除了他的个性原因外，很难排除其功利性的动机。

有人认为李渔是最后一个王学殿军，或竟如论者所言："他的反传统思想，他那在一切领域中有感即鸣、自成一家的独特风貌，反对模仿、力主创新的强烈意识，都可在这种影响中找到根源。"这种论断汲汲于现象之间的简单的比附联系，而使结论不免走了极端。笔者也承认，李渔生当晚明清初之际，受到过王学及其后学的启迪，呼吸过晚明的自由空气，受其影响自不待言。然李渔的情况远比那些王学精英们复杂得多。一是明末清初，社会对王学的批判清算之风正炽，王学影响已渐趋式微，李渔不会对此亦步亦趋。二是由于战乱而导致的生存危机迫使李渔走上了一条以艺谋生之路。我们看到的李渔，常常奔波颠连于风雨之途，屈身乞食于豪右之府。这种独特的生活方式决定了他类于俳优的身份，于是，他的文字与他的真实思想常常相互抵触，口头所宣扬的并不一定就是他生活中所奉行的。只有将他的言论放到其真实的文化环境中去考察，才能寻绎其一以贯之思想之所在。这种言语和理论上的随意性，常常真假杂陈，使人是非莫辨。即使是文学创作上，理论与实践往往存在着一定的距离。理论与实践之间这种矛盾性与复杂性，究其根源，还是与李渔明显的功利目的有关。

至于李渔心学观念的形成，在更广阔的背景上，李渔更多地汲取了古人的智慧，也吸收了一些心学语汇与概念，形成了自己的心学理论。李渔非常注重文化知识上的兼收并蓄，强调作家的古学修养，他主张广泛地阅读古代典籍，从经传子史以及诗赋古文，道家佛氏九流百工之书。下至孩童所习《千字文》《百家姓》，无一不浏览。对古代文化只有"寝食其中"，自然能为所化，才能求新出异，避免陈词滥调。① 所以，李渔的观念往往得益于其丰富的文化修养，离开了这条途径，我们的研究就只会流于表象，偏执一端，只见树木不见森林，便会得出错误的结论。

---

① 李渔：《闲情偶寄·词曲部》"词采第二"，《李渔全集》第 3 卷，浙江古籍出版社 1991
年版，第 16 页。

第五章　李渔园林技艺与创作

　　技艺与文学，在现代文艺理论看来，是水火不相容的两种东西。然而，在各种文学艺术，尤其是作为白话小说源头的说唱文学萌芽产生的初期，文学与技艺并没有明显的分野。这一方面是指两类之间经常借鉴和融合；另一方面是指在创作者或接受者中，人们在思想意识上很少把文学视为高于实用技艺的人类精神产品。因此，在诗书礼乐占主导地位的雅文化传统中，文学尤其是小说、戏曲等通俗文学便被视为文人末技不足为也。早期的小说被视为丛残小语、道听途说，早期的说话仅仅是说唱艺人的一种技艺，早期的戏曲也是流落于民间的书会才人的作品，在古代这些都被认为是一种技艺。即使是诗文，虽然曹丕将诗文地位提高到经国之大业、不朽之盛事之高度，但在人们心中，仍视作一种文人末技。苏辙说："臣家世寒儒，仅守父兄之朴学，文史末技，不通邦国之大猷。"[1] 苏轼说："臣等误缘末技，待罪禁林。"[2] 王阳明说："彼诚知技艺之可以得衣食，举业之可以得声利，而希美官爵也。"又说："夫技艺之不习，不过乏衣食；举业之不习，不过无官爵。"如此看来，士、农、工、商四民中，除农本之外，凡衣食之赖者，均可视为技艺。那么，创作作为一种文字技艺，应与世俗的其他技艺等量齐观。

　　李渔怎么来看待创作与技艺的关系呢？在李渔看来，填词非末技。他说：

　　　　填词一道，文人之末技也。然能抑而为此，犹觉愈于驰马试剑，

---

① 苏辙：《免尚书右丞表二首》，《传世藏书》集部别集 4，第 281 页。
② 苏轼：《谢三伏早出院表》，《传世藏书》集部别集 4，第 162 页。

纵酒呼卢。孔子有言："不有博弈者乎？为之犹贤乎已。"博弈虽戏具，犹贤于"饱食终日，无所用心"；填词虽小道，不又贤于博弈乎？吾谓技无大小，贵在能精；才乏纤洪，利于善用……。由是观之，填词非末技，乃与史传诗文同源而异派者也。①

在理论上，李渔努力抬高"填词"的地位，认为其与史传诗文"同源而异派"，而在事实上，李渔以"填词"自养，又认为它与其他一般技艺皆属"食力"之范畴。《与陈学山少宰》说：

> 一艺即可成名，农圃负贩之流，皆能食力。古人以技能自显，见重于当世贤豪，遂致免于贫贱者，实繁有徒，未遑仆数；即今耳目之前，有以博弈声歌、蹴鞠说书等技，遨游缙绅之门，而王公大臣无不接见恐后者。渔自识字知书，操觚染翰，且不具论，即以雕虫小技目之，《闲情偶寄》一书，略征其概，不特工巧犹人，且能自我作古。乃今百技百穷，家无担石，犹向一技自鸣者贷米而炊、质钱以使，是笠翁之技可悯也。②

以技艺自养，李渔从不讳言。然虽以技艺声闻遐迩，但经常处困，怨恨不免常常流于笔端，在李渔看来，自己属于有才有技之人，"夫有才有技而不能见之于人，反为当时所摈者，古今来间亦有之"，他举了两类人为例，说明自己不属此例，没有两种恶习，但还是受困窘，于是，他不禁感叹道："是笠翁之可悯，又不止才技两端而已也。"

毫无疑问，李渔虽然自叹"百技百穷"，但他的成功仍得益于其广泛而深厚的技艺杂学修养。他在医疗养生、园林建筑、饮食烹调等诸多领域的深厚造诣，对其创作的影响既深且广。研究李渔，不能忽视其杂学技艺因素的存在，否则，这种研究将是空中楼阁、无源之水，不能切近李渔的实质。但是，技艺对李渔创作的影响又是一个非常复杂、不容易理清的问

---

① 李渔：《闲情偶寄·词曲部》"结构第一"，《李渔全集》第 3 卷，浙江古籍出版社 1991 年版，第 1 页。

② 李渔：《笠翁文集》卷 3，《李渔全集》第 1 卷，浙江古籍出版社 1991 年版，第 163 页。

题，它的影响可能是思想观念层次的，也可能是艺术技巧层次的。为了叙述方便，笔者拟以技艺种类分别论述之，并且只就对其创作影响较大的几种进行考述，以期凸显李渔创作的独特风格。

第一节　李渔的造园技艺与园林思想

李渔一生多才多艺，但最为得意的有两项：一是戏曲；一是造园。他说："生平有两绝技，一则辨审音乐，一则置造园亭。"（《闲情偶寄·居室部》）但相比而言，湖上笠翁声名远播，主要得益于创作、家乐与出版，造园则稍逊一筹。康熙十年辛亥（1671），《闲情偶寄》书成，李渔在给当时的礼部尚书龚鼎孳的信中说："生平痼疾，注在烟霞竹石间，尝与人曰：庙堂智虑，百无一能；泉石经纶，则绰有余裕。惜乎不得自展，而人又不能用之。他年赍志以没，俾造化虚生此人，亦古今一大恨事。故不得已而著为《闲情偶寄》一书，托之空言，稍舒蓄积。"①李渔认为自己一生诸艺，造园技艺最精，但不能自展而人又不能用之。笠翁所言，当为实情。在李渔生前和死后的相当长的一个时期内，李渔作为戏曲家和出版家的声誉远远遮盖了其作为造园家的影响。现代的研究者往往将李渔的造园与戏曲并提，不切实际地拔高李渔在造园史上的地位，违背了知人论世的研究原则。因此，弄清李渔一生的造园事实、造园理论以及他在造园史中的地位、造园技艺对文学创作的影响，有助于更客观地解释李渔、评价李渔。

一　李渔园林生活的三个时期

以往的研究者大都把李渔鼎革以后的生活以园林分界，分为伊园时期、芥子园时期、层园时期三个阶段。这种分法大致反映了李渔一生三个阶段性的特点，也说明了园林在李渔一生的重要地位。李渔一生，虽然有着一些一以贯之的园林美学思想，但从李渔造园的实际来看，在这三个时期中，由于不同的生活境况、阅历见解、审美情趣，李渔在园林实践和园

---

① 李渔：《与龚芝麓大宗伯》，《笠翁文集》卷3，《李渔全集》第1卷，浙江古籍出版社1991年版，第162页。

林思想上有着不同的特点，所以，李渔的园林思想的形成也呈现为一个不断发展演变的过程。

李渔从小就对园林有着特别的嗜好。少年时期，他"家素绕，其园亭罗绮甲邑内"。① 成年之后，他肆兴漫游，到过江浙一带的许多地方，如杭州、南京、广陵（扬州）、苏州、京江（镇江）、云阳（丹阳）、严陵等地。这些地方山川秀美、名园众多、园林文化发达。李渔"遨游一生，遍览名园"，长期的游历、丰富的见识为李渔以后的造园技艺及造园理论的形成奠定了基础。

甲申之乱前后，李渔曾在金华有过一段乡居生活。写过的诗歌有《安贫述二首》，其一云：

> 为农不披蓑，田间有高树。为渔不带笠，绿水斜通户。非不备阴晴，无所施其具。地能容我略，天复成其误。好木伐为薪，劈开中有蠹。山田懒不耕，军行踏成路。偶合类如此，其中若有故。所以淡无营，一切委天数。

这首诗中，李渔解释了他田园生活的原因，是战乱把他赶到了这偏远的乡村，是战乱让他实现了田园生活的梦想，战乱又使他懒于农事，"山田懒不耕，军行踏成路"，"所以淡无营，一切委天数"。此时虽然贫穷，但他能自得其乐，充分享受大自然的赐予。其二曰：

> 有施无所济，徒然负胸襟。不如安我贫，抱膝成孤吟。有山不期高，有水勿务深。但求远市廛，不为尘俗侵。林宽宜盛暑，屋小耐天阴。枕上闻啼鸟，花间鸣素琴。闲来理残编，悠然自古今。所得亦已奢，胡为计浮沉。纷纷雁患儿，尽多为黄金。②

李渔认为自己空怀壮志，施无所寄，只有与花鸟琴书为伴，似有志不得已的怅惘，但诗中又充溢着林下之乐、归隐之趣，颇类陶诗之情趣。这

---

① 黄鹤山农：《玉搔头序》，《李渔全集》第 5 卷，浙江古籍出版社 1991 年版，第 215 页。
② 李渔：《笠翁诗集》卷 1，《李渔全集》第 2 卷，浙江古籍出版社 1991 年版，第 7、8 页。

时的李渔仿佛还动了真人之想，向往起游仙境界。如《有怀叶炼师》：

> 谡谡松涛风，吹我林下氅。霭霭天际云，动我真人想。真人不在
> 天，岩栖脱尘网。寸心若澄渊，静极生灵爽。已不骛天人，天人自来
> 往。栖真得其宅，蓬莱在上壤。神仙或心驰，在天亦尘鞅。伊人真可
> 怀，终年隔苍漭。何时溯流从，空谷闻清响。①

然而崇祯十六年的浙江诸生许都造反，十七年的甲申之乱，随后的清
兵南下，顺治三年的婺城之战，接连不断的战乱，血腥的屠杀，彻底打破
了李渔的美妙幻想。鼎革之际江浙一带受害最惨，乱世中的李渔挈家带
口，经常处于一种疲于奔命的颠簸之中，其心情是可想而知了。《甲申纪
乱》《避兵行》等诗文真实地记录下了这场旷世浩劫。但奇怪的是，战乱
似乎并没有给李渔带来刻骨的伤痛，相反，却不乏劫后余生的庆幸。他避
居于穷乡僻野，过了几年悠闲自得的田园生活。在《十二楼·闻过楼》
里，他解释了乡居的原因：

> 此诗乃予未乱之先避地居乡而作。古语云："小乱避城，大乱避
> 乡。"予谓无论治乱，总是居乡的好；无论大乱小乱，总是避乡的
> 好。只有将定未定之秋，似乱非乱之际，大寇变为小盗，戎马多似禾
> 稗，此等世界，村落便难久居。造物不仁，就要把山中宰相削职为
> 民，发在市井之中去受罪了！予生半百之年，也曾在深山之中做过十
> 年宰相，所以极诣居乡之乐。如今被戎马盗贼赶入市中，为城狐社鼠
> 所制，所以又极诣市廛之苦。你说这十年宰相是哪个与我做的？不亏
> 别人，倒亏了个善杀居民、惯屠城郭的李闯，被他先声所慑，不怕你
> 不走。到这时候，真个是富贵逼人来，脱去楚囚冠，披却仙人氅。初
> 由田畯社师起家，屡迁至方外司马，未及数年，遂经枚卜，直做到山
> 中宰相而后止。

古来多隐士，半是乱离人。相似的身世处境，使得避乱隐居的李渔和

---

① 李渔：《笠翁诗集》卷 1，《李渔全集》第 2 卷，浙江古籍出版社 1991 年版，第 11 页。

古代的那些隐士们产生了一种共鸣。李渔此时倒感谢起李闯，是李闯给了他实现田园梦想的机会，逼他"脱去楚凶冠，披却仙人氅"，做起"方外司马"、"山中宰相"。李渔感到了田园生活的来之不易，更倾心地营造和品味田园生活，他自建园林的梦想终于在这时得到了实现。

他的第一次造园实践是在战乱渐平、清朝统治基本稳定的背景下开始的。顺治五年，浙江战事已停，他在家乡购置百亩伊山，建造了伊园。《卖山券》中忆及当时情景："伊山在濲之西鄙，舆志不载，邑乘不登，高才三十余丈，广不溢百亩。无寿松美箭、诡石飞湍足愉悦耳目，不过以在吾族即离之间，遂买而家焉。"① 李渔稍加修葺，建造了多处景观。《伊园杂咏》咏及的有燕又堂、停舸、宛转桥、蟾影、宛在亭、打果轩、迁径、踏影廊、打果轩、来泉灶等多处。

在古代，园林与隐逸有着密切的关系。上古时期的隐士如传说中的巢父、许由、伯夷、叔齐等，他们一般都是蓬门荜户，岩穴自藏。到了东汉以后，由于庄园经济的发展，隐逸与园林结了缘。隐士们任情放荡、行吟啸傲于山水园林之间。这些隐士归隐的目的，主要全身远害，以退隐的方式反抗混乱黑暗的现实，但也有为了保持个性自由、不愿与统治者合作的嵇康类名士，有吏非吏、隐非隐的山涛类的名士。在乱世或政治黑暗的时代，士人们在出处、仕隐的问题上常常存有深刻的矛盾，但作为一般士子的李渔，在易代之际，虽然对清朝曾有过憎恨，也透露过一些较为强烈的民族情绪，但几近灭亡的明政权使他的幻想破灭，此时的李渔对时局处于一种徘徊观望的阶段，用他自己的话来说："诗书逢丧乱，耕钓俟升平。"

顺治四年以后，李渔隐居于兰溪乡下，过着一种悠闲自得的"识字农"的生活。这种心理状态在他的诗词中表露出来。《山居杂咏》② 五首有言：

> 半生长蹙额，今日小开颜。绿田买三亩，青赊水一湾。妻孥任我傲，骚酒放春闲。独喜林泉福，天犹不甚悭。

① 李渔：《笠翁文集》卷2，《李渔全集》第1卷，浙江古籍出版社1991年版，第129页。
② 李渔：《笠翁诗集》卷1，《李渔全集》第2卷，浙江古籍出版社1991年版，第89—91页。

处处堪趺坐，花裀复草裀。赛神随宿例，听鬼说闲人。野客寒暄少，山家乐事真。

剩有闲情在，幽居肆讨论。选竿留竹杪，蓄杖护梅根。恋树身同鹤，忘忧我即萱。倦眠花影上，梦压海棠魂。

伊山别业建成以后，李渔有诗《伊山别业成·寄同社五首》，诗云：

闲云护榻成高卧，静鸟依人学坐忘。酒在邻家呼即至，果生当面看犹尝。

在李渔笔下，伊园就像陶渊明笔下的桃花源，成为一个乱世隐居、农桑自得的理想天地。优美的自然景色和淳朴的乡土人情，使他的心灵得到了暂时的安顿与净化，在这样的环境与心境下，李渔开始读书著述的工作：

南轩向暖北轩凉，宜夏宜冬此一方。遍栽竹梅风冷淡，浇肥蔬蕨饭家常。窗邻水曲琴书润，人读花间字句香。诗债十年酬未始，拟从今日备奚囊。①

需要指明的是：伊园时期的李渔身上还有更多的传统知识分子的情怀。在中国传统文化中，士大夫与园林结下了不解之缘。在园林这块人造的乐土中，人类热爱生活、亲近大自然的本性能够有效地排除来自世俗的种种困扰，最大限度地保持士大夫独立的自我本性。因此，不管现实的功名利禄多么诱人，园林始终是体验生命价值和生活意义的最佳园地，这大概就是士大夫不能忘情园林的主要原因吧。李渔这个时期的诗作中，虽然看不到陶渊明的"久在樊笼里，复得返自然"的辞官归乡的解放感以及《归去来兮》中那种摆脱组缨羁绊后的轻松，但对田园生活的向往，对自然美的追求，还是很强烈而又真切的。像陶渊明《饮酒》诗中"采菊东篱下，悠然见南山。山气日夕佳，飞鸟相与还"的境界，王维《终南别业》中"行

---

① 李渔：《笠翁诗集》卷2，《李渔全集》第 2 卷，浙江古籍出版社 1991 年版，第 165 页。

到水穷处，坐看云起时"的那种超然自得在李渔早期诗中还不少见。园林的一草一木、花鸟虫鱼都与李渔亲密相处、会心相得，此时李渔身上的泉石膏肓之疾，表现出的是传统士大夫对园林和自然美的追求的天然兴趣。

在这样一个天崩地坼的时代，李渔怡然自得的园林之乐常被人诟病。当清兵大举南下，一批爱国人士参与了抗清斗争。事败之后，或相约归隐，结庐林下田间，躬耕自给，或潜心著述，过着一种独善其身的清贫生活，像钱秉镫、黄宗羲、顾炎武、王夫之、屈大均等人一样，他们甘贫自守，保持坚定的民族气节。顾炎武《与江南诸子别》曾以"诸公莫效王尼叹，随处容身足草庐"与众人共勉；黄宗羲《山居杂咏》既有对锋镝牢囚的激愤，也有安贫力学的抒发。李渔此时，矛盾与斗争也比较激烈。顺治三年，有悼丙戌死难者的《婺城行吊胡中衍中翰》《挽季海涛先生》《丙戌初夜》等诗，顺治四年有《剃发二首》《丁亥守岁》，等等，这些诗均表现出较为强烈的爱国情绪。但和上述诸人相比，李渔身上好像少了许多明朝遗民那种恒定不变的民族主义的感情，避乱时期他写有《山居杂咏》《伊山别业成·寄同社五首》等田园诗。在携家带口、东躲西藏的几年避乱生活后，李渔在家乡似乎找到了一片安身之地，这时的乡居诗中也就渐渐淡化了以前的爱国情绪。

伊园成了乱后李渔的栖身之地和心灵家园。此时的伊园其实并不具有明清文人园林的精致与纤巧，而是在荒坡土丘上的一个简陋的乡野之居。几间茅屋，一口方塘，几乎不加雕饰，一切都讲究自然，利用"山水自然之利"和"花鸟殷勤之奉"，却也构筑得风光宜人："门外时时列锦屏"，"山窗四面总玲珑"，"飞瀑山厨止隔墙，竹梢一片引长流"。草堂、蓬户、竹梅、田蔬，一派山居田园风光。李渔诗谓："山麓新开一草堂，容身小屋及肩墙。""数椽恰好面清流，竟是寒江一钓舟。蓬户无人常不闭，湘帘虽设却还钩。窗虚受月浑三面，池小容鱼仅百头。贫士买山徒费想，此身此外复何求。"这就是伊园的现状。李渔又说："但作人间识字农，为才何必擅雕龙。养鸡只为珍残粒，种桔非缘拟素封。酒少更栽三亩秫，花多添饲一房蜂。贫居不信堪舆改，依旧门前着好峰。"① 李渔此时

① 李渔：《笠翁诗集》卷2，《李渔全集》第1卷，浙江古籍出版社1991年版，第165—166页。

自称"贫士"、"贫居",言明自己家境窘迫,没有能力"擅雕龙",去做正常的修饰装点。所以,李渔笔下的伊园充其量是一个简朴的乡村家居、山麓草堂。《光绪兰溪县志》卷七载:"伊山别业,在太平乡伊山头,李渔建。"① 袁震宇先生认为:"如非小具规模,县志未必视为古迹,而况小草堂不可能保留到二百多年后的光绪年间。"② 这种说法其实不妥。县志所载,是李渔的声名所致,并不标志当时还有保存完整的李渔所建的伊园。而且,黄鹤山农在《玉搔头序》里所言李渔"家素绕,其园亭罗绮甲邑内"以及《兰溪县志》载李渔在乡期间带领下李村民兴修水利事都无法证明李渔此时真的不贫穷。不然的话,李渔在建伊园之前也不至于为口粮而入幕,借箸于人。③

李渔约在顺治七年携家迁往杭州④,开始了他杭州十年的流浪生活。约在顺治十八年前后又迁居金陵,可能先住在金陵闸上,后迁往长干。大约在康熙七八年,建造了芥子园。⑤ 李渔《芥子园杂联》序谓:"此予金陵别业也,地止一丘,故名芥子,状其微也。往来诸公见其稍具丘壑,谓取芥子纳须弥之义。"芥子园因地止三亩,状如芥子而得名,此园建成之后,既是李渔寓所,又是其文学创作、戏曲活动之园地,还是其书肆所在地,这时的芥子园就成为李渔生活、交游、文化活动的重要场所。

---

① 《光绪兰溪县志》卷七,《地方志集成》,台湾成文出版有限公司 1983 年版。

② 袁震宇:《李渔生平考略》,复旦大学《中国古典文学丛考》第 2 辑,1987 年 11 月。

③ 《乱后无家,暂入许橄彩幕》诗云:"时艰借箸无良策,署冷添人损俸钱。"

④ 李渔顺治什时何时移家杭州?学术界异说颇多:孙楷第《李笠翁与十二楼》言在顺治五、六年之间;《单谱》将其放在顺治七年;袁震宇《李渔生平考略》说应在顺治八年。孙楷第认为李渔顺治十五年移家金陵,而李渔《沈亮臣像赞》有"居杭十年"之句,故有上述推论。《单谱》称顺治七年李渔"居家杭州",却未说明理由。袁震宇"顺治八年"说主要依据有:李渔《辛卯元日》诗;顺治八年夏曾游黑山、东安(见李渔《黑山记》《东安赛神记》),二处在杭州附近。三是时局粗定,有移家的可能。

⑤ 关于芥子园的建成时间,《单谱》列为康熙八年,黄强认为其应建成于康熙七年戊申七夕之前,理由是:方文《嵞山续集》卷三有五律《李笠翁斋头同王左车雨宿》。其中有句"故人新买斋,忽漫改为园"。方文此诗作于康熙七年戊申七夕之前,又据余怀《玉琴斋词》有《满江红》(同邵村、省斋集笠翁浮白轩听曲)二首。而这二词作于康熙七年,则芥子园在此之前已经基本就绪。《单谱》据《闲情偶寄》卷四所收龚鼎孳为芥子园所题碑文额,其款日"乙酉初夏为笠翁道兄书",据此认为芥子园建成时间为康熙八年乙酉。又《单谱》认为康熙七年李渔已搬入芥子园。二说近是,然据资料显示,芥子园非一时建成,康熙七年李渔购置新宅开始建园,康熙八年乙酉完成。

　　和伊园相比，芥子园属于比较典型的城市园林，芥子园所体现的园林风格和伊园有着明显的不同。由于芥子园地止三亩，地势逼仄，怎么能够在有限的空间内尽量地摄取自然美，拓展园林空间，是这时李渔造园的主要难题。李渔汲取了中国传统园林中借景手法，并将之发扬光大。他说："开窗莫妙于借景，而借景之法，予能得其三昧。"他别出心裁地设计了观山虚牖"尺幅画"。在浮白轩中，有"善塑者肖予一像，神气宛然"，"予思既执纶竿，必当坐之矶上，有石不可无水，有水不可无山，有山有水，不可无笠翁息钓归休之地，遂营此窟以居之。"后设"尺幅窗"，见其物小而蕴大，有"须弥芥子"之义，尽日坐观，不忍阖牖，乃瞿然曰："'是山也，而可以作画；是画也，而可以为窗；不过损予一日杖头钱，为装潢之具耳。'遂命童子裁纸数幅，以为画之头尾，乃左右镶边。头尾贴于窗之上下，镶边贴于两旁，俨然堂画一幅，而但虚其中。非虚其中，欲以屋后之山代之也。坐而观之，则窗非窗也，画也；山非屋后之山，即画上之山也。不觉狂笑失声，妻孥群至，又复笑予所笑，而'无心画'、'尺幅窗'之制，从此始矣。"李渔还设置了"便面窗"来因借自然景色："不得已而小用其机，置机窗于楼头，以窥钟山气色。"在《闲情偶寄》中，李渔谈到在乙酉（康熙八年）制置梅窗的经历，并自豪地认为："生平制作之佳，当以此为第一。"其法就是取枯木数茎，置作天然之牖，"取老干之近直者，顺其本来，不加斧凿，为窗之上下两旁，是窗之外廓具矣。再取枝柯之一面盘曲、一面稍站者，分作梅树两株，一从上生而倒垂，一从下生而仰接，其稍平之一面则略施斧斤，去其皮节而向外，以便糊纸；其盘曲之一面，则匪特尽全其天，不稍戕斫，并疏枝细梗而留之。既成之后，剪彩作花，分红梅、绿萼二种，缀于疏枝细梗之上俨然活梅之初着花者。同人见之，无不叫绝。"李渔常常能别出心裁，化腐朽为神奇。

　　芥子园风格的形成是李渔园林艺术的一个质的飞跃。伊园是一个山麓别业，依山傍水，自然天成。芥子园则是一种人造的自然，李渔极力在有限的空间内创造最大限度的自然，在闹市中获得最大程度的自然审美享受，而这除了独具心裁的园林设计之外，别无他途。大到房屋构建，小到花鸟虫鱼，莫不如是。他说：

　　　　予性最癖，不喜瓶内之花，笼中之鸟，缸内之鱼，及案上有座之石，以其局促不舒，令人作囚鸾絷凤之想。故盆花自幽兰、水仙而外，未尝寓目。鸟中之画眉，性酷嗜之，然必另出己意而为笼，不同旧制，务使不见拘囚之迹而后已。自设便面以后，则生平所弃之物，尽在所取。从来作便面者，凡山水人物、竹石花鸟以及昆虫，无一不在所绘之内，故设此窗于屋内，必先于墙外置板，以备承物之用。一切盆花笼鸟、蟠松怪石，皆可更换置之。如盆兰吐花，移之窗外，即是一幅便面幽兰；盎菊舒英，纳之牖中，即是一幅扇头佳菊。或数日一更，或一日一更；即一日数更，亦未尝不可。但须遮蔽下段，勿露盆盎之形。而遮蔽之物，则莫妙于零星碎石，是此窗家家可用，人人可办，讵非耳目之前第一乐事？①

芥子园作为一个城市园林，李渔作了最大的努力。但他也承认，城市园林在摄取自然美方面还是受到许多限制。他说："予遨游一生，遍览名园，从未见有盈亩累丈之山，能无补缀穿凿之痕，遥望与真山无异者。"他强调："求天然者不得，故以人力补之。"他以假山为例说："幽斋磊石，原非得已。不能致身岩下，与木石居，故以一卷代山，一勺代水，所谓无聊之极思也，然能变城市为山林，招飞来峰使居平地，自是神仙妙术，假手于人以示奇者也，不得以小技目之。"他说："事事以雕镂为戒，则人工渐去，而天巧自呈矣。"② 强调人工的目的是接近自然，使之达到"天巧自呈"的境界。所以，他极力反对粉饰雕琢之事。芥子园内颇有几处佳构，如浮白轩、栖云谷、月榭、歌台等，楼台亭榭之外，又有草木花石点缀其间，相得益彰。"雨观瀑布晴观月，朝听鸣禽夜听歌"，李渔偃仰啸歌其中，足慰泉石膏肓之疾，芥子园就成为李渔造园史上最辉煌的一页。当然，芥子园名声的远播并不仅仅得益于他的造园艺术。

芥子园维持的时间并不长，主要是因为李渔的家累太重，要维持四十多口并不俭省的生活，李渔四方托钵，终年告贷，仍入不敷出。芥子园也无力维修，终至荒落。康熙十一年壬子（1672），李渔有诗《楚游别芥子

---

① 李渔：《闲情偶寄·居室部》"窗栏第二"，《李渔全集》第 3 卷，浙江古籍出版社 1991 年版，第 164 页。

② 同上。

园》，诗云："三径不果葺，已荒复就荒。琴书虽漫灭，出入可携将。同是贫家物，偏疏独可伤。梦归常恋恋，瞬息肯想忘？"[①] 可见李渔此时对维修芥子园已力不从心。康熙十六年丁巳（1677）年初，李渔再次移家杭州，此前一年，他已经作了一系列的准备工作，在浙江当道官员的支持下，他购买了张侍卫的旧宅及其周围山地，以作终老之用。这时的杭州新居，地处吴山之麓，介于铁冶岭和螺蛳山之间，李渔说："予自金陵归湖上，买山而隐，字曰层园，因其由麓至巅不知历几十级也。"[②] 丁澎《一家言诗集》序引李渔言曰："予偿葺是居也，非匠石之所能为也。颓垣废桶，灌莽虺蜮所丛处，芟之伐之，庀其材则得半焉。由是析钟山旧庐而益之，高其甍，有堂坳然，危楼居其巅，四面而涵虚。其槫橹则有蜷曲若螬者。户则有纳景如绘者，棍则有若蛛丝大石者。"静坐层园，可览山湖胜景："或俯或仰，倏忽烟云吐纳于其际，小而视之，特市中一抔土耳。凡江涛之汹涌，巑峰之崛岉，四湖之襟带，与夫奇禽嘉树之所颉颃。寒暑惨舒，星辰摇荡，风霆雨瀑之所磅礴，举骇于目而动于心者，靡不环拱而收于几案之间，虽使公输子睨视袖手而莫能使其巧也。"[③] 层园依山临湖，尽得湖山之胜，李渔往往抑制不住喜悦之情。《芥子园画传》初集序也形容层园曰："尽收城郭归檐下，全贮湖山在目中。"

如上所言，李渔选择杭州作为自己终老理想之地。这里既有比伊园更美的自然风景，同时又有较芥子园更胜的城市园林地貌，凭借自己丰富的建园经验，李渔本来欲借此展示自己的造园技巧，但紧接着的打击使他的建园工作力不从心，难以为继。康熙十六年，春节刚过，李渔全家南迁，层园尚"修葺未竣"，靠一人之收入维系一个四十口之众的大家庭，已经使李渔捉襟见肘，经济发生了困难。又由于旅途劳顿，诸事烦心，年事已高的李渔终于病倒，贫病交加，不得不向京城旧友们厚颜乞援。后来病情稍好，李渔又开始营建工作。层园几经修葺，渐成规模，直到康熙十九年庚申（1680）李渔病逝。

层园得湖山之胜，无须刻意装点和修饰，其美景令李渔心醉。然此时

---

① 李渔：《笠翁一家言诗词集》，《李渔全集》第 1 卷，第 122 页。

② 李渔：《次韵张壶阳题层园十首》，《笠翁一家言诗词集》，《李渔全集》第 1 卷，第 246页。

③ 丁澎：《一家言诗集》序，《笠翁一家言诗词集》，《李渔全集》第 1 卷，第 3 页。

李渔有关层园的歌咏并不多，这恐怕与李渔当时的心境有关。家境的困窘和自身之多病已使李渔心力交瘁，没有更多的闲情逸致将之形诸歌咏。尽管如此，李渔尚不废生活的优雅。他曾购湖舫一只，在上面设置"便面窗"一个，"予曰：四面皆实，独虚其中，而为'便面'之形。实者用板，蒙以灰布，勿露一隙之光；虚者用木作框，上下皆曲而直其两旁，所谓便面是也。纯露空明，勿使有纤毫障翳。是船之左右，止有二便面，便面之外，无他物矣。坐于其中，则两岸之湖光山色、寺观浮屠、云烟竹树，以及往来之樵人牧竖、醉翁游女，连人带马尽入便面之中，作我天然图画。且又时时变幻，不为一定之形。非特舟行之际，摇一橹，变一像，撑一篙，换一景，即系缆时，风摇水动，亦刻刻异形。是一日之内，现出百千万幅佳山佳水，总以便面收之。而便面之制，又绝无多费，不过曲木两条、直木两条而已。世有掷尽金钱，求为新异者，其能新异若此乎？此窗不但娱己，兼可娱人。不特以舟外无穷无景色摄入舟中，兼可以舟中所有之人物，并一切几席杯盘射出窗外，以备来往游人之玩赏。何也？以内视外，固是一幅理面山水；而以外视内，亦是一幅扇头人物。"其追求诗意的生活是如此，其技艺的精致与纤巧也如此。

从伊园到芥子园再到层园，从简陋的山居别业，到精致的城市园林，再到融合自然风光和人工匠意的湖山别墅，李渔追求自然美和诗意生活的过程始终没有断过。这个过程不仅是李渔建园经验和理论不断丰富和发展的过程，同时它还是一种象征，是李渔一生心路历程的象征，显示出园林生活在李渔一生中的重要性。

二　李渔园林建筑的美学思想

一般来说，明清文人园林是指那些继承了古代文人崇尚高雅的文化传统，着意于怡情悦性、放逸退隐的人生目的，体现了文人对传统诗画艺术的深刻理解和自然美高度鉴赏能力以及人生出处境界的深刻体验，比以往豪右士族为争奇斗富而造的私园更具"文人化"的特征的园林。李渔造园的事实与理论与当时的文人园林在某些方面有着共同的特征，如崇尚高雅、强调自然、注重借景等等。然细究起来，李渔的园林理论和园林实践还是有着独特的地方。人们常笼统地把它归之为文人园林，不能说没有道理，但笔者认为，在明清文人园林中，李渔园林思想固不乏雅致的审美追求，然突出体现的是一种下层文士的造园意识、造园趣味。正如李渔常以贫士自称，我们或可称之为贫士造园家。

1. 推崇创新，反对因循

李渔特别强调创新，视创新为一切创作的生命。在文学艺术领域，他高扬创新的大旗。在园林建设上，同样高度重视创新的价值，他认为园林设计应别具只眼、自出机杼。他说：

> 性又不喜雷同，好为矫异，常谓人之其葺居治宅，与读书作文同一致也。譬如治举业者，高则自出手眼，创为新异之篇；其极卑者，亦将读熟之文移头换尾，损益字句而后出之，从未有抄写全篇，而自名善用者也。①

在李渔看来，创新不仅仅是自己具有的一种追求和品性，也是每个人都具有的，只不过其才力有高下之别罢了。才力卑下者往往自画为愚，故步自封，不能做到"因其材美，而取材以制用。"他举例说，农家与儒门，都"以柴为扉，以瓮作牖，大有黄虞三代之风"，所用材质没有什么不同，但农家"纯用自然，不加区画"，儒门则取"瓮之碎裂者联之"，使有哥窑冰裂之纹，于是俗雅立见、高下分明。②他说："人谓变俗为雅，犹之点铁成金，惟具山林经济者能此，乌可责之一切？予曰：'垒雪成狮，伐竹为马，三尺童子皆优为之，岂童子亦抱经济乎？有耳目即有聪明，有心思即有智巧，但苦自画为愚，未尝竭思穷虑以试之耳。'"李渔认为，人"有耳目即有聪明，有心思即有智巧"，人都有山林经济的潜能，但在现实中，人们往往盲信权威、蒙蔽智聪，在园亭构造上模仿名园，亦步亦趋，导致园林因袭雷同、陈腐平庸。李渔对此非常反感，他激愤地说：

> 乃至兴造一事，则必肖人之堂以堂，窥人之户以立户，稍有不

---

① 李渔：《闲情偶寄·居室部》"房舍第一"，《李渔全集》第3卷，浙江古籍出版社1991年版，第155页。

② 同上。

合，不以为得，而反以为耻。常见通侯贵戚，掷盈千累万之资以治园圃，必先谕大匠曰："亭则法某人之制，榭则遵谁氏之规，勿使稍异。"而操运斤之权者，至大厦告成，必骄语居功，谓其立户开窗，安廊置阁，事事皆仿名园，纤毫不谬。噫，陋矣！以构造园亭之胜事，上之不能自出手眼，如标新创异之文人；下之至不能换尾移头，学套腐为新之庸笔，尚嚣嚣以鸣得意，何其自处之卑哉。

李渔进一步强调园林艺术的个性，认为构造园亭既要独出机杼、有所创新，又要充分体现造园主的审美个性。他说：

> 然造物鬼神之技，亦有工拙雅俗之分，以主人之去取为去取。主人雅而喜工，则工且雅者至矣；主人俗而容拙，则拙而俗者来矣。有费累万金钱，而使山不成山、石不成石者，亦是造物鬼神作祟，为之摹神写像，以肖其为人也。一花一石，位置得宜，主人神情已见乎此矣，奚俟察言观貌，而后识别其人哉？

在这里，"以主人之去取为去取"，是说造园家要迁就主人的嗜好，按照主人的审美情趣去取舍，造园家貌似处于被动的地位。但李渔所强调的却不只这些。虽说"主人雅而喜工，则工且雅者至矣；主人俗而容拙，则拙而俗者来矣"，园主的趣味关乎园林的品位，但有品位的园主自然会有有品位的造园家。高明的造园家能够"一花一石，位置得宜"，使之能够恰当地体现主人性情爱好，展示"造物鬼神之技"。那么，造园家的品位就显得非常重要。然而，这一切都取决于造园者的审美感悟之能力以及在此基础上的创新能力。

2. 崇尚自然，反对雕琢

中国古代园林无论是早期的皇家园林还是明清时的文人园林，同样追求用尺度有限的实际空间，塑造出尽可能无限的空间感觉。例如用借景、园景空间的曲折多变、园景与更大范围自然山水的融合等手段造成绵邈无尽的艺术效果。历代造园家都把借景作为造园第一要务。无不在刻意模仿自然的前提下最大限度地因借自然风景，摄取和开发园林自然美的空间，酿造诗情画意的园林境界。计成《园冶》有借景篇曰："夫借景，林园之最要者也。如远借、邻借、仰借、俯借、应时而借。然物情所逗，目寄心期，似意在笔先，庶几描写之尽哉。"又曰："构园无格，借景有因。切要四时，何关八宅。林皋延伫，相缘竹树萧森；城市喧卑，必择居邻闲逸；高原极望，远岫环屏，堂开淑气侵入，门引春流到泽。嫣红艳紫，欣逢花里神仙；乐圣称贤，足并山中宰相。"① 李渔特别强调园林的借景功能。他在讲到园林的借景时很得意地说："开窗莫妙于借景，而借景之法，予能得其三昧。向犹私之，乃今嗜痂者众，将来必多依样葫芦，不若公之海内，使物物尽效其灵，人人均有其乐。但期于得意酣歌之顷，高叫笠翁数声，使梦魂得以相傍，是人乐而我亦与焉，为愿足矣。"笠翁造园巧于因借，他在建筑芥子园时尝作观山虚牖，名"尺幅窗"，又名"无心画"，"遂命童子裁纸数幅，以为画之头尾，乃左右镶边。头尾贴于窗之上下，镶边贴于两旁，俨然堂画一幅，而但虚其中。非虚其中，欲以屋后之山代之也。坐而观之，则窗非窗也，是画也，而可以为窗；不过损予一日杖头钱，为装潢之具耳。"

在芥子园、层园的构建上，李渔都十分重视最大限度地因借自然风光，拓展园林的空间美。不特建筑要善于借景，在园林配置的其他因素上，他同样强调自然美的重要性。李渔一生性嗜花竹，如他谈到花鸟盆景时说：

> 予性最癖，不喜瓶内之花，笼中之鸟，缸内之鱼，及案上有座之石，以其局促不舒，令人作囚鸾絷凤之想。故盆花自幽兰、水仙而外，未尝寓目。鸟中之画眉，性酷嗜之，然必另出己意而为笼，不同旧制，务使不见拘囚之迹而后已。但须遮蔽下段，勿露盆盎之形。而遮蔽之物，则莫妙于零星碎石，是此窗家家可用，人人可办，讵非耳目之前第一乐事？

李渔何以如此钟情于自然？在《梁冶湄明府西湖垂钓图赞》中，李渔阐述他的自然观：

---

① 陈植：《园冶注释》，中国建筑工业出版社 1988 年版，第 243 页。

李子遨游天下几四十年，海内名山大川十经六七，始知造物非他，乃古今第一才人也，于何见之？曰："见于所历之山水。"洪濛未辟之初，蠢然一巨物耳。何处宜山，何处宜江、宜海，何处当安细流，何处当成巨壑，求其高不干枯，卑不泛滥，亦难矣！矧能随意成诗、而且为诗之祖，信手入画、而更为画之师，使古今来一切文人墨客歌之、咏之、绘之、肖之，而终不能穷其所蕴乎哉！故知才情者，人心之山水；山水者，天地之才情。使山水与才情判然无涉，则司马子长何所取于名山大川，而能扩其文思、雄其史笔也哉？

这篇文字可以看作是李渔对大自然神奇造化的礼赞。在李渔看来，自然为"诗之祖"，是"古今第一才人"，是一切文艺创作的摹写范本，是取之不尽的灵感源泉。李渔认为，要使园林建筑尽可能地汲取自然的景观和灵气，就必须摒弃那种雕镂粉藻的做法：建筑宜自然不宜雕琢，雕琢太甚反致不近自然。他说："常有穷工极巧以求尽善，乃不逾时而失头堕指，反类画虎未成者。"但是，他又说："求天然者不得，故以人力补之。"李渔崇尚自然并非排斥必要的艺术加工，而是认为园林建筑要顺应造物的本性，尽量更多地汲取和展现自然美。怎么才能处理好自然与人工的关系？李渔以他的得意之作梅窗为例：

予又尝取枯木数茎，置作天然之牖，名曰"梅窗"。生平制作之佳，当以此为第一。己酉之夏，骤涨滔天，久而不涸，斋头淹死榴、橙各一株，伐而为薪，因其坚也，刀斧难入，卧于阶除者累日。予见其枝柯盘曲，有似古梅，而老干又具盘错之势，似可取而为器者，因筹所以用之。是时栖云谷中幽而不明，正思辟牖，乃幡然曰："道在是矣！"遂语工师，取老干之近直者，顺其本来，不加斧凿，为窗之上下两旁，是窗之外廓具矣。再取枝柯之一面盘曲、一面稍站者，分作梅树两株，一从上生而倒垂，一从下生而仰接，其稍平之一面则略施斧斤，去其皮节而向外，以便糊纸；其盘曲之一面，则匪特尽全其天，不稍戕斫，并疏枝细梗而留之。既成之后，剪彩作花，分红梅、绿萼二种，缀于疏枝细梗之上，俨然活梅之初着花者。同人见之，无不叫绝。予之心思，讫于此矣。后有所作，当亦不过是矣。

崇尚天然是中国传统美学的一个核心观念。计成也有"虽由人作，宛自天开"的创作思想，李渔在造园上也是奉行这一原则的，他说："事事以雕镂为戒，则人工渐去，而天巧自呈矣。"李渔强调凡事要顺应物之本性，并在最大限度地发挥其功能的前提下对材料作艺术加工。李渔还认为，园林设计的雅与俗，不在于材料的贵贱，而在于造园者本人情趣和眼界的高下。只要用之得宜，牛溲马渤的价值反在参苓之上。他曾遍游天下名园，自言从未见"盈亩累丈之山，能无补缀穿凿之痕，遥望与真山无异者"，一个主要的原因就是没有体现山之本性。他主张，叠山应该以土代石，让土、石、草、木不离不弃，使假山不失"天然委屈之妙"。这一做法体现了自然美之审美特性，展现出造园家独特的品位，是李渔对中国园林设计的一大贡献。

3. 推崇节俭，反对奢靡

明中叶之后，由于经济的繁荣，豪右大族、名门显宦竞相治置园亭。造园袭取名园规制，争奇斗富，崇尚富贵靡丽，李渔对此深为不满。他说：

> 土木之事，最忌奢靡。匪特庶民之家当崇俭朴，即王公大人亦当以此为尚。盖居室之制，贵精不贵丽，贵新奇大雅，不贵纤巧烂漫。[1]

贵精贵新，这是李渔对土木建筑的总体审美要求，他又祭起他的求新求变的大旗，对当今园林建筑指点江山，他说："凡人止好富丽者，非好富丽，因其不能创异标新，舍富丽无所见长，只得以此塞责。譬如人有新衣二件，试令两人服之，一则雅素而新奇，一则辉煌而平易，观者之目，注在平易乎？在新奇乎？锦绣绮罗，谁不知贵，亦谁不见之？缟衣素裳，其制略新，则为众目所射，以其未尝睹也。"李渔主张园林建筑要"雅素而新奇"，对那种奢侈靡丽的风格大不以为然。但他也承认，这种见解只是就自己见识而言的。他说："予贫士也，仅识寒酸之事。欲示富贵，而以绮丽胜人，则有从前之旧制在。"又说："凡予所言，皆属价廉工省之事，即有所费，亦不及雕镂粉藻之百一。且古语云：'耕当问奴，织当访

---

[1]　李渔：《闲情偶寄·居室部》"房舍第一"，《李渔全集》第3卷，浙江古籍出版社1991年版，第155页。

婢'。"在园林建筑理论上，李渔有意识地与传统园林建筑理论，即他说的"从前之旧制"疏离，意在建立自己独特的园林建筑体系。而这种体系的基本定位是"贫士"、"贫士之家"，这正是与他自己的经济状况和生活状况相适应的。换句话说，李渔有意识地以自己的造园实践来证明和建立适合贫士阶层的园林理论。《闲情偶寄》中居室部、器玩部、种植部大多是讲贫士的造园技巧和生活艺术。如谈到"零星小石"时，他说：

> 贫士之家，有好石之心而无其力者，不必定作假山。一卷特立，安置有情，时时坐卧其旁，即可慰泉石膏肓之癖。若谓如拳之石亦须钱买，则此物亦能效用于人，岂徒为观瞻而设？使其平而可坐，则与椅榻同功；使其斜而可倚，则与栏杆并力；使其肩背稍平，可置香炉茗具，则又可代几案。花前月下，有此待人，又不妨于露处，则省他物运动之劳，使得久而不坏，名虽石也，而实则器矣。且捣衣之砧，同一石也，需之不惜其费；石虽无用，独不可作捣衣之砧乎？

又如讲到"壁内藏灯之法"：

> 予又有壁内藏灯之法，可以养目，可以省膏，可以一物而备两室之用，取以公世，亦贫士利人之一端也。我辈长夜读书，灯光射目，最耗元神。有用瓦灯贮火，留一隙之光，仅照书本，余皆闭藏于内而不用者。予怪以有用之光置无用之地，犹之暴殄天物，因效匡衡凿壁之义，于墙上穴一小孔，置灯彼屋而光射此房，彼行彼事，我读我书，是一灯也，而备全家之用，又使目力不竭于焚膏，较之瓦灯，其利奚止十倍？以赠贫士，可当分财。使予得拥厚资，其不吝亦如是也。

李渔在谈到园林建设的诸多环节时都以节俭为宗旨。如说到甃地，他认为用木板材料有声响，不宜；用"三合土"最为丰俭得宜，而又有不便于人者，容易"燥而易裂"；天阴又容易发潮，又不利于挪移，"日后改迁，遂成弃物，是又不宜用也"。因而他提出用砖，"不若仍用砖铺，止在磨与不磨之间，别其丰俭，有力者磨之使光，无力者听其自糙。予谓极糙之砖，犹愈于极光之土。但能自运机杼，使小者间大，方者合圆，别成文理，或作冰裂，或肖龟纹，收牛溲马渤入药笼，用之得宜，其价值反在参苓之上"。不仅如此，在器玩部谈到古董时，他再次重申："予辑是编，事事皆崇俭朴，不敢侈谈珍玩，以为末俗扬波。且予窭人也，所置物价，自百文以及千文而止，购新犹患无力，况买旧乎？《诗》云：'惟其有之，是以似之。'生平不识古董，亦借口维风，以藏其拙。"

李渔一生贫穷，但追求风雅的文人生活理想的执着从未间断过，有时到了一种痴狂的地步。他竟然为了娱耳悦目而让全家挨饿。他说："吾贫贱一生，播迁流离，不一其处，虽债而食，赁而居，总未觉稍污其座。性嗜花竹，而购之无资，则必令妻孥忍饥数日，或耐寒一冬，省口体之奉，以娱耳目，人则笑之，而我怡然自得也。"[①] 晚年为建造层园，竟不顾身染沉疴，厚颜乞援，尽露山人本色。

三　园林技艺的声名与影响

明末清初是一个造园名家辈出的时代，出现过像冯巧、梁九一类的宫廷园林匠师以及计成、张涟、张南阳为代表的文人园林大家。其中有些还是造园世家，如被称为"山石张"的张南垣祖孙三代，其"世业百余年未替"。[②] 合肥阚泽曾说："吴中夙盛文史，其长于书画艺术，名满天下，传食诸侯者，代有其人。如朱勔父子、张涟子孙，且世守其业，而顾万瑛、沈万三之流，余风流韵，至今煽被。"[③] 这些专业的园林匠师，继承运用前代造园经验并加以发展，建造了许多名园。造园专著也陆续出现，其中计成《园冶》[④] 尤为著名。《园冶》作为一部文人园林建筑的专著，对后来造园技术与理论的影响很大。明中叶后，园林作为一种技艺也受到文人的青睐，文震亨《长物志》、陈继儒《岩栖幽事》、林有麟《素园石谱》、李渔《闲情偶寄》、陈淏子《花镜》等都有关于造园的著述。

---

① 李渔：《闲情偶寄·居室部》，《李渔全集》第 3 卷，浙江古籍出版社 1991 年版，第 155 页。

② 《清史稿·张涟传》，台湾新文丰出版公司 1971 年版，第 1566 页。

③ 阚泽：《园冶》序，陈植校释《园冶注释》，中国建筑工业出版社 1988 年版，第 23 页。

④ 《园冶》一书，明末初版时因附有阮大铖序而被列为禁书，终有清一代部不为人知，1931 年前后始由北洋政府官员董康与朱启钤先后从日本得残本，补充问世。

　　检点明清时的造园理论，有益于对李渔的造园理论的价值和影响做比较客观的评价。由于李渔的声名与影响，李渔的造园理论在当时士绅中产生了一定的影响，但从人们的反应来看，这种影响并不像后来人所想象的那样：李渔进入当时名造园家的行列。李渔造园理论及造园实践并没有得到社会的广泛认可。故李渔才有"惜乎不得自展，而人又不能用之。他年赍志以没，俾造化虚生此人，亦古今一大恨事"的浩叹。这其中的缘由可能很复杂，但可以清楚的有以下几点：

　　1. 李渔的园林理论著作《闲情偶寄》不是法式具备、构架完整的专业园林著作，可操作性不强

　　在中国园林理论史上，从宋李明仲的《营造法式》①到计成的《园冶》，园林建筑理论著作多是法式并重，都能够比较全面地论述园林建筑的营建原理和方法。《营造法式》共六卷，记述了宋代营造、修建工程的各类样式的制作工艺方法。其中工程图谱版画最多，有各作制度绘图193幅，包括建筑的平面、立面、剖面图；构架节点大样图；门、窗、栏杆大样图；佛龛、藏经橱图；彩画及雕刻纹样图；测量仪器图，等等。《园冶》从相地、立基、屋宇、装拆、门窗、墙垣、铺地到掇山、选石，除掇山之外，几乎都是法式具备。计为式二百三十有二，另有兴造论、园说、借景三项理论阐述。二书内容完备，自成系统，具有较高的实用价值。而《闲情偶寄》居室、器玩、种植三部，部重在法而不在式，虽然也有图式十八，那只不过是李渔的独特发明。

　　李渔无意像计成那样去建立一套完整的园林理论体系，写这样的著作在他看来这只不过是闲情之偶寄而已。《闲情偶寄·居室部》计五节二十七条，涉及领域有房舍、窗栏、墙壁、联匾、山石五体。器玩部两节十五条，是关于家用器具的设计与用途的文字。由此可以看出，李渔造园的着眼点基本局限于居室内外的营造设计，而于居室外园林之布置、房室亭榭之构建则很少言及。在李渔看来，他最有创新的仍在一些局部的技巧，某些细节设计常能别具心裁，如甃地、联匾、床、几、柜、笼等等。他说：

　　① 《营造法式》是宋代一部官颁的建筑法规性质的专书。李诫编修，崇宁二年（1103）刊印。李诫，字明仲，管城（今河南郑州）人，出身于官吏世家，生年不详，卒于北宋大观四年（1110）二月。见中国建筑工业出版社1983年版。

"予贫士也，仅识寒酸之事。欲示富贵，而以绮丽胜人，则有从前之旧制在。"他承认自己见识有限，只说贫士之事，并非全为自谦。事实上也是如此，李渔没有忽视前人的成果，但他所关注的大都是平常居家生活的相关事宜，缺乏园林建构的完整性和规模感。居室部、器玩部、种植部是李渔一生生活与造园技艺的总结，就其完整性、系统性而言，远远比不上晚明诸造园大家。

但造园理论的这种风格并非始于李渔，阚泽曾说："明季山人，如李卓吾、陈眉公、高深甫、屠纬真辈，装点山林，附庸风雅，其与疏泉立石，必有佳构。然文笔肤阔，语焉不详，况剿袭成风，转相标榜，故于文献，殆无足观。"① 确如此言，李渔的园林理论确实沾染了晚明文人清赏清玩的习气。其装点山林，不乏佳构，然终不免文笔肤阔、语焉不详之病。李渔在《闲情偶寄》自序中说："不佞操觚半世，不让他人一字，空疏自愧有之，诞妄贻讥者有之，至于剿窃袭臼，嚼前人唾余。而谓舌花翻新者，则不特自信其无，而海内名贤，亦尽知不屑为之也。"此语实是有感而发。明中叶以来，文人山客竞尚雅兴，好为小品，多有园林清赏的文字，如陈继儒《岩栖幽事》、高濂《遵生八笺》、屠隆《考槃余事》、林有麟《素园石谱》、张岱《与祁世培书》《陶庵梦忆》等等，上述皆为闲情小品，但都被指为不免空疏之病。鼎革之后的正统儒士对此风气颇为不满，四库馆臣对此屡有批评。② 《闲情偶寄》可谓一脉相承，但李渔往往能戞戞独造，并无因借抄袭之嫌，这正是李渔独特的地方。

2. 李渔的造园实践与造园技艺的社会认可度不高

现在的研究者常常把他造园技艺与小说戏曲并列，并把他列为造园大家，其实这是现代人观念中的李渔。在当时，李渔的造园根本无法与计成、文震亨、张南垣诸大家相比。造园没有给他带来像戏曲、小说那样的声誉。在一段时期内，他的造园实践未受到社会的重视，反而遭到冷落和鄙视，他在造园上的理论和实践的影响实在是微乎其微。

顺治十七年，李渔在杭十年的末期，吴梅村初识李渔，作《赠武林

① 陈植：《园冶注释》，中国建筑工业出版社1988年版，第24页。
② 如《四库全书总目提要》谈到《遵生八笺》时就曾说："书中所载，专以供闲适消遣之用，标目编类亦多涉纤仄，不出明季小品积习，遂为陈继儒、李渔等滥觞。"

李笠翁》，下注云："笠翁名渔，能为唐人小说，兼以金元词曲知名。"作为当时文坛领袖和李渔好友，吴梅村对李渔的介绍应该是客观而公允的。吴只提李渔以小说、戏曲知名，而未言造园。说明此时李笠翁以小说、戏曲著名，却未以造园闻名于世。

李渔以园林知名是在移居金陵以后，更确切地说是在康熙七八年间芥子园建成之后，随芥子园书铺和芥子园家乐而声闻遐迩。芥子园落成之时，当时社会名流如龚鼎孳、周亮工、何采、包璿等都有碑额与赠联。芥子园家乐演出活动相当频繁，当时嘉宾好友、亲戚乡邻多有观者，芥子园因此声名鹊起①。康熙十年，《闲情偶寄》书成，书中居室、器玩、种植三部，也为人们所熟悉。康熙十一年，李渔在汉阳，有诗《大宗伯龚芝麓先生书来，有将购市隐园，与余结邻之，以速其成，喜成四绝奉寄》，诗中有句曰："闻说将开绿野堂，可容老圃见微长。满怀丘壑无由出，愿与裴公作嫁裳。"李渔自荐为龚芝麓建绿野堂，但龚在次年八月致仕，九月随即病逝，未能实现归隐金陵的愿望。于是，满怀丘壑的李渔也最终没有展示自己园林建造技艺的机会。康熙十二年，李渔再入都时为好友贾胶侯建造半亩园，后来又有记载说他建造了惠园。不过，这些记录都是嘉道以后的事情了。李渔身后，现存最早提到李渔为他人造园事实的是嘉、道时期的钱泳，他在《履园丛话·丛话二十·园林》"惠园条"中说：

> 惠园在京师宣武门内西单牌楼郑亲王府，引池叠石，饶有幽致，相传是园为国初李笠翁手笔。园后为雏凤楼，楼前有一池水甚清冽，碧梧垂柳掩映于新花老树之间，其后即内官门也。嘉庆己未三月，主人尝招法时帆祭酒、王铁夫国博与余同游，楼后有瀑布一条，高丈余，其声琅然，尤妙。②

此后，麟庆的《鸿雪因缘图》记载：

---

① 方文《三月三日邀孙鲁山侍郎饮李笠翁园即事作歌》、余怀《满江红》（同邵村、省斋集笠鸿浮白轩听曲）、杜濬诗《李笠翁浮白轩》（见《湄户吟》卷七）都有记载到芥子园观剧事。可见芥子园家乐在当时的名声之大。

② 钱泳：《履园丛话·丛话二十·园林》，中华书局1981年版，第520页。

半亩园在京师紫禁城外东北隅弓弦胡同内，延禧观对过。园本贾胶侯中丞（名汉复，汉军人）宅。李笠翁（名渔，浙江布衣）贾幕时，为葺新园，垒石成山，引水作沼，平台曲室，奥如旷如。易主后，渐就荒落。

忆昔嘉庆辛未，余小饮城南芥子园（在韩家潭）中，园住草翁言。石为笠翁点缀。当国初鼎盛时，王侯邸第连云，竞侈缔造，争延翁为坐上客，以叠石名于时。内城有半亩园二皆出翁手，余闻而神往。①

晚清学者震钧《天咫偶闻》卷3言：

完颜氏半亩园，在弓弦胡同内牛排子胡同。国初为李笠翁所创，贾胶侯中丞居之。后改为会馆，又改为戏园。道光初，麟见亭河帅得之，大为改葺，其名遂著。纯以结构曲折，铺陈古雅见长。富丽而有书卷气，故不易得。②

这些记载都是故老传说，或是转相抄录，其中有真实的成分，但要说"当国初鼎盛时，王侯邸第连云，竞侈缔造，争延翁为坐上客"，似也未必就是真的。戴名世《张翁家传》记载当时造园名家张南垣，曾经说道"诸公贵人皆延翁为上客"③，这里的"诸公"不乏名公巨子，其中就包括李渔好友钱谦益、吴伟业等人，还有陈继儒、朱茂时、王时敏、席本桢等人，张为钱谦益建拂水山庄，为吴伟业营建梅村，钱、陈还多次邀张作比邻，张在当时的影响足可以此称之，而李渔的园林造诣及声名远不可与之同日而语。钱、吴看不起这位颇富才气"李十郎"，甚至以俳优视之。这恐怕也是李渔造园技艺不彰的又一原因吧。

阚泽在《园冶·识语》中说："彼云林、南垣、笠翁、雪涛诸氏，一拳一勺，化平面为立体，殆所谓知行合一者。著为草式，至于今日。"④1937年，童寯撰《江南园林志》，评及造园一事，有言："有清初叶，李

① 陈从周：《园综》，同济大学出版社2004年版，第23—24页。
② 震钧：《天咫偶闻》卷3，北京古籍出版社1982年版，第63页。
③ 戴名世：《张翁家传》，《南山集》卷7，《续修四库全书》第1419册，第143页。
④ 陈植：《园冶注释》，中国建筑工业出版社1988年版，第24页。

笠翁叠山北京，张南垣则以此技闻名东南，其四子于康熙间继其业，吴梅村有《张南垣传》。"又说："造园一事，见于他书者，如《癸辛杂识》《笠翁偶集》《浮生六记》《履园丛话》等，类皆断锦孤云，不成系统。且除李笠翁为真通其技之人，率皆嗜好使然，发为议论，非本自身之经验。"① 阚泽与童寯把李渔造园技艺提高到与张南垣同等的地位，未免夸饰，其史实却并非如此。至于说到李渔在诸造园家中"为真通其技之人，率皆嗜好使然，发为议论，非本自身之经验"，倒也不失为的论，李渔一生除了为自己建立的三座园居外，见诸记载的为别人筑园的只有为贾汉复半亩园以及惠园。这些建园经验使他的理论少了许多无的放矢的缺陷，但和《园冶》相比，终难免有"断锦孤云，不成系统"之病。《闲情偶寄》多为性灵文字，因嗜好而发为议论，故文笔稍显肤阔，远非平正典雅之专业著作。

但李渔毕竟为我国园林理论作出了不可多得的贡献，他提出的"自出手眼"、"标新创异"以及崇自然、戒奢靡的主张，在中国园林建筑史上有着独特的价值，但由于社会对李渔人格存在的负评价，在李渔生前和死后的相当长的一个时期内，李渔作为造园家并没有受到社会普遍的承认和重视。嘉、道以后，在帝国日益衰落，士人心态日益内敛的情况下，李渔园林艺术的品位以及对趣味生活的追求，对社会中下层士民具有极大的吸引力，李渔的造园家的身份才被忆起，李渔造园技艺及理论的价值重新得到了重视。对此我们既不能盲目推崇，也不能一味贬低，而应该予以客观而公正的评价。

第二节　李渔园林技艺对创作的影响

在中国古代文学史上，园林与文学是相互影响的。几乎每一作家都有描摹园林山水的诗文，这些诗文中包含了许许多多园林美学观点。而文人园林中那种精雅的景致和优美的生活环境，又反过来成为文学的描述对象，为文学提供描述的范式和最佳的背景。这方面的例子很多。如晋代的陶渊明，他既是中国田园文学的奠基人之一，又是文人园林史上里程碑式

---

① 童寯：《江南园林志》，中国建筑工业出版社 2000 年版，第 3 页。

的人物。他的关于隐逸的思想、对山水园林中自然景物美学特质的揭示对后世产生了巨大影响。又如唐代诗人王维，他描写辋川别业的诗歌，在文学与园林两方面都达到了极高的艺术境界。类似的例子极多，比如南朝的谢灵运、谢朓，唐代的李白、白居易，宋代的苏轼、杨万里、范成大等，都是文学和园林兼备的著名文人。在这方面，李渔当然是一个典型。由于李渔一生有泉石膏肓之癖，园林作为他文士风雅生活的重要追求，也就成为他托庇身心、娱衷散赏的园地，这不能不给他的创作带来影响。阅读李渔的作品，会深切地感受到李渔园林思想与造园技艺对其创作深刻的影响。

第一，园林美的追求和园林的构建满足了李渔的泉石膏肓之癖，给了他创作较为丰富的灵感与素材。

伊园时期，李渔在乡下度过了几年快乐的时光。他说："追忆明朝失政之后，大清革命之先。予绝意浮名，不干寸禄，山居避乱，反以无事为荣。夏不谒客，亦无客至。匪止头巾不设，并衫履而废之。或裸处乱荷之中，妻孥觅之不得；或僵卧长松之下，猿鹤过而不知，洗砚石于飞泉，试茗奴以积雪。欲食瓜而瓜生户外，思啖果而果落枝头，可谓极人世之奇闻，擅有生之至乐矣。"① 居乡三年期间，李渔过着一种悠闲自得的田园生活。并有大量诗作出现，多年以后，李渔提到当时的诗作，仍抑制不住自己的欣悦之情。《闻过楼》中有言曰：

> 诸公若再不信，但取我乡居避乱之际信口吟来的诗，略摘几句，略拈几首念一念，不必论其工拙，但看所居者何地，所与者何人，所行者何事，就知道他受用不受用，神仙不神仙，这山中宰相的说话僭妄不僭妄也。如五言律诗里面有"田耕新买犊，檐盖旋诛茅。花绕村为县，林周屋是巢。""绿买田三亩，青赊水一湾。妻孥容我傲，骚酒放春闲"之句。七言律诗里面有"自酿不沽村市酒，客来旋摘野棚瓜。枯藤架拥诙谐史，乱竹篱编隐逸花。""栽遍竹梅风冷淡，浇肥蔬蕨饭家常。窗临水曲琴书润，人读花间字句香"之句。此乃

---

① 李渔：《闲情偶寄·颐养部》，《李渔全集》第 3 卷，浙江古籍出版社 1991 年版，第 308 页。

即景赋成，不是有因而作。还有《山斋十便》的绝句，更足令人神往。①

李渔有大量的田园诗词作品。咏伊园诗有：五绝《伊园杂咏》《伊园十便》《伊园十二宜》《治圃》《乡居口号》，七绝《植枣》《养苔》《移蔷薇》《芭蕉二首》等诗，词有《忆王孙山居慢兴》《如梦令祝子山居》等等。虽然在这些诗词中，李渔几乎忘掉了鼎革之际的伤痛，表现出一种农桑自得、耕读不废的逍遥，但此时的心境并不是真的淡泊名利、清心寡欲，是频繁的战乱给了他隐居的机会，让他得有山林之乐。《闻过楼》中李渔自述："倒亏了个善杀居民、惯屠城郭的李闯，被他先声所慑，不怕你不走。"这使他避乱隐居，做了几年"方外司马"、"山中宰相"。

造园是李渔一生不懈的追求，康熙七八年间，李渔在金陵又建造了芥子园，然而这时的他已远非伊园时期可比。为生计所累，笠翁常常四处奔波，以一介布衣混迹公卿之间。但身处闹市，濠濮间想却从未间断过。他称自己为"人间大隐"。他说："避市井者，非避市井。避其劳劳攘攘之情，锱铢必较之习"，"觅应得之利，谋有道之生，即是人间大隐"。② 即使如此，李渔此时为俗务家事所扰，或"为城狐社鼠所制，所以又极谙市廛之苦"。③ 亦无多少山林之乐可言。李渔的诗词中，吟咏芥子园之作明显不如层园时期。晚年，李渔退居西湖，在西湖之滨营建层园。"碧波千顷，环映几席，两峰、六桥，不必启户始见，日在卧榻之前伺予动定。"④ 尽管此时李渔穷途欲哭，尚四方乞救，营造层园。李渔此时吟咏层园的诗词作品也不多。有《次韵张壶阳观察题层园十首》《风入松上新居·寄四方同调十首》等。⑤

笠翁不仅有园林之好，又得江山之助。他一生主要生活在吴越之地，长大后又四处游历，吴越优美的自然风光、富庶的经济催生着园林思想与

---

① 李渔：《十二楼》，上海古籍出版社 1992 年版，第 123 页。
② 李渔：《闲情偶寄·种植部》，《李渔全集》第 3 卷，浙江古籍出版社 1991 年版，第 259 页。
③ 李渔：《十二楼·闻过楼》。
④ 李渔：《今又园诗集序》，《李渔全集》第 1 卷，浙江古籍出版社 1991 年版，第 39 页。
⑤ 同上书，第 464 页。

文人园林。明中叶以后，名园雨后春笋般地遍布吴越大地。明人在谈到吴越之园林般的风光时，常常充溢着无上的自豪，视吴越为天然园林。钟惺《梅花墅记》云：

> 出江行三吴，不知复有江。入舟舍舟，其象大抵皆园也。乌乎园？园于水。水之上下左右，高者为台，深者为室，虚者为亭，曲者为廊，横者为渡，竖者为石，动植者为花鸟，往来者为游人，无非园也。然则人何必各有其园也？身处园中，不知其为园，园之中，各有园，而后知其为园，此人情也。余游三吴，无日不行园中，园中之园，未暇遍问也。①

他还叙及许多人工园林，如梁溪邹氏之惠山、姑苏徐氏之拙政、范氏之天平、赵氏之寒山以及友人之梅花墅。吴中名园之多，于此可见一斑。又明胡恒《越中园亭记》序曰：

> 越中，众香国也。越中之水无非山，越中之山无非水，越中之上水无非园，不必别为园。越中之园无非佳山水，不必别为名。……越之君子，以为游息之物，高明之具，佳山佳水，领纳于斯，娱衷散赏相率而为之，园之胜，遂与竞秀争流者，同一应接不暇。②

李渔诗文成就一般，创作中几乎没有前代隐逸诗人那种纯粹的超凡脱俗、发扬性灵的传世的山水田园名篇。但吴越之佳山好水，使李渔得江山之助，有不少寄情山水、摹写园林的诗篇。在这些诗篇中，有时能看到碌碌市井中的李渔神思飘逸、富有灵性、有出世之想的一面。如上引早期的《安贫述》二首，其中有句"林宽宜盛暑，屋小耐天阴。枕上闻啼鸟，花间鸣素琴。闲来理残编，悠然自古今。所得亦已奢，胡为计浮沉"就大有陶诗境界，故顾赤方评曰："都似靖节。"这类诗还有《山居杂咏》五

---

① 《文章辩体汇选》，《四库全书》集部卷604。又见陈从周《园综》，同济大学出版社2004年版，第229页。

② 陈从周：《园综》，同济大学出版社2004年版，第388页。

首等。此外，崇尚隐居的有《有怀叶炼师》，记游诗中有五古《西溪探梅同诸游侣六首》，五言律《寻梅》《富春道中》《和友人春游芳草地三十咏》等，还有七律《乌伤道中》《六月六日湖边即事》，其中后一首有句"蝴蝶依人同上下，蜻蜓背客自徘徊。山川到处皆名笔，天地无心见妙才"尤见功力。七律《江楼晚眺》、七绝《自常山抵开化道中即事六首》《自开化抵常山舟中即事六首》亦清新自然，颇见性灵。有些直接描写园林的，如五言律《伊园杂咏》《戚园怪石》、七言绝《伊园十便》等等。这些作品都反映出李渔的山水田园的美学思想，是李渔诗中最有文学价值的作品。

第二，李渔构建园林的经验与经历融入了他的创作之中。

宋元以后，小说、戏剧等叙事文学大都以私家园林为背景展开。从人物、情节、背景到整体的叙事结构，都与园林密不可分，形成一种独特的园林叙事结构。《西厢记》《牡丹亭》《金瓶梅》《红楼梦》等许多名著莫不如是。李渔作为小说家、戏剧家，同时也是造园家，其小说集《十二楼》是由十二座楼宇为背景精心结撰而成，反映出李渔本人园林美学与文学的高度融合。但除了用园林作为背景外，李渔的作品还有自己的特别之处。

李渔的叙事文学作品有明显的个人痕迹，他经常将自己的生活经历融进自己的创作之中，这是李渔研究界认同的事实。然就其造园一项来说，影响最大的要数他的小说《十二楼》了。孙楷第先生在谈到小说《三与楼》时曾说："文中虞素臣，即是笠翁自寓。"[1] 确为事实。《三与楼》中虞素臣事即隐含了现实中李渔卖园的事实，记录了李渔当时的真实处境与心境。

李渔乡居时购置伊园，但他只住了三四年，由于生计所逼，最终不得不转手他人，李渔为此充满了遗憾。在《卖山券》中，他写道：

> 岂意兵燹之后，继以凶荒，八口啼饥，悉书所有而归诸他氏。

---

[1] 孙楷第：《李笠翁与十二楼》，《李渔全集》第 12 卷，浙江古籍出版社 1991 年版，第 1 页。

噫！山弃人耶？人弃山耶？何相去之疾而相别之惨也！①

　　《三与楼》写虞素臣被迫卖楼事即隐指这件事。该篇卷首有两首绝句：其一，"茅庵改姓属朱门，抱取琴书过别村。自起危楼还自卖，不将荡产累儿孙"。其二，"百年难免属他人，卖书如何自卖新？松竹梅花都入券，琴书鸡犬幸随身。壁间诗句休言值，窗外云衣不算缯。他日或来闲眺望，好呼旧主作嘉宾。"这两首诗在李渔诗集可以找到，前一首见七绝《卖楼徙居旧宅》，后一首见七律《卖楼》，说明其是实有所感。

　　不仅如此，《三与楼》还反映着李渔当时的真实心态。如上所引，李渔虽故作达观之语，毕竟不能掩盖心中之苦，他说："卖楼是桩苦事，正该唉叹不已。"是他出卖伊园内心苦痛的真实记载。唐玉川夺人楼房，死后不得善终，财产尽归他人。这样的结局其实正是李渔的一个"白日梦"，一个在现实中无法实现的心愿通过文学的形式表达出来了。另外，《三与楼》得名于虞素臣所造的"三与楼"，言其楼高三层，从下到上分别题曰："与人为徒"，"与古为徒"，"与天为徒"。也反映李渔的人生境界，即追求介于天人两者之间的"绝俗不仇俗，阴为俗者师"②的理想境界。李渔最后将顾呆叟安置在城市与乡村之间，也是这种理想的具体安排。

　　《闻过楼》跟《三与楼》一样，也蕴含着李渔伊园时期的生活状况和心态。顾呆叟为人恬淡，不喜与俗人交，自结茅屋于乡。殷太史以不复闻呆叟规劝之言，念之尤切，题其楼曰"闻过"。后经众人设计，逼呆叟移居城郊，太史亦置别业于近侧，时相往来。这篇小说的自传性质很明显。起首第一回介绍顾呆叟为人恬澹寡营，常带些山林隐逸之气，"强仕之年而不能强仕"，于是弃了诸生，改从别业。这几乎全为笠翁自况。开首一诗，其实就是李渔的五言律诗《甲申避乱》。③作品所介绍的《山斋十便》，正是他的七言绝句《伊园十便》。李渔还引其五律《山居杂咏》等诗。

---

　　①　李渔：《笠翁文集·卖山券》，《李渔全集》第 1 卷，浙江古籍出版社 1991 年版，第 128 页。

　　②　李渔：《赠杜翁》，《笠翁诗集》卷 1，《李渔全集》第 2 卷，浙江古籍出版社 1991 年版，第 11 页。

　　③　全诗为："市城戎马地，决策早居多。妻子无多口，琴书只一囊。桃花秦国远，流水武陵香。去去休留游，回头是战场。"

园林的爱好与梦想融入了李渔创作的各个环节，其作品正面人物形象也沾染上了这种性格基色。《三与楼》介绍虞素臣：

> 那个造屋之人乃重华后裔，姓虞，名灏，字素臣，是个喜读诗书不求闻达的高士。只因疏懒成性，最怕应酬，不是做官的材料，所以绝意功名，寄情诗酒，要做个不衫不履之人。他一生一世没有别的嗜好，只喜欢构造园亭，一年到头，没有一日不兴工作。所造之屋定要穷精极雅，不类寻常。他说人生一世，任你良田万顷，厚禄千钟，坚金百镒，都是他人之物，与自己无干；只有三件器皿，是实在受用的东西，不可不求精美。哪三件？日间所住之屋。夜间所睡之床。死后所贮之棺。他有这个见解列在胸中，所以好兴土木之工，终年为之而不倦。

这几乎是李渔性格爱好的自我图解。《闻过楼》中他也借顾呆叟之口，说出自己的山林之好："况且他性爱山居，一生厌薄城市，常有耕云钓月之想，不在荆溪之南去城四十余里，结了几间茅屋，买了几亩薄田，自为终老之计。"但是李渔也清楚地知道这不过是一种愿望，因此他又说："古来所称方外司马、山中宰相其人者，都不是凡胎俗骨。这种眠云漱石的乐处，骑牛策蹇的威风，都要从命里带来；若无夙要，则山水烟霞，皆祸人之具矣！"说明要做好这方外司马、山中宰相并不容易，还需要好友亲朋的鼎力相助。《三与楼》中的老侠士和贤县令、《闻过楼》中的殷太史等一干好友，就是助人好友的范型。这种心态蕴含着李渔生活的辛酸与无奈。① 阅读李渔诗文中那些委屈求助、厚颜告贷的作品，李渔小说中的深意就不言自明了。

园林建筑经验给李渔的情节构思提供了有益的帮助，成为其情节结构出新出巧的重要因素之一。《十二楼》篇篇皆以"楼"命名，显示出作者对亭台楼阁的特别钟爱，在此"楼"有明显的结构意义。即使在具体的

---

① 《十二楼》成书于顺治十五年（1658）李渔在杭期间，所以，小说反映的是李渔乡居末期与入杭一段时期的生活和心态，一些论者常将这种心态含括至芥子园和层园时期，如胡元翎《李渔小说戏曲研究》（中华书局 2004 年版）就将《闻过楼》殷太史诸大老事与龚鼎孳联系起来，不妥。渔康熙五年始入京谒龚。《十二楼》成书时龚、李尚未谋面。

故事情节的设置上，园林建筑也经常出现在作品之中。其中首篇《合影楼》便呈现出作者精心结撰、匠心独运的艺术才能。管提举与屠观察一对连襟，管提举古板执拘，是个道学先生。屠观察跌荡豪华，是个风流才子。屠观察生子，名曰珍生。管提举生有一女，名曰玉娟。起先还是同居，到了岳丈岳母死后，就把一宅分为两院，凡是界限之处，都筑了高墙，使彼此不能相见。独是后园之中有两座水阁，一座面西的，是屠观察所得；一座面东的，是管提举所得。中间隔着池水，两家中间立界墙。管提举又在水中立石柱，本为防窥视之嫌，然就是上墙下水的隔断，使得两家儿女有了通过倒影互诉衷肠的途径：

> 却说珍生倚栏而坐，忽然看见对岸的影子，不觉惊喜跳跃……对着影子轻轻地唤道："你就是玉娟姐姐么？好一副面容！果然与我一样，为什么不合在一处做了夫妻？"说话的时节，又把一双玉臂对着水中，却像要捞起影子拿来受用的一般。玉娟听了此言，看了此状，那点亲爱之心，就愈加歆动起来，也想要答他一句，回他一手。

在情节发展的节骨眼上，笠翁借助自己的园林技艺，为男女主人公的相慕相爱开了一条对影相恋的通道，这毫无疑问是受到了园林建筑艺术的启迪而精心构思的。又如《夏宜楼》描述詹娴娴所居庭院就是一个典型的园林。她家亭榭虽多，都有日光晒到，难于避暑。独有高楼一所，甚是空旷，三面皆水，水里皆种芙蕖，上有绿槐遮蔽，垂柳相遭，自清早以至黄昏，不漏一丝日色。古语云"夏不登楼"，独有他这一楼偏宜于夏，所以詹公自题一匾，名曰"夏宜楼"。瞿吉人就是利用千里镜望见在池塘中戏水的女伴们才得成好事的。

笠翁为文，常追求这种出人意表的效果。他说自己"性又不喜雷同，好为矫异，常谓人之葺居治宅，与读书作文同一致也"。他自己则"创造园亭，因地制宜，不抱成见，一榱一桷，必令出自己裁，使经其地、入其室者，如读湖上笠翁之书，虽乏高才，颇饶别致"。[①] 在李渔看来，技艺

---

① 李渔：《闲情偶寄·居室部》"房舍第一"，《李渔全集》第3卷，浙江古籍出版社1991年版，第155页。

与文学之间是理一分殊、彼此可以相得益彰的，但笠翁所强调的是其中的技术性层面，他所谓的"别致"无非就是他在居器部所反复提倡的"标新立异"、"自出手眼"等因素。将这种技术性因素移植到小说、戏剧结构中来，便使人感到新奇纤巧之余，又稍嫌雷同和生硬。比如笠翁很为自得的《风筝误》传奇，也设置了一个类似的场景。西川招讨使詹武承奉诏出征之际，使在二妾及其女儿的居室之中设置了一道墙界，以防彼此龃龉。武曰：

> 趁我在家，叫几个泥水匠来，将这屋子中间，筑起一道高墙，把一宅分为两院，梅夫人住东边，柳夫人住西边。她俩成年不见，自然也就没气淘了。

为了防微杜渐，《合影楼》中管、屠两家，《风筝误》中梅、柳二妾，皆在中间竖起了两堵高墙。类似的情景还可以在其他篇中看到，《无声戏》第二回《美男子避惑反生疑》中蒋瑜的书房与赵玉吾的儿媳居室一墙之隔，为了避嫌，双方改换住室，恰好又是隔墙而居，因此，才有鼠运扇坠的误会。《三与楼》中贪婪的唐玉川父子吞并了高士虞素臣的新建亭园，虞只得将一宅分为两院，筑起隔墙，"新主得其九，旧人得其一"。笠翁作品中设计的许多隔墙，并非是无意的巧合，他涉及李渔的建筑美学思想，也是李渔创作结构的基本模式。李渔说："墙壁者，内外攸分，而人我相半者也。"又说："界墙者，人我公私之畛域。"从某种意义上讲，这种界墙既是建筑学上的名词，又具有伦理道德的涵义。《诗经·将仲子》中，诗中男子折柳逾墙，与心爱女子幽会，墙就成为一种"礼"的象征性符号。对墙的逾越，就是对礼的逾越。"界墙"在李渔的心目中具有重要的位置，是人我、公私、内外、善恶诸种道德伦理对立因素的分水岭。他说："国之宜固者城池，城池固而国始固；家之宜坚者墙壁，墙壁坚而家始坚。其实为人即是为己，人能治墙壁之一念其身心，则无往而不利矣。"① 其思维方式几乎与儒家那个"诚意、正心、修身、齐家、治国、

---

① 李渔：《闲情偶寄·居室部》"墙壁第三"，《李渔全集》第3卷，浙江古籍出版社1991年版，第181页。

平天下"的大连环如出一辙。笠翁之"治墙壁之一念"虽然是在强调它的道德内涵，但由此观念影响而生成的场景布置和结构形式，在他的小说、戏曲中便成为了一种模式。详言之，即在构思之初设置两个相邻的场景或两个互相毗联的场所，或一正一反，或一主一副。随后二者矛盾交织，生出无数巧合，引出许多令人啼笑皆非的喜剧情节。李渔并没有把上述双场景设置安排到所有的篇章之中，但凡是运用了双场景设置结构的作品，就显得针线绵密，结构谨严，这类作品往往是李渔的得意之作。他已注意到结构这一相近场合有利于设置矛盾与巧合，有利于推进情节的发展，有利于舞台的演出。这正是他在《闲情偶寄·词曲部》"结构第一"中提出的立主脑、减头绪的创作主张的具体表现。他虽然没从理论上提出矛盾原则，但在实际运用中却给其以重要地位。

李渔的双场景设置之结构模式最初并非仅仅得益于他的戏剧实践，而在很大程度上曾受到园艺建筑的启迪。故在《闲情偶寄·结构第一》他说："至于结构二字，则在引商刻羽之先，拈韵抽毫之始，如造物之赋形……工师建宅亦然"，"必俟成局了然，始可挥斤运斧。"[①] 他说："结构全体难，敷陈零段易。"一生翰墨生涯使他体验到了结构的困难，故他强调园林之布局应如结构文章一样。"先有成局，而后修饰词华"，惟其如此，才能"气魄胜人，而全体章法之不谬也"。事实上，李渔创作忠实地履行了他的理论要求。早期的话本小说说唱成分浓厚，文字拙朴，结构松散。拟话本小说则大多袭取原有素材，过分注重小说本身的道德内涵和社会意义，而忽视技巧因素。元杂剧大多矜才使气，无暇顾及结构的工整。即使与笠翁同时的"新剧"，"皆老僧碎破之衲衣，医士合成之汤药"。李渔以南戏四大名作为榜样，以改革叙事结构自任，并以自己的创作来实践他的主张，这种鲜明的结构意识、独特的结构理论是李渔对中国文学史及文艺理论史的一大贡献。

丁澎在《一家言》序中言及李渔层园时说："何其大类吾子之诗也，创造之奇，自开户牖，不欲假前人之斧斤，亦若是而已矣。"丁氏此言，一是认为李渔善于在各个艺术门类间的借鉴与互用。二是赞扬李渔"创

---

① 李渔：《闲情偶寄·居室部》"墙壁第三"，《李渔全集》第 3 卷，浙江古籍出版社 1991 年版，第 4 页。

造之奇，自开户牖"，推崇其创作中的标新立异。其说大致有理，但不免夸饰。李渔善于在文艺各门类之间的相互借用，确实使他的创作别开生面，独具一格，但有时显得纤巧，有时又很生硬。好标新立异，但多是一些细枝末节，往往使人感到纤巧有余，浑成不足。造成这种状况的原因很多，限于篇幅，在此不再展开论述。

阅读李渔的作品，可以发现，技艺对李渔的影响是广泛而深刻的。除了上面所述之外，被学界注意到的还有八股、饮食、服饰诸项，在这方面，黄强有专文。① 对于这位熟悉多种技艺的作家李渔来说，他的成功在很大程度上得益于他的杂学修养。但在他的认知深处，起支配作用的还是一个诸艺同道的观念。中国传统观念认为：万物同源，任意二事物之间都因果相联，同属一套理则。只要理解万物之间所有理则其中的一套理则，即可触类旁通，以至认识整个世界。朱熹曾说："是以大学之始教，必使学者即凡天下物，莫不因其已知之理而益穷之，以求至乎其极。"即认为人类的各种知识技艺，也包括文学艺术，虽然存在的形式不同，但在实际操作却有着一致性与相类性，各种技艺之间是可以互相借鉴、相得益彰的。这种思维方式既有积极的一面，同时又有明显的先天缺陷。在技艺与文学之间，李渔虽然在理论上常常作界定性的阐述，但在他的意识深处，这种区别就相当的模糊，他主张技艺之间的相互借鉴。如说自己"性不喜雷同，好为矫异，常谓人之葺居治宅，与读书作文同一致也"。又说："生平著书立言，无一字不由杜撰，其于疗病之法亦然。"故"天下技艺无穷，其源头止出一理"，"倘能以文理二字为锁钥，则世间万物无不握其枢纽，而司其出入者也"。所以，李渔的创作实践表明，技艺修养给他的创作带来了一些积极的影响。这种万物同理的观念和思维惯性一方面使他创作常常能左右逢源，巧思不断；但另一方面却使得中国小说重经验说教与情节技巧而忽视情感表现的弊病走向了极端。这种情形固非一因所致，它带有浓厚的先天性因素，故不能以褒贬简单论之。

---

① 黄强：《李渔研究》，浙江古籍出版社 1996 年版。篇目为《八股文与李渔的戏曲创作》《李渔与饮食文化》《李渔与服饰文化》。

第六章 李渔词与词学理论

　　李渔是以戏曲作家和理论家而著称的，一部《闲情偶寄》奠定了他在中国戏曲史上的重要地位。然而，他又是一位颇有见地的词学家。他的词学观点主要见于词学理论著作《窥词管见》，另外还有《耐歌词》自序、《名词选胜》序①以及著作《闲情偶寄》等。他的词学理论，在词学史上有独到的价值。李渔词作数量不多，主要集中在他的词集《耐歌词》中，与诗文相比，他的词尤能反映李渔个人的襟怀、才情以及生活阅历，显露出他的真面目、真性情。《耐歌词》涉及题材广泛，举凡咏物、咏史、羁旅、行役、送客、怀人、思乡、写忧、寄慨等传统题材靡不有涉。然从数量上看，艳词居多，半数篇什都与艳情有关，这与李渔一生的情趣追求有关。正因为如此，艳词在李渔的创作中就具有了特殊的地位。本章把李渔艳词和词学理论作为研究重点，正是欲借此进一步探讨李渔之人格情趣，弄清李渔在词学理论上的影响、价值和贡献。

第一节　论李渔艳词

　　李渔擅长写男女情事，不仅仅在小说戏曲中，在词作中也尤为突出。他以"当今柳七"自居，引"柳七"为同道与楷模，这不仅是肯定柳永的为人和生活方式，也同样是肯定柳词的创作风格。

　　《耐歌词》结集于康熙十七年（1678），收入金陵翼圣堂本《笠翁一家言全集》。李渔自序说：

---

　　①　李渔：《笠翁文集》卷1，《李渔全集》第1卷，浙江古籍出版社1991年版，第34页。

今天下词人树帜，读本实繁，予既应坊人之求，有名词选胜一书梓以问世，不日成之矣。乃坊人又谓："近日词家，各有专集，莫不纸贵鸡林。予为当今柳七，曲弊歌儿之口，书饱文人之腹。所未公天下者，惟花间草堂一派耳。盍倾囊授我，使得悬诸国门？"予谓从前浪播，特瓦釜雷鸣耳。洪钟既出，焉用土鼓为哉？坊人坚索不已，遂不获终藏予拙。

应坊人所求，李渔将这些"花间草堂一派"倾囊相授。这大概就是《耐歌词》刊行的主要原因了。至于刊行的时间，自序署"时康熙戊午中秋前十日"，即康熙十七年。此时离李渔去世还不到两年，这可能就是李渔平生创作的最后一点未刊之作了。序中坊人将其比作"当今柳七"，李渔并没有任何不快。他自己对此直言不讳。在一首长调《满江红·读丁药园扶荔词，喜而寄此，勉以作剧》中说自己"傀儡词场，三十载，谬称柳七"。如此看来，这不仅仅是时人对他的看法，李渔自己也以此为荣。

受唐代"词为艳科"的影响，后世词人多喜写艳词。[①] 两宋时期的晏殊、欧阳修、柳永、晏几道、秦观、周邦彦、黄庭坚等人，都写过艳词。甚至连写词甚少的名臣范仲淹、司马光也写艳词。在这些词人中，以欧阳修、柳永最为著称，而柳永特以艳称。清初词人好为艳词，李渔作词也以艳词为长。翼圣堂本《笠翁一家言全集》所收《耐歌词》，卷首载有《窥词管见》一文，是笠翁论词的专文。《窥词管见》于词体和作词的技巧上颇费用心，然于词的内容上，则无所建言。好标新立异的李渔没有就词的题材内容提出什么新的看法，说明他的词学观基本接受了前人的观点，接受传统的关于"词为艳科"、"诗言志词言情"、"诗庄词媚"等观念。

其实，李渔并不是以词名家的，现存的《耐歌词》收词351首，（其中小令221首，中调75首，长调55首）。在林林总总的李渔的创作中，词所占的分量确实很小，但他是李渔一生、特别是后半生真实生活情景的

---

① 此处所用"艳词"概念，不仅仅指那些写得淫亵而浓艳的作品，而采用叶嘉莹先生的看法，将一切叙写美女和爱情的篇什统目之为艳词。详见叶嘉莹《清词丛论》，河北教育出版社1997年版，第50页。

生动记录，是李渔的性灵情趣的真实写照，在李渔研究中确有相当重要的价值。

李渔《耐歌词》中的"艳词"，就内容来看大体可分为四类：

第一类是艳遇与艳情。如《艳情二首》：

> 秋波初转欠分明，还似不关情。半晌猜疑，几番凝望，人去眼留青。
>
> 谁知身随秋波转，重与顾伶仃。佯觅花钿，伪呼同伴，芳意始全倾。

这首艳词是李渔词作中的精品，可与唐五代以来的艳情词相媲美。作者捕捉男女初识时眼神的细节，传神地描绘了女主人公微妙的内心活动过程，闪烁出一派天真无邪的情趣。前五句从眼神入手，既未写女子的面部表情，又未涉及女子体态动作的描写，焦点积聚于女子的眼神。秋波"欠分明"，临去"眼留青"，似乎"不关情"。接二句却笔锋陡转，女子"身随秋波转"，回身重"顾"，犹疑娇羞之态，楚楚动人。于是才知女子并非寡情。"佯觅花钿，伪呼同伴，芳意始全倾"，又借故努力掩饰内心的真情。女子明目善睐，倩盼风情，涣然而出。又如《闺情》：

> 盼得远人归，玉箸增垂。欢娱到手反成悲。莫到相逢宜忍耐，恨不留涕。
>
> 泣罢展双眉，喜到难持。不由身不入罗帷。梦醒不知人在侧，尚叹凄其。

词写思妇与丈夫重逢后的悲喜。"盼得远人归"本是高兴之事，谁知"欢娱到手反成悲"。亲人归来的激动，竟使思妇徒增悲伤。朝思暮想的期盼，积聚成一种无意识，使思妇在梦境中继续着以往的孤独凄凉。此词妙在以悲写喜，以悲衬喜。通过少妇的由喜转悲的过程，真实地反映了思妇对丈夫刻骨铭心的思恋。人物刻画细腻入微，心理描写真实生动。还有《艳语二首》，其二曰：

温柔何事独称乡？俏语问檀郎。此义难明，回声索解，逗出口脂香。

答云乡是安身地。离却便思量。楚馆秦楼，天台洛浦，好杀是他邦。

李渔一生浪迹四方，此类艳遇时而有之。词人风流自赏，词中频频夸耀自己的艳遇。如《青玉案·纪遇》上阕："不期真到销魂地，做一夜天台婿。是醒是眠还是醉？胡然天也，胡然帝，总莫穷其异。"《偶遇》："渴死花间偶遇，难去；纤手乍相承，忽听莺语似人声。惊么惊，惊么惊。"这一连串的艳遇，词人常常被对方体态、神情所迷惑。然而，词人并没有坠入情网，没有像花间词人和后来的艳词作者那样，对某个女人痴情到了极点，能幻化出一点真爱的光芒。作为一个风流自赏、艳遇频频的士人李渔，女人在他的词中更多的是性欲的对象物，而很少有真感情的投入。词所传达的只是词人艳遇的新奇与快感，而缺少对人精神世界的关注，因而也就缺乏感人的艺术魅力。虽说这类词几乎与感情无缘，但风格俏皮幽默，轻松自然。应该是李渔艳词中写得较好的一类。

第二类是以秾丽的字眼写思妇的性苦闷。如《初别》：

今夜非同昨夜，翠被多熏兰麝。熏透睡难成，乍如冰。
冷似未尝扃月，绣枕忽长无数。寥廓一身微，影难随。

又如《蝶恋花·美人倚床图》：

茶在铛中香在鼎，尽可陶情，无奈风光冷。百计难消春昼永，书翻数页才俄顷。坐处思眠眠处醒，眠坐交参，逗出相思影。纤玉托腮鬓不整，眼波注却愁千顷。

在古代诗词中，思妇题材是一个十分重要的内容类别。思妇或思念行役之丈夫，或思念远游之良人。诗词中有对丈夫生活的关心及性命的担心，有对不能与丈夫团聚的幽怨哀伤的抒发。这是思妇诗词的一般通例。但在李渔的这两首词中，思妇所思念的意中人并不确指传统题材中良人或丈夫，作品女主人公也不一定是闺中思妇。《初别》中的思妇"寥廓一身微"，难以忍受别后漫漫长夜的冷落与孤独。《蝶恋花·美人倚床图》中的美人难消春昼的漫长。因为相思，导致懒翻诗书，"坐处思眠眠处醒，眠坐交参，逗出相思影"，一副形影相吊、寝坐不安的惆怅与寂寥。两首词着眼于翠被绣枕、纤玉香腮、床笫月夜，女子强烈的思念中掺有较浓的情欲成分，成为李渔艳词的又一重要特征。《耐歌词》中此类词尚多，有的还别有新意。如《醉春风·岁朝》写少妇难熬时光、盼归急切的心情："不祝增年、寿，但愿除更漏。五更缩四四更三，皱皱皱。"汪蛟门评："古人缩地，此欲缩更，奇文幻笔。"奇思异想，显示出李渔求新求变的艺术追求。

第三类是直接描写女性的容貌态度和鞋袜衣饰。如《蝶恋花·美人醉态》：

> 斜倚非关酒力慵，纤腰原自怯东风。海棠着露，微笑助娇容。
> 星眼唤人扶得去，霞天秋水更溶溶。消魂此际，十辈恋墙东。

又如《眼儿媚·懒妆》：

> 真是佳人果温柔，尽可不梳头。盘龙生就，天然堕马，才是风流。
> 世间尤物随他懒，懒与质相投。若非国色，宜先郎起，早上妆楼。

如果仅仅从这两首词看，笠翁艳词基本上继承了香奁词的风格。前一首"纤腰"、"娇容"、"星眼"写女子醉态之美，后一首"盘龙"、"堕马"形容佳人发型之美。以男性视角写女子的形体情态之美，不脱花间词的绮罗香泽之态。然和花间词相比，笠翁词将美人视为"世间尤物"，女性美的描写仍然渗透着较浓厚的性意识。如此，李渔的艳词便失去了花间词的避俗用心和雅致的美学特质。在以下两首词中，这种倾向表现得更为明显。如《风入松第二体·胴浴》描写的是女性艳美的躯体：

　　兰汤携到不宽衣，生怕有人窥。门启重把湘裙掩。才褪出叶底葳蕤。谁识蜂眉蝶眼，惯穿翠箔珠帏。芙蓉香透水晶辉，红白艳成堆。从前爱把灯吹灭，不使见帐内冰肌。今自盘中托出，请从眼内收回。

　　"叶底葳蕤"、"红白艳成堆"，这种对女性躯体的描写显示出较浓的狎邪与淫亵。更有《蝶恋花·弓鞋》咏女性弓鞋：

　　带拔量来三寸共，经过苍苔，一线惟留痕。天爱凌波，操复纵，设钩钩使湘裙动。绣处金针全不用，米大尖头，何处能栖凤？莫道步移难入梦，着来自有行云送。

　　这是一首咏物词。李渔的咏物词在《耐歌词》中还有不少，举凡花鸟、秋千、床帐、首饰等都有吟咏。专注于弓鞋及步态的欣赏，淋漓尽致地展现了李渔的文采风流。这些咏物词常常是以物及人，其情趣旨向仍然离不开性意识。故丁药园评《弓鞋》曰："吾友吴赐如尝作《绣鞋赋》，予曾比之陈思，此词又非温岐卿可得拟也。"点明《弓鞋》实有花间余风。

　　在古代，咏物与咏美人并不能完全分开，古代文人常把女性视作"物"来题咏。叶嘉莹先生曾说："在咏物词的影响下，一些男性词人遂把女性也视为'物'来加以题咏的对象。"① 在她看来，咏物和咏美人一体，把女人当物来欣赏，甚至是美人身上的任何装饰，都引起词人的极大兴趣。她曾举刘过之以《沁园春》词调题咏"美人手足"、"美人指甲"等为例说明之。如此，李渔的《风入松·酮浴》《眼儿媚·懒妆》《蝶恋花·美人倚床图》《蝶恋花·美人醉态》《美人位置八首》，等等都可列入咏物范畴。这种现象本为词家常例，是文人名士风花雪月之事。但和花间词相比，李渔艳词过分地溺于情欲，近俗而浅露。缺乏花间词那种"深微幽隐于言外"之美学特质，在风格上更接近于柳词的淫亵与直露。如果与《闲情偶寄》"声容部"中"手足"、"鞋袜"两节参照，就更能清

────────────

① 叶嘉莹：《从艳词的发展之历史看朱彝尊爱情词之美学特质》，《清词丛论》，河北教育出版社 2000 年版，第 35 页。

晰地了解李渔本人的性格情趣。

第四类是以香艳的语言描写与暗示性行为。这类作品在《耐歌词》中为数不多，比较典型的有《后庭宴·纪艳》：

> 玉软于绵，香温似火，翻来覆去将人裹。福难消受十分春，只愁媚煞今宵我。奇葩难遇孤丛，异卉今逢双朵。欲谋同榭，两下无偏颇。邢尹互相商，英黄皆报可。

后人多认为，李渔艳词颇涉猥亵，词格低下。但如果把李渔词放到词学史中来衡量，这种结论未免偏失。《纪艳》前五句直写艳遇感受，后七句用比喻写男女欢爱的过程，词义隐晦，语气委婉。和柳永此类艳词相比，自有晦明曲直的区别。柳永《乐章集》中艳词多这类描写。如《凤栖梧》"旋暖熏炉温斗帐，玉树琼枝，迤逦相偎傍。酒力渐浓春思荡，鸳鸯绣被翻红浪"。《小镇西》"百态千娇，再三偎着，再三香滑。"《尉迟杯》"绸缪凤枕鸳被，深深处，琼枝玉树相倚，困极欢余，芙蓉暖帐，别是恼人滋味"等等。柳永艳词多为狎妓之作，"淫冶讴歌之曲"①，词写男女性事，多用比喻与指代，有一些固定的意象，比较大胆直率。如《西江月》：

> 师师生得艳冶，香香与我情多。安安那更久比和，四个打成一个。幸自苍皇未款，新词写处多磨。几回扯了又重捼，奸字中心着我。

此词写其与师师、香香、安安三个妓女玩闹，打情骂俏。余如《木兰花令·有个人人真攀羡》《凤凰阁·匆匆相见》，皆有卑俗淫亵之嫌。柳词的坦率与直露于此可见一斑。

李渔显然受到柳词的影响，但又自异其趣。李渔认为：词既别于诗，又不类曲，词的风格应追求"存稍雅而去甚俗"。因而，李渔努力用较雅的词眼来描述男女艳事，而且极力避开柳词那些淫亵的词眼与意象。在表

---

① 吴曾：《能改斋词话》，张璋等编：《历代词话》，大象出版社 2002 年版，第 54 页。

现手法上，比喻、暗示以及他十分忌讳、很少采用的用典就派上了用场。如上所述，李渔艳词虽稍涉淫亵，但他能出之于较雅的语言，佻达而不过分，浓艳而不直露。和柳词比较，在性描写的态度上他不及柳永的坦率，但在词的风格上却比柳词更为雅致。陆行直《词旨》说："正取近雅，而又不远俗。"①用之评价笠翁词也很合适。李渔自己也说："词之腔调，则在雅俗相和之间。"他的词比较忠实地实践着自己的理论，故不能简单地以卑俗论之。

但是，和李渔小说性描写比起来，李渔词中的性描写还算隐晦委婉得多。这种情形源于文学体裁的不同，又与其传播方式有密切关系。毕竟，写词还是文人士大夫的雅事，是士人娱宾遣兴、陶写性情的工具。在这种场合，卑俗是极忌讳的。而在小说创作中，李渔就显得直露得多，尤其是像《肉蒲团》这种未署真实姓名的小说作品，李渔可以毫无顾忌地进行性描写。故李渔艳词在文学特质上不能与小说一同视之，在格调上与小说也存有高下之别，这反映出李渔人格的多面性和复杂性，不能一概而论。

关于李渔词的艺术特色，大多数国内学者认为李渔词有明显的戏曲化倾向，此言不差。但进一步来看，李渔词的戏曲化倾向主要表现在艳情词上，或者说，他的艳情词充分展示了李渔的戏曲才情，而那些非艳情词则一般不具备这种特色，这是其一。其二，李渔词的曲化与戏剧化虽有联系，但究竟不能混为一谈。曲化的主要特征是语义与语境的俗化，侧重于语言形式的因素。而戏剧化则主要表现为用戏剧化的思维来写作，侧重于角色设置与人物行为动作等，类属表演方面的因素。这就涉及角色的配备、矛盾的设置以及人物的行为如动作、神情等环节。李渔词的曲化和戏剧化在来源与表现形式上有明显的不同，下面分别来论述。

1. 李渔艳词的曲化倾向

词的曲化始于元代，其主要特征是接受了散曲流利明快而不避通俗的语言特征，胡适认为元词是"皆以俚语为之"。②是说由于受到曲的影响，词在语言上以民间口语、俗语为基本语言材料进行加工提炼，使词的整体的语言风格也趋于曲化。李渔艳词的曲化表现为两个特征：其一，能够适

---

① 陆行直：《词旨》，张璋等编：《历代词话》，大象出版社 2002 年版，第 211 页。
② 胡适：《吾国历史上的文学革命》，《胡适文集》第 3 卷，北京大学出版社 1998 年版。

量地运用口语与俗语。如《两同心·鸳鸯》下阕："会搅人心志，益人愁思。忒修行、羡而前生，甚福分，能消今世？问谁能嫁个萧郎，和伊成四。"《钗头凤·初见》写青年男女初次相见的场面，上下阕用字乃民间俗语"中庭端坐，茶汤羞吃。客客客。""窥人不见，赞声难得。贼贼贼。"其中"忒修行"、"甚福分"、"客客客"、"贼贼贼"都是鲜活的口头语，它们的掺入使得词语调轻快，富有生活气息。其二，风格的曲化。王国维评价元词，说元代词人在词中有"一直说将去"①而不留余地的传统，元词如梁曾《木兰花慢》上片"问花花不语，为谁落、为谁开，算春色三分，半随流水，半落尘埃。人生能几欢笑，但相逢，尊酒莫相催"诸句；又如白朴的《水调歌头》起句云："朝花几回谢，春草几回空。人生何苦奔竞，勘破大槐宫。"两首词酣畅淋漓、直抒胸臆而不避俚俗，语言都颇为浅近，整篇如口语实录。笠翁艳词也明白如话，直如日常言语。如《三字令·闺人送别》："临别话，怕愁伊，不多提。提一句，泪千垂。望君心，如妾愿，早些归。归得早，你便宜，免重妻。生儿女，早和迟。没多言，三字令，与君知。"《酷相思·春闺》："人喜人愁天不顾，一样把芳春布。怪酒痕泪点皆成露。人在也花千树，人去也花千树。花愈欢欣人愈苦，盼断归来路。若再得相逢难自娱。爱我也留他住，恨我也留他住。"又有《玉楼春·双声》用双声叠字描摹女性口吻："爱爱怜怜还惜惜，由衷细语甜蜜蜜。问他曾否对人言，附耳回云密密密。问他失约待何如？俯身招承责责责。从来说话少单声，道是情人都口吃。"三词纯是闺人絮语，其喜怒哀怨，神情态度，如在目前。余澹心评曰："语浅愈深，语拙愈巧，语平愈奇，总在人思索不到处。"李渔说："作词之家，当以'一气如话'一语，认为四字金丹。一气则少隔绝之痕，如话则无隐晦之弊。"他又将自己的词集冠名《耐歌词》，认为自己词作"不求悦目，只期便口"，追求通俗易懂、雅俗共赏的境界。他继承了元代词人"一直说将去"的传统。用接近于原生态的生活语言入词，轻快俏丽而又酣畅淋漓，但也往往不免于意境轻浅、不够含蓄、过于直露的弊病。

2. 词的戏剧化倾向

李渔词善用代言写艳情。从表面上看，李渔词作的代言并无特别之

---

① 王国维：《人间词话·人间词话删稿》，《词话丛编》第5册，中华书局1986年版，第4261页。

处。因为，词自产生之后，代言就成为一种风尚，特别是赵宋之时，代言更成风气。王灼《碧鸡漫志》卷一云："今人独重女音，不复问能否，而士大夫所作歌词，亦尚婉媚，古意尽矣。"① 清田同之《西圃词说》② 曾作诗词之辨，当说到词时"若词则男子作闺音，其写景也，忽发离别之悲；咏物也，全寓弃捐之恨。无其事，有其情。令读者魂绝色飞，所谓情生于文也"。北宋时的柳永、张先、晏几道、秦观、黄庭坚等人艳词则常用代言写艳情。钱钟书《管锥编》指出诗歌中的代言代作在"词中更成惯技"。李渔艳词自然也不例外。《酷相思·春闺》下阕："花愈欢欣人愈苦，盼断归来路。若再得相逢难自误。爱我也留他住，恨我也留他住。"《满庭芳·睡起》："檀郎何处去？庭空院寂，一任无聊。尚含嗔未与语，鹦鹉先挑，频说哥哥该打，已欲恕，物劝休绕。沉吟久，隔篱花动，风落紫荆条。"拟少妇口吻，神情毕现。余广霞评曰："读此词非关语至，只是情真。"又《满庭芳·原病》以女子口吻讨论病因，先是"梅香得半，切莫尽归他"。把病因一半归之于"他"，一半归之于侍女。思前想后，最后"千万事，皆由薄命，只合自操戈"。陈天游评曰："代作闺阁中爰书，果然平反得宜。"从表面看，李渔词的代言似乎与传统代言词并无区别，但从李渔词的创作方法来看，这种代言还得益于他的戏剧修养。在回答作词方法的问题时，他提出一个经验性的做法："不难，有摹腔炼吻之法在"，而"摹腔炼吻"其实也是戏曲的基本功，他要求作词者要像戏曲作家那样设身处地地从角色出发，揣摩其心理变化，模拟其语言神态，以达到语肖神似的极境。其实，李渔常用戏曲创作理论来解释词论。《窥词管见》说：

> 词内人我之分，切宜界得清楚。首尾一气之调易作，或全述己意，或全代人言，此犹戏场上一人独唱之曲，无烦顾此虑彼。常有前半幅言人，后半幅言我，或上数句皆述己意，而收煞一二语，忽作人言。甚至有数句之中，互相问答，彼此较筹，亦至数番者。此犹戏场上生旦净丑数人迭唱之曲，抹去生旦净丑字面，止以曲文示人，谁能

---

① 王灼：《碧鸡漫志》，张璋等编：《历代词话》，大象出版社 2002 年版，第 101 页。
② 钱钟书：《管锥编》，中华书局 1982 年版，第 87 页。

辨其孰张孰李，词有难于曲者，此类是也。

他认为，一首词"或全述己意，或全代人言"，不存在角色转换的问题，故易作，而人我互掺的词作，"犹戏场上生旦净丑数人迭唱之曲，抹去生旦净丑字面"，就有自言与代言的困难了。因而，"必使眉清目楚，部位井然。大都每句以开手一二字作过文，过到彼人身上，然后说情说事"。因此，以戏曲思维来看待词中代言问题，乃是李渔词论的鲜明特征。

李渔词的戏剧化还表现为特别注重人物的言语、眼神、身段的描写，这与他长期从事戏曲创作与表演有密切关系。李渔词长于构建戏剧情节，以《归朝欢·窃茶》为例，"未共鸳帏还是客，何事窃杯尝口泽？残茶往往被伊偷，吸干不使留余滴。谁知郎计谲，空杯又取斟来吃。问其中有何气息，只恁贪如蜜？但解钻营都是贼，但效殷勤都是术。只愁蜂蝶为花忙。近花便觉花无色。念他可怜极，再倾杯，剩些余汁，只当施残粒。"这首词好似在编织一个故事，有男女主角，有对话，有过程，有结果，是个完整的喜剧情节。《归朝欢·防窥》写一绣阁妇人防窥，"晓来妆罢换衣裳，背光不向纱窗立"。这时"小鬟施狡黠。故摇窗影将人怀"。慧黠之小鬟，守贞之少妇，涣然而出。此时几乎不清楚作者是在作词，还是作剧？故倪服回评："极平淡语，说得绚烂如此。以写情致到极真细处也。"作者是在以叙事手法写词，或者说是在用作剧法写词。然戏剧讲究关节矛盾的设置，关注剧情发展中波澜的起伏，故李渔词能有如此细节之真实。为了进一步说明李渔词的戏剧性，我们拿吴梅村的一首艳词与李渔词作比较。吴梅村词《丑奴儿令·艳情》曰：

> 低头一霎风光变，多大心肠，没处参详，做个生疏故试郎。何须抵死推侬去，后约何妨？却费商量，难得今宵是乍凉。[1]

李渔《艳情二首》：

---

[1] 《全清词》，中华书局 2004 年版，第 385 页。

秋波初转欠分明，还似不关情。半晌猜疑，几番凝望，人去眼留青。谁知身随秋波转，重与顾伶仃。伴觅花钿，伪呼同伴，芳意始全倾。

这两首词情节相近，前一首"试郎"，后一首"留眼青"。都是为描述女主人公内心热烈而又故作沉静的脉脉深情与羞涩神态。她们的内心大致都经历这一过程：欲露还藏，藏而又露。两首词中，同样的情感表述，所采用的方式却决然不同。李渔特别注重女主人公的眼神与身段，"秋波"、"分明"、"凝望"、"青"、"顾"、"倾"，女主人公的情感波澜围绕一系列的眼神活动展开。"谁知身随秋波转，重与顾伶仃"，眼神与身段的配合，是那么的传神，"伴觅花钿，伪呼同伴"仍然是眼神的活动。而梅村词则从面容神情写起，后只写到一个"推侬"动作，显得笼统而模糊。就表达来讲，梅村词是表述型的，李渔词是描述型的，梅村词显然不如李渔词的生动和细致。而这种差别的解释只能有一个，即李渔得天独厚的戏剧意识、戏剧思维、戏剧表演的修养给词创作带来了丰厚营养。可以说，李渔词富有戏剧性，李渔词的独特也正在于此。

另外，笠翁艳词好以议论入词，长调尤为明显，《满庭芳·相思味》及同调《原病》《说梦》都表现出这个特色。《花心动·心硬》以女性口吻对"女戒淫邪，男恕风流"这种男女不平等提出疑问，认为这种不公平局面的形成是"始作俑，周公遗孽"。《归朝欢·喜醋》曰："果是佳人不嫌妒，美味何尝离却醋。不曾薄幸任她嗔，嗔来才觉情坚固。"探讨醋与妒的问题。有道德观念层面的，有生活现象层面的。李渔都能自出机杼，言前人所不能言。这与《笠翁论古》中好为矫异、爱做翻案文章的现象如出一辙。但如果认为笠翁词中声明的观念就是生活中李渔奉行的信条，那就大错特错了。因为李渔思想经常是矛盾而复杂的，互为抵触的现象处处可见，在此不再展开论述。

应该说明的是，李渔艳词的写作，既有士人好为艳词的传统的影响，还有当时的社会风尚和文人习气的熏染。明中叶以后，士大夫生活崇尚风流，娶妻纳妾、狎妓听曲、选妓征歌已成风尚。嘉靖以后，许多文人士大夫家中蓄有声妓，如李开先、何良俊、张岱等。社会又盛行所谓"花榜"，甚至借用科举名次来标榜妓女。自命风流与附庸风雅成为一时时尚。这种风尚自然也进入词创作中来，如上文所引《蝶恋花·弓鞋》事实上是士大夫"妓鞋行酒"、金莲崇拜风尚的又一明证。明末清初，当时有许多文人有此类诗词，嘉靖时的冯惟敏作有《鞋杯词》，① 陈继儒作《绣鞋》。这些诗词，是当时士人艳冶放荡生活的真实反映。《四友斋丛说》记载何良俊与王世贞宴饮以绣鞋行酒作诗事。② 《金瓶梅》描述西门庆"吃鞋杯耍子"的场面，说明当时士林酷尚此风，而且乐此不疲。当时士人也多俗艳诗词，袁中道作《美人临镜》、陈继儒作《艳曲》、吴梅村作《醉东风》等，这些作品虽然没有多大的社会意义，但终究是其生活的一部分，反映了当时文人的趣尚，我们既不必深责，更不必为之讳说。再者，词作为士大夫文人"播弄风月，陶写性情"③ 的工具，承担"聊佐清欢"、"娱宾遣兴"的职能，是历代词作者们的共识。欧阳修曾说："良辰美景，固多于高会；而清风明月，幸属于闲人"，"因翻旧阕之辞，写以新声之调。敢陈薄伎，聊佐清欢"。（《采桑子·西湖念语》）王世贞曰："其婉娈而近情也，足以移情而夺嗜；其柔靡而近俗也，诗啴缓而就之，而不知其下也。"④ 因为词在大多数文人的心目中，本不属"正经"高雅的文学，所以用不着让词去承担载道教化的崇高使命，只要能够"聊佐清欢"、"娱宾遣兴"就够了。这种社会风气及文人集体的审美倾向，对李渔艳词的创作甚至是个性的形成都有深刻的影响。

第二节　论李渔词学理论

《窥词管见》是笠翁论词的专文，共有二十二则六千余字，最早见于康熙十七年金陵翼圣堂本《笠翁一家言全集》。《笠翁一家言全集》收词集《耐歌词》三卷，卷首附有《窥词管见》，并有《笠翁词韵》四卷，

---

① 原词为："高擎彩凤一钩香，娇染轻罗三寸长，满斟绿蚁十分量。窍生生，小酒囊，莲花瓣露泻琼浆。月儿牙弯环在腮上，锥儿把团栾在手掌，笋儿尖签破了鼻梁。钩乱春心，洗遍愁肠，抓辘辘滚下喉咙，周流肺腑，直透膀胱。举一杯恰像小脚儿轻跷肩上，咽一口好疑妙人儿吮乳在胸膛，改样风光，着意珍藏，切不可指甲儿掐坏了云头，口角儿漏湿了鞋帮。"

② 何良俊：《四友斋丛说》第 26 卷，《续修四库全书》第 1125 册，第 704 页。

③ 张炎：《词源》，《历代词话》，大象出版社 2002 年版，第 195 页。

④ 王世贞：《弇州山人词评》，《历代词话》，大象出版社 2002 年版，第 341 页。

《闲情偶寄》十六卷。《窥词管见》今见于唐圭璋先生所编的《词话丛编》、萧欣桥等编的《李渔全集》、张璋等编纂的《历代词话》等。另外，李渔论词言论还散见于《耐歌词》自序、《名词选胜序》① 以及著作《闲情偶寄》等文字中。

20 世纪 20 年代开始，李渔的曲学受到广泛的重视，词学却几乎无人问津。1927 年，顾敦鍒先生在《燕大月刊》发表《李笠翁词学》一文，较系统地阐述了李渔的词学思想。此后李渔词学研究便告中落，直到 20 世纪末，李渔词学才开始受到人们的重视。论文专著时有出现，然多囿于顾氏思路，就事论事、总结归纳，无法凸显李渔词论在词学史的地位。下面，笔者将从词学史的角度就李渔几个词学范畴予以重新检视，以求进一步梳理李渔词论中继承与创新的基本事实。

一 词的地位

李渔《耐歌词》自序是反映李渔文学进化思想与文体评价的主要文献。序中提出了他的文体进化的运动史观以及对词的地位的认识。他说：

> 今日之世界，非十年前之世界；十年前之世界，又非二十年前之世界。如三月之花，九秋之蟹，今美于昨，明日复胜于今矣。

李渔认为文学是发展的，一代有一代的文学样式，文学体裁的兴衰与时代有密切的关系。他说：

> 三十年以前，读书力学之士，皆殚心制举业，作诗赋古文词者，每州郡不过一二家，多则数人而止矣。余尽埋头八股，为干禄计。是当日之世界，帖括时文之世界也。此后则诗教大兴，家诵三唐，人工四始。凡士有不能诗者，辄为通才所鄙。是帖括时文之世界，变而为诗赋古文之世界矣……乃今十年以来，因诗人太繁，不觉其贵，好胜之家，又不重诗而重诗之余矣。一唱百和，未几成风……人谓诗变为词，愈趋愈下，反以春花秋蟹为喻，无乃失其伦矣。余曰不然。此古

---

① 李渔：《笠翁文集》卷 1，《李渔全集》第 1 卷，浙江古籍出版社 1991 年版，第 34 页。

学将行之兆也。

明末清初三十年文学凡三变，从帖括时文、诗赋古文再到"诗之余"之词，李渔将文学的发展看成是动态的、阶段性的文体迭兴的过程，表明了他对中国文学规律性的认识。

李渔的这种文学观念，并不是他自己的创造。金元以来，关于"历朝文学各有其所胜"的文体嬗变观念盛行，持此类说法的学者代不乏人。何良俊《草堂诗余》序中说："总而核之，则诗亡而后有乐府，乐府阙而后有诗余，诗余废而后有歌曲。乐府以瞰径扬历为工，诗余以婉丽流畅为美。"① 汤显祖《花间集》序曰："自三百篇，降而骚、赋；骚、赋不便入乐，降而古乐府；古乐府不入俗，降而以绝句为乐府；绝句少婉转，则有降而为词。"② 此外，温博《花间集补》序、孟称舜《古今词统》序、沈际飞《草堂诗余四集》序、毛先舒《填词名解》等大致都表达了同样的意思。清初，云间派领袖陈子龙认为：各种诗歌形式"叠为盛衰"，③每一种诗歌形式也"就其本制，厥有盛衰"。④ 可见，李渔接受并肯定了金元以来理论界的这种文学发展观。李渔自己也承认，这是当时流行的看法。《闲情偶寄》说："历朝文字之盛，其名有所归，汉史、唐诗、宋文、元曲，此世人口头语也。"⑤

清初词学复兴，词作家、评论家为了改变历来视词为诗余和小道杂技的看法，举起尊体大旗。李渔的好友，西泠十子之一的毛先舒（1620—1688）从文体的发展角度肯定词体产生的合理性。他认为作词之难，"与高文典册正等"，同样可以传世。⑥ 与李渔同时的著名词人和词学理论家陈维崧（1625—1682）《词选序》则得出"盖天生之才不尽，文章之体格

① 何良俊：《草堂诗余》序，《历代诗话》，大象出版社 2002 年版，第 346 页。
② 汤显祖：《玉茗堂评花间集》序，《历代诗话》，大象出版社 2002 年版，第 359 页。
③ 陈子龙：《三子诗余序》，《安雅堂稿》卷 3，台湾伟文图书公司 1977 年版，第 191 页。
④ 陈子龙：《幽兰草题词序》，《安雅堂稿》卷 5，台湾伟文图书公司 1977 年版，第 279页。
⑤ 李渔：《闲情偶寄·词曲部》"结构第一"，《李渔全集》第 3 卷，浙江古籍出版社 1991年版，第 2 页。
⑥ 毛先舒：《汪文远填词选》，《思古堂集》，《四库全书存目丛书》210 册，第 633 页。

亦不尽"① 的结论，认为人之禀赋才识不同所选择的文之体格也就不同，从根本上否定了词为小道的观念。

清初理论家们尊体说的理论基点主要有两个：一是上攀诗骚，为词争词统。这种观点认为：词乃风、骚之流亚，皆本言情，经、史、诗、词"谅无异辙"。二是从文体嬗变角度，认为各种文体"叠为盛衰"，乃自然之规律，不存在尊卑高下之分。其实，在易代之前，尊体理论已告完成，进入新朝以后，已为余响。云间派与阳羡派的崛起，宋徵璧、毛先舒、丁澎、沈谦等首倡其说，而这些人大多是李渔的西泠朋友，与李渔交往甚密。李渔《耐歌词》自序作于康熙十七年，这些人都已值暮年。从李渔自序来看，他显然接受了上述观念。或者说，他浸淫其中，与词坛的流行观念合榫。有一个明显的例证：在《耐歌词》开篇有小令《花非花》四首，四首俱写情，词义缥缈。毛稚黄评曰："从《楚辞·九歌》诸作脱胎。长吉鬼才，故当却步。"李渔此作自然不能与楚骚、长吉诗媲美，毛稚黄之评未免有夸饰之嫌，但可以看出，毛氏作为一个尊词说的中坚人物，他的言论一直不忘从词统角度，上追诗骚，以提高词的地位。但李渔并未像他的这位朋友一样有这样一种思维惯性，对于文学的进化观，李渔倒有一种浮华刊落之后的平静与理性。他说："往事可观，必有以少为贵者矣。四声八病，视为已陈之刍狗，必不专尚。所未专尚者，唯古文词一道耳。"这是文体盛衰观的解释。"何虑汉之班马、唐之韩柳、宋之欧苏，不复见于来日乎？"认为词与经、史、诗、古文同列，并无高下尊卑之分，这又是词统说的变相。说明他已不再纠缠于的词的地位提高的问题，而认为这些都是理所当然的事情，已具有了高度的理论自觉。

二　词的本体特征

《窥词管见》他在开篇处即言：

> 作词之难，难于上不似诗，下不似曲，不淄不磷，立于二者之
> 中。大约空疏者作词，无意肖曲，而不觉仿佛乎曲。有学问人作词，
> 尽力避诗而究竟不离于诗。一则苦于习久难变，一则迫于舍此实无

---

① 陈维崧：《今词苑序》（又名《词选序》），《迦陵文集》，四部丛刊本。

也。欲为天下词人去此二弊，当令浅者深之，高者下之，而处于才不才之问，词之三昧得矣。

李渔认为：词应当是立于诗、曲二者之间的，"上不似诗，下不似曲"。在他看来，诗词曲是有高下深浅之别的。诗是有学问人的事，较为高深典雅；曲为空疏者为之，则流于空疏浅薄。词应当不浅不深，不俗不雅，处于二者之间。顾敦鍒在谈到这一点时说："在笠翁时代，我国治学问的人还无所谓界说，但笠翁写《窥词管见》就好像为词下了一个界说。"① 近有论者说："他在此已大致上确定了词的本体地位，标志着词本位意识的成熟。"②

但应该看到，李渔的上述立论其实是词学论者的套语，是人人意识到的东西，并在著作中以不同的语言表现过的。早期的李清照在《词论》中提出"乃知词别是一家，知之者少"③，她认为，第一，由于词与音乐有密切联系，词有着不同于诗的艺术形式。第二，提出了"尚文雅"、"主情致"、"尚故实"、"典重"、"浑成"等一系列审美标准，明确了词"本色"的理论内涵，维护词作为独立文体的特性。

南宋时期的曾慥《乐府雅词序》、王灼《碧鸡漫志》、鲖阳居士《复雅歌词序略》、张炎的《词源》④皆力倡词的雅化，而张炎用力最深。他的《词源》从"协音"的角度，提出谐和音律的标准。他认为，由于"古人按律制谱，以词定声"，而乐声善于表现情感。和诗比起来，词更多为赋情之作，风格也委婉深致，往往"失之软媚"。因为"志之所之，一为情所役，则失其雅正之音"。所以，张炎强调以"雅正"风格作为寄意命思之旨归，去节制情的泛滥放纵。并说："作词者能取诸人之所长，去诸人之所短，精加玩味，象而为之，岂不能与美成辈争雄长哉！"他所谓的"取诸人之所长"亦即要人追求美成之雅正之风格，"去诸人之所短"即是抛弃花间之软媚。与张炎同时稍早的沈义父著《乐府指迷》，提

---

① 顾敦鍒：《李笠翁词学》，《燕大月刊》第 1 卷第 2—4 期。《李渔全集》第 20 卷，第 81 页。

② 方智范：《中国词学批评史》，中国社会科学出版社 1994 年版，第 199 页。

③ 李清照：《词论》，《历代诗话》，大象出版社 2002 年版，第 12 页。

④ 张炎：《词源》，《历代诗话》，大象出版社 2002 年版，第 188 页。

出了谐音合律，尚雅忌俗，遣辞设意须求含蕴委曲的作词要求。他说：
"作词与诗不同，纵是花卉之类，亦须略用情意，或要入闺房之意。然多
流淫艳之语，当自斟酌。如只直咏花卉。而不着些艳语，又不似词家体
例，所以为难。又有直为情赋曲者，尤宜宛转回互可也。"① 鲜明地道出
了词在题材风格上不同于诗的特点，要求作词者"宛转回互"仍然是语
言上的趋雅倾向，与张炎的理论精神基本一致。张炎与沈义父都是从音律
的角度入手谈词的风格的，他们要求抛弃的是北宋词的淫艳与软媚，追求
南宋词的雅正淳厚。应该说明的是，李渔所说的"词在雅俗之间"的
"雅"、"俗"和张、沈之"雅"、"俗"在内涵与外延上是既有联系而又
有明显区别的两组概念，其理论的最终旨归也迥然不同。张、沈无意用雅
俗这一组风格概念的区别来凸显词的本体特征。他们的崇雅论的注意点是
仅限于词的局部做法和一般风格方面，并且都有具体的作家作为创作范
本。其实，从风格范畴解析词的本体特征是很难的，而后来的理论家们有
人尝试着这样做。

陆行直《词旨》说："夫词亦难言矣。正取近雅，而又不远俗。予从
乐笑翁游，深得奥旨制度之法。"② 也就是说：词在雅俗之间，要把握好
这种关系，是很难的事情，一般人不容易做到。李渔说："词在雅、俗之
间。"他又说："作词之难，难于上不似诗，下不似曲，不淄不磷，立于
二者之中。"从表面看，李、陆二氏表达了相似的看法，但细究起来，二
者还是有明显的区别。陆氏所谓雅俗是一般意义上的风格概念，李渔所强
调的雅俗，其实已成为两种文体的代称，即"雅"代表了诗的风格传统，
而"俗"则是曲的风格特征。"所谓存稍雅而去甚俗"，意在凸显词在诗
曲之间的中间性。因此，李渔所强调的雅俗之别，并不是前人思想的简单
重复，他从文本的角度出发而作出的特征界定，是超越了具体作家作品之
上的理论思考。

但如果就此下结论说：这些都是笠翁的理论成果，那是很危险的。检
点李渔同时代的其他词学成果，有一个人值得注意，那就是李渔的西泠好
友沈谦。沈谦（1620—1670），字去矜，号东江，浙江仁和人。他是一个

① 沈义父：《乐府指迷》。《历代诗话》，大象出版社 2002 年版，第 199 页。
② 陆行直：《词旨》，《历代诗话》，大象出版社 2002 年版，第 211 页。

著名词学专家，作有《填词杂说》《词韵》《词谱》。其《填词杂说》开篇就云："承诗启曲者，词也。上不可似诗，下不可似曲。然诗曲又俱可入词，贵人自运。"又曰："白描不可近俗，修饰不得太文，生香真色，在离即之间，不特难知，亦难言。"①他认为词在诗、曲之间，不能太俗，亦不能太文。这种对词体特征的认识，与李渔的观点何其相仿？这些话想必是李渔好友圈中的套话，李渔耳闻目睹、浸染其中，受其影响自然是情理之中的事了。但李渔的可贵在于，他将沈氏认为"特难知，亦难言"只有"贵人自运"的问题硬要探究出一个所以然来，尽管他的理论还不那么完整和成熟。

因此，笔者认为：李渔关于词的文体特征之说在理论上并不是什么新说，有其历史继承的痕迹，但在一定程度上又超出了历史的小框框。和以前不同的是，李渔独独拈出词体特征这个论题，把以往词学论著中较为散乱的论题因此扭结在一起，以一种较为合理的思路集中表述一种词学观念。各则有着井然有序的逻辑关联，改变了过去那种"摘句品评"零星散乱的论述方式。在词学发展史上，应该是有很重要的意义。这是李渔擅长理论思维的结果，同时也标志着词学的进一步理性自觉。

三　词曲之别

"以编曲为填词"②乃是明词的一大通病，对"词曲不分"的警惕和分辨，就成为当时词学理论著作的一项重要论题。于是，在论述词"上不似诗，下不似曲"这个命题时，论者的重心往往放在了词与曲的区别上。李渔是著名戏曲家，他论诗、词、曲之别，也多从作曲经验入手，尤为强调词不可类曲。《窥词管见》云：

> 诗有诗之腔调，曲有曲之腔调，诗之腔调宜古雅，曲之腔调宜近俗，词之腔调，则在雅俗相和之间。如畏摹腔炼吻之法难，请从字句入手。取曲中常用之字，习见之句，去其甚俗，而存其稍雅，又不数

---

① 沈谦：《填词杂说》，《历代诗话》，大象出版社2002年版，第805页。

② 谢章铤：《赌棋庄词话》卷9："明自刘诚意、高季迪数君而后，师传既失，误以编曲为填词，故焦弱侯经籍志备采百家，下及二氏，倚声一道缺焉，盖以鄙视词久矣。"《历代诗话》，大象出版社2002年版，第1606页。

见于诗者，入于诸调之中，则是俨然一词，而非诗矣。

　　词既求别于诗，又务肖曲中腔调，是曲不招我，而我自往就，求为不类，其可得乎。曰，不然，当其摹腔炼吻之时，原未尝撇却词字，求其相似，又防其太似，所谓存稍雅，而去甚俗，正谓此也。有同一字义，而可词可曲者。有止宜在曲，断断不可混用于词者。一字一句之微，即是词曲分歧之界，此就浅者而言。至论神情气度，则纸上之忧乐笑啼，与场上之悲欢离合，亦有似同而实别，可意会而不可言诠者。慧业之人，自能默探其秘。

　　李渔认为，诗古雅，曲近俗，词则在雅俗相和之间。从风格角度区分诗、词、曲的不同，可谓概括精当。要进一步说明这个问题，他拈出"神情气度"、"腔调"、"字句"三个互相联系的尺度，"神情气度"依赖于"腔调"，而"腔调"是通过具体的词句来体现的。李渔谈诗、词、曲的区别就是从"字句"角度入手的。他说："如畏摹腔炼吻之法难，请从字句入手。取曲中常用之字，习见之句，去其甚俗，而存其稍雅，又数见于诗者，入于诸调之中，则是俨然一词，而非诗矣。是词皆然，不独以上诸调。"李渔又举了一些具体的词语为例：

　　有同一字义，而可词可曲者，有止宜在曲，断断不可混用于词者。试举一二言之，如闺人口中之自呼为妾，呼婿为郎，此可词可曲之称也。若稍易其文，而自呼为奴家，呼婿为夫君，则止宜在曲，断断不可混用于词矣。如称彼此二处为这厢、那厢，此可词可曲之文也。若略换一字，为这里、那里，亦止宜在曲，断断不可混用于词矣。大率如尔我之称者，奴字、你字，不宜多用。呼物之名者，猫儿、狗儿诸儿字，不宜多用。用作尾句者，罢了、来了，诸了字，不宜多用。诸如此类，实难枚举，仅可举一概百。

　　李渔这些列举，颇为独到，也极有说服力，反映了李渔作为戏曲作家的独特眼光。

　　李渔曲场编演相兼，他编剧专为登场，因此十分注重曲的语言风格。其实这也是他曲论的重要基石。李渔《闲情偶寄》论戏曲语言说："曲文之词采，与诗文之词采非但不同，且要判然相反，何也？诗文之词采贵典雅而贱粗俗，宜蕴藉而忌分明；词曲不然，话则本之街谈巷议，事则取其直说明言，凡读传奇而有令人费解，或初阅不见其佳，深思后得其意之所在者，便非绝妙好词，不问而知是今曲，非元曲也。"① 他从语言角度区分诗与曲的不同。当他由曲反视词时，进行词曲比较时，自然仍不会忽视这块基石。他十分重视词与曲的区别，他说："词与曲接壤，不得不严其畛域。"将"特难知，亦难言"，只有"贵人自运"的问题作出一个理论上的解释，这得益于他长期的戏曲创作实践。其结论前代词家、理论家无人道过，确为发前人所未发的新见，是李渔对词学理论的一项较为重要的贡献。但李渔浅尝辄止，未从"字句"、"腔调"论题进入"神情气度"的更高层次的论述，以建立从词体到风格境界的完整的理论体系。而只能委之于"慧业之人"，显示出笠翁理论体系不乏技巧性与实用性，而缺乏深度的缺陷。

四 艺术创新

李渔论文力主创新。他说："新也者，天下事物之美称也。而文章一道，较之他物，尤加倍焉。戛戛乎陈言务去，求新之谓也。至于填词一道，较之诗赋古文，又加倍焉。非特前人所作，于今为旧，即出我一人之手，今之视昨亦有间焉。昨已见而今未见也，知未见之为新，即知已见之为旧矣。"② 这种主张不特为戏曲而言，在诗、文、词、小说等方面的理论中李渔都一以贯之地予以强调。关于词的创新，李渔说：

> 文字莫不贵新，而词为尤甚。不新，可以不作。意新为上，语新次之，字句之新又次之。

在李渔看来，"新"是文学的生命力，而词之"新"尤为重要。他把词中之"新"分为三个层次，即"意新"、"语新"、"字句之新"，这三

---

① 李渔：《闲情偶寄·词曲部》，《李渔全集》第3卷，浙江古籍出版社1991年版，第17页。

② 李渔：《闲情偶寄·词曲部》"脱窠臼"，《李渔全集》第3卷，浙江古籍出版社1991年版，第9页。

者并非互不联系的三个因素，而是李渔词论中创作论的三个有序环节。

在解释李渔"意新"这个概念时，有论者认为，"意新"就是"从日常生活中提炼出来的新的见解"①，此观点不无偏颇。其实，李渔所谓"意新"之"意"实质上包括"意"与"意象"两项内容。这里，有"新的见解"，有"新的意象"，而更为重要的是一种意象或景象之新。他说：

> 所谓意新者，非于寻常闻见之外，别有所闻所见，而后谓之新也。即在饮食居处之内，布帛获粟之间，尽有事之极奇，情之极艳，询诸耳目，则为习见习闻，考诸诗词，实为罕听罕睹以此为新，方为词内之新，非齐谐志怪、南华志诞之所谓新也。

在这里，李渔之"意新"剥离了"齐谐志怪、南华志诞"那样的离奇荒诞，而关注词中的日常生活的"罕听罕睹"之事。对此他进一步解释道：

> 人皆谓眼前事、口头语，都被前人说尽，焉能复有遗漏者。予独谓遗漏者多，说过者少。……由斯以谭，则前人常漏吞舟，造物尽留余地，奈何泥于"前人说尽"四字，自设藩篱，而委金玉于路人哉！词语字句之新，亦复如是。同是一语，人人如此说，我之说法独异，或人正我反，人直我曲，或隐约其词以出之，或颠倒字句而出之，为法不一。所最忌者，不能于浅近处求新，而于一切古家秘菠之中，搜其隐句，及人所不经见之冷字，入于词中，以示新艳，高则高，贵则贵矣，其如人之不欲见何。

李渔认为，词作家对现实生活要有独特体验与审美发现，要善于捕捉日常生活中"事之极奇，情之极艳"的事情，然后将这种新的意象、景象描画出来，这就是"新"。为了进一步说明之，李渔作了一个比喻："昔人点铁成金之说，我能悟之。不必铁果成金，但有惟铁是用之时，人

---

① 俞为民：《李渔评传》，南京大学出版社 1998 年版，第 333 页。

以金试而不效，我投以铁即金矣。彼持不龟手之药而往觅封侯者，岂非神于点铁者哉！"这里，李渔所说的点铁成金不是语言上的墨守因循或凭空蹈虚，而是通常用语的翻新再造，或谓之陌生化。所谓"意新"，主要是建立在这种陌生化上的一种意象之新、感受之新，而不仅仅是观念见解性质的东西。要说明这一点，我们拿李渔的创作来作例证。《何满子·感旧四时词忆乔姬在日》① 第四首曰：

> 记得雪深三尺，有人煨芋忘眠。素霭每从哥口出，教人误作香烟。寒暑未停丝竹，温和肯费弦筝？

冬日呵气如烟，是一种习见之象，然未经人道，笠翁拈出，便为新意。故吴梅村评曰："寒时吐气，有如白虹，常事也，却未经人道。"又《少年游·艳语二首》：

> 温柔何事独称乡？俏语问檀郎。此义难明，回声索解，逗出口脂香。答云乡是安身地。离却便思量。楚馆秦楼，天台洛浦，好杀是他邦。

咏温柔乡情事，前代词作多有，然如"回声索解，逗出口脂香"这般描述却未曾见。余澹心评："此意谁能道出？"即此意也。又如顾敦鍒先生所举《长相思·代闺人画眉》国色之"却嫌朱粉，又安用青螺？"（吴梅村评）《相思引·暑夜闻砧》"砧敲暑夜，才是断肠声"。李渔所谓"意新"主要指这一类意象或景象。即日常生活中常见而未经人道的事情。这类词为评者激赏，也是李渔引以为傲的。应该说，这些词是《耐歌词》中写得最好也最有价值的作品。

李渔词中，还有一类是以议论为主，表达李渔独特的看法与观念的。如《减字木兰花·田家乐》：

> 黄茅盖屋，每到秋来增几束。增过三年，只戴黄茅不戴天。邻居

---

① 李渔：《耐歌词》，《李渔全集》第 2 卷，浙江古籍出版社 1991 年版，第 377 页。

盖瓦，三岁两遭冰雹打。争似侬家，风雨酣眠夜不哗。

陆丽京评曰："茅屋之胜瓦，全在风雨无声，阴晴一致。此语未经人道，又被笠翁拈出。"这首词意在说明茅屋胜于瓦舍，贫者有富者所没有的优势的道理，反映笠翁独特的生活处境与人生哲学。此词词意虽新，然理胜于辞，殊无意象，自非词中佳品。又如长调《花心动·心硬》以女性口吻对"女戒淫邪，男恕风流"这种男女不平等提出疑问，认为这种不公平局面的形成是"始作俑，周公遗孽"。《归朝欢·喜醋》曰："果是佳人不嫌妒，美味何尝离却醋。不曾薄幸任她嗔，嗔来才觉情坚固。"探讨醋与妒的问题。李渔往往能自出机杼、言前人所不能言。这类词作与《笠翁论古》中好为矫异、爱做翻案文章的现象一样。虽有新意，然议论太过，终少诗味。

李渔"意新"理论否定了"齐谐志怪、南华志诞"之类的荒诞虚构，选择在生活中"习见习闻"，而在词作中"罕听罕睹"的作为其出新的主要内容。李渔强调在现实的闻见基础之上出新，强调创作主体对生活的独特体验和审美发现，是李渔对艺术独具慧心的理解，在古代词史中自应有其独特的价值。在创作实践中，李渔基本上能够忠实地实践自己的理论。然应该看到的是，李渔"点铁成金"之术有刻意为之之嫌，他的语言的陌生化不是源于心灵的自然流淌，而有人为做作的痕迹。这就使他的理论染上了浓重的"术"的气味，而不能侧身于高文重典之列。平心而论，他较为成功的词作都是一些意象出新的作品，而那些以观念见解取胜的词作往往因缺乏文学意味而显得平庸。这固然与作者的才力有关，也显示出李渔词论本身的缺陷以及理论与实践的错位等问题。

语新、字句之新是属于表达层面的两个因素。关于两者的区别，李渔并未作明确的解释。不过，从李渔的叙述来看，语新似是指语言整体风格之新，字句新则是遣词造句之新。两者虽有区别，但都不出语言表达范畴。李渔说：

意新语新，而又字句皆新，是谓诸美皆备，由武而进韶矣，然才具八斗者，亦不能在在如是。以鄙见论之，意之极新，反不妨词语稍旧。尤物衣旧衣，愈觉美好且新奇未睹之语，务使一目了然，不烦思绎。若复追琢字句，而后出之，恐稍稍不近自然，反使玉宇琼楼，堕入云雾，非胜算也。

李渔拈出"自然"二字作为语句"新"之目的，他认为，"追琢字句"则"稍稍不近自然"，认为"词中之化境"，乃是在平实自然中见新奇。他说：

> 如其意不能新，仍是本等情事，则全以琢句炼字为工。然又须琢得句成，炼得字就。虽然极新极奇，却似词中原有之句，读来不觉生涩，有如数十年后，重遇古人，此词中化境，即诗赋古文之化境也。

"自然"亦即合乎人情物理，于平常语中求新。既不刻事雕琢，生拼硬凑，也不标新立异，故弄玄虚。"琢句炼字，虽贵新奇，亦须新而妥，奇而确，总不越一理字，欲望句之惊人，先求理之服众。"他接着说：

> 古人多工于此技，有最服予心者，"云破月来花弄影"郎中是也。有蜚声千载上下，而不能服强项之笠翁者，"红杏枝头春意闹"尚书是也。"云破月来"句，词极尖新，而实为理之所有。若红杏之在枝头，忽然加一"闹"字，此语殊难着解。

李渔对宋祁词中"闹"字极为反感，一是因为"红杏闹春，予实未之见也"。二是因为"闹字极粗极俗，且听不入耳"。就是说"闹"字既不合常情，又极不雅致。且不说李渔对"闹"字的理解是否正确，单就理论来看，李渔强调词句的"新而妥，奇而确"，强调创新要合理与合情，主张用自然平实的语言风格实现意新目的，其中蕴含着艺术辩证法的一些规律性的认识。这是他文学创作的一贯主张，是其曲论主张在词论中的具体体现。

李渔还对当时词创作的流弊提出了批评。他说："词之最忌者有道学气，有书本气，有禅和子气。吾观近日之词，禅和子气绝无，道学气亦少，所不能尽除者，惟书本气耳。""词中有书本气"实指清初创作界的以才学为诗、为词、为曲的不良风气。他举例说："每见有一首长调中，用古事以百纪，填古人姓名以十纪者，即中调小令，亦未尝肯放过古事，饶过古人。岂算博士、点鬼簿之二说，独非古人古事乎。何记诸书最熟、而独忘此二事，忽此二人也。"李渔认为，词中过量用典、排列古事、用字生硬，都是不符合词的审美特征、违反创作规律的文人恶习，他提出："文贵高洁，诗尚清真，况于词乎。作词之料，不过情景二字，非对眼前写景，即据心上说情，说得情出，写得景明，即是好词。"李渔强调词的清真高洁，通俗易懂，是对当时文坛怪现象的一种反驳，有极强的现实针对性，也是一种对文学本质的深刻认识。

五　情景关系

在宋以来的古代词学中，还没有人像李渔一样，把情、景关系列入词论范畴，李渔可谓第一次。他说：

> 作词之料，不过情景二字，非对眼前写景，即据心中说情，说得情出，写得景明，即是好词。舍现在不求，而求诸千里之外，百世之上，是舍易求难，路头先左，安得复有好词。

他又说：

> 词虽不出情景二字，然二字亦分主客。情为主，景为客，说景即是说情，非借物遣怀，即将人喻物。有全篇不露秋毫情意而实句句是情、字字关情者，切勿泥定即景咏物之说，为题字所误，认真做外面去。

前一段资料中，李渔把情、景作为作词最基本也最重要的"词料"，强调"情景都是现在事"，亦即情景在创作中的现在性，认为作者现时的情景感发是作好词的重要基础。李渔此论针对性很强，主要是对清初文坛上文学创作浓厚的"书本气"而发，亦即对在作品中繁复用典、堆砌故实、"以才学为诗"、"以才学为词"的怪现象提出的批评。后一段资料谈情景关系。"情为主，景为客，说景即是说情"。李渔突出强调情在情景关系中的主导地位，并指出了情与景之间的辩证关系。在古代词学史上，还没有哪个词学家谈到词中的情景问题，李渔把情景关系首次引入词学，是对词学理论的一大贡献。但应该看到，这种对情景关系的看法也并不是李渔自己的发明。在古代诗学理论中，情景就是一个重要的论题。明代谢榛《四溟诗话》云：

> 作诗本乎情景，孤不自成，两不相背。凡登高致思，则神交古人，穷乎遐迩，击乎忧乐，此相因偶然，著形于绝迹，振响于无声也。夫情景有异同，模写有难易，诗有二要，莫切于斯者。观则同于外，感则异于内，当自用其力，使内外如一，出入此心而无间也。景乃诗之媒，情乃诗之胚，合而为诗，以数言而统万形，元气浑成，其浩无涯矣。同而不流于俗，异而不失其正，岂徒丽藻炫人而已。然才亦有异同，同者得其貌，异者得其骨。人但能同其同，而莫能异其异。吾见异其同者，代不数人尔。①

谢榛认为："诗有二要"，"二要"即情景二要素，他认为情景"孤不自成，两不相背"，指出了情与景相互依存、相互生发的关系。同时，他又认为"景乃诗之媒，情乃诗之胚，合而为诗。"亦即把情景视为共存一体、不可分割的两个要素。"情融乎内而深且长，景耀乎外而远且大。"情为诗之核心，景是情之触媒。谢氏将之喻为内外之具，但这其中其实已经寓含着情与景的主次关系。李渔将之移植用于词学理论，则更加明确地把情景用主客关系予以定位，突出情在情景关系中的主导地位。这不仅使古代文论中情景关系的理论向前迈进了一步，也使古代词论注入了一种新的因素，开启了后世情景理论之新境界。

六 "一气如话"

作为词学创作论的一个重要观点，李渔把"一气如话"看作是词创作中一个最高的审美追求。他说："作词之家，当以'一气如话'一语，认为四字金丹。"但是，从李渔的叙述来看，"一气"、"如话"理论上应

---

① 谢榛：《四溟诗话》，郭绍虞《中国古典文学批评理论专著选集》，人民文学出版社1998年版。

该分别属于两个不同的范畴。李渔说：

> 一气如话四字，前辈以之赞诗，予谓各种之词，无一不当如是。如是即为好文词，不则好到绝顶处，亦是散金碎玉，此为一气而言也。如话之说，即谓使人易解，是以白香山之妙论，约为二字而出之者。千古好文章，总是说话，只多者也之乎数字耳。

李渔说得很明白："一气"强调词创作的"一气呵成"。"如话"则指语言的明白易解。对此，李渔有进一步的解释：

> 一气则少隔绝之痕，如话则无隐晦之弊。大约言情易得贯穿，说景难逃琐碎，小令易于条达，长调难免凑补。予自总角时学填词，于今老矣，颇得一二简便之方，谓以公诸当世。总是认定开首一句为主，为二句之材料，不用别寻，即在开首一句中想出。如此相因而下，直至结尾，则不求一气，而自成一气，且省却几许淘摸工夫，此求一气之方也。
>
> 如话则勿作文字做，并勿作填词做，竟作与人面谈。又勿作与文人面谈，而与妻孥臧获辈面谈。有一字难解者，即为易去，恐因此一字模糊，使说话之本意全失，此求如话之方也。前者《闲情偶寄》一书，曾以生平底里，和盘托出，颇于此道有功。但恐海内词人，有未尽寓目者。如谓斯言有当，请自坊间，索而读之。

毫无疑问，"如话"指词的语言要明白如话、通俗易懂，就要像"与人面谈"、"与妻孥臧获辈面谈"那样的生活语言。"一气"一般理解为结构范畴，有的说"指词的结构的完整性"。但在笔者看来，此说有一定道理，但还不完整。"一气"是李渔艺术表现的一个总的审美要求，就是他所说的"一气"、"贯穿"，而不仅仅是结构艺术。"气"原是中国哲学的一个重要范畴，曹丕《典论·论文》第一次将他引入文学批评中来，提出了"文以气为主"这样一个重要命题。在曹丕那里，"气"指作者自己的才性、气质，他用之来品评了同时代的诗人王粲、徐干等人。后来"气"在文学批评领域成为批评的重要衡量标准。南朝谢赫《古画品录序》独推"气韵"。其"画有六法"云：

> 六法者何？一气韵生动是也，二骨法用笔是也，三应物象形是
> 也，四随类赋彩是也，五经营位置是也，六传移模写是也。①

其实，上述"六法"是一个互相联系的整体。"气韵生动"是对作品
总的要求，是绘画中的最高境界。"六法"的其他几个方面则是达到"气
韵生动"的必要条件，是在绘画中完成它的特殊手段。这本是谢赫画论
的一部分，但在"诗画同源"的艺术氛围下，其对于文学也有相当大的
适用性。"气韵生动"作为艺术的总的美学要求，是谢赫贡献给古代文艺
理论的一个范型，它也就成为后世文学批评的一条重要的评价标准。

李渔的"一气"说无疑与谢赫的"气韵"说有某种相似性。顾敦鍒
按照李渔的叙述将之概括为：一、由认定首句，以求一贯。二、由利用层
次过文，以求一贯。三、由人吾之分，以求一贯。② 这种概括强调创作过
程中前创作构思的重要性，但事实上忽视"一气"或曰"一贯"表现手
法的复杂性。李渔"一气"说反对刻意斧凿的"淘摸工夫"，就是排斥那
种创作中雕琢堆垒的做法，崇尚一气呵成的艺术境界。五代荆浩对"气
韵"二字的解释是："气者，心随笔运，取象不惑。韵者，隐迹立形，备
遗不俗。"③ 这种创作过程，正如谢、荆二氏所言，其实也包含有作者的
才气、运思、用笔、摹写等创作环节诸因素，并非一个简单的"结构"
了之。

李渔认为，他是借用诗评的概念来论词的。他说："'一气如话'四
字，前辈以之赞诗，予谓各种之词，无一不当如是。"拿李渔之前和李渔
同时代的"一气"说相比，可以更清楚地证明这一点。刘体仁
（1624—？）《七颂堂词绎》云：

> 中调长调转换处，不欲全脱，不欲明黏，如画家开阖之法，须一

---

① 谢赫：《古画品录序》，《传世藏书》集部文艺评论类，诚成企业集团有限公司1996年
版，第2713页。

② 顾敦鍒：《李笠翁词学》，《李渔全集》第20卷，浙江古籍出版社1991年版，第81页。

③ 荆浩：《笔法记》，《传世藏书》集部文艺评论类，第2772页。

气而成，则神味自足。以有意求之，不得也。①

清邹祗谟（1627—1670）撰《远志斋词衷》云：

> 朱承爵《存余堂诗话》云："诗词虽同一机杼，而词家意象，与诗略有不同。句欲敏，字欲捷，长篇须曲折三致意，而气自流贯，乃得。"此语可为作长调者法，盖词至长调而变已极。南宋诸家凡以偏师取胜者无不以此见长。而梅溪、白石、竹山、梦窗诸家，丽情密藻，尽态极妍。要其瑰琢处，无不有蛇灰蚓线之妙，则所云一气流贯也。②

文中提到的朱承爵是明代人，而刘、邹二人则是李渔的同代。刘体仁"一气而成"针对中调与长调的转换而言的，他认为转换要讲求神味，不能有意为之，留下斧凿痕迹。这种"如画家开阖之法"的"一气而成"，显然就是谢赫"画有六法"的具体释例。邹氏用"一气流贯"来形容诸大家的"丽情密藻，尽态极妍"，自然也不是一个"结构"可以概括的。

因此，李渔"一气"学说的贡献，首先是他引诗学概念入词学。并且明确地把它作为词学的重要理论概念。其次，"一气"作为词创作一个最高的目标，它包含了创作过程的众多环节，是艺术创作的总的美学追求，而不仅仅是结构艺术。

然而，李渔"一气"的创作主张并非完全指向邹氏所说的"丽情密藻，尽态极妍"，而与"如话"说构成一组新的词学概念。这里，"如话"作为一种风格概念给了"一气"一定的限制。"如话之说，即谓使人易解，是以白香山之妙论，约为二字而出之者。"如前所说，如话是指词语言的通俗性。但应该注意到，笠翁如话学说其实与其词体说存在着一定的矛盾。如话说强调词的语言就要像"与人面谈"、"与妻孥臧获辈面谈"那样通俗的生活化的语言。而词体说中却又有所谓"存稍雅，而去甚俗"之说，李渔曾举例说："如闺人口中之自呼为妾，呼婿为郎，此可词可曲

---

① 刘体仁：《七颂堂词绎》，《历代诗话》，大象出版社2002年版，第916页。
② 同上书，第930页。

之称也。若稍异其文，而自呼为奴家，呼婿为夫君，则止宜在曲，断断不可混用于词矣。如称彼此二处为这厢、那厢，此可词可曲之文也。若略换一字，为这里、那里，亦止宜在曲，断断不可混用于词矣。大率如尔我之称者，奴字、你字，不宜多用。呼物之名者，猫儿、狗儿诸儿字，不宜多用。用作尾句者，罢了、来了，诸了字，不宜多用。诸如此类，实难枚举。"看来，李渔并不主张按完全生活化语言入词的，而是经过过滤的已经有一定程度雅化的生活化语言。也许李渔"如话"说是针对当时诗词的书本气弊端而发，却有点矫枉过正，没有注意理论的前后一贯。

虽然如此，李渔"如话"说理论鼓吹词的通俗化在当时还是具有积极意义。顾敦鍒曾把李渔的词学与五四时期的胡适的新诗运动相类比，认为李渔虽有很多朋友，似乎还没有真正同调的朋友，而是笠翁自吹自打地演独角戏。这种猜测是正确的。刘体仁《七颂堂词绎》"词忌直说"条：

> 晏叔原熨帖悦人，如"为少年湿了，鲛绡帕上，都是相思泪"，便一直说去，了无风味，此词家最忌。①

陈廷焯（1853—1892）《白雨斋词话》卷一曰：

> 诗词一理，然亦有不尽同者。诗之高境，亦在沉郁，然或以古朴胜，或以冲淡胜，或以钜丽胜，或以雄苍胜。纳沉郁于四者之中，固是化境，即不尽沉郁，如五七言大篇，畅所欲言者，亦别有可观。若词则舍沉郁之外，更无以为词。盖篇幅狭小，倘一直说去，不留余地，虽极工巧之致，识者终笑其浅矣。②

直到清末王国维的《人间词话·人间词话删稿》还说：

> 朱子《清邃阁论诗》谓："古人有句。今人诗更无句，只是一直说将去。这般一日作百首也得。"余谓北宋之词有句，南宋以后便无

---

① 刘体仁：《七颂堂词绎》，《历代诗话》，大象出版社 2002 年版，第 915 页。
② 陈廷焯：《白雨斋词话》卷一，《历代诗话》，大象出版社 2002 年版，第 1712 页。

句。如玉田、草窗之词，所谓"一日作百首也得"者也。①

所以，李渔如话说的遭遇真可谓前不见古人后不见来者，他的词论在当时和后来并没有产生很大的影响，直到新文化运动。

因此，李渔词的"一气如话"是李渔在继承古代诗学理论的基础上的词学创新。但他的理论并没有得到词学理论界的响应，李渔自己也没有足够的振聋发聩的词作支撑他的学说。只能如崖畔梅花，孤芳自赏罢了。

总之，李渔词论在词的发展、词的本体特征、艺术创新、情景关系等诸多范畴中有明显的历史继承的痕迹，但在一定程度上又超出了历史的拘囿而有所创新。诸如较明确的本体意识、较系统的词学建构、情景关系的引进、一气如话观点的确立，等等。因此，说他的词论"标志着词学的进一步理性自觉"似乎可以成立，但如果说"体现了词学家的思维方式由古典向近代式的转换"②，则未必符合事实。第一，李渔词论虽然是以一种较为清晰的理论思路表述作者的词学观念，各则之间存在一定程度上的逻辑关系，但他并没有从根本上摆脱前人或当时词论的影响，如对词的本体的界定就是袭取成说，李渔词论就是在这样的前提下提出的一些"局部"新见。第二，李渔词论得益于其曲论的影响，李渔由曲学反视词学，有些结论并不一定合乎词学的规律，有的地方还存有理论上的矛盾。第三，李渔关于情景关系的"主次"基本上还是局限于诗学的框架中，与美学上的审美主客体关系的"主客"论是不完全等同的。第四，如顾敦鍒所说，李渔词论在当时和后来并没有产生多大的影响。事实上，他对后来的词学的影响极其有限。因此，盲目抬高李渔词学的地位是不符合实际情况的。

---

① 王国维：《人间词话》，《传世藏书》集部文艺评论类，第 2078 页。

② 张晶：《词的本体特征：李渔词论的焦点》，《社会科学战线》1998 年第 6 期。

第七章　李渔作品考证

在李渔的小说作品中，《无声戏》《连城璧》《十二楼》均属李渔作品，没有疑问。而《合锦回文传》虽题"笠翁先生原本，铁华山人重辑"，但实非李渔所作。《肉蒲团》题"情痴反正道人编次，情死还魂社友批评"，别题"情隐先生编次"，虽未署名李渔，却一定是出于李渔之手。下面分别考证之。

第一节　《肉蒲团》为李渔所作考

孙楷第《中国通俗小说书目》谓："《肉蒲团》六卷二十回，一名《觉后禅》坊本改题名目曰《耶蒲缘》《野叟奇语》《钟情录》，又曰《循环报》，又曰《巧姻缘》。存，半页十行，行二十五字，醉月轩刊本，日本宝永刊本，光绪己巳石印本。清无名氏撰，题'情痴反正道人编次'，情死还魂社友批评，别题'情隐先生编次'，首西陵如如居士序。"①关于《肉蒲团》的作者归属，清康熙时刘廷玑《在园杂志》卷一谓："李笠翁渔，一代词客也。著述甚多，有《传奇十种》《闲情偶寄》《无声戏》《肉蒲团》各书，造意创词，皆极尖新。"历代学者对此似无疑义，《纳川丛话》云："笠翁著有平话小说，曰《十二楼》，仿《今古奇观》体例，书甚佳，可与十种曲参观，又俗传《耶蒲缘》亦出笠翁手笔，余读之，良然。"丘炜爰在《续小说闲谈》中也谈道："近时坊间盛行《觉后禅》一书，乃将《肉蒲团》改名者，全书用章回体笔墨，疏宕跌荡，自成一家。或出李笠翁者，笔颇近之。叙述狂亵，令人不忍注目。苟撤去此事而

---

① 孙楷第：《中国通俗小说书目》，人民文学出版社 1982 年版，第 177 页。

玩文义，于常语外所发妙悟甚多，宜分别观之。"（载《菽园赘谈》，光绪二十三年）鲁迅《中国小说史略》云："《金瓶梅》作者能文，故虽间杂猥词，而其它佳处自在，至于末流，则著意所写，专在性交，又越常情，如有狂疾，惟《肉蒲团》意想颇似李渔，较为出类而已。"① 孙楷第说："此书在猥亵小说中颇为杰出，在园杂志以为李渔作，殆为近之。"（孙楷第《中国通俗小说书目》）现代学者也多数同意这个观点。沈新林、崔子恩、黄强以及国外学者马汉茂等都有专文论及。虽他们论证的角度、方法各有不同，总归不外内证一途。笔者在前四章中对李渔的思想与经历做过一些较为详细的研究，参以《肉蒲团》之正文，颇多吻合。现考述如下。

一 《肉蒲团》为李渔所作内证

《肉蒲团》作为性小说，涉及作者观念层次的内容应该不少，然在笔者看来，最关键的应是作者的性观念与性道德，以及与此有关的养生观念与人生哲学。在外证资料缺乏的情况下，努力发掘内证材料仍是我们不得已做得最有价值的工作。

（一）性观念与性道德

1. 享乐主义

《肉蒲团》开端有一篇作者的议论，主题是男女之大欲——性欲。作者高举享乐主义大旗，为男女之欲正名。

> 黑发难留，朱颜易变，人生不比青松。名消利息，一派落花风。悔杀少年，不乐风流院，放逐衰翁王孙辈，听歌金缕，及早恋芳药。
> 世间真乐地，算来算去，还数房中。不比荣华境，欢始愁终。得趣朝朝，燕酣眠处，怕响晨钟。睁眼看，乾坤覆载，一幅大春宫。

这首词名曰《满庭芳》，其中"世间真乐地，算来算去，还数房中"，与李渔在《闲情偶寄·颐养部》开首宣称"行乐之地，首数房中"，同是享乐主义的宣言。在为这个宣言论证的思路中，二者也惊人地相似：《肉蒲团》说："黑发难留，朱颜易变，人生不比青松"，在作者看来，人生

---

① 鲁迅：《中国小说史略》，上海古籍出版社1998年版，第129页。

很苦，没有一丝受用处，还亏太古圣人制一件交媾之物，让人息息劳苦，解解愁烦，不至十分憔悴。《闲情偶寄》则曰："知我不能无死，而日以死亡相告，是恐我也。恐我者，欲使及时为乐。""兹论养生之法，而以行乐先之；劝人行乐，而以死亡怵之，即祖是意。"总而言之，二者阐述了同样的观点：房室之乐是人之至乐，享乐是天赋的权利，人要及时行乐，是因为生命短促。由生命意识而带来的享乐追求，在李渔之前代不乏人。然把享乐之极致寄于房中之乐，确实是李渔享乐哲学的鲜明特征。在享乐的诸种途径中，房中之乐是李渔一生的兴趣追求所在。

2. 女色于人无损

《肉蒲团》作者以现实为依据，举出两种情形，来证明女色与人无损。他说：

> 据达者看来，人生在世若没有这件东西，只怕头发还早白几年，寿还略少几岁。不信单看世间的和尚，有几人四五十岁头发不白的？有几人七八十岁肉身不倒的？或者说和尚虽然出家一般也有去路，或偷妇人或狎徒弟，也与俗人一般不能保元固本，所以没寿这等。请看京里的太监，不但不偷妇人不狎徒弟，连那偷妇人狎徒弟的器械都没有了，论理就该少嫩一生，活活几百岁才是，为何面上的皱纹比别人多些？头上的白发比别人早些？名为公公实像婆婆？京师之内，只有挂长寿匾额的平人，没有起百岁牌坊的内相。（《肉蒲团·第一回》）

李渔认为，女色于人无害，要是常见可欲，才能使心不乱：

> 人问：执子之见，则老氏"不见可欲，使心不乱"之说，不几谬乎？予曰：正从此说参来，但为下一转语：不见可欲，使心不乱，常见可欲，亦能使心不乱。何也？人能摒绝嗜欲，使声色货利不至于前，则诱我者不至，我自不为人诱，苟非入山逃俗，能若是乎？使终日不见可欲而遇之一旦，其心之乱也，十倍于常见可欲之人。不如日在可欲之中，与若辈习处，则是"司空见惯浑闲事"矣，心之不乱，不大异于不见可欲而忽见可欲之人哉？（《闲情偶寄·家庭行乐之法》）

李渔还说：

> 然予所言，皆防已甚之词也。若使杜情而绝欲，是天地皆春而我
> 独秋，焉用此不情之物，而作人中灾异乎？（《闲情偶寄·春季行乐
> 之法》）

3. 交媾正经事

《肉蒲团》第三回，未央生和玉香新婚，玉香姿容虽然无双，风情未
免不足，未央生用些"淘养的工夫"，买春宫画给他看，玉香恼了，要丫
鬟烧掉，未央生说：

> 若是没正经的事，那画工不去画他，收藏的人也不肯出重价买他
> 了。只因是开天辟地以来第一件正经事，所以文人墨士拿来绘以丹
> 青，裱以绫绢，卖于书画之肆，藏于翰墨之林，使后来的人知所取
> 法。不然阴阳交感之理渐渐沦没，将来必至夫弃其妻妻背其夫，生生
> 之道尽绝，直弄到人无噍类而后止。

这和李渔的观点是一致的，李渔说：

> "食色，性也。""不知子都之姣者，无目者也。"古之大贤择言
> 而发，其所以不拂人情，而数为是论者，以性所原有，不能强之使无
> 耳。人有美妻美妾而我好之，是谓拂人之性；好之不惟损德，且以杀
> 身。我有美妻美妾而我好之，是还吾性中所有，圣人复起，亦得我心
> 之同然，非失德也。……王道本乎人情，焉用此矫清矫俭者为哉？
> （《闲情偶寄·颐养部·行乐第一》）

4. 房室要适度

《肉蒲团》第一回说：

> 只是一件，人参附子虽是大补之物，只宜长服，不宜多服。只可
> 当药，不可当饭。若还不论分两，不拘时度饱吃下去，一般也会伤

人。女色的利害与此一般。长服则有阴阳交济之功，多服则有水火相克之散。当药则有宽中解郁之乐，当饭则有伤筋耗血之忧。世上之人若晓得把女色当药，不可太疏亦不可太密，不可不好亦不可酷好。

《闲情偶寄·颐养部》有"节色欲第四"专讲节欲六种情形：节快乐过情之欲，节忧患伤情之欲，节饥饱方殷之欲，节劳苦初停之欲，节新婚乍御之欲，节隆冬盛暑之欲。在"行乐第一"中，李渔也讲到节欲：

> 思患预防，当在三春行乐之时，不得纵欲过度，而先埋伏病根。花可熟观，鸟可倾听，山川云物之胜可以纵游，而独于房欲之事略存余地。（《颐养部·春季行乐之法》）

> 为欢即欲，视其精力短长，总留一线之余地。能行百里者，至九十而思休；善登浮屠者，至六级而即下。此房中秘术，请为少年场授之。（《颐养部·夏季行乐之法》）

5. 房室的道德原则

《肉蒲团》第一回说：

> 或逾墙而赴约，或钻穴而言私。饶伊色胆如天，到底惊魂似鼠，虽无人见似有人来。风流汗少而恐惧汗多，儿女情长而英雄气短。试身不测之渊，立构非常之祸，暗伤阴德，显犯明条，身被杀矣。若无偿命之人，妻尚存兮。尤有失节之妇，种种利害惨不可当。可见世上人于女色二字，断断不可舍近而求远，厌旧求新。

在李渔看来，享乐要有节度，好色要讲道德。"名教之中不无乐地，闲情之内，也尽有天机。"桑间之色、伦外之情不但有悖伦理，也并不能真正带来快乐，甚至可以招来杀身之祸。

> 人有美妻美妾而我好之，是谓拂人之性；好之不惟损桑间之色德，且以杀身。我有美妻美妾而我好之，是还吾性中所有，圣人复起，亦得我心之同然，非失德也。（《颐养部·行乐第一》）

> 小生外似风流，心偏持重。也知好色，但不好桑间之色；亦解钟情，却不钟伦外之情。（《慎鸾交》第二出《送远》）

但应该注意的是，李渔强调的道德原则并非要人做道学，而是服务于享乐的最终目的。而房中之妙境全在心理上的放松，李渔谓之"莫愁"。《十二楼·鹤归楼》中说："才知道云雨绸缪之事，全要心上无愁，眼中少泪，方才有妙境出来。世间第一种房术，只有两个字眼，叫作'莫愁'。"因此，"或逾墙而赴约，或钻穴而言私"的行为逾越了道德的界限，会使人惊魂似鼠，不能获得房中之乐，甚至带来杀身之祸，为害甚惨。由此，从房中道德原则及其目的的角度看，二者并无二致。

6. 理解女性的性心理，尊重女性的性权利

《肉蒲团》第三回，权老实的妻子艳芳，原本是个再嫁之人，她对性有着自己的看法：

> 尝对女伴道："我们前世不修，做了女子，一世不出闺门，不过靠着行房之事消遣一生，难道好叫作妇人的不要好色？"

艳芳原配是个童生，有才有貌但却本钱不行，结婚不上一年童生就害弱症而死。后来，艳芳择婿就舍虚而取实。不要才貌，单选精神健旺，气力勇猛的以备实事之用。《肉蒲团》第十四回，未央生撇下妻子玉香外出寻欢，玉香心中着实懊恼：

> 心上想道："我前世不修，嫁着这样狠心男子，成性不上数月，一去倒丢了几年。料他那样好色的人，再没有熬到如今不走邪路之理。他既走得邪路，我也开得后门，就与别个男子相处也不为过。"

此外，香云、瑞玉、瑞珠、花晨姐妹争与未央生同房，互不相让，最后竟一同妥协，挨班轮流侍寝。她们对欲的要求之强烈，不逊于未央生。如花晨为了自己的同房权，毫不客气地对其他姐妹说道："若要私休，只除非叫他跟我回去，随我作乐，睡睡几时，补了以前的欠数。然后把他交付出来，与你们一个一夜，重新睡起，这还可以使得。不然，只有官休之

法，拼得打破饭锅，大家不吃就是了。有甚么别说？"无独有偶，李渔戏曲《凰求凤》中也看到了几女争一男的情景，才子吕哉生被一群烟花姊妹"倒嫖"，吕哉生的园丁描述说："每到一晚，定有几个进门，都说别人嫖得，我就嫖不得？几个妇人结做一党，不肯单冒虚名，定要亲沾实惠。"① 在李渔看来，这些女子对欲的追求是合乎人情的，即使有违道德，也是可以原谅的。李渔的词作中，有些词就表现出了男女平等的意识。如《花心动·心硬》：

> 十个男儿心硬九，同伴一齐数说。大别经年，小别经春，比我略争时月。陶情各有闲花柳，都藉口不伤名节。问此语出何经典？谅伊词嗫。制礼前王多缺，怪男女同情，有何分别？女戒淫邪，男恕风流，以致纷纷饶舌。男儿示祖左男儿，始作俑，周公贻孽。无古今，个个郎心似铁。

李渔为女性抱不平，矛头直指治礼之周公，但这并不意味着李渔就是彻底的男女平等主义者。李渔的男女性爱观比较复杂，他的词常能从女性的心理出发，生动描述女性的性心理，并对女性的性要求给予同情与理解。如《七娘子·怨别》《少年游·艳语二首》《偷声木兰花·来生愿》《浪淘沙·闺情》，等等。如此，他在《肉蒲团》这样不署名的小说中大胆描写女性的性要求、性心理就不会奇怪了。

（二）其他观念

1. 由邪入正的创作理念

《肉蒲团》开首谈到创作缘由时说："做这部小说的人原具一片婆心，要为世人说法，劝人窒欲不是劝人纵欲，为人秘淫不是为人宣淫。看官们不可认错他的主意。"然为什么要从写纵欲开始呢？作者解释道："就把色欲之事去歆动他，等他看到津津有味之时，忽然下几句针砭之语，使他瞿然叹息"，"又等他看到明彰报应之处，轻轻下一二点化之言，使他幡然大悟"。李渔认为时人怕读圣经贤传，喜看稗官野史。最好的方法就是因势利导，使之由邪入正，由风流导入道学。当戏曲、小说以男女性爱

---

① 李渔：《凰求凤》第六出，《倒嫖》，《李渔全集》第 4 卷，第 437 页。

作为主要描写对象时，李渔常常用这一套理论来解释自己的动机，作于康熙四年的《凰求凤》下场诗说的同样道理：

> 倩谁潜挽世风偷，旋作新词付小尤。欲扮宋儒谈理学，先妆晋客演风流。由邪引入周行路，借筏权为浪荡舟。莫道词人无小补，也将弱管助皇猷。

故李渔好友杜濬评曰："不道学而能劝化人者，从古及今，止一笠翁而已。"① 又杜濬在谈到李渔剧作《风筝误》《怜香伴》时归纳说："其深心具见于是，极人情诡变，天道缈微，从巧心慧舌笔笔钩出，使观者于心焰熛腾之时，忽如冷水浃背，不自知好善心生，恶恶念起。"② 说的就是这种创作理念。

2. 无神论

以往的论者往往认为，《肉蒲团》中的因果报应是李渔有神论的一个证据，然正如笔者在第三章中所论述的，李渔是个无神论者。李渔说："善者敬神，恶者畏鬼，究竟都非异物，须知鬼神出在自己心头。"③ "精神所聚之处，泥土草木皆能效灵，从来拜神拜佛都是自拜其心，不是真有神仙，真有菩萨也。"④ 他不相信天堂地狱鬼怪神灵之事，他的作品中的因果报应的设置完全可以看作是一种情节技巧，而不构成他本人的信仰因素。在《肉蒲团》中，作者虽然设置了一个因果报应的框架，但未央生与布袋和尚的一段对话还是透露出了无神论者李渔的真面目：

> 未央生道："师父说'天堂地狱'四个字，未免有些落套，不似

---

① 杜濬：《凰求凤》第二十九出，《闻捷》评，《李渔全集》第 4 卷，第 515 页。

② 杜濬：《连城璧》序，丁锡根《中国历代小说序跋集》，人民文学出版社 1996 年版，第823 页。

③ 李渔：《五显灵庙》，《笠翁文集》卷 4，《李渔全集》第 1 卷，浙江古籍出版社 1991年版，第 300 页。

④ 李渔：《十二楼·夏宜楼》，《李渔全集》第 9 卷，浙江古籍出版社 1991 年版，第 97页。

高僧之言。参禅的道理不过是要自悟。本来使身子立在不生不灭之处便是佛了。岂真有天堂可上乎？即使些有风流罪过亦不过玷辱名教而已。岂真有地狱可堕乎？"和尚道："'为善者上天堂，作恶者堕地狱'果然是套话。只是你们无论天堂地狱，明明不爽。即使没有天堂，不可不以天堂为向善之阶。即使没有地狱，不可不以地狱为作恶之戒。你既口明套话，我今不说将来的阴报，只说现在的阳报，少不得又是套话。古语有云：'我不淫人妻，人不淫我妇'这两句是极常的套话。"

李渔在《凰求凤·避色》也说："独有奸淫之报，一定要现在本身，决不肯限到来世。淫人妻女，就将妻女还人，却像早上借债，晚上还人。"然在李渔看来，天堂地狱、因果报应之事完全是心理作用所致，即使偶有应验，也属巧合，与鬼神没有关系。正如布袋和尚所说："读书人事事俱可脱套，唯有修身立行之事一毫也脱不得。"唯有修德向善，才能得到好的报应，而这与鬼神没有关系。

3. 知足常乐

《肉蒲团》第二回布袋和尚说：

> 居士因你的相貌是第一个才子就要去寻第一位佳人，无论佳人可得不可得，就使得了一位，只恐这一位佳人额角上不曾注写"第一"的两个字。若再见了强似他的，又要翻转来那好的。这一位佳人若与居士一般生性，不肯轻易嫁人要等第一个才子，居士还好娶来作妾。万一有了良人，居士何以处之？若千方百计必要求遂所欲，则种种堕地狱之事从此出矣。居士还是要堕地狱乎？上天堂乎？若甘心堕地狱，只管去寻第一位佳人。若要上天堂，请收拾了妄念，跟贫僧出家。

这段阐明了一个道理，即事物都是相对的，人的欲望也是无止境的。即如佳人而言，"好"也是相对的，从来没有"第一"之说。人若是无休止地追求，则种种堕地狱之事从此出矣。反之，如果收其妄念、知足安命，则会得到快乐，如上天堂一般。这正是李渔的享乐哲学的翻版。李渔说:"故善行乐者,必先知足。二疏云:'知足不辱,知止不殆。'不辱不殆,至乐在其中矣。"① 在《闲情偶寄·颐养部·家庭行乐之法》中,李渔也谈到了对"佳人"相对性的理解:"有好游狭斜者,荡尽家资而不顾,其妻迫于饥寒而求去。临去之日,别换新衣而佐以美饰,居然绝世佳人。其夫抱而泣曰:'吾走尽章台,未尝遇此娇丽。'""由是观之,匪人之美,衣饰美之也。倘能复留,当为勤俭克家,而置汝金屋,妻善其言而止。后改荡从善,卒如所云。"

4. 造物忌盈

《肉蒲团》第十六回,香云与瑞珠、瑞玉得到了未央生,欢乐之余,三人背后商量道:

> 我们三个把这等一个神仙,一件宝贝,放在身边受用,可谓侥幸之极。只是一件,从来的好事多磨,须要在得意之时,预防失意之事,不可被外人知觉,传播开来,使他立脚不住,就不妥了。

"在得意之时,预防失意之事",这是李渔哲学中的一个重要原则——造物忌盈。他说:

> 乐极悲生,否伏于泰,此一定不移之数也。命薄之人,有奇福,便有奇祸;即厚德载福之人,极祥之内,亦必酿出小灾。盖天道好还,不敢尽私其人,微示公道于一线耳。达者如此,无不思患预防,谓此非善境,乃造化必忌之数,而鬼神必瞷之秋也。(《闲情偶寄·颐养部·止忧》)

又《比目鱼》第三十二出"骇聚",莫渔翁对谭楚玉说:

> 凡人处得意之境,就要想到失意之时。譬如戏场上面,没有敲不歇的锣鼓,没有穿不尽的衣冠。……须要在热闹场中,收锣罢鼓,不

---

① 李渔:《闲情偶寄·颐养部》"行乐第一",《李渔全集》第3卷,浙江古籍出版社1991年版,第311页。

可倒凄凉境上，解带除冠。

《鹤归楼》段玉初道：

> 我所虑者，以一薄命书生，享三种过分之福，造物忌盈，未有不
> 加倾覆之理，非受阴灾，必蒙显祸。所以忧患若此。

5. 妇人家的风情态度可以教导得来

《肉蒲团》第五回，未央生与赛昆仑讨论妇人的老实与风流，未央生
道："这个不妨。妇人家的风情态度可以教导得来。不瞒长兄说，弟妇初
来的时节也是个老实头，被小弟用几日工夫把他淘熔出来，如今竟风流不
过了。"在李渔看来，女性若稍具几分姿色，其声容态度后天可以培养出
来。《闲情偶寄·声容部》就是一篇女性声容教育专论。李渔说：

> 予曰：不必佳人，凡女子之善歌者，无论妍媸美恶，其声音皆迥
> 别男人。貌不扬而声扬者有之，未有面目可观而声音不足听者也。但
> 须教之有方，导之有术，因材而施，无拂其天然之性而已矣。(《习
> 技》第四)

李渔此言非虚，他曾建立家乐，教习诸优。康熙丙午年（1666），李
曾在晋、甘纳乔、王二姬，乔、王皆出贫家，不解声律。在李渔和乐师的
教导之下，乔、王二姬很快就成为其家乐的台柱和生活中的可意姬妾。李
渔对此常津津乐道，见诸诗文的较多。所以，李渔此言是有生活基础的。

6. 道学、风流合一

李渔主张风流与道学合一。《慎鸾交》第二出《送远》开场白称：

> 我看世上有才德之人，判然分作两种：崇尚风流者，力排道学；
> 宗依道学者，酷抵风流。据我看来，名教之中，不无乐地，闲情之
> 内，也尽有天机。毕竟要使道学风流合一，方才算得个学士文人。

在其他作品中，道学与风流也多次出现，如《十二楼·合影楼》：

他两个是一门之婿，只因内族无子，先后赘在家中。才情学术，都是一般，只有心性各别。管提举古板执拘，是个道学先生；屠观察跌荡豪华，是个风流才子。

道学与风流是李渔作品一个经常的话题。人物要么道学、要么风流，情节就在这两种人物性格之间的矛盾中展开。李渔虽主张道学、风流合一，但其实却趋向于风流一边。《肉蒲团》也不例外，故事就在道学、风流之间展开的：

只因铁扉道人是个古执君子，喜质朴恶繁华，忌说风流爱讲道学。自从未央生入赘之夜见他衣服华丽，举动轻浮，心上就觉有懊恼。叹一口气道："此子华而不实，必非有成之器。吾女失所规矣。"（第三回）

玉香自看春宫之后，道学变作风流。（第三回）

他那样一个腐儒我不去变化他也罢了，他反要来变化我。况且我这一个风流才子将来正要做些窃玉偷香脍炙人口的事，难道靠他一人女儿就勾我终身大事不成？（第三回）

妇人道："大娘又来道学了。世上哪有正人君子肯来看妇人的？我们只取人物罢了，又不要他称斤两，管他轻薄不轻薄。"（第九回）

（三）关于性细节

1. 身上异香

《肉蒲团》第十二回，未央生与香云睡时闻得一阵异香，就问香云，香云道："这是我皮肉里面透出来气味。"未央生道："不信皮肉里面有这样好气味，若是这等你皮肉也是一件宝贝了。"香云道：

我生平也没有别长，只有这一件与别个妇人不同。当初父母生我时，临盆之际有一朵红云飞进房来，觉得有一阵香气。及至生我下来，云便散了。这种香气再不散，常常在我身上闻出来，所以取名叫作"香云"。

在李渔看来，女性中有些确实有一种异香，非薰非染，来自天生。《闲情偶寄·声容部·薰陶》中说：

> 名花美女，气味相同，有国色者，必有天香。天香结自胞胎，非由薰染，佳人身上实实有此一种，非饰美之词也。此种香气，亦有姿貌不甚较艳，而能偶擅其奇者。总之，一有此种，即是夭折摧残之兆，红颜薄命未有捷于此者。

又《怜香伴》第六出《香咏》、第七出《闺和》就以"美人香"作为创意。曹语花浑身透出来的一种香气。"这是口脂香，这是乌云香，这是玉笋香，这是金莲香"，并且"芬芳原不藉薰笼，百和能教拜下风。莫怪怜香人醉杀，温柔乡在万花中。"又《意中缘》第二十八出《诳姻》，林天素代董思白娶亲："先除簪珥，后松带围，才嗅得异香一缕，不觉令人，心醉神迷。"

2. 口脂香

《肉蒲团》第三回写未央生与玉香成亲的乐处，有新词一首为证：

> 星眸合处羞即盼，枕上桃花歌两瓣。多方欲闭口脂香，却被舌功唇已绽。

"口脂香"是李渔作品中的一个常用词。如《临江仙·偶兴二首》："老向红裙队里，声销白苎歌旁，去从柳七较宫商。但留词曲在，夜夜口脂香。"《满庭芳·邻家姊妹》："碧栏杆外，有意学鸳鸯。不止肖形而已，无人地，各逗情肠。两樱桃，如生并蒂，互羡口脂香。"《怜香伴》第七出《闺和》："这是口脂香，这是乌云香，这是玉笋香，这是金莲香。"《闲情偶寄·声容部》："佳人就寝，止唉一枚，则口脂之香，可以竟夕。"

3. 三寸皮肉

《肉蒲团》第十七回，花晨给未央生讲了一个故事《奴要嫁传》。故事中，书生道："男女相交，定要这三寸东西把了皮肉，方算得有情，不然终久是一对道路之人，随你身体相靠，皮肉相粘，总了不得心事。"书生跪在地下哀求，不肯。后闺女出了一个主意："除非舍前而取后，了却这桩心事，再没得说了。"《十二楼·拂云楼》："主母平日喜睡，非大呼不醒，乘她春梦未醒，悄悄过去行奸，只要三寸落肉，大事已成，就醒转来也不好喊叫。"

4. 合床之乐

《肉蒲团》第十六回写香云与瑞珠、瑞玉，把未央生藏在家中，定了个规矩，叫作"三分一统"，分睡三夜，定要合睡一夜；于是设一张宽榻，做一个五尺的高长枕，缝一条八幅的大被。每到合睡之夜，教他姊妹三人并头而卧，"使他姊妹三人，有共体连形之乐。""其余多的工夫，就好摩弄温柔，咀尝香味了。"这种合床之乐，李渔词《后庭宴·纪艳》就有描述：

> 玉软于绵，香温似火，翻来覆去将人裹。福难消受十分春，只愁媚煞今宵我。奇葩难遇孤丛，异卉今逢双朵。欲谋同榭，两下无偏颇。邢尹互相商，英皇皆报可。

词中"玉软于绵，香温似火，翻来覆去将人裹"描述的是肉体间的感觉，类似的描述在李渔小说戏曲里很常见，"将人裹"一语，也见于《肉蒲团》第十七回："未央生睡在床上，花晨就露出所长，把一双嫩肩搂住他上身，一双嫩腿搂住他下身，竟像一条绵软的褥子，把他裹在中间。你说快活不快活？"另外，用文字形象表述合床之乐，也为李渔所擅长。《奈何天》第二十一出《巧饰》有言："三个合来，凑成一个'品'字，大家不言而喻罢了。"《肉蒲团》第十五回"然后把三张口合在一处，凑成一个'品'字。"第十五回"譬如奸淫的'姦'字，是三个'女'字合起来，即如你们三个女子住在一处，做出奸淫的事来一般。"

5. 南风之好

未央生有两个家童，一个叫作书笥，一个叫作剑鞘。《肉蒲团》书中多次写到他们之间的南风之事。如"只得叫随身一个家童上床去睡，把他权当了妇人，恣其淫乐。两个人物都一样妖娆，姿色都与标致妇人一般。剑鞘不会作骄态，未央生虽不时弄他还不觉十分得意。书笥性极狡猾，与未央生行乐之时态耸驾，后庭如妇人一般迎合，口里也会做些浪声，未央生最钟爱他"。李渔在《无声戏》第六回《男孟母教合三迁》写许季芳与尤瑞郎同性恋事尤详。《满庭芳·邻家姊妹》描述女性同性恋也很形象。对于同性恋，李渔常常是以一种好奇、欣赏、把玩的态度来描述的，虽然他也认为此是违反造物之常规的行为，不提倡这种反常性行为，但可贵的是他能予以一定程度的理解。他说：

> 或者年长鳏夫，家贫不能婚娶，借此以泄欲火；或者年幼娈童，家贫不能糊口，借此以觅衣食，也还情有可原；如今世上，偏是有妻有妾的男子酷好此道，偏是丰衣足食的子弟喜做此道，所以更不可解。（《无声戏》第六回《男孟母教合三迁》）

未央生常常在色荒之际以娈童泄火，反映出的是李渔创作的情趣爱好，当属无疑。

（四）常用比喻

毫无疑问，一个作家在行文中的取譬设喻，往往来自于生活阅历、人生经验中最熟悉的成分，李渔也不例外。黄强将李渔行文的常用比喻归纳为三种类型：与科举八股有关的比喻；与戏曲有关的比喻；与医药有关的比喻。黄强说："这三类比喻，其他文人作家未尝不可能使用其中的某一类，但三者并用，各得其妙，确是李渔著述特色，明清文人中没有第二人。"① 概括极为精当，结论也颇合实际。《肉蒲团》中三类比喻，除黄文列举之外，还有一些，在此略作补充：

1. 医药喻

> 这种东西的妙处，不但人参附子难与争功，就是长生不老的药，原不过如此。（第一回）
>
> 方才晓得玉香的阴物竟是一味补药，若娶着这样妻子，竟不消躲避差徭了。（第十八回）

2. 戏曲喻

---

① 黄强：《〈肉蒲团〉为李渔所作内证》，《李渔研究》，浙江古籍出版社1996年版，第364页。

只见吐出来的字眼就像箫声笛韵一般，又清楚又娇媚，又轻重得宜。（第六回）

下面两回另叙别事，少不得两出戏文之后又是正生上台也。（第十二回）

央生不敢造次就念，先把衣冠换得齐齐整整，然后打扫喉咙，竟像昆腔戏子唱慢调的一般，逐字逐句哦出韵来。（第十二回）

3. 科举八股喻

若是本钱粗大的，用了春方就像有才学的举子，到临考时吃些人参补药，走到场屋里自然精神加倍，做的文字出来。那本钱微细的，用了春方犹如腹内空虚的秀才，到临考时就把人参补药论斤吃下去，走到场屋里也只是做不出。（第六回）

我如今不知那人的本事何如，不如让他先弄一次，只当委他考试一般。若还本事好，我然后上场，不怕这样丑妇夺了我的宠去。（第九回）

至于"听骚声"这件事，不但文字不曾做过，连题目也解说不来。（第十七回）

我既中状元，就是个令官，不但老儒听考，连榜眼、探花都要受我节制，如有抗令者，罚一大杯。（第十七回）

又对未央生道："你如今不用考，委你做监令官，好待后面用你干事。"（第十七回）

另外，黄强所列的三类比喻，涉及李渔生活经验及其知识体系的三个重要部分，但并不完全。《肉蒲团》的比喻中，还有大量的与饮食有关的比喻，这类也与李渔的生活经验与知识体系密切相关。现列举如下：

不然就是一部橄榄书，后来总有回味？其如入口酸啬，人不肯咀嚼何？（第一回）

本要下手，只是此女欲心初动，饥渴未深，若就与他做事譬如馋

汉见了饮食，信口直吞，不知咀嚼，究竟没有美处。我且熬他一熬然后同他上场。（第三回）

如今看了这样标致女子不敢动手，就像饥渴之人见了美味，口上又生了疔疮，吃不下去的一般。教人苦不苦？（第七回）

况且饥时不点，点时不饥，就像吃饮食一般，伤饥失饱反要成病。（第八回）

低下头把那同睡的妇人一看，才知道是个极丑陋之妇。一脸漆黑的癞麻，一头焦黄的短发，颜色就如火腿不曾剥洗过的一般。（第九回）

第一桩是先小后大，起初像一块干粮，一入牝就渐渐大起来，竟像是浸得胀一般。（第十二回）

当初正在得趣之时，被个狠心父亲把丈夫赶出去，竟像好饮的人戒了酒，知味的人断了荤。（第十四回）

权老实就像饿鹰见鸡，不论精粗美恶，只要吞得进口就是食了。（第十四回）

李渔一生对饮食有着浓厚的兴趣，他说："予于饮食之美，无一物不能言之，且无一物不穷其想象，竭其幽渺而言之。"《闲情偶寄》专设饮馔部，列出一个精美完备的食物谱系，反映出李渔新颖别致的饮食趣味。他的赋多有描述吟咏饮食的，如《苋羹赋》《荔枝赋》《杨梅赋》《福橘赋》《燕京葡萄赋》《苹婆果赋》《真定梨赋》《蟹赋》，等等。诗文中也在在有之，小说戏曲中则多用饮食作喻，《肉蒲团》此类比喻之多，证明了它与李渔的其他作品在这一方面是一致的。

另外，还有一些不常用的比喻透露出李渔一些特殊的信息。

《肉蒲团》第一回中，作者说："若还着一部道学之书劝人为善，莫说要使世上人将银买了去看，就如好善之家施舍经藏的刊刻成书，装订成套，赔了帖子送他，他还不是拆了塞瓮，就是扯了吃烟，哪里肯把眼睛去看一看。"在这段文字中，可以看出作者对施舍经藏的刊刻、销路、效用的熟悉，这无疑与李渔长期从事出版经营有极大的关系。

《肉蒲团》第十七回中，花晨道："你虽不肯说，我心上明白不过。那三个说我年老色衰败，还能配得他们过。把自己比作淮阴，把我比作绛灌，是个不屑为伍的意思。"绛、灌典出《史记》，① 指相差悬殊、不屑为伍的意思。李渔常用此作比。如：

> 《北折桂令》……牛骥同牢，泾渭相淆。只为那真国士原自无双，因此上屈淮阴做了这绛、灌同僚。（《慎鸾交》第八出《目许》）
>
> 然较鹅鸭二物，则淮阴羞伍绛、灌矣。烹饪之刑，似宜稍宽于鹅鸭。（《闲情偶寄·饮馔部》）
>
> 予知此言为绛、灌而发，以同堂共学者之非其伦也。（《乔、王二姬合传》）
>
> 及食所谓居蟹右者，悉淮阴之绛灌，求为侪伍而不屑者也。（《蟹赋》小序）

在小说行文中，李渔很少用生僻典故。如上所述，李渔酷爱此典，颇让人感觉意外。他可为我们的结论提供了又一有力证据。

（五）与经验有关的其他细节

1. 朋友赠妾

李渔一生，纳妾众多，然大多是朋友相赠的。顺治二年乙酉（1645），纳姬曹氏，为金华通判许檄彩所赠。康熙五、六年在秦晋纳乔、王诸姬，亦皆为当地官员所赠。乔、王二姬尤为李渔钟爱。但当李渔晚年移居杭州后，生活困窘，写信乞援。赠妾之事就成为他不得不辩说的一个头疼问题。他说："而不知昔日之豪举，非自为之，人为之也。食皆友推之食，衣亦人解之衣。即使歌姬数人，并非钱买，皆出知己所赠。良友之赠姬妾，与解衣推食等耳。"（《上都门故人述旧状书》）可见，赠妾一事对他一生影响之大。在作品中，他经常提到甚至是津津乐道。如：

> 亏个慈悲长老，平空赠我娇妻，岂但连家奉送，又还舍命相陪。②

---

① 绛、灌是汉绛侯周勃与颍阴侯灌婴的并称，二人均佐汉高祖定天下，建功封侯。但二人起自布衣，鄙朴无文，"（韩）信由此日怨望，居常鞅鞅，羞与绛、灌同列。"见《史记·淮阴侯列传》。

② 李渔：《意中缘》第 23 出，《李渔全集》第 4 卷，浙江古籍出版社 1991 年版，第 394 页。

此时买妾赠贫交，他年不娶知非吝。①

《肉蒲团》也透露出了这一事实：

> 未央生道："我家里一妾是朋友赠我的，我不得不受。娘子怎么吃起醋来？"（第十二回）

另外，李渔主张一夫多妻制，对于纳妾，从不忌讳谈起。他说过："孔子云：'素富贵，行乎富贵。'人处得为之地，不买一二姬妾自娱，是素富贵而行乎贫贱矣。王道本乎人情，焉用此矫清矫俭者为哉？"②相似的话在《肉蒲团》中也有。"只是一个男子怎么靠得一个妇人相处到老？毕竟在妻子之外，还要别寻几个相伴才好。不瞒长兄说，小弟的心性是极喜风流的，此番出来名为游学，实是为访女色。"

2. 积逋

逋累是李渔一生的又一心病，从乡下避乱开始，李渔常常受到逋累的困扰。后来他四处浪游，大部分所得往往为了偿还旧债。这在李渔诗文中多有记述，小说戏曲中也有反映。如《三与楼》："果然到数年之后，虞素臣的逋欠渐渐积累起来，终日上门取讨，有些回复不去，所造的房产竟不能够落成，就要寻人货卖。"李渔常常将逋欠来喻男女性关系。《肉蒲团》有这样的话：

> 就叫他大整旗枪，重新对垒，要严追已往的积逋。那里晓得民穷财尽，一时催征不起。（第十七回）
> 妻子落风尘明偿积欠，兄弟争窈窕暗索前逋。（第十八回回目）

男女久旷，一旦相见，便舍身相陪，恣意欢乐，索取前逋后欠。将逋欠喻色债，是李渔一贯的思路。《慎鸾交》第十七出《久要》写华秀偶动

---

① 李渔：《慎鸾交》第16出，《李渔全集》第4卷，浙江古籍出版社1991年版，第469页。

② 李渔：《闲情偶寄·声容部》"选姿第一"，《李渔全集》第3卷，浙江古籍出版社1991年版，第108页。

归心，然又贪恋王又娘，于是对王又娘说："不免同你散步园亭，遍寻乐事，大畅今昔之欢娱，以补他年之缺陷。"① 《凰求凤》结尾："享殊荣，叨奇福，只因当时少淫逋，但愿普天下好色男儿尽学吾。"②

3. 结社

晚明清初文人盛行结社之风，受此风沾染，李渔也肯定加入过一些文社。黄强《笠翁十种曲序评者考辨》曾对此作过考辨，③ 似无疑义。《肉蒲团》第四回中，提到未央生结社的经历：他是个少年名士，平日极考得起，又喜结社，刻的文字最多。千里内外凡是读书人没有一个不知道他的，所以到一处就有一处朋友拉他入社。他把作文会友当了末着，只有寻访佳人是他第一件要紧。

这虽不能说是李渔夫子自道，但李渔结社的情形大概如此。《无声戏》第六回《男孟母教合三迁》说道："恐怕同窗朋友写书来约他做文字，故此贴字在门上，回复社友，并非拒绝瑞郎。"第一回《丑郎君怕娇偏得艳》也写道："大家把心腹话说做一堆，不但同病相怜，竟要同舟共济。邹小姐与她分韵联诗，得了一个社友。何小姐与她同娇比媚，凑成一对玉人。三个就在佛前结为姊妹。"《凰求凤》第二出《避色》吕哉生说："止有一个名妓，叫做许仙俦，不但貌美，兼有诗才，是在社友里算的，只有此人不在所拒之列。"李渔作品中涉及结社的内容尚不止这些，在此不再一一列举。

4. 花案

李渔作品提到"花案"的有好几处，但详细描述"花案"的主要有两处。《无声戏·男孟母教合三迁》写尤瑞郎之美：

> 又有一班作孽的文人，带了文房四宝，立在总路头上，见少年经过，毕竟要盘问姓名，穷究住处，登记明白，然后远观气色，近看神情，就如相面的一般。相完了，在名字上打个暗号。你道是什么缘

---

① 李渔：《慎鸾交》，《李渔全集》第 4 卷，浙江古籍出版社 1991 年版，第 469 页。

② 同上书，第 521 页。

③ 见黄强《李渔研究》第 354 页。主要证据为：李渔诗文中有《新岁寄同社》《伊山别业城寄同社五首》；传奇序评者中，虞巍、虞镂对李渔称"勾吴社弟"、"勾吴社小弟"。孙治对李渔称"西泠社弟"，范骧、徐林鸿自称"东海社弟"，说明他们都是社友。

故？他因合城美少辐辏于此，要攒造一本南风册，带回去评其高下，定其等第，好出一张美童考案，就如吴下评骘妓女一般。

《慎鸾交》第四出《品花》也是专写花案的，用科举名目为女色定等级。① 《肉蒲团》中未央生猎色，也是用的这种方法：

> 凡是烧香女子有几分姿色就登记入册。如妇人某人，年岁若干，良人某某，住居某处，都细细写下名字。旁又用朱笔加圈，以定高下。特等三圈，上等二圈，中等一圈。每一名后面又做四六批语，形容他的好处。（第五回）

在《肉蒲团》内证比附中，论者往往重视表象之间的对比，而忽视其本质上的区别。如崔子恩《李渔小说论稿》曾将《肉蒲团》的因果报应之结局概括为"天理昭彰式布局"，这种概括从表面上看并没有错误，但它忽视了李渔小说这种结构功能的独特性。即如笔者在第三章所论述的。这种安排只构成小说的艺术因素，而不构成信仰因素。换句话说，这种结局只是李渔小说的一种叙事技巧，而不是作者真的有佛教信仰。诸如《无声戏·鬼输钱活人还赌债》中出现了阴间、阳间两个世界，死人帮活人还赌债等事，都可看作是一种结构技巧，李渔从来就没有过这种信仰。他说过："精神所聚之处，泥土草木皆能效灵，从来拜神拜佛都是自拜其心，不是真有神仙，真有菩萨也。"② 所以，《肉蒲团》第二回未央生和布袋和尚的那一番对话③就透露出作者无神论者的面目，论者切不可视而不见，不然这种"天理昭彰式布局"和其他类似结构的明清小说还有何区别？又如，李渔有一些才子佳人的篇什，其中都有"是个佳人一定该配

---

① 李渔：《慎鸾交》，《李渔全集》第 4 卷，浙江古籍出版社 1991 年版，第 429—433 页。
② 李渔：《十二楼·夏宜楼》，《李渔全集》第 9 卷，浙江古籍出版社 1991 年版。
③ 未央生道："师父说'天堂地狱'四个字，未免有些落套，不似高僧之言，参禅的道理不过是要自悟。本来使身子立在不生不灭之处便是佛了，岂真有天堂可上乎？即使些有风流罪过亦不过玷辱名教而已，岂真有地狱可堕乎？"和尚道："'为善者上天堂，作恶者堕地狱'果然是套话。只是你们读书人事事俱可脱套，唯有修身立行之事一毫也脱不得。无论天堂地狱，明明不爽。即使没有天堂，不可不以天堂为向善之阶。即使没有地狱，不可不以地狱为作恶之戒。"

才子，是个才子一定要配佳人"这种意义的叙述，《肉蒲团》也有，① 甚至句式相仿，那么这就可以肯定《肉蒲团》为李渔所作。这样的论断未免草率，殊不知这是才子佳人小说的常套，并不为李渔所独有。李渔对这个问题的看法远不是这么简单。李渔说："天公局法乱如麻，十对夫妻九配差。常使娇莺栖老树，惯教顽石伴奇花。"（《无声戏》第一回《丑郎君怕娇偏得艳》）认为婚配如意者很少，不如意的常多，至于才子佳人之配，也是相对而言的。比如今日眼中之佳人不一定就是明日之佳人，今日之"好"并不一定就是明日之"好"，"好"其实是相对的。所以《肉蒲团》第二回布袋和尚说："就使得了一位，只恐这一位佳人额角上不曾注写'第一'的两个字。若再见了强似他的，又要翻转来那好的。"这段话其实正是李渔对才子佳人的思考。

从以上的考述可以看到，《肉蒲团》与李渔其他作品之间，其观念和细节或相同或类似，语句或近似或完全相同，存在着大面积的契合。或许有人会认为：《肉蒲团》中所涉及的个别观念和细节的特点并非全是李渔的。笔者也承认，在某个具体内容上，并非李渔所独有。但上面的考证，涉及五个类别二十二项内容，几乎涵括了李渔生活内容、思想观念与创作特征的方方面面。一部十万余字小说《肉蒲团》，从结构到情节、从内容到表述，浑然一体，可以看作是一个作家自然而然的流露，决非刻意模仿之作。《肉蒲团》与李渔其他创作之间如此大规模的一致，尤其是《肉蒲团》如此清晰地显示了李渔人生经验与思想观念的许多重要内容，并在风格上也具有了李渔小说浓厚的经验色彩，这些只能说明一个事实：《肉蒲团》为李渔所作。

二 《肉蒲团》的创作时间推论

《肉蒲团》现存最早的刊本是六卷二十回清刊本，藏南京图书馆。开首有序，尾署"癸酉夏正之望西陵如如居士题"，序文说："乃今情隐先

---

① 《肉蒲团》第二回："从古以来'佳人才子'四个字再分不开，有了才子定该有佳人作对，有了佳人定该有才子成双。今弟子的才华且不必说，就是相貌也不差。时常引镜自照，就是潘安、卫介生在今时，弟子也不肯多让。天既生我为才子，岂不生一个女子相配？"第三回："我若不遇着这个才子，枉做了一世佳人。"《意中缘》第二十八出《诳姻》："从古以来，佳人才子四个字再分不开，是个佳人一定该配才子，是个才子一定要配佳人。"

生，通身具眼，百孔飞香。"一日拍案大叫，以为糟粕原属神奇，迷川即是宝筏。"味其意，序者乃为作者同代人。然"癸酉"在清初为康熙三十二年（1693），已是李渔身后。再往前推"癸酉"乃崇祯六年（1633），李渔尚在读书应举。又清代小说《绣屏缘》中第六回回评曾提及《肉蒲团》。而《绣屏缘》一书，首有康熙庚戌（1670）的序，知《肉蒲团》似应出在1670年以前。也就是说，《肉蒲团》的成书年代不应晚于康熙九年庚戌（1670）。然崇祯六年癸酉（1633），李渔才二十二岁，忙于应考，又无此阅历和情趣，没有作此书的可能。那么，"癸酉"可能是误书或误抄，此类讹误明清刊本中不少见，即清刊本《肉蒲团》如如居士序尾署"癸酉夏正之望西陵如如居士题"中"夏正之望"言之，清同治木活字本则变为"夏五之望"，究竟孰是孰非，不容易辨别。因此，"癸酉"之误只能有两种可能：一种是作伪者虚拟；另一种就是误书或误抄。笔者倾向于后一种。又康熙八年（1669）为己酉年，误"己"为"癸"，当为可能。《肉蒲团》的创作时间，笔者以为应该在康熙五年丙午（1666）至康熙九年庚戌（1670）之间。亦即始于李渔入秦纳乔、王二姬，而止于康熙九年庚戌（1670）。其主要依据为：

1. 生活依据。李渔在康熙五六年间纳乔、王二姬，此时李渔年近六十，此次纳妾纯为好色，李渔对二姬也相当满意。和乔、王二姬一起生活那几年，就成为李渔一生最快乐的时光。李渔的多篇诗文述及他们之间的"闺之趣"。尤其是《后庭宴·纪艳》近乎色情的笔调描述了他们的合床之乐、欢娱之情。《肉蒲团》第十六回写香云与瑞珠、瑞玉的"三分一统"规矩：分睡三夜，定要合睡一夜；于是设一张宽榻，做一个五尺的高长枕，缝一条八幅的大被。每到合睡之夜，教他姊妹三人并头而卧，"使他姊妹三人，有共体连形之乐。"其中就有李渔与妻妾生活的影子。又《后庭宴·纪艳》词中"玉软于绵，香温似火，翻来覆去将人裹"描述的是肉体间的感觉，"将人裹"一语，也见于《肉蒲团》第十七回。这种合床之乐，并非都来源于想象，而是有一定的生活经验作依托的。

2. 《肉蒲团》与《凰求凤》《慎鸾交》在创作观念、题材、内容上多所相似。如由邪入正的创作理念、风流与道学的思辨、淫报之设等，细节也多有吻合。《凰求凤》成于康熙四年，《慎鸾交》作于康熙六年，按理说《肉蒲团》应产生在这个时间段，或者说在此前后不会相距很远。

但有证据说明，《肉蒲团》可能产生于康熙六年之后，原因有二：一、淮阴、绛灌典故。在李渔的文字中，淮阴、绛灌的典故，集中出在康熙六年之后，在此之前未发现。《肉蒲团》第十七回中，花晨道："你虽不肯说，我心上明白不过。那三个说我年老色衰，还能配得他们过。把自己比作淮阴，把我比作绛灌，是个不屑为伍的意思。"上面"常用比喻"一节，笔者曾列出，李渔其他作品中有四处用此典：《慎鸾交》第八出《目许》《闲情偶寄·饮馔部》《乔、王二姬合传》《蟹赋》小序。在创作时间上，《慎鸾交》康熙六年成，《闲情偶寄》康熙十年成书，《蟹赋》作于康熙九年游闽之后，《乔、王二姬合传》作于康熙十二年二姬死后。而在此之前的李渔作品，没有发现用此典。笔者认为此典事出偶然，非一般的常用典故。如果这个推测能够成立的话，鉴于《肉蒲团》对纳乔、王二姬经历的依托，《肉蒲团》的成书最早不能早于康熙六年。二、"妇人家的风情态度可以教导得来"。《肉蒲团》第五回，未央生道："这个不妨。妇人家的风情态度可以教导得来。不瞒长兄说，弟妇初来的时节也是个老实头，被小弟用几日工夫把他淘熔出来，如今竟风流不过了。"在笔者看来，此种观念与《闲情偶寄·声容部》的观点一样，都来自于生活中李渔对乔、王二姬的教习培养的经历。乔、王二姬由贫家女子转变为戏场名优，李渔功不可没。对此李渔很得意，在《乔、王二姬合传》、《闲情偶寄》以及其他诗文中都曾谈及，这也就成了《闲情偶寄·声容部》女性声容教育专论的生活基础，殆无疑义。

3. 从李渔的心境与创作的风格来看，《肉蒲团》创作的时间最晚不应晚于康熙十一年乔姬之死。按照黄强的考证，《闲情偶寄·声容部》应该是在康熙九年庚戌李渔游闽之后至康熙十一年壬子之间[①]，因为在《饮馔部》《种植部》都留下了游闽的痕迹。康熙十一年开始，乔、王二姬相继病故，李渔深受打击，极度悲哀。此后除了写一些应酬诗文，编选《笠翁诗韵》《名词选胜》之类的书籍外，小说、戏剧的创作就停止了。又《闲情偶寄·声容部》所表现出的得意之态，与《肉蒲团》所表现出来的张扬狂肆之气，均只能是在乔、王去世之前，而不能在此后。乔、王去世后的若干年，李渔都沉浸在悲痛与回忆之中。移居杭州之后，贫病交加，

---

① 黄强：《李渔著述四种考辨》，《李渔研究》，第416页。

更无写作这类作品的心境与精力了。又《绣屏缘》中第六回回评曾提及《肉蒲团》。而《绣屏缘》一书，首有康熙庚戌（1670）的序，知《肉蒲团》似应出在 1670 年以前。如果这个材料真实，《肉蒲团》就可能产生在康熙六年至康熙九年之间，从以上论证看，这个阶段李渔作《肉蒲团》的可能性最大。不知推论是否正确，还望方家多多指正。

第二节　《合锦回文传》非李渔所作考

《合锦回文传》① 现存最早的是嘉庆三年宝研斋刊本，全名为《绣像合锦回文传》，藏于北京师范大学图书馆。该传共八册十六卷，内封中栏大字题"绣像合锦回文传"，右栏上题"笠翁先生原本，铁华山人重辑"，下题"本斋假资重刊，同志幸勿翻刻"，左栏署"宝研斋藏版"，栏上横书"嘉庆三年新镌"。正文半叶，八行，每行十八字。内封上署"原本"、"重刊"，说明此书应有原刊本，但这些题署并不可靠。明清时期，书商借助名人抬高身价的事情并不鲜见，不能排除书商借重李渔名声牟利的可能性。因为，现存文献中，嘉庆三年之前并无关于此书的记载。由此，《合锦回文传》的作者问题一直存有争论。1934 年孙楷第为亚东版《十二楼》写序《李笠翁与〈十二楼〉》，他认为《合锦回文传》确与笠翁有关，其主要依据是《合锦回文传》第二卷后，有素轩评语涉及李渔尝设誓于天之事，但并未涉及作品本身。② 吴晓玲则进一步引申，认为素轩评语中"稗官为传奇蓝本"亦是笠翁的理论，素轩"为笠翁另一别署"。1972 年版台北商务印书馆《续修四库全书提要》"子部"小说类也将《合锦回文传》列于李渔名下。此后，崔子恩《李渔小说论稿》、③ 刘兴汉《〈回文传〉辩疑》、沈新林《〈合锦回文传〉刍议》④ 等也论列《合锦回文传》的内证资料，论证作者是李渔。持不同意见的有：《中国通俗小

---

① 本文依据北京师范大学图书馆嘉庆三年宝研斋藏本，又有据此本点校的北京师范大学出版社 1993 年版排印本，于天池主编，李道英、岳宝泉点校。

② 孙楷第：《李笠翁与〈十二楼〉》，《沧州后集》，中华书局 1985 年版。

③ 崔子恩：《李渔小说论稿》，中国社会科学出版社 1989 年版。文章从"素轩评语"人物形象与情节"基本观念"三方面考察，确认作者为李渔。探讨仅限于表面，未见深入。

④ 沈新林：《李渔新论》，苏州大学出版社 1997 年版，第 277 页。

说总目提要》、① 《中国古代小说百科全书》、② 王汝梅《李渔的无声戏的
创作及其小说观念》、③ 黄强《李渔研究》④ 等，认为《合锦回文传》非
李渔所作。孰是孰非？笔者从《合锦回文传》所涉及的史实与李渔历史
著作《古今史略》所载史实之差距、《合锦回文传》与李渔其他著述之间
在思想观念、行文习惯等方面的差异，论定《合锦回文传》非李渔所作。

一　《新唐书》还是《资治通鉴》？——史实的来源不同

判断一部小说的作者归属，是不是可以这样推论：佚名小说中有和某
一作者的创作及资料中相同的历史史实和素材，就可以认定此小说为此一
作者所为？刘兴汉《〈回文传〉辨疑》⑤ 就是这样一个例子。他曾以《合
锦回文传》中言及唐代兵制，与李渔论古文《论唐兵三变、唐文三变》
中的所述相类，观点相近，从而断定《合锦回文传》为李渔所作。此说
貌似成立，然细究起来，二者虽然描述同一历史事件，但所依据的史书不
同，史实上也互有差别。比如在谈到"唐兵三变"这一史实时，《笠翁别
集》卷二说：

> 唐兵三变者，府兵变为彍骑，彍骑变为藩镇也。⑥

《合锦回文传》卷六说：

> 单说唐末长征之众与府兵之制大异，道是：昔之府兵，唯寇是

---

① 江苏省社科院：《中国通俗小说总目提要》，中国文联出版公司 1990 年版。

② 刘世德等：《中国古代小说百科全书》，中国大百科全书出版社 1998 年版。该条言"封
页署'笠翁先生原本'，或谓非李渔所作，未作进一步辨析"。

③ 文章推论大致与《中国通俗小说总目提要》同，该条亦系王所作，此文另有推论："铁
华山人所以标榜'笠翁先生原本'，可能是笠翁先生的一位崇信者，比较喜欢笠翁的小说，受笠
翁作品的一定影响。"见《李渔全集》第 20 卷，第 322—323 页。

④ 黄强：《李渔研究》，浙江古籍出版社 1996 年版。黄强认为，素轩评语不足据。他还从
人物形象、历史背景、基本观念、行文特色、小说词汇方面的差异来论定《传》非李渔所作。

⑤ 文章见《明清小说研究》1996 年第 1 期。理由有二：《合锦回文传》与《笠翁论古》中
所言兵制相同；卷十六薛尚武倡导屯田，与笠翁的政治见解相同。

⑥ 李渔：《论唐兵三变、唐文三变》，《李渔全集》第 1 卷，浙江古籍出版社 1991 年版，第
458 页。

剿。今之长征，唯民是扰。兵而扰民，非兵伊盗。设兵至此，可胜叹悼。子曰去兵，旨哉圣教。①

二者虽然都在说唐代兵制，但所用概念不同，分法也不同。李渔将其分为府兵、彍骑、藩镇三个阶段，《合锦回文传》则只有府兵、长征两个阶段。细检史书，可以发现他们采用的是不同的史书。《新唐书》卷五十记载：

> 盖唐有天下二百余年，而兵之大势有三变：其始盛时有府兵，府兵后变为彍骑，彍骑后又费，而方镇之兵盛矣。及其末也，强兵悍将兵布天下，而天子亦自置兵于京师，曰禁军，其后天子弱方镇强，而唐遂以亡灭者。

查《旧唐书》《新唐书》，均无"长征"一词。但在《资治通鉴》卷二三二中却有记载：

> 自开元末，张说始募长征兵，谓之彍骑。其后益为六军。及李林甫为相，奏诸军皆募人为之。兵不土著，又无宗族，不自重惜，忘身徇利，祸乱遂生，至今为梗。

又《新唐书》卷五十记载：

> 自高宗、武后时，卫士稍稍之匿，至是益耗散，宿卫不能给。宰相张说乃请一切皆募士宿卫。十一年，取京、兆、蒲、同、歧、华府兵及白丁益以潞州长从兵，共十三万，号长从侍卫，岁二番，命尚书左丞萧嵩与州吏共选之，明年，更号曰"彍骑"。

如上所引，李渔所谓"唐兵三变"主要来源于《新唐书》，他可以说照搬了《新唐书》卷五十中的叙述。而"唐兵三变"的说法，

① 《合锦回文传》，北京师范大学出版社1993年版，第64页。

《旧唐书》未予明言,《资治通鉴》亦无如此归纳。《合锦回文传》中所谓"府兵、长征"之二分法,只有在《资治通鉴》里才有。又《合锦回文传》卷九梁生试策一道:"窃观今日天下大势,在内之患,莫大于宦官。在外之患,莫大于藩镇。"其"藩镇"实指卷六中的"长征"。(《新唐书》谓"彍骑"为"长从兵"可以看作是"长征"一词的直接来源。)因此,《合锦回文传》的作者在唐兵制上的二分法主要取材于《资治通鉴》,李渔的论古文中的三分法则主要来源于《新唐书》,二者取材来源明显不同,这反映出二者在阅读视野、知识范围上的差异。

二　迎寿王杰即位者为杨复恭还是杨复光?——对唐僖宗、昭宗时的历史的熟悉程度不同

《合锦回文传》中除了"标兵"这个概念用的是明清当时的称谓外,其他的涉及官制、兵制的称谓以及主要历史事件和历史人物的描述与历史史实基本吻合,我们可以得出结论,《合锦回文传》的作者对唐僖、昭时的历史比较熟悉。如卷六中言:

> 看官听说,原来此时兴元节度使杨守亮造反,朝廷派大将李茂贞引兵征讨,相持日久,未能便下。那杨守亮与宦官杨复恭为叔侄,暗通线索,复恭恐李茂贞成功,故意迟发兵粮。

《合锦回文传》卷九说:

> 你道为甚缘故?原来唐朝自穆宗以下几个皇帝,皆宦官所立。这朝天子庙号昭宗,乃僖宗之弟,初封寿王,后登宝位,却是杨复恭迎立的。所以,天子念其定策之功,不忍便谪逐他。

上述两段的叙述基本符合正史的记载,而做过简史《古今史略》的李渔却在这段历史上出了差错,《古今史略·唐纪·僖宗皇帝》中有这样一句话:

上崩，宦官杨复光迎寿王杰即位。①

这里，杨复光应为杨复恭。《新唐书》卷十记载：

> 文德元年三月，僖宗疾大渐，群臣以吉王长且欲立之。观军容使杨复恭率兵迎寿王，立为皇太弟，改为敏，乙巳，即皇帝位于枢前。
>
> 吉王通，咸通十三年始王，与睦王同封，王于兄弟为最贤。始，僖宗崩，王最长，将立之，杨复恭独议以昭宗嗣。

《新唐书》卷二百八也记载：

> 杨复恭，字子恪，本林氏子，杨复光从兄也。……帝崩，定册立昭宗。

证之史书，李渔的确搞错了，他的"汰繁芟冗，取其精而有当者"的选史劳作仍有失误。可以想象，在"日进古今记载数十种陈于前，澄其神而读之"高强度的工作面前，李渔的披阅亦属草草，很难做到巨细无遗，没有舛误。《古今史略》仅是粗线条勾勒的简史，仍然存有失误。我们可以认为，李渔对那一段历史的个别细节的了解至少是不准确、不全面的。尤其在迎立昭宗这一点上，他的认识是错误的。他在选史中的认识，不可能不影响到他的文学作品。换言之，《古今史略》李渔观念中的杨复光不可能在《传》中改作杨复恭，一个人对一个客观历史事件的认定不会有两种概念、两种看法。从对这一段历史的熟悉程度和对一个历史事件的认识的差异来看，《合锦回文传》应该是另有人为，不是李渔所作。

---

① 论者当初颇疑《李渔全集·古今史略》中的"杨复光"之"光"字乃"恭"字之误，然校之原本（南京图书馆光绪三年刊本），无差错。又《古今史略·僖宗皇帝》一部分三段百余字，只字未提到"杨复恭"，而提到"杨复光"两次，言及他在平定黄巢乱中和立寿王杰即位的功劳，并特别标注，"杨复光宦官"。考之正史，恭与光为从兄弟，皆为宦官，议立寿王杰主要是恭的功劳，李渔之误明矣。

三 李茂贞死于何时？唐昭宗时还是后唐？——史实与虚构

《合锦回文传》书叙唐僖、昭年间因回文锦成就一对才子佳人事。故事中，史有明载的历史人物有唐僖宗、丞相柳玭、宦官杨复恭、杨复光兄弟及其假子杨守亮、大将李茂贞等等。《合锦回文传》中主要情节——梁桑故事属于虚构，然背景材料，特别是上述主要人物涉及的历史史实、历史事件，如杨复恭专权、杨守亮叛乱、李茂贞平叛，基本按照历史史实。但为了情节的需要，也适当地作了整合修改。他把僖、昭两朝的历史浓缩，其主要改动有二：一是在李茂贞平定杨守亮叛乱中掺入柳、梁二人，突出柳、梁二人的智慧计谋对取胜的关键作用。二是把李茂贞之死的时间由后唐提前到唐昭宗时期，死因由病死改为被部下诛杀。《合锦回文传》第十五卷李茂贞"不服节制，顿起叛逆之心，"被部下许顺、褚回诛杀。而《后五代史》有《李茂贞传》云：

> 李茂贞，本姓宋，名文通，深州博野人。
>
> 及庄宗平梁，茂贞自为季父以书贺之。及闻庄宗入洛，惧不自安，方上表称臣，寻遣其子来朝，诏茂贞仍旧官，进封秦王，所赐诏敕不名。又以茂贞宿望耆老，特加优礼。及疾笃，遣中使赐医问讯。同光二年夏四月薨，年六十九，谥曰忠敬。

李渔《古今史略》"后梁记"云：

> 李茂贞自封岐王，据凤翔，灭于后唐。

《五代史》与《旧唐书》《新唐书》一样，记载李茂贞非死于唐昭宗时期，而卒于后唐同光二年甲申（924）。李渔《古今史略》显然也依据史书，认定李茂贞死于后唐。《古今史略》虽为只言片语的简史，但李渔并不认为李茂贞是战死或被部下诛杀，同时他也不认为李茂贞死于唐昭宗年间，《合锦回文传》中李茂贞之死出于虚构，明显有悖于《古今史略》上的陈述。

按照一般常识，创作与写史不同，写史要依实，创作则允许虚构。但如何处理文学作品中的虚实关系，每个作家的差异都很大。李渔是怎样对待创作中的虚实关系呢？在《闲情偶寄·词曲部》中说：

> 若用往事为题，以一古人出名，则满场脚色皆用古人，捏一姓名不得，非用古人姓字为难，使与满场脚色同时共事之为难也；非查古人事实为难，使与本等情由贯穿合一之为难也。

此论虽为传奇而言，实则也是小说创作的感受。创作既要用古人，涉及历史史实，则必"本于载籍，班班可考"一点虚构来不得。李渔在谈到《三国演义》时，就非常欣赏其基本历史史实"据实指陈，非属臆造，堪与经史相表里"。[①] 他的作品实践了他的创作主张，如传奇《玉搔头》写明武宗微服出游，王守仁平定朱宸濠叛乱等，都与史实吻合。然涉及虚构的主要人物，则其情节追求的是入情合理。

然而，《合锦回文传》中背景人物唐僖宗、柳玭、杨复恭、王守亮、李茂贞与史实相符，背景故事中前半部分基本符合历史史实，后半部分则存有虚构成分。李茂贞之死有明显的照顾情节而违背史实的倾向，这与李渔《古今史略》的陈述相悖，更不符合李渔的创作思想。由此可以说，《合锦回文传》非李渔所作。

四 "笑那帮闲的"绝非李渔所做

《合锦回文传》卷三"有一篇二十四头的口头禅，笑那帮闲的"。道是：

> 帮闲的要走通脚头，先要寻个荐头；初时伺候门头，后来出人斋头；没事要来骗饭吃，讨个由头；掇着两个肩头，看着人的眉头，说话到忌讳处缩了舌头；酒席上惯做横头；吃下饭只略动些和头；大老官忘了酒令，他便提头；大老官有罚酒，他便做个寄酒户头；与大老官猜枚，诈输几个拳头；席散，要去讨个蜡烛头；若要趁夜，趁别人

---

① 李渔：《古本三国志序》，丁锡根：《中国古代小说序跋集》，人民文学出版社1996年版，第899页。

的被头；陪大老官闲走他随在后头。

李渔一生"游荡江湖，人以俳优目之"，（黄文旸《曲海总目提要》）他承继了明末山人清客的干谒行径，为了维持体面的生活，维持几十口的家计，托钵江湖，到处抽丰，终年告贷，犹嫌绨袍之赠太少。在与达官贵人的交往中，或卑辞谀文，或帮闲凑趣。受款待时骄矜自喜，被冷落则怄怩作态，一副山人面目。因而，有人直以帮闲目之。《多丽·过子陵钓台》流露出干谒的无奈和凄苦：

> 仰高山，形容自愧；俯流水，面目可憎。……君全交，未攀衮冕；我累友，不怨簪缨。终日抽丰，只愁载月，司天谁奏客为星？①

李渔的创作有浓厚的自我色彩，作品的正面主人公都带有李渔的个性特点。在作品里，他经常通过主人公宣扬自己人生观，并极力为自己的现实行为辩解，如干谒、好色、退隐等等。帮闲，正是他内心有愧而极力回护的事，因此，他决不会在自己的作品中"笑那帮闲的"。

五 《合锦回文传》事涉荒唐，非李渔手笔

李渔反对在创作中张扬怪诞不经之事，但这并不是说他的创作从不涉及这类怪诞之事。如第四章《李渔鬼神运命观》所论，他是一个无神论者，他不相信任何超自然力量的支配，鬼神在他看来只是一种心理现象，用之构成情节因素，而不构成自我信仰因素。正是在这一点上，《合锦回文传》与李渔创作有明显的区别。

《合锦回文传》涉及的怪异之事有两类：一是轮回报应；一是梦兆。

《合锦回文传》第十三卷"负心贼梦游地府，高义翁神赐麟儿"，用全回篇幅写赖本初梦中地狱受审的情形，赖醒后一一分明，十分警悟，唏嘘叹息道："我赖本初今日方知鬼神难欺，天道不爽。"如果说赖作为反面人物不足以代表作者的观念的话，那么，正面人物又如何呢？同回作者

---

① 李渔：《多丽·过子陵钓台》，《李渔全集》第2卷，浙江古籍出版社1991年版，第494页。

还写了一个鬼神附身之事彰显因果之理。死去的栾云附身赖本初，厉声咒骂："赖本初，我先割你的舌，然后剖你心看你心肺五脏是怎样长的"，然后自剖肚皮，呜呼死了。尚武，梁生见了，十分惊讶，梁生对尚武道："适间本初堂上述技，是人说鬼话。今看栾云白日里抱怨，却是鬼作人言，鬼神之事，不可信其无。"

对于梦兆，《合锦回文传》作者也是深信不疑的。作品写到梦兆的有三处：第四卷刘夫人孕时梦见持兰仙女对她说，有配得这半幅锦的便是你女婿，后果应其梦。第七卷梁生梦持兰仙女指引他："欲知桑氏消与息，好问长安旧消息。"按照梦的指引，梁生果然在长安找到自己的梦中情人。第十五卷柳公得梦，见一幅儿上写着"九地法轮常转，一天明镜无私"，在堂上见到刘继虚，后猛然惊觉，侍妾恰好产下一子。柳知其为刘继虚转世，便取名为刘哥。上述观念是佛教的轮回观念与传统因果报应观念的杂糅，李渔是反对这种观念的。他说：

> 王道本乎人情，凡作传奇，只当求诸于目之前，不当索诸见闻之外。无论词曲，古今文字皆然。凡涉人情物理者，千古相传；凡涉荒唐怪异者，当日即朽。（《闲情偶寄·结构第一》）

李渔在小说中如何对待这类问题的呢？《无声戏·变女为儿菩萨巧》中说到梦，作者讲得很直率："这叫作日有所思，夜有所梦，自己骗自己的。"《拂云楼》说："鬼神祸福之事，从来是提起不得的。一经提起，不必在暗处弄鬼神，明中观祸福，就在本人心上生出鬼神祸福来，一举一动无非是可疑可怪之事。又有古语说得好：'日有所思，夜有所梦'。"因此，李渔很少写梦，即使是写，也是"巧妇勾魂"的假梦。在他看来，梦只具有心理作用，而不是超自然因素的作用；只构成情节技巧，而不构成作者信仰之因素。

至于写到鬼神，《无声戏·鬼输钱活人还赌债》中写王竺生赌掉田庄，其亡父王继轩鬼魂现身复仇之事。作者是借死鬼复仇来说明"赌博之事，是极不好的"这个道理。因此，开首他说：

> 世上的钱财，定有着落不在这边，就在那边。你道两边都不得，

难道被鬼摄去了不成？看官，自古道："鹬蚌相争，渔翁得利。"

看来，李渔是个很现实的人，他不相信鬼神，他说："予为孔子徒，敬神而远之。"① 又说："善者敬神，恶者畏鬼，究竟都非异物，须知鬼神出在自己心头。"② "精神所聚之处，泥土草木皆能效灵，从来拜神拜佛都是自拜其心，不是真有神仙，真有菩萨也。"（《十二楼·夏宜楼》）所以，李渔不会相信鬼会赌钱之事，死鬼复仇乃是他的一个情节技巧，用以阐明赌博无益的道理。《闲情偶寄》是笠翁生活哲学的总括，作于作者六十一岁之时。他抛弃了传统养生学"外籍药方，内凭导引"的诞妄不经的成分。《小引》中说："予系儒生，并非术士，术士所言者术，儒家所凭者理。"颐养部大多是从生理、心理的角度来谈颐养之理，而"不敢以诞妄不经之言以误世"，其作品自然也在实践着他的理论。由此看来，《合锦回文传》如果是李渔所作的话，其中一定不会出现"诞妄不经"的成分。即是事涉鬼神，作者也会站出来说明鬼神之虚妄的。

六　人物形象及其道德评价的不同

从作品主人公的性格内涵及其人生追求看，李渔作品的人物形象皆为李渔生存哲学的形象解释；从其性格特征来看，则是一些缺乏个性的、平面化的人物形象，大多数正面人物都从某一侧面体现生活中李渔的思想与性格。

譬如《鹤归楼》讲欲与果的关系，开首第一回为"安恬退反致高科，忌风流偏来绝色"。李渔认为：生活中愿望与结果往往相悖。那么，怎样才算是正确的处世方法呢？就是老子的"退一步"法：和不如自己的人相比，则知足常乐。这便是李渔在《闲情偶寄·颐养部》中所讲行乐之法的翻版。段玉初"性体安恬，于美色一无所求"，偏得天下第一等佳人。郁子昌汲汲于色，偏不能如意。段有意功名但只位至太常，郁宦兴不高则官居台辅。这证明了李渔生存哲学的一个方面——造物忌盈。以此类

---

①　李渔：《问病答》，《笠翁诗集》卷 1，《李渔全集》第 2 卷，浙江古籍出版社 1991 年版，第 6 页。

②　李渔：《五显灵庙》，《笠翁文集》卷 4，《李渔全集》第 2 卷，浙江古籍出版社 1991 年版，第 300 页。

推,《归正楼》写盗贼如何归正——行善散财,《夏宜楼》写才子如何一箭多娇——偷香窃玉,《儿孙弃骸骨童仆奔丧》写如何让儿孙孝顺——散财,诸如如何止妒、如何拒贼、如何使破镜重圆,等等,都是李渔观念的形象表述。因此,李渔作品的人物形象大多是观念化的而非个性化的,其中除了李渔的思想性格之外,很难有其他特征。

相比较而言,《合锦回文传》能够注意到人物的个性区别,人物语言具有个性化。柳公、梁生皆饱学之士,才情不凡,出口成章,谈吐十分文雅,媒婆之言则极村俗圆滑,赖本初溢于言表的是无赖本色。卷六赖本初劝栾云做杨复恭的干儿,栾云笑道:"拜这没鸡巴的老子可不被人笑话",就是一句非常个性化的语言。作者能照顾到人物的身份、地位、修养等背景因素,并为其量体裁衣、安排语言。而李渔小说的语言则是文人化的,即便是极猥亵之事,也能以极文雅之语出之,从不用极村俗之语。如李渔作品中许多地方言及男性生殖器,用语都较为文雅,就是未曾用过"鸡巴"这类村俗之语。李渔作品的人物语言都是经过作者语言过滤后的文人化语言,不具有特别明显的个性化特征。

在对人物形象的道德评价上,李渔的态度是暧昧的。他不具有爱憎分明、疾恶如仇的品格。他的作品都是风情喜剧,人物虽说有生、旦、净、丑等戏剧的角色感,但没有纯粹意义的反面角色。他极力反对以文报怨的影射之术,因此,《鹤归楼》中的宋徽宗、《合影楼》中的管提举、《鬼赌钱活人还赌债》之中的王小山等,皆是一些不得生存之道的喜剧角色,倘能按"笠翁本草"去医治,完全可变为一个得"道"的正常人。

而《合锦回文传》则不同,作者虽未直接站出来表达自己的生活态度,但在叙述中却蕴含着明显的道德评价。权臣杨复恭以及栾云、赖本初之徒是极力鞭挞的对象,结尾让他们在地狱受审,或死或伤,受到应有的惩罚。这种处理方式正是明末清初反映忠奸斗争小说的惯用套式。《中国古代小说百科全书》说:"这虽是一部才子佳人小说,但褒忠斥奸的气味较浓,杨复恭叔侄之弄权作恶,柳太守、薛尚文之秉正善良,形成强烈对比。"① 这与李渔的创作风格无涉。

————————

① 《中国古代小说百科全书》,中国大百科全书出版社 1978 年版,第 156 页。

七 行文风格的不同

（一）《合锦回文传》中喜好引用现成文字，李渔作品无此现象

《合锦回文传》在行文中夹杂着许多诗文，尤为让人注意的是他掺入的现成文字。卷二"有一篇文字极辨冒籍之不必禁"；卷三"有一篇二十四头的口头禅，笑那帮闲的"，"有一篇笑荐馆的文字"；卷四"有一篇骂媒婆的口号"；卷六"昔人有篇笑通谱的文字"，又有一篇"田"字歌谣。

李渔在《闲情偶寄》中说："填塞之病有三：多引古事，迭用人名，直书成句。其所以致病之由亦有三：借典核以明博雅，假脂粉以见风姿，取现成以免思索。"在李渔看来，这些毛病既有逞才卖弄之嫌，又以文害意，故作艰深，不利于观众接受。李渔是反对这样做的，所谓"说破不值半文钱"。

李渔虽是针对戏曲而言的，但同样适用小说。《合锦回文传》中的"口号"、"文字"，少则几百，多则几千，洋洋洒洒，多属赘言，均使人感到有繁花损骨、游离文气之感。此外，叙述之中夹杂着诗歌，结末又附诗二十余首，这都是宋元以来话本小说和长篇章回小说常有的毛病，作者把它发展到了极致。而这种现象都不见于李渔的作品，因为它不符合李渔"密针线、减头绪"的主张。

《合锦回文传》中又"笑"又"骂"，使我们感觉到作者是一个思想正统、疾恶如仇的士子，而这与李渔无涉。

（二）《合锦回文传》无李渔行文的骈偶倾向

骈偶化是李渔行文的显著特点。比如说到"离合"这个内容，李渔说：

> 别人家的夫妇原是生离，我和你二人已经死别，谁想挨到如今生离的到成死别，死别的反做生离，亏得你前世有缘，今生有福，嫁着这样的丈夫，有起死回生的妙手，旋转乾坤的大力，方能够如此。（《十二楼·鹤归楼》）

《合锦回文传》卷十六说：

> 看官听说，凡天下才女才郎，有离必有合。这回文锦是才人造下

的异宝，既分开两下，也如夫妇一般，亦必有离终有合。它的离合又关系才女才郎的离合。当年织成一幅，亏他合了窦涛夫妇两人，今分作两半幅，又亏他合了梁栋材夫妇三人。比当年更有功，岂不是千古风流佳话？

同是一个内容，李渔之文讲究骈偶，读来琅琅上口，很有节奏感。而《合锦回文传》则较散，不及李渔之整饬。但在另一面，《合锦回文传》注重人物语言的个性化，而李渔之文则不及。他的叙述语言与人物语言在风格上无大的区别，都是一副李渔的文人化的腔调。

（三）《合锦回文传》无李渔经验性的比喻

如前所言，李渔一生兴趣广泛，举凡医学、养生、建筑、园林、衣饰、饮食、小说、戏剧等靡不有涉。因此，他的作品之比喻，多取诸身边，形于文字，形成轻巧圆转、俏皮幽默的语言风格。他最常用的经验性的比喻有医学的、建筑的、戏剧的、饮食的，而这些在《合锦回文传》中一无所见，说明《合锦回文传》作者不具备李渔的生活阅历与生活经验。对于一个成熟期的作家来讲，这几乎是不可能的。《合锦回文传》无论在语言的结构、形式、风格等各方面都与李渔创作大相径庭，何以能够认定是李渔所作呢？

（四）常用词汇的差别

《合锦回文传》与李渔小说在叙述语言上有一个重要的区别，那就是行文中用儿化词较多。且看：

> 裙裤都褪在一边，露出臀儿。
> 打开看时，则是一幅五色锦同两幅纸儿。
> 伯父可发一个率儿杨栋的致意贴儿。
> 便提着包儿飞步而出。
> 但我女孩儿家怎好应承。
> 望着窗儿外便走。
> 只见那钗儿上鉴着莹波两字。
> 那河里却静悄悄没一个船儿来往。
> 得这老儿帮一帮也好。

不想那督屯官儿恰好是这厮的相识，今番我反要受累了。

不然，只是刻个空图样儿寻访小姐。

乃私唤钱乳娘到门首去听一个谶儿。

招牌边有一只篮儿挂着。

不如先下手为强，要寻个法儿处置梁生。

教他收拾了些细软，雇下车儿。

轻轻走到孙龙榻边，把他除下的帽儿戴了，鞋儿穿了。

店小二起来，见门儿半掩。

这恶性儿终究不改，惟有和尚说因果可以访化得转。

梁生又悲又恨，将封儿扯得粉碎，掷还他奠金。

上面诸例只是随便捡出，《合锦回文传》中儿化词尚多。但翻检李渔小说《无声戏》和《十二楼》以及李渔戏曲作品，未发现儿化现象。《肉蒲团》及《闲情偶寄》亦无。在李渔作品中，"儿"只有出现于"儿"、"儿子"、"女儿"的这类词中，属于固定搭配的实词，没有作为构词成分的儿化现象。如：

自己也举了孝廉，儿子也登了仕路。（《无声戏》第四回）
又念四岁孤儿无人抚养，只得收了眼泪，备办棺衾。（《无声戏》第六回）

单就"臀儿"一词来看，李渔作品所有"臀"字都不带"儿"。如：

看见汝修肌滑如油，臀白如雪。（《十二楼·萃雅楼》）
说毕以臀相向。（《闲情偶寄》）
如太师椅稍宽，彼止取容臀。（《闲情偶寄》）
两旁实镶以板，臀下足下俱用栅。（《闲情偶寄》）
不打筋，只打臀尖，不打膝窟。（《无声戏》第三回）
蒋成臀肉腐烂，经不得再打。（《无声戏》第三回）

其他如"纸"、"包"、"窗"等均无儿化现象。另外，《合锦回文传》

还大量使用方言词语，如兀自、直恁、厮们、厮觑、脱骗等，李渔在《闲情偶寄·少用方言》中说："凡作传奇，不宜频用方言，令人不解。"李渔认为，小说是无声的戏曲，这个主张当然也适用于小说。李渔生长于江浙，然其小说很少江浙方言出现，可以看出他确实在实践自己理论主张。另外，江浙方言中并无儿化现象，而《合锦回文传》中多儿化词。由此可以推断，作者应是北方人或有着较长北方生活经历的南方人，而这又与李渔无涉。

八　地理概念的差别

首先，《合锦回文传》所写故事发生地点主要有长安、华州、均州、襄州以及绵谷、武都等，即以汉水流域为中心，涉及地域包括今陕西南部、湖北西部、四川东北部。作者对这一带的地理地名极为熟悉，用的也极其考究，均为唐时地名。卷六写梦兰被迫出走，梁生的千里追寻，一路行程，其地理地名均确凿无误。而李渔曾在丙午年入秦，壬子年游楚，足迹所到也仅是这区域的一些边缘地带。他对这一带的熟悉，如何能像《合锦回文传》中的亲历一般？

其次，李渔小说故事的发生地点，多在江浙两省，尤以浙东一带为最。即使在别的省份，也只是提到故事发生的地点，人物活动范围则很狭窄，很少有跨府越州的情形。在小说中，李渔无意于在地理概念上做文章，而把注意力集中在某一局部范围、特定场合。如一个城镇、相邻两家。这符合其密针线、减头绪的创作的要求，符合戏剧创作的实际。在李渔的作品中，《肉蒲团》可谓地理跨度最大，但未央生的活动主要在李渔熟悉的浙东一带，京城则是一个虚化的地理概念，场面很少，也未提及任何确切的地名街名。《合锦回文传》中大跨度的地理设置，考究的历史地理名称，这种特点亦不类于李渔小说。

九　题图诗落款的不同

《合锦回文传》的现存最早刊本是嘉庆三年宝研斋刊本，前有人物图像十幅，九幅附有题图诗。落款分别是松泉、竹坡、远亭、伴兰、陶然居士、霁樵、寄轩、可斋、静堂主人。李渔的作品，为之作序、跋、题画诗、评点的多是李渔交游圈内的好友，其中也不乏文坛名人、当道显宦。

虽然明清文人题署字号非常随便，但也并非无迹可寻。李渔作品中的题署，经学者们研究，大多是李渔的好友。李渔的两部小说集《无声戏》《十二楼》都是由其好友杜濬写序并加评语，如果《合锦回文传》真是李渔所作，按理说应有杜濬的序评，或者是李渔非常熟悉的友人作的序评。题图诗上面这些字号大部分应该出现在李渔的诗文及其他作品的序评之中。检之李渔作品和单锦珩《李渔交游考》所收人物，无一相符。倘谓此作为李渔早期作品，题图人是李渔早期朋友，尤为不能成立。因为，如此鸿篇巨制只可能出现在李渔创作的成熟期。再者，《合锦回文传》与《肉蒲团》是性质完全不同的作品，作为一部才子佳人小说，当时并没有什么恶谥，也不在被禁之列。爱好逞才露己的李笠翁，他完全没有必要将其隐去，在其他作品中只字不提，也没有必要伪拟序评者。

宝研斋本卷后的素轩评语读之颇似李渔手笔，但卷中的夹批尚未有人注意到。夹批中部分用语也具李渔特色，如注重情节之奇之新，结构的前后照应。如"趣语"、"有曲趣"、"口角俱肖"等符合李渔风格。但回末评、夹评中却露出破绽，如卷十六素轩评中的"徒寄藻思于稗官之末，可胜叹哉！"视稗官为末技，与李渔观点明显矛盾。夹批集中在最后一回，而这一回正是一个善恶报应结局，评语中较多的道德评价之语，如"恶极"、"愧杀无行男子"、"忠厚老成"，等等，可以看到作者对道德评价的异常兴趣，而这些李渔在其他评点中基本不谈，不类李渔风格。夹批前轻后重，正文绝大部分没有批语，这种评点草率的现象，也不是李渔的做派。另外，李渔夹批多长句、多骈语，而此书夹批则是三言两语，无长句、无骈语现象。因此，素轩评语可能是伪作，《合锦回文传》的作者不是李渔，素轩也不是笠翁先生。至于《合锦回文传》确切的创作年代，尚未发现可靠证据，不敢遽下定论。

结　论

选择李渔作为论文的题目，其初衷只有一个：即想在更久远更广阔的文化背景中，梳理影响李渔一生的各种线索，探讨李渔个性特点、思想观念、创作风格等现象的生成原因。其意在纠正时下李渔研究中的三种偏失：一是仅仅局限于将李渔的各种特征与当时社会主流文化与思潮之间直接的比附联系，而忽视李渔生长过程中特殊文化影响的独特性；二是抓住一点不及其余的机械论证，忽视环境与性格的动态过程；三是那种就事生发但又不着边际的无端猜测和玄奥之评，以求使自己的研究建立在较为扎实的材料基础之上，使论证与结论尽可能地符合知人论世的研究原则，符合论主生活、思想与创作的实际。

在论文中，笔者把研究的重心向前提，放到李渔的童年和少年时期，是基于这样一种考虑：人格作为一种恒定的行为模式与行为风格，其在幼年与童年时期就已经奠定，至于它的形成，有遗传因素的作用，有经验环境因素的作用。但是，遗传因素是目前科学没有解决也不容易说清的问题，故置不论。而人出生以后的生活环境，包括家庭经济水平、家庭结构、种族、宗教、教育方式等这些环境因素在人格的形成过程中的作用就显得非常重要。

由此，在李渔的童年时期，医商家庭的背景首先引起笔者的关注。李渔原籍浙江兰溪，祖辈流寓雉皋（即今江苏如皋），以业医为生。明万历三十九年辛亥（1611）八月初七日，李渔出生在这个"累世学医"的家族之中，李渔从小就受到医学文化的熏染。在笔者看来，李渔后来的思想与创作都与传统医学有着千丝万缕的联系，医学对李渔的影响主要表现在以下几方面：

第一，医学对李渔的思维习惯、文学观念、创作风格以深刻影响。传统医学以阴阳五行学说为理论基础，把人体看作是一个有机的系统，以及治疗上的颠倒性施治原则，对李渔的系统观念与辩证思维产生都注入过重要的影响。李渔理论的系统性与辩证色彩，在很大程度上得益于这种影响；不仅如此，传统医学也铸造了李渔创作的经验品格。他的作品往往以解决问题、传授"笠翁本草"式的经验为出发点，作品表现出作者无所不在的强烈的主导欲，作者不时插入议论文字，这与早期活本入话简洁形象、故事叙述较少作者插话议论形成了明显的区别；在文学功能的理解上，李渔把创作比作疗病，又认为创作和阅读都具有宣泄积愤、治病理情的作用，表现出了医学的思维惯性；李渔把创作比作疗病，导致他的作品排斥激情的介入。由于专注于自娱娱人的创作目的，追求浅层次的娱乐效果，缺乏了充盈的感情投入，使作品的情感审美品性大打折扣；在人物形象上，由于李渔偏重于"笠翁本草"式生活处方的经验传授，作者有强烈的干预叙事的欲望，于是他的作品的主人公大都从一个侧面展示出具有养生家面孔的李渔的个性与思想。

第二，医学是李渔养生观念的一个重要基石，也成为李渔人生观、价值观、处世哲学的重要理论依靠之一。《闲情偶寄》之颐养部，是李渔养生思想的核心内容，它包括行乐、止忧、调饮啜、节色欲、却病、疗病六个部分，其中后三部分是纯粹的医学养生内容，即使是前三部分，也多从医理出发来谈养生，比如"行乐第一"中谈到行乐与季节、行乐与体质的关系，就与医学观念是分不开的。作为李渔人生观、价值观、处世哲学的集中体现，李渔养生哲学中其直面生死、享乐第一的主张以及以"和"为核心的养心原则，都很难排除医学对他的影响。

第三，李渔无神论观念的形成，在一定程度上是医学文化影响的结果。笔者认为：李渔的无神论观念的形成固然与儒家思想的教育有关，但作为一种家教，医学文化传统中的医、巫之争曾经很早就深刻地影响了李渔的信仰，使他从小就确立了不信巫的立场。在李渔的早期诗文中不乏这样的内容，如《问病答》《回煞辩》《东安赛神记》，等等。他"奥灶两无媚"，态度之坚定，似超出孔子之上。就无神论观念来说，李渔家庭所持有的、与其后来所受到的儒学教育、与当时作为统治地位的儒学思想基本上是合拍的。李渔成年后的鬼神观念和其早期并无多大改变，其家学的影响程度当不可低估。

上述观点的考辩论证见于《李渔的医学家教与医学素养》《李渔养生观念与杨朱学派养生哲学》《李渔"心"之观念与王阳明心学》《李渔园林技艺与创作》等章节中。这些文章考辨结合，把李渔的医学家教拉入传统医学长远的文化背景中，力求在医学传统中梳理出一种恒定的文化因素，诸如医学哲学、医学思维、医巫关系等等，来为论证提供依据，尽量使自己的观点建立在坚实的材料基础和合情合理的推理之上。

李渔生平中相关问题的探讨放在论文的第一章，就李渔人生选择的三个重要问题进行考述。《李渔的弃医从文》一文认为：李渔走上科举道路，并没有特别的动因，其目的无非是为了改变医商低下的社会地位，这是晚明经济发展、"商而士"盛行的社会风气的具体体现，不存在因家产继承原因而被迫走上科举的情形。李渔应举既是基于自己的聪慧和自信，又肩负着家族殷切之希望，没有丝毫被动的迹象。至于李渔对其父李如松的感情，虽然李渔文字中很少提及父亲，但这并不标志着他与父亲不和。李如松将家业付与大儿李茂，是那个时代一个父亲合理选择，不会招来其家族和其次子李渔的反对。从他的各种陈述中可以看出，对李渔走上科举，李如松至少也不是一个反对者。另外，李渔《回煞辩》一文不能证明李渔有仇父倾向，因为对回煞陋俗的不满与批驳，从回煞丧俗形成之时起就代不乏人，李渔力倡用孝亲大义来抵制回煞陋俗，倒更体现出儒家孝道之精神，表现出对父亲的崇敬与怀念。因此，李渔心中有仇父倾向的观点不能成立。由此，李渔因仇父走上科举之路的说法便是一种无端猜想。《论李渔弃举》一文探讨鼎革之后李渔未再应举之原因。文章认为：李渔鼎革之时确实有过一些民族主义情绪，但这对李渔的弃举并没有构成多大影响。战乱平息之后，他离开隐居地而迁往杭州，开始了"卖赋以糊其口"的生涯。然在入杭之前，名士、山人作为晚明文人的一种生活方式，曾经使李渔那么向往。以一技之长，遨游缙绅，传食诸侯，不宦不农，却能享受贵族般奢华之生活。因此，他所要做的，就是如何尽快地成名。在李渔看来，他自小识字知书，操觚染翰，薄有技艺，成名则指日可待。所以，在入杭之前后，李渔弃举当与这种考虑大有关系。另外，李渔对八股时文水平的不自信也可能成为他弃举的又一动因。《李渔的商业化创作与经营》对李渔创作、出版和家班经营的事实进行了考述。笔者认为：李渔的商业化选择是从顺治七年前后第一次移居杭州开始的，并且终其一生未有改变。移家杭州之前，李渔尚是一个传统的文人。杭州之后的李渔为生计所迫，逐渐走上了"卖赋以糊其口"的道路。他的文学活动，已经有了明显的营利意识，商业化的倾向十分突出。靠创作小说、戏曲获利谋生，使李渔偏离传统文人文学创作的轨道。顺治末，李渔开始涉足出版业，以翼圣堂名号出版编著多种，获利颇多。移居金陵之后，又建立芥子园书肆，康熙六年组成自己的家乐。此时的李渔集作家、编辑、出版商、导演、演员、班主于一身，以文人与作家的身份参与文化商业的运作，使李渔成为一个非士非商、亦士亦商的边缘性人物。这种角色的不固定性导致了对他评价上的分歧与矛盾。对于芥子园书坊的性质，笔者认为：李渔第二次入杭之前，芥子园只是翼圣堂书肆所在地，还不能成为书坊名称，其以芥子园名号出的都是一些信笺类的文化用品。只有在李渔移居杭州之后，由于芥子园之盛名，它才被正式用作书坊号了。

论文第四章对李渔思想观念几个关键内容进行考辨。关于李渔的政治态度，笔者认为：总体来看，李渔一生的政治态度凡三变：崇祯后期，李渔为诸生，此时正值盛年、血气方刚，诗文充满了为忠为孝的儒生情怀和慷慨轻财的豪侠之气；甲申之乱至顺治八年之间，是李渔政治态度和情感极为复杂的时期，也是李渔顺应时局的变化、不断调整自己政治立场的时期。这期间有伤时忧民之情怀，也曾有过舍生取义之想法，有被强制剃发后的激愤，也有过对时局之无奈。但是，李渔的这些表现都具有明显的情绪化特征，不能转化为一种恒定的政治情结与政治操守。顺治初期，等待观望中的李渔，其政治取向实用而多变；顺治八年之后，李渔已经成为清朝的顺民。三藩之乱时，他的作品反映了其反对叛乱、褒扬忠臣、维护清王朝"王土"统一的政治倾向，但这并不表明他对清王朝就忠心耿耿，当战乱危及自己身家性命的时候，李渔则更多的是考虑实际的生存，而非君臣大义。他常将个人利益置于家国的利益之上，根据自己的需要调整自己的政治态度。因此，李渔在某种程度上背离了传统的儒家道义，显示出市民哲学的特征。

李渔还是一个无神论者。虽然李渔承认"余为孔子徒，敬神而远之"，但其态度却比孔子更为彻底。孔子对鬼神之事避而不谈，李渔却认为"天"与"鬼神"都是虚幻的、不存在的。他们没有意志，不能支配人类。李渔对"运"、"命"的理解，也与他的"天"、"鬼神"的观念密切相关。在李渔看来，"运"、"命"的实质，一是指机遇的有无，即儒家所讲的"时"，"时"就是机遇，机遇就是命，遇不遇判然有别。另一种是指心理作用影响的结果，与人的心理预期、心理定势有直接关系。当现实满足了人的心理期待，就会认为是命旺时顺，而当现实与人的心理期待差距甚大时，便被认为是命薄缘悭。李渔把命解释为机遇或心理的作用，而不相信独立于人的感觉世界之外的任何力量，不相信鬼神上帝能支配人的命运。因此，对于鬼神，李渔一生都是力辟之，表现出了坚定的无神论信念。《李渔的鬼神运命观》一文举出大量的事实证明了李渔的这种观念的存在。至于这种观念的形成原因，笔者不否认儒家的影响，但独独拈出医、巫之争这一文化现象，来说明其对李渔无神论观念影响之深刻。笔者认为此论能够成立，主要依据是：李渔早年诗文中就表现出鲜明的反巫倾向，而这正是正统医家之信念与行为原则，并且，李渔早期的这种倾向与其成年后的观念相吻合。因此可以说，"累世学医"的特殊家庭背景造就了少年李渔无神论观念。

　　论者往往关注明中叶后主流文化及思潮对李渔的影响，汲汲于两者之间的比附类推，而忽视一般文化或者说特殊文化对李渔的影响，这便会使结论产生一定的偏误。以王阳明心学为例，论者常常认为：李渔"乐不在外而在心"、"我之所师者心，心觉其然，口亦信其然，依傍于世何为乎？"、"从来拜神拜佛都是自拜其心"诸语受到王学的直接影响，其概念来自于王学，此论差矣！李渔"心"之概念与王学之"心"有很大差别：王学是哲学概念，而李渔只是一般心理学的概念。至于李渔"心"概念之来源，也绝非一个王学所能涵括了的。笔者认为：传统医学中的"以意为医"的思想，孔子"祭如在，祭神如神在"的观念等都可作为李渔上述言语的直接来源。《王阳明"心"学与李渔"心"之观念之关系》一文就是这个问题的专论，笔者此论既有正本清源之用意，也有纠正研究方法偏失的考虑。

　　李渔具有多方面的技艺，技艺观念与技艺修养对李渔创作的影响不可忽视。正如上面所言，在创作观念、作品结构、人物塑造、叙事语言等方面，医学和养生学的影响是如此的深刻。其园林建筑、园林审美观念对其创作的影响也历历可见。比如李渔诗文中的田园之作，表现出碌碌市井中的李渔神思飘逸、富有灵性、有出世之想的一面，又有《十二楼》这样的以楼作为结构方式的奇思妙想。这其中，作为故事背景和场景设置的亭台楼宇、墙壁门窗，都为李渔创作带来有益的启示，形成了一种园林叙事的结构范式。除了上面所述之外，被学界注意到的还有八股、饮食、服饰诸项。技艺对李渔的影响是广泛而深刻的，他的创作以及创作理论没有他的杂学的滋养，其成功是不可想象的。

论文最后一章是关于两部小说的著作权的考证。在涉及李渔的小说中，《肉蒲团》与《合锦回文传》是两部著作权颇有争议的作品。由于笔者以上的研究，在对李渔的知识修养、文化视野、个性心理等因素的观照下，两篇作品的作者归属逐渐明朗了。笔者认为：《肉蒲团》为李渔作品无疑；《合锦回文传》则与李渔无缘。由于《肉蒲团》为性小说，笔者主要选取性观念与养生观念的角度与李渔其他著述作对比，发现其在诸多环节上相互吻合，连字句也多有相同。另外，笔者还就《肉蒲团》中的一些典型细节与其他李渔著述作比较，可见《肉蒲团》和李渔作品存有大面积的吻合，并参以其他旁证材料，得出结论：《肉蒲团》为李渔所作。对《肉蒲团》产生的时间笔者还作了推论，认为《肉蒲团》当作于康熙六年至康熙九年之间。《合锦回文传》非李渔所作则从史实来源、虚实关系、人物形象、行文风格等多方面考证，发现其均不具备李渔观念、创作之特征。这其中，最具说服力的有三项：在史实上，《合锦回文传》所述唐代兵制、宦官迎寿王杰即位、李茂贞之死三项内容与李渔所作简史《古今史略》有明显差别，可以看出二者对历史人物和事件的认识不同；《合锦回文传》事涉荒唐，作者有鬼神报应的信仰，与李渔无神论观念不同；《合锦回文传》行文多用儿化词，李渔则无此现象。由此可以肯定，《合锦回文传》非李渔所作。

通过以上的考索论证，笔者所勾勒出的李渔之面目逐渐清晰起来，在李渔的文化背景中，早年其医商家教对李渔后来的个性形成、人生观、养生观、宗教信仰、创作风格以及文学理论产生了如此重要的影响。李渔重生命、重享乐之现世情怀，无神论之信仰，黜虚务实、渴求名利之个性，系统与辩证之思维，重经验传授以及强烈的介入欲之创作习惯，无不与其家学渊源息息相通。作为一种特殊的文化形态，它对李渔的影响是根本性的，在这种特殊文化的观照下，李渔的思想、行为与创作获得了统一，许多看似矛盾的现象都能得到合理的解释。当然，这绝不是一概抹倒主流文化对他的影响，晚明心学以及晚明政治、经济、社会风气等都为李渔思想与行为之产生提供了适宜的土壤，对此笔者也予以充分的肯定。但笔者认为，所有文化，它既是历史的，又是当代的；既有主流的，也有非主流的，每个作家和理论家其文化的构成其实差别是很大的。作为一种非主流文化又对李渔产生重要影响的医学，我们不应忽视它的存在。

参考文献

黄晖撰：《论衡校释》，中华书局1990年版。

刘文典撰：《淮南鸿烈集解》，中华书局1989年版。

（隋）颜之推撰：《颜氏家训集解》，王利器集解，中华书局1993年版。

（秦）吕不韦撰：《吕氏春秋》，岳麓书社1989年版。

（宋）俞文豹撰：《吹剑录外集》，四库全书本。

（宋）李昉等辑：《太平广记》，中华书局1981年版。

（宋）洪迈撰：《夷坚志》，何卓点校，中华书局1981年版。

（宋）徐铉撰：《稽神录》，白化文点校，中华书局1996年版。

（宋）孟元老：《东京梦华录》，古典文学出版社1957年版。

（明）沈榜编著：《宛署杂记》，北京古籍出版社1980年版。

（明）叶盛著：《水东日记》，中华书局1980年版。

（明）黄宗羲著：《明儒学案》，中华书局1985年版。

（明）李贽著：《焚书续焚书》，中华书局1975年版。

（明）李贽撰：《焚书增补》，中华书局1975年版。

（明）顾起元撰：《客座赘语》，中华书局1997年版。

王士性撰：《广志绎》，中华书局1981年版。

（明）张瀚著：《松窗梦语》，上海古籍出版社1986年版。

（明）谢肇淛著：《五杂俎》，上海书店出版社2001年版。

（明）沈德符著：《万历野获编》，中华书局1959年版。

（明）朱国祯撰：《涌幢小品》，中华书局1959年版。

（明）于慎行撰：《谷山笔麈》，中华书局1997年版。

（明）钱谦益著：《列朝诗集小传》，上海古籍出版社1959年版。

（明）张岱著：《陶庵梦忆》，作家出版社 1995 年版。

（明）袁中道撰：《游居柿录》，上海远东出版社 1996 年版。

（明）何良俊著：《四友斋丛说》，中华书局 1997 年版。

（明）李乐撰：《见闻杂记》，北京图书馆古籍珍本丛刊，书目文献出版社影印。

（明）余世登辑：《皇明典故纪闻》，书目文献出版社 1995 年版。

（明）唐顺之撰：《稗编》，四库全书本。

（明）陈继儒撰：《小窗幽纪》，吉林文史出版社 1999 年版。

（明）陈继儒撰：《小窗自纪》，陕西旅游出版社 2001 年版。

（明）陈继儒撰：《晚香堂小品》，明汤大节校刻本。

（明）侯甸著：《西樵野记》，续四库全书本。

（清）梁绍壬撰：《两般秋雨盦随笔》，上海古籍出版社 1982 年版。

（清）叶梦珠撰：《阅世编》，来新夏校点，上海古籍出版社 1981 年版。

（清）王士祯撰：《池北偶谈》，中华书局 1982 年版。

（清）王士祯著：《分甘余话》，中华书局 1989 年版。

（清）余怀著：《板桥杂记》，江苏文艺出版社 1987 年版。

（清）徐时栋撰：《烟屿楼笔记》，续四库全书本。

（清）赵翼著：《陔余丛考》，栾保群、吕宗力校点，河北人民出版社 1990 年版。

（清）姚元之撰：《竹叶亭杂记》，中华书局 1982 年版。

（清）震钧撰：《天咫偶闻》，北京古籍出版社 1982 年版。

（清）崔述撰：《崔东壁遗书》，上海古籍出版社 1983 年版。

（清）钱泳撰：《履园丛话》，中华书局 1997 年版。

（唐）王冰注、（宋）林億等校正：《黄帝内经》，四库全书本。

（元）李鹏飞辑：《三元延寿参赞书》，明正统刻《道藏》本。

（明）喻昌著：《医门法律》，上海科技出版社 1983 年版。

（清）允禄等撰：《钦定协纪辨方书》，四库全书本。

（汉）郑康成著：《易纬乾凿度》，见《纬书集成》河北人民出版社 1996 年版。

（清）徐乾学撰：《读礼通考》，四库全书本。

（明）吕坤撰：《四礼翼》，四库全书本。

（明）万民英撰：《星学大成》，四库全书本。

（明）高濂著：《遵生八笺》，巴蜀书社 1988 年版。

（明）王守仁撰：《王阳明全集》，上海古籍出版社 1992 年版。

（明）袁中道撰：《珂雪斋集》，上海古籍出版社 1989 年版。

（明）袁宏道撰：《袁宏道集》，上海古籍出版社 1981 年版。

（明）汤显祖撰：《汤显祖全集》，北京古籍出版社 2001 年版。

（明）顾炎武撰：《顾亭林诗文集》，中华书局 1959 年版。

（明）方文撰：《嵞山集》，上海古籍出版社 1979 年版。

（清）吴伟业著：《吴梅村全集》，上海古籍出版社 1990 年版。

（清）钱谦益著：《初学集》，上海古籍出版社 1985 年版。

（清）毛先舒著：《思古堂十四种书》，清康熙刊本。

（清）杜濬撰：《变雅堂诗文集》，清同治刊本。

陈维崧著：《迦陵文集》，四部丛刊本。

（清）李渔撰：《李渔全集》，浙江古籍出版社 1991 年版。

（清）田雯撰：《古欢堂集》，四库全书本。

鲁迅著：《鲁迅全集》，人民文学出版社 1991 年版。

胡适撰：《胡适文集》，北京大学出版社 1998 年版。

兰陵笑笑生：《金瓶梅》，香港太平书局影印本。

李渔著：《无声戏》，丁锡根校点，人民文学出版社 1999 年版。

李渔著：《十二楼》，文饶校点，人民文学出版社 1986 年版。

（清）袁枚撰：《子不语》，人民文学出版社 1996 年版。

（清）沈复撰：《浮生六记》，俞平伯点校，人民文学出版社 1980 年版。

（清）纪昀撰：《阅微草堂笔记》，天津古籍出版社 1994 年版。

笠翁先生原本、铁华山人重辑：《合锦回文传》，北京师范大学出版社 1993 年版。

李剑国辑校：《宋代传奇集》，中华书局 2001 年版。

《文渊阁四库全书》台湾商务印书馆 1973 年版。

（清）永瑢等撰：《四库全书总目》，中华书局 1965 年版。

（清）纪昀等撰：《四库全书总目提要》，中华书局影印本。

《续修四库全书》上海古籍出版社 1999 年版。

《四库全书存目丛书》齐鲁书社 1997 年版。

《二十五史》上海古籍出版社上海书店编 1985 年版。

《传世藏书》诚成集团（中国）企业有限公司 1996 年版。

《清实录》中华书局 1986 年影印版。

赵尔巽等撰：《清史稿》，台湾新文丰出版公司 1971 年版。

《笔记小说大观》江苏广陵古籍刻印社 1983 年版。

《明文海》中华书局 1987 年版。

《说郛》中国书店 1986 年版。

孙楷第著：《中国通俗小说书目》，人民文学出版社 1982 年版。

孙楷第编：《日本东京所见小说目录》，人民文学出版社 1982 年版。

《中国通俗小说总目提要》江苏社会科学院明清小说研究中心，江苏社会科学院文学研究所编 1990 年版。

刘世德主编：《中国古代小说百科全书》，中国大百科全书出版社 1998 年版。

丁锡根编著：《中国历代小说序跋集》，人民文学出版社 1996 年版。

张海鹏等编：《明清徽商资料选编》，黄山书社 1985 年版。

《嘉庆兰溪县志》台湾成文出版有限公司 1975 年版。

《光绪兰溪县志》商务印书馆影印本。

赵景深、张增元编：《方志著录元明清曲家传略》，中华书局 1982 年版。

王利器辑录：《元明清三代禁毁小说戏曲史料》，上海古籍出版社 1981 年版。

侯外庐著：《中国思想通史》，人民出版社 1980 年版。

冯友兰著：《中国哲学史》，中华书局 1984 年版。

郭绍虞主编：《中国古典文学批评理论专著选集》，人民文学出版社 1998 年版。

俞建华编：《中国画论类编》，人民美术出版社 1986 年版。

唐圭璋主编：《词话丛编》，中华书局 1986 年版。

张璋等编：《历代词话》，大象出版社 2002 年版。

叶嘉莹著：《清词丛论》，河北教育出版社 1997 年版。

《中华文化通志》上海人民出版社 1998 年版。

陈宝良著：《明代社会生活史》，中国社会科学出版社 2004 年版。

刘道超、周荣益著：《神秘的择吉》，广西人民出版社 2004 年版。

王毅著：《中国园林文化史》，上海人民出版社 2004 年版。

岳毅平著：《中国园林人物研究》，三秦出版社 2004 年版。

曹明刚著：《中国园林文化》，上海古籍出版社 2001 年版。

马伯英著：《中国医学文化史》，上海人民出版社 1997 年版。

徐仪明著：《性理与岐黄》，中国社会科学出版社 1997 年版。

肖东发主编：《中国编辑出版史》，辽宁教育出版社 1996 年版。

赵园著：《明清之际士大夫研究》，北京大学出版社 1999 年版。

刘达临著：《性与中国文化》，人民出版社 1999 年版。

朱光潜著：《朱光潜美学文集》，上海文艺出版社 1982 年版。

叶朗著：《中国小说美学》，北京大学出版社 1982 年版。

钱钟书著：《管锥编》，中华书局 1979 年版。

［美］布斯著：《小说修辞学》，华明等译，北京大学出版社 1987 年版。

左东岭著：《王学与中晚明士人心态》，人民文学出版社 2004 年版。

王国维著：《宋元戏曲史》，华东师大出版社 1995 年版。

王国维著：《人间词话》，四川人民出版社 1981 年版。

蒋瑞藻著：《小说考证》，上海古籍出版社 1984 年版。

钱静方著：《小说丛考》，上海商务印书馆 1916 年版。

孔另境编：《中国小说史料》，中华书局 1936 年版。

阿英著：《小说闲谈四种》，上海古籍出版社 1985 年版。

胡适著：《中国章回小说考证》，上海古籍出版社 1979 年版。

郑振铎著：《中国俗文学史》，东方出版社 1996 年版。

孙楷第著：《沧州后集》，中华书局 1985 年版。

胡士莹著：《话本小说概论》，中华书局 1980 年版。

青木正儿著：《清代文学评论史》，杨铁婴译，中国社会科学出版社 1988 年版。

夏志清著：《中国古典小说史论》，胡益民等译，江西人民出版社 2001 年版。

韩南著：《韩南中国古典小说论集》，台湾联经出版事业公司 1979 年版。

夏志清著：《中国古典小说导论》，安徽文艺出版社 1988 年版。

韩南著：《中国白话小说史》，尹慧珉译，浙江古籍出版社 1989 年版。

李剑国著：《唐前志怪小说史》，南开大学出版社 1984 年版。

李时人著：《金瓶梅新论》，学林出版社 1991 年版。

陈洪著：《中国小说理论史》，安徽文艺出版社 1992 年版。

李剑国著：《唐五代志怪传奇叙录》，南开大学出版社 1993 年版。

石昌渝著：《中国小说源流论》，三联书店 1994 年版。

李剑国著：《宋代志怪传奇叙录》，南开大学出版社 1997 年版。

张俊著：《清代小说史》，浙江古籍出版社 1997 年版。

程毅中著：《宋元小说研究》，江苏古籍出版社 1999 年版。

陈大康著：《明代小说史》，上海文艺出版社 2000 年版。

鲁德才著：《古代白话小说形态发展史论》，南开大学出版社 2002 年版。

孟昭连、宁宗一著：《中国小说艺术发展史》，浙江古籍出版社 2003 年版。

李剑国著：《古稗斗筲录》，南开大学出版社 2004 年版。

陶慕宁著：《青楼文学与中国文化》，东方出版社 2006 年版。

方正耀著：《明清人情小说研究 》，华东师范大学出版社 1986 年。

孙逊著：《明清小说论稿》，上海古籍出版社 1986 年版。

林辰著：《明末清初小说述录》，春风文艺出版社 1988 年版。

陈益源著：《小说与艳情》，学林出版社 2000 年版。

陈益源著：《元明中篇传奇小说研究》，华艺出版社 2002 年版。

方智范等著：《中国词学批评史》，中国社会科学出版社 1997 年版。

萧欣桥等编：《李渔全集》，浙江古籍出版社 1991 年版。

《李渔》台北河洛图书出版社 1978 年版。

黄丽贞著：《李渔研究》，台湾纯文学出版社 1974 年版。

杜书瀛著：《论李渔的戏剧美学》，中国社会科学出版社 1982 年版。

萧荣著：《李渔评传》，浙江文艺出版社 1985 年版。

单锦珩著：《李渔传》，四川文艺出版社 1986 年版。

张晓军著：《李渔创作论稿》，文化艺术出版社 1997 年版。

沈新林著：《李渔新论》，苏州大学出版社 1997 年版。

胡天成著：《李渔戏曲艺术论》，西南师范大学出版社 1993 年版。

崔子恩著：《李渔小说论稿》，中国社会科学出版社 1987 年版。

黄强著：《李渔研究》，浙江古籍出版社 1996 年版。

俞为民著：《李渔评传》，南京大学出版社 2000 年版。

徐保卫著：《李渔传》，百花文艺出版社 2003 年版。

黄果泉著：《雅俗之间》，中国社会科学出版社 2004 年版。

胡元翎著：《李渔小说戏曲研究》，中华书局 2004 年版。

后　记

　　选定李渔作为研究对象已经有二十多年了。20世纪90年代初，我在复旦读硕士，导师丁锡根先生刚出版了由他校订的李渔小说《无声戏》，读之甚感惊奇，遂对李渔产生了浓厚兴趣。当时国内李渔研究刚起步，相关文章和专著也少得可怜，研究者大都把注意力放在李渔的戏曲及其理论研究上，小说却很少问津。当时，除了孙楷第、袁震宇、崔子恩诸先生的有相关论述外，其他很难找到。选择李渔和他的小说作为自己的研究课题就是从那时开始的。

　　读李渔小说，你能明显感觉到他与同时代其他作者不同的气质风格。仔细研读李渔相关资料，我发现李渔的文学，虽说不能完全脱离那个时代的社会与文学思潮的沾染，但其本身却极具个人品格，在明末清初的大背景下，显得格外得另类。李渔生当易代之际，却无汉族文人强烈的民族情绪；曾是读书求仕的诸生，却不以儒生之道立身；思想观念以及处世态度与传统文人又大相径庭。一本《闲情偶寄》道出了李渔自己的生活态度、人生哲学，小说戏曲也在推销自己人生哲学和谋生技巧，等等，诸如此类，都昭示了李渔身上的独特性和另类风格。

　　20世纪80年代，文学研究在许多领域展现出新的气象，取得了一些进步，但也存在诸多问题。比如，研究者过分关注作家本人的社会属性和阶级属性，以此来定论作家之优劣；过分关注作家与时代主流思潮的关系，忽视作家个人思想观念独特性的探究；过分关注文学体裁类的特征，而忽视其类的交互性和复杂性研究；过分关注理论的宏观架构，而忽视其以文献基础的扎实的微观研究。一些研究文章违背"知人论世"的基本原则，脱离作者作品实际，凌空蹈虚，夸夸其谈，看似头头是道，实则经不起推敲。由此，我开始关注李渔自身及其作品的独特品格，关注他独特的出身、独特的成长环境和教育环境。

李渔的医家背景和医学教育在很大程度上奠定了李渔的思想基础和人格品性，他的人生哲学、审美趣味无不与此密切相关；医商家庭环境又给李渔的艺术技巧和生存技能以滋养。二者毫无疑问地影响了李渔的创作，也造成李渔小说的独特品格。

十年前，在恩师李剑国先生的指导与督促下，我完成了博士论文的撰写。其后的时间里，论文经反复斟酌，多次修改，尚觉遗憾颇多。如今付梓，仍惴惴不安。然持论多未经人道，纯为一家之言，亦不吝公之于众，就教于大方。倘有赐教，于我大有裨益矣！

是为记。

张成全
2016 年 4 月 15 日